U0114169

唤溪

HUAN XI

明桂载酒 著

正在进入游戏……

湖南文艺出版社
HUNAN LITERATURE AND ART PUBLISHING HOUSE

博集天卷
CS-BOOKY

目录

CONTENTS

76%

正在进入游戏……

自动　　快进　　返回

以往他每次回到这里，都是一片冷清，心中也并无波动，
只觉得天地虽大，却好像并无他的归处一般，
可如今，他心里竟然生出了一些连他自己也觉察不到的隐隐
希冀来。

星期一
MON

星期二
TUE

星期三
WED

星期四
THU

星期五
FRI

星期六
SAT

星期日
SUN

这些好是他从未得到过的，
他的人生中也从未有过这种好运。

任务一

　　由于任务较为简单，获得 0 个点数奖励。请再接再厉，从技能、人际关系、外在、身体素质、主线五大方面协助主人公成就帝王之路，每获得 10 个点数奖励可兑换一次锦鲤机会。

接受	不接受也得接受

第一章

倒霉少女的转运之始

不知为何，宿溪最近倒霉透了。

走路差点被车撞，喝白开水能呛到。

这也就罢了。

三日前，她在运动会上参加长跑项目，好不容易快要冲到终点，迎来荣获第一名的光辉时刻，却莫名其妙被一块小石头绊了一下，当着看台上全校同学的面摔了个狗吃屎。

不只如此，她站起来时便感觉到脚踝处传来一阵刺骨的疼，等她一身冷汗地被同学扶着一瘸一拐去了医务室，才知道，她的右脚踝居然就这么骨折了。

伤筋动骨一百天，宿溪不得不躺进了医院。

正值大一，专业课内容较多，虽说宿溪在班上有两个玩得极好的朋友，但她们也不可能放下课业经常来看她，而宿爸爸和宿妈妈更不必说，正值旺季，夫妻俩为了厂子的事情忙得团团转，自顾不暇，只能让宿溪自个儿待在医院，他们下班后再来探望。

宿溪一个人躺在病床上，将社交软件刷了个遍，用中性笔把石膏画得乌漆墨黑，无聊得长吁短叹。

她打开 App Store（应用商店），打算下载两款游戏来玩玩，随手滑过去，突然被一款叫作《帝王之路：病娇皇子独宠你》的游戏的古风画面吸引了注意力。

这游戏名字有点羞耻啊，看起来就很粗制滥造。

但吸引宿溪的是这款游戏的介绍：想转运吗？想获得锦鲤属性吗？想成为生活中运气最好的人吗？那就来玩这款游戏吧！独一无二的体验让你知道什么叫作皇子的恩宠！特殊的经验回馈让你成为好运锦鲤！

宿溪眼睛顿时就亮了。

倒不是她迷信，只是她从小到大都比较倒霉。虽然衣食无忧、成绩优异，一家人的生活也还算安稳，但大小灾祸不断——大到骨折，小到转铅笔的时候割破手，隔几天就要来一回。简直都要让宿溪怀疑人生了。

最近更是，她都躺进医院了。

宿溪忍不住点了游戏下载，反正闲着也是闲着。

游戏很快就下载完毕了，所占用的手机内存也不大，只有几兆。迅速加载完后，宿溪却愣了愣。

几兆的游戏居然制作这么精良的吗？这屋檐，连有几片瓦都能数清楚，看起来简直和真的一样，这得累死多少原画师啊?!

游戏率先出现的页面里是一间屋子的屋檐，上面有积雪，瞧起来是寒冷无比的冬日，屋顶处还破了个洞，漏着寒风。

宿溪将视角转到屋子里头，才发现这间屋子其实很破旧，而且只有一丁点大。里面有一张木板床，床上铺了一些稻草，另带一张单薄的被子，一看就不怎么保暖。除此之外，便只有一个橱柜，是关着的，不知道里面放了些什么。

整间屋子，竟然没有桌子、凳子。

房门虚掩着，发出咯吱咯吱的响声。

宿溪戴上耳机，心道："这木门被鹅毛大雪刮得咯吱作响的声音未免也太真实了吧！"

她不知道这个游戏要从何玩起，在页面上左戳一下，右戳一卜，试图找到做任务的按键。

就在这时，房门被推开，一个穿着单薄的粗布衣服的小人扛着几捆柴火，湿漉漉地回来了。

虽然是简笔画，但看得出他应该很累。

他放下柴火时，挽起的袖子下露出一截苍白的小臂，有几条不知道是鞭伤还是什么的痕迹。

宿溪看不太清，想放大看一下，但游戏页面立刻弹出一个框：【若想看清楚皇子的容貌，需要消耗 20 金币，您目前的账户余额只有 10 金币，请充值后消费。】

宿溪顿时："……"

奸商！游戏主人公的脸都不给看一下，还要充值?! 不就一卡通小人吗，能惊若天人到哪里去？

我不看了！

只见小人放下柴火后，又立马拖着疲倦的身子走到屋外，去院子外面继续砍柴了。

他乌黑的发梢还淌着水珠，随着他往前走，在地上留下水迹。

这大冬天的，这小人怎么弄得这么狼狈？

宿溪试着戳了一下那小人的头顶，按照一般游戏的套路，点击小人，是可以给小人取名字的，可谁知再次弹出一个框：【若想获取皇子的真名，需要消耗 2 金币。您目前的账户余额为 10 金币，请问您想要花费 2 金币来获取他的真名吗？当然，您也可以修改昵称，系统为您推荐数个霸气侧漏[1]的名字，例如，龙傲天、叶良辰、轩辕……】

宿溪道："不不不，本名就好。"

就在她说完的一瞬间，右上角的金币数被扣了 2 个，而左上角多出一个人物简介来。

宿溪呆了一秒："……"

这游戏还能语音控制的吗？里面有 AI 系统？类似 Siri（苹果智能语音助手）那种？

宿溪很快将注意力又放在了小人身上。

游戏主人公叫作"陆唤"，名字底下有两条线，上面一条是生命线，下面一条是体力线。

很明显，游戏小人的体力已经所剩无几了，体力条长度变成了总长度的百

---

[1] 霸气侧漏：网络用语，比喻锐气和才华等全都显露在外面。形容人盛气凌人，无敌。

分之十，并且随着游戏小人不停地干活儿，体力一直在下降。

宿溪一开始还胆战心惊，生怕下一秒他的体力就下降为零，然后就嗝屁了，但没想到，他虽然体力所剩不多，却顽强地撑了很久。

他还爬上房去修补屋顶。

接着他又出去了一趟，宿溪暂时无法解锁其他地图，能看到的只有这间小屋，也不知道他去哪儿了，但他回来时，后背的衣服似乎破了些，多了两道和手臂上的伤痕有些相似的血痕，步履也更加蹒跚，总之显得很是狼狈。

宿溪根据游戏简介得知，这陆唤是宁王府的庶子，不受待见，还遭人欺侮，猜测自己的主线任务是同他一道成就帝王霸业。但此时此刻他身上到底发生了什么，这游戏怎么玩，宿溪仍然摸不着头脑。

游戏里的时间流速似乎比现实要快，一眨眼天就黑了。

宿溪见陆唤还在忙忙碌碌，而游戏页面哪里都戳不动，不由得觉得有些无趣了。正好护士喊她吃中饭，于是她丢了手机，一瘸一拐地去医院食堂了。

医院的饭菜倒是很香，宿溪吃了两碗饭，回来睡了个午觉，醒来后看见手机还亮着，这才想起游戏来。

她本来已经觉得无聊，打算删掉这款垃圾游戏了，却突然一顿。

只见游戏里已经是深夜了，白天一直忙碌的陆唤此时躺在那张硬板床上一动不动，单薄的被子阻挡不了寒风，门板被吹得咯吱作响。

他怎么不动？

宿溪戳了戳陆唤。他翻了个身，皮肤比白天更加苍白了几分，看起来一点血色也没有。

怎么回事？

不是吧，什么垃圾游戏，主人公睡大觉给我看？

但很快宿溪就发现是为什么了，只见左上角的生命条竟然只剩下百分之三十，颜色也是血红色，而体力条则从白天的百分之十掉落全白分之一，接近于无。

宿溪顿时有点慌。陆唤生病了？发烧了？！

白天那么累、那么折腾，浑身湿漉漉的还干那么多活儿，能不倒下吗？

宿溪一下子觉得这垃圾游戏竟然做得挺符合逻辑的，她眼睁睁看着游戏左上角的生命条一点点变少，有点急，这还没开始玩呢，主人公就要死了，这小皇子也太娇弱了吧！

她忍不住左戳戳右戳戳，试图看看有没有隐藏的风寒药什么的，可是她在屋子里翻箱倒柜找了一圈，什么也没找到，倒是看到了衣橱里两件洗得发白的破旧单薄的袍子。

这主人公也太穷了。

宿溪沉默了一下，点开地图，试图去别处找找，但和上午一样，地图尚未解锁，不过，倒是有一处亮着灯光，应该是目前已经解锁了的地图旁边的院子。

她迅速点开，发现这是一处十分别致的富贵院子，小桥流水，假山曲廊，与陆唤所住的柴房截然不同。院内烛光、灯笼都很亮，有两个下人的对话传来——

"那狗东西，二少爷白天算是给了他一个教训！他不是个病鬼吗，那就让他进冰冷刺骨的池子里多泡泡，早点度他去死，也算是积德！"

"我说，你可悠着点，这病鬼虽然是庶子，但瞧他今天反抗管家鞭子那狠劲儿，只怕日后要翻身。"

"翻身？就他？呸，我看他这辈子都翻不了身了！"

…………

大段大段的文字浮现在页面上，宿溪看得脸颊抽搐。什么鬼，这是哪两个背后嚼舌根的下人？原来陆唤今天浑身湿漉漉，现在还生着病，就是他们害的。

要是自己的游戏小人嗝屁了，就怪他们！

宿溪义愤填膺，想戳过去看看是哪两个人，但地图尚未解锁，她没法看见，只得悻悻地回了柴房。

听见那两人所说的对陆唤的捉弄和轻贱后，宿溪再看见陆唤面白如纸地躺在床上，因为寒冷而蜷起四肢，缩在墙角，像是失去了意识的样子，心底便不由得对他产生了点同情和愧疚。

按道理说，白天她应该好好看顾他的，应该有什么隐藏的方式能阻止他继续强撑着劳作，那样的话他现在也就不至于生病发烧了。

出于愧疚，宿溪继续在屋子里翻找起药来，但依然没找到。

她忍不住又戳了戳陆唤。

就在这时，陆唤脑袋顶上冒出一个白色气泡："水。"

陆唤张了张苍白干裂的嘴唇，因为发烧，嗓子里火烧火燎的。

他勉强睁开眼睛，手背按在眼眶上，片刻后，竭力支撑着自己坐了起来，下床时因为体力不支，一下子滚了下去。

宿溪试图去扶，但是手指戳到小人的背，反而把陆唤给戳趴下了。

她："……"

宿溪不敢再动，而陆唤显然不知道是有外力，只以为自己是生病虚弱。

他爬了起来，跟跄着走到窗台边。

游戏页面弹出一个框：【是否要用3金币换取水存放的位置？】

换个鬼，宿溪简直怒不可遏，关掉了这个页面。

她自己能找到！

水水水！赶紧倒水！她知道这是任务来了，忙在屋子里找水，幸好她还记得白天陆唤是打了水的。果然，只见角落里放着水桶，而窗台边放着的茶壶里空空如也。

她试着拖动水桶——拖动了！

宿溪心中一喜，感觉自己快找到这游戏的玩法了。她费力地将水桶拖到茶壶边上，往茶壶中倒水。

水倒入其中的一刹那，系统弹出消息：【恭喜，获得5金币奖励，由于任务较为简单，获得0个点数奖励。请再接再厉，从技能、人际关系、外在、身体素质、主线五大方面协助主人公成就帝王之路，每获得10个点数奖励可兑换一次锦鲤机会。】

什么奖励？锦鲤？

宿溪这时候还没将这个奖励放在心上，以为只是游戏胡诌的，她还在思考水的问题。

虽然是冷水，但应该是白日里陆唤打来的泉水，可以喝，就是冰了些。让生病的陆唤喝冰水，怎么看都很可怜。

宿溪这边琢磨着这游戏里该怎么烧热水，陆唤那边却是一愣。他拿起茶壶，喝了两口，缓解了喉咙火烧火燎的感觉之后，才慢慢地将茶壶放回原先的位置。

怎么回事？陆唤疑惑地盯着自己的茶壶。他分明记得，自己因为陆文秀的刁难，从三里之外的山下打完水回来后，便浑身乏力，直接躺着休息了一会儿，并没有往茶壶中倒水。

可现在，茶壶里居然有水？

不知道想到了什么，陆唤脸色一瞬间变得难看起来，他苍白着脸，拎起茶壶便推开门往外走。

摇摇欲坠的门本来就挡不住什么寒风，这下风雪顿时灌进屋内，将床铺上的稻草吹得四散。

他却顾不上太多，硬撑着出去，在院墙的一处停住脚步。寒风将他单薄的衣衫吹得猎猎作响。

宿溪纳闷地看着陆唤的反应，什么情况？怎么喝了口水突然跑院子外面来了？不冷吗？快回去行不行?! 我好不容易帮你长起来的体力等下又要被你折腾掉了啊喂！

而陆唤伸手在雪地里找了找，找出来几只看起来像是椿象的小虫。他将茶壶中的水倒在地上，将那几只虫子丢进去，然后去看它们的反应。

只见那几只虫子先是在水里拼命挣扎，但很快便游了出去，甩了甩身上的水，躲进了地下。并没有死。

陆唤虽然没什么动作，但宿溪很明显地感觉到他松了口气。

呼出的白气凝结成霜，他神色疲倦地抹了把脸，转身回了柴房。

宿溪："……"

宿溪明白了，陆唤是怕茶壶里的水被人下了东西。他方才脑子昏昏沉沉直接饮下了水，饮下之后才清醒过来，愤然变色。等把几只小虫丢进水里，见虫子没死，他才放下心来。

要不要这么聪明啊?!

宿溪一瞬间惊到头皮发麻。她下载游戏时还觉得这游戏粗制滥造呢，万万没想到人物反应这么生动，完全不像是纸片人啊！

陆唤回到柴房之后，紧紧关上门。他一张脸毫无血色，满是病容，立在窗台边，将茶壶放了回去，并端详了茶壶片刻。

陆唤仍然头重脚轻，脑子里沉甸甸的，仿佛有火在烧。

他仍旧觉得奇怪，他不曾往茶壶里倒水，可为何茶壶里会有水——莫非是昨日的忘记倒掉了？

自己大约是烧糊涂了。

不过往水里下毒、下泻药捉弄自己这种事情，那两位可没少做。

陆唤漆黑的眼里闪过一丝不易察觉的冷厉，他皱了皱眉，扶着墙回到了床上。

见他重新躺回床上，宿溪终于松了口气，只要躺着，体力就不会掉，还会回升。

　　但宿溪注视着页面上盖着单薄被子，蜷缩成一团的少年，倒是产生了好奇，以及些微的心酸感。他到底经历了什么，怎么这样警惕？

　　她本来打开这游戏只是为了打发时间，所以直接跳过了前面的开篇动画，也就是人物的幼年经历，现在却有些探索的欲望了。反正闲着也是闲着，宿溪趁着陆唤睡觉的时间，忍不住回过头去调出了开篇动画。

　　开篇动画并没有陆唤的身世，想来他的身世应该是要在后面作为任务来解密的，但既然系统都说他的真实身份是皇子，那他肯定就是遗落在外的皇子了。只是不知道怎么变成了宁王府的庶子。

　　动画镜头切换得飞快，但宿溪依然从寥寥无几的场景里看出了这个单薄少年充满苦难的幼年时光。

　　宁王府深宅大院，主母嘴上不说什么，却常年缺衣短食，以此来苛待陆唤。

　　半大的少年正在长身体，吃不饱穿不暖，像是在不见天日的阴沟里东躲西藏，只能偷偷帮下人干一些苦活儿，来换取充饥的口粮。

　　宁王府的二少爷陆文秀最为嚣张恶毒，经常指使下人捉弄欺侮陆唤，陆唤稍有不慎，得罪了这人，便会得到十几道鞭伤，以至长年累月下来，他身上伤痕无数。

　　而宁王府的大少爷陆裕安表面正直仁义，实则虚伪假善，同宁王一样，对这些事情睁一只眼闭一只眼。

　　除此之外，宁王府还有个姨娘，带着一个女儿，她软弱无能，也同样被欺负，反而还需要陆唤救助一二。

　　数个画面一帧帧闪过，宿溪的游戏小人不是浑身染血，就是咬牙死死撑着。

　　宿溪看得有些难受，都不忍心看下去了。可能是这游戏做得太过逼真，以至让她觉得真的存在这样一个流落宁王府，备受折磨，只等待有朝一日羽翼丰满，登上呼风唤雨的九五之尊之位，掌握生杀予夺大权的游戏主人公一样。

　　宿溪又朝游戏页面看了一眼——门外寒风凛冽，幸好只是游戏，否则真的有人处于这种环境恶劣的地方，肯定会活活冻死。

　　不过，自己还可以做些什么呢？宿溪瞅了瞅，加上方才的奖励，自己现在有 13 金币。

　　系统立马弹出框来：【主人公目前物资极度缺乏，建议你先从改变他的物质条件开始哦。】

　　宿溪道："行吧行吧，小可怜，稍微给他改善一点也没什么。"

　　话刚说完，系统立马弹出商城。

　　摆在第一排的是各种锦衣玉袍，第一件是狐狸皮裘，金丝暗纹，一看就非常华贵，下面标注的价格是13000金币。

　　系统：【换算成人民币只要一百三十块钱哦。】

　　宿溪道："再见，当我刚才没说过那话，就让小可怜继续冻着吧。"

　　系统像是有点无语，又将页面往后滑，给宿溪看。

　　最后面的一件名为"没有破洞的普通暖和衣袍"的衣服价格是30金币。

　　【只要30金币哦，换算成人民币也才三毛钱。这年头买杯奶茶都得十五块呢。】

　　系统拼命暗示，但宿溪像是完全看不到它的暗示，无情地将商城往下滑。

　　开玩笑，她的零花钱又不是大风刮来的，怎么可以随随便便在游戏里氪金[1]？这只是一个游戏好不好？她可不会失去理智！

　　终于滑到最后，宿溪挑挑拣拣，从商城里选择了"用稻草修好漏风的门"和"将最最单薄、根本无用的被子换成非常单薄但能勉强保暖的被子"两项，前者消耗8金币，后者消耗5金币，加起来13金币，刚好可以将注册时系统送的金币以及刚刚倒水得到的奖励金币花干净。

　　系统似乎对宿溪抠搜的行径无话可说，等她选择完后就关上了商城。

　　游戏里的陆唤还在睡觉，对游戏外的世界一无所知。

　　宿溪百无聊赖地瞧了会儿他睡觉的样子，有些好奇他醒过来后的反应，毕竟这游戏做得这么逼真，他的反应肯定会很有趣。

　　但一时半会儿等不到陆唤醒过来，宿溪便无聊地关了手机，起身随着护士去做复健了。

　　复健做完之后，宿溪的同班同学也下课了，他们带上课堂笔记来探望她。一看见作业，宿溪哀叹一声，和几个伙伴一起写了会儿作业，然后几人一边吃零食一边聊天，说说笑笑，一时间宿溪倒是将游戏暂时抛到脑后了。

---

[1]氪金：原为"课金"，指支付费用，特指在网络游戏中的充值行为。

宿溪这边吹着空调、戴着 AirPods（无线耳机）摇头晃脑地和同学聊八卦，破旧的柴屋里却是从天黑到天亮，天寒地冻。

陆唤因为伤寒，这一觉睡得有些沉，等醒过来时，背上全是冰冷黏腻的汗水。

他闭着眼，抬手擦了擦额头，感觉到没有再发烧，终于松了口气。他身子骨一向贱，再痛都是睡一觉就好了。

不过嘴里还是发干。

他硬撑着从木板床上坐起来。

门外几个下人见到辰时了陆唤还没出现，不客气地大声议论："还真把自己当少爷了，日上三竿了也不起。"

另一人道："可惜有少爷的心思却没少爷的命。"

陆唤眼里流露出厌烦与冷漠，并未理会。他掀开被子，正要下床，手指触摸到被子时却猛然一愣，眼里滑过一丝不可思议——这被子分明变厚了，像是有人趁着他睡着了连夜填充过一样。

难不成是他的错觉？

说起来昨夜的那壶水也是。

陆唤同时还感觉到有一丝不对劲儿，今日起来似乎没那么冷了，吹进来的寒风少了很多。他下意识朝门窗看去，却见破旧的房门不知道什么时候竟然被密实的稻草包裹住了，这样一来，能够让寒风钻进来的缝隙便大大减少。

昨晚当真有人闯入了自己的房间?! 陆唤心生警觉，登时从床上跳下地面。

他自然不会觉得这宁王府中有谁会对自己施加善意。

他的头还有些晕，唇色也发白，但他还是勉力站稳，一把将被子从床上掀起，用力抖了抖，试图抖搂出针之类的东西。

但是抖了片刻，却什么也没落下来，反而是明显被填充过的被子落下来几片棉絮，虽然称不上柔软舒适，但到底是干净的，而且的确比先前暖和太多了。

怎会如此？

陆唤一时间有些愣怔。

他面带严肃，先在屋子里细细查看了一番。屋子里空荡荡的，无论是门口还是窗边，都没有留下一个脚印。的确没有人闯入过的痕迹。何况他一向警惕，即便是发烧昏睡，也不可能完全睡死过去，有人进来了而无从察觉。

房门也是，填充的稻草结实而细密，瞧起来也再正常不过，完全没发现有什么恶作剧的东西，反而还真能阻挡几分寒风。

这实在匪夷所思！

陆唤不由得怀疑自己是否仍在发烧，所以产生了幻觉，他抬起手摸了摸额头，却是正常的温度。

又或者是他昨夜实在烧糊涂了，半梦半醒之间爬下床将门修补了？他早就打算将门上透风的缝隙补牢了，只是近日太过疲惫，所以一时耽搁了而已。

可无论怎么想，都说不通。

陆唤看了眼床褥，又看了眼明显被修补过的门，漆黑的眸子里满是警惕戒备。不过没发现更多可疑的东西，他也只能暂时作罢，只走到衣橱处，从破旧的衣服最底下翻出了一把用石头磨成的尖锐匕首，放在了床底下的墙壁缝隙里。

门外再次响起两个下人的催促声。

今日是宁王府家眷去祠堂祭拜先祖之日，陆唤所居住的这个破院子与下人的住所在一处，一大清早钻入耳中的全是杀鸡宰羊的嘈杂之声。

他虽然是庶子，先祖祭祀却不得不去，以免又留下话柄。

陆唤用冷水洗了把脸，令伤寒发烧的余症退去少许后，才转身出门。

一路上下人扫过来各种目光。他早已习惯，便不躲不避。

宁王府祠堂门口的雪水结了冰，寒冷刺骨。

庶子不得入总府祠堂，于是他只能在大门外跪着。他总共就两三件衣衫，都很单薄，不只打了补丁，还因为少年拔节生长的修长身姿而小了许多，袖口和脚踝处都露出一截苍白的肌肤来，被地上的泥水与半融的雪水沾湿，在寒风中被冻得发白。

过了足足半个时辰，两抬朱漆银顶的蓝呢帷轿才姗姗来迟，在祠堂正殿处停下来。两个比陆唤大上几岁的年轻人衣着华贵，踩着下人的背走下来。

稍矮的那个是陆文秀，他朝陆唤看了一眼，鼻子里发出一声轻哼。

昨天找了个由头教训了陆唤一番，以为他今天会躺在床上爬都爬不起来，没想到这硬骨头倒是坚挺得很，还是起来了。

他一下轿子见到陆唤那挺得笔直的脊背，便已觉十分不顺眼，而盯向陆唤，竟然见那少年虽然衣衫单薄，脸颊冻得发白，却抬着头，不躲不闪地回视自己，他立刻怒从心起，走过去就要再给这个三弟一个教训。但他刚撸起袖子还未走过去，就被大哥陆裕安按住了肩膀。

"文秀，这里是祠堂。"陆裕安摇了摇头，低声呵斥，"不可胡来，有什么事回去再做。"

陆文秀甩了下袖子，狠狠瞪了陆唤一眼。"昨日放他回去，真是便宜了他。"

接着又跟来了一顶牡丹凤轿，从上面下来一位贵妇人，她拢紧了身上的金丝狐裘，对陆裕安兄弟二人道："还不快进去？"

待那兄弟二人进去之后，宁王妃转身睨了祠堂外的陆唤一眼。

陆唤脸上没什么表情，只抬头漠然地回视了她一眼。

宁王妃一向视陆唤为眼中钉，若是这眼中钉能拔掉，她早就拔了，可偏偏这十几岁的少年命硬得很，也顽强得很，竟然活到了现在。

两个下人拎着食盒过来，给祠堂外的一些侍卫发放食物。轮到陆唤时，宁王妃抬手制止。

她对陆唤柔声道："外面天寒地冻，唤儿你不吃点，我担心你饿坏了肚子，实在是祠堂祭拜之日，不能饮食，下人并非陆氏一族，可以不守规矩，但你与你两位兄长却得以身作则，所以，还要难为唤儿你且先忍一忍，回了再吃。"

"你们两个，把三少爷的饭菜送到他的住处。"宁王妃对下人道。

那两个下人连忙点头哈腰，掉头走了。

"我会让厨房做一些你喜欢吃的。"宁王妃在外人面前还维持着主母的虚假面貌，但她面前的单薄少年显然没耐心与她虚与委蛇。

陆唤虽饥肠辘辘，可脊背挺拔，冷冰冰的脸上面无表情，一声也懒得应。

什么喜欢的？无非米糠烂菜罢了。

宁王妃面色稍僵，笑了笑，被丫鬟搀扶着进了殿，进去之后，脸上才浮现出几分愠怒。

大雪旋转飘落，转眼就将祠堂外的深巷掩埋，陆唤跪在朱墙绿瓦外头，身上、肩头堆满了雪，成了一个小小的雪人。

祠堂里时不时传来欢笑声，祠堂外却是死寂幽冷。

少年一动不动地跪在原地，垂着眸，听着耳边呼啸的凌厉寒风，感受着穷无尽的刺骨寒冷。十五年了，日复一日的苛待让他心中充满阴郁与恨意。

宿溪和同学一块做完作业，送走他们之后，宿爸爸、宿妈妈也来了。

一进病房，宿妈妈手里的保温桶中散发出的乌鸡汤的香味就立刻溢满整个房间。

宿溪一下子馋得要命，惊喜地叫道："妈，你怎么知道我想喝你炖的汤?！"

宿妈妈将保温桶放在床头，把掉在垃圾桶旁边的两个零食袋子捡起来扔进垃圾桶，怒道："不是让你别吃零食，吃了还怎么喝得下我炖的汤?！"

宿溪的石膏腿吊着，人却乐呵呵地移到床边，盯着保温桶，迫不及待地道："我的胃够大，还能喝得下！"

宿爸爸给病房打扫卫生，宿妈妈拉来一把椅子坐下，把鸡汤舀到碗里，递给宿溪，她还小心翼翼地拿了一张小桌子放在床上，让宿溪把鸡汤碗搁在上面，免得烫。"那就给我全喝完。"

喝完鸡汤，又吃了点饭，宿溪打了个饱嗝，胃里暖暖的。

宿爸爸、宿妈妈陪着她唠了会儿嗑，给她收拾了下。看着她躺下来睡觉，给她掖好被子，夫妻二人才轻手轻脚离开病房。

宿溪是个夜猫子，这会儿当然睡不着，她听到手机突然响了一声，从枕头底下掏出手机，才想起来自己好像把游戏里的陆唤给忘了。

她赶紧上线。

一打开游戏页面，就弹出来好几条消息，是她几小时前兑换"修补房门"和"单薄被子"所获得的奖励。

【恭喜，物质基础初步改善成功。获得金币奖励 +8，外在环境改善点数奖励 +1！】

外在环境改善点数？是先前系统所说的累积 10 个点数可以兑换一次锦鲤机会的那玩意儿？

宿溪手忙脚乱地关掉弹框，正要研究一下这是什么东西，就听见一阵脚步声。

此时她尚未解锁其他地图，页面只能停留在游戏小人的破旧柴房里，而柴房里空荡荡的，被褥叠得整整齐齐。游戏里已经过了一天，是傍晚，不知道陆唤又出去干什么了。

不对，宿溪发现柴房里好像多了一个简朴的食盒，放在衣橱上。

她伸手戳了戳。

食盒冷冰冰的，一看就让人没食欲，不知道里面有什么吃的。

柴房外的脚步声越来越近，三秒之后，门被推开。

鬼鬼祟祟地探入脑袋的却不是陆唤，而是两个穿着粗布衣裳的下人，左边的人脑袋上顶着一个"路甲"，右边的人脑袋上顶着一个"路乙"。

宿溪："……"

这游戏取名是不是有点……太随意了。

路甲和路乙同样也是卡通纸片人，但能很明显地看出来身材不咋地，胳膊粗壮得跟莲藕似的，头大腿还短。

这两人是来偷东西的？但陆唤的屋子里都穷苦成这样了，还有什么能被偷走的？

宿溪正一头雾水时，就见路甲直接走到那食盒旁边，伸手将食盒拎了下来，贼眉鼠眼地对路乙道："既然是拜祭时的饭菜，还是夫人专门让厨房送过来的，这小子应该吃得比咱们好吧？"

路乙露出口水都要掉下来的饥饿样子，说着两人就把食盒打开了。

一打开，两个纸片人就愣住了，屏幕外的宿溪也傻了眼。

食盒里哪里有什么好吃的，全都是一些剩饭、剩菜，几根蔫了巴叽的青菜没了颜色，堆在最上头，下面是一些干巴巴的米糠做成的馒头。

宿溪还没来得及对陆唤心生怜悯，就见路甲伸手抓了一根青菜，放在嘴巴里嚼了嚼，然后差点吐出来。"真难吃。"

见他这样，路乙都不想偷吃了，悻然道："本来以为能从这小子这里捞到一点好吃的呢，谁知道拜祭这天他的伙食也这么惨，真比咱们过得还窝囊。"

路甲道："咱们拎到厨房去倒给猪吃算了，谁叫今早那小子对咱们不理不睬的，明显是瞧不起咱当下人的，也算给他个教训。"

路乙立刻拍手赞同道："成！"

宿溪瞪大眼睛，简直怒不可遏，都不好吃成这样了，也不给陆唤留下，还要故意倒掉？到底是多大仇多大怨?!

这俩坏人！

她本想把两人面前的房门狠狠关上，但动作慢了一拍，还没关上，那两人就已经消失了。

宿溪有点急，想跟着转动页面追出去，可页面纹丝不动，但系统立马弹出消息：【当前只解锁了陆唤住的房屋，若想解锁厨房，累积点数必须在 3 个以上。】

宿溪气得毫不犹豫地说："三分钱是吧？扣扣扣！"

系统道：【不是，点数不能用人民币兑换，必须靠做任务积攒。比如说……】

系统弹出商城，给宿溪推销"修补屋顶"的商品：【昨天主人公修补屋顶时，还有最后一点缝隙没完成，你帮他完成，会得到外在环境改善带来的点数奖励。】

"多少钱？"宿溪一看价格。

20 金币！两毛钱！四舍五入可以买块口香糖了。

宿溪有点犹豫。

见过抠的，没见过这么抠的。

可那两人在宿溪眼皮子底下偷走了陆唤的饭菜，这和当着宿溪的面抢劫没什么两样，她心里怒得不得了，也顾不上自己"绝不氪金"的誓言了。

她眼睛一闭，狠狠心道："氪氪氪！"

系统立马"喜笑颜开"，从宿溪这里扣走 20 金币，快速修补完屋顶。

【恭喜，完成修补屋顶任务，获得金币奖励 +3，点数奖励 +2！】

右上角点数累积为 3。

"咔嚓"一声，厨房解锁了，宿溪迫不及待地追去厨房。

只见那两个做贼的下人优哉游哉地在厨房里转来转去。此时宁王府的人都去参加拜祭了，厨房里没人，外面也听不到什么响动，以至这两人肆无忌惮。

路乙在角落里翻找吃的，而路甲在案板上将陆唤的食盒盖子打开，然后转身去拿喂猪的饲料，打算掺一掺。

他一转身，宿溪就冷笑着用手指在屏幕上一滑，便拎起盖子，重新盖回了食盒上。

路甲听见响动，回身，愣了一下。

这盖子……他刚才不是打开了吗？

他晃了晃脑袋，有些错愕，又走过去打开，然后转身去够放在高处的饲料。

可是当他抱着饲料，摇摇晃晃地走回来时，却见到……见到，这盖子又合上了!

"见鬼了吧?!"路甲手里的饲料差点砸到脚。

他疑惑地走近,伸出一只手重重地将盖子掀开。

宿溪跷着腿躺在床上,和他杠上了,她用一根手指头狠狠地把盖子关上。

"啪嗒!"

路乙都被惊了一下。"怎么了,怎么了?"

路甲面色已经青白,他战战兢兢地再一次将盖子拨开。下一秒,盖子就当着二人的面腾空而起,在空中转了一圈,差点削到他们的脖子,还跳了个八拍,最后"啪嗒"一下,严丝合缝地盖到了食盒上!

两人:"???"

打开,合上。再打开,再合上。移开,整个食盒像是被空中无形的手拎起来,放回原先的位置。

两人:"……"

饲料砸了一地,两人面如土色,脑袋碰脑袋,撞了个晕头转向。他们从地上爬起来,匆匆朝厨房外跑去,边跑边鬼哭狼嚎:"妈呀!见鬼了啊!!!"

宿溪听见两人凄惨的叫声,以及被外面的管家吼道"发什么失心风!",她心里才爽了。

嘻嘻嘻,叫你们偷陆唤的东西。

系统又弹出消息:【恭喜,成功对主人公的人际关系进行协助与处理,获得金币奖励+3,点数奖励+1!】

这样也能赚取金币?

宿溪顿时有点见钱眼开。

她在地图上见到那两人无头苍蝇似的乱跑,居然跑到了陆唤住的院子里去,她顿时乐坏了,页面跟着调过去。

那两人气喘吁吁,撑着膝盖,面比纸白。

路甲哭丧着脸道:"刚才厨房里到底是什么玩意儿?"

路乙喘着粗气,胆子快飞出来了。"我……我怎么知道?"

而就在这时,他们忽然有种不祥的预感。宿溪屈起食指扣在拇指下,对着路甲的屁股狠狠一弹,力道太大,路甲登时飞了出去,砸在院墙上,留下一个人形的坑。

路乙惊呆了，还未来得及思考发生了什么恐怖的事情，脸上就挨了一巴掌。

而弹过屁股、扇完巴掌之后，宿溪听到游戏里响起金币落入兜中的声音。

金币 +2、+2。

宿溪心道："真的有金币拿？"

她摩拳擦掌，"啪啪"又是两下。

只见屏幕上不停地弹出"+2、+2、+2、+2……"。

宿溪两眼被金钱充满，玩得不亦乐乎，对系统道："这个环节设计得不错，跟马里奥顶蘑菇似的，一直顶一直有钱出来。"

系统无语。

屏幕上闪过一行"请不要贪得无厌"，接着，就不再掉落金币了。

宿溪看了眼右上角，见金币累积 23，点数累积 4，意犹未尽地撇了撇嘴角。

而那两人奄奄一息地在地上号哭了会儿，就被另外几个以为他俩疯了的下人拖着带走了。

宁王府很大很大，宁王府之外想必还有更大的空间，但现在宿溪能解锁的只有陆唤住的柴房和厨房这两个小角落。

这两个地方很快空下来，不再有人，她便觉得有些无聊了。

不知道陆唤干什么去了，什么时候回来。

宿溪忽然想到他的食盒还在厨房，于是将画面切到厨房。

看到食盒中没营养的饭食，宿溪都有点嫌弃，她看了眼自己床头装鸡汤的饭盒，深深地觉得这青菜、米糠怎么能是人吃的东西呢？

系统仿佛察觉到了她的心思，及时鸡贼地跳出来一个框：【请问需要从商城里花 5 金币购买食物吗？】

"不不不。"宿溪仍秉持着绝不氪金的原则，说，"我先在厨房里找找有没有吃的。"

话音落下，她就在盖着的灶里找到了一道香喷喷、热乎乎的梅菜扣肉。

宿溪道："看，这不就省钱了？"

算你狠。

宿溪将食盒中的饭菜倒进厨房院子右边的猪圈里，然后将那香喷喷的不知道是谁藏在这里的梅菜扣肉捞起来，放进食盒里，再拿回去，放回陆唤屋内的衣橱上。

她拍了拍手，十分满意。

游戏里的时间过得飞快，宿溪这边才一个白天，游戏里好像就已经到了第三天晚上了。

寒霜降下，月亮升起，陆唤才回来。

宿溪第一反应是抬头去看左上角的生命条，只见生命条仍是百分之三十，体力条又是濒临于无的百分之五。

宿溪皱眉。他又去做什么了？怎么膝盖脏兮兮的，袍子下面全都湿透了，脸色也很是苍白。

当然，因为宿溪抠门儿，没有兑换陆唤的长相，现在陆唤在她这里还是个Q版的短胳膊短腿的纸片人形象。不过他外形虽Q，走路的步子却非常稳重，神情也冷冰冰的，以至有种令人恍惚的反差萌。

他走进来后，似乎嗅到空气中的味道不太对劲儿，鼻尖动了动，眉毛拧了起来，朝衣橱看去。

宿溪观察着他，见到陆唤面部细微的表情，心中简直有些震惊，这游戏做得也太生动了吧，有几个瞬间简直让她没法把陆唤当纸片人了。

陆唤神情冷冷的，走到衣橱旁，将食盒拿了下来。

今天的食盒气味有点不对，也比平日里重，不过他并未在意，他随手掀开食盒的盖子，打算随便倒到外面的哪个草丛里时，却愕然了。

食盒里放着一道梅菜扣肉，晶莹油亮，香气扑鼻，下面还有洁白的米饭，光闻着就让人食指大动。

陆唤瞳孔凝住。

匪夷所思的事情再次发生了。

后厨给自己送的一向是米糠烂菜，今日在那女人的特地授意之下，怎会送来热气腾腾的饭菜？

他到底是烧糊涂了，还是在做梦？

第二章

锦鲤少年

陆唤自小到大，在宁王府的处境一直很艰难。

若只是因为他是庶子，恐怕还不至于遭人如此欺凌。京城但凡是达官显贵的府邸，大多会有几个姨娘、几个庶子，但那些人至少可以吃饱穿暖，不会如他这般遭受针对。

五岁那年，他才从下人口中得知，宁王待他刻薄，轻易不允许他出这道府门，且纵容宁王妃与两个嫡子对他态度恶劣，是有缘故的。

听说，他的生辰八字与当今东宫那位相冲撞，而陛下格外看重太子。

陆唤没见过自己的母亲，对自己的身世并不清楚，自然也不知道自己是什么时间出生的，万万没想到，就因为犯了当今陛下莫须有的忌讳，扰了宁王的官运，在这院墙深深的宁王府中，就被丢弃在阴冷潮湿的柴房度过了十五年。

陆文秀不过是个没长脑子的蠢货，不足为惧，他真正提防的是笑里藏刀的宁王妃。

后厨也全是宁王妃的爪牙，是以这些年来总是故意残羹冷炙地待他，逢年过节更是奚落般地减少分量，故意饿着他。

而今日送来的饭菜却突然一变，居然变成了正常的热菜热饭，在陆唤眼中，自然是事出反常必有妖了。

宿溪趴在床上，手掌托腮盯着屏幕，就等着陆唤见到热气腾腾的、美味的梅菜扣肉兴高采烈地开始动筷子。可就连她都快被那道梅菜扣肉馋得流口水了，陆唤却还立在原地皱眉盯着，而且脸色还越来越冰冷了。

想啥呢？动筷子啊！

宿溪刚要戳他一下，让他快点吃，就见陆唤从他那简笔画衣袖里掏出了一个东西，捏在两指之间，软萌的包子脸异常严肃。

宿溪："？"

不是，你不吃饭掏出一根针干吗？

这陆唤真的是很不按常理出牌。

下一秒，就见陆唤微微俯身，将银针探入食盒，刺进梅菜扣肉中，然后拿起来，用清水涮洗两下，注视着银针的变化。

似乎是见银针的颜色居然没有变黑，他眉心拧成一个"川"字，有些诧异。接着，他又将银针仔细地刺入米饭中，再次观察银针，仍然没有变黑。他更纳闷了。

不过游戏小人依旧没有放松警惕，他反复多次在食盒中以银针测试，极其谨慎警惕。

宿溪张着嘴巴，都蒙了。

嘟嘟这是……怀疑饭菜里有毒？不是吧，戒备心居然这么重？这游戏未免真实得太过头了。

你说别的游戏，《旅行青蛙》什么的，给游戏小青蛙氪金买了好吃好喝的，它们不都兴高采烈地冲过去大吃一顿吗？怎么到了这个游戏里，这么……

宿溪被陆唤的反应弄得有点凌乱。

就在她以为不过是游戏编程比较严谨，等陆唤用银针测试过没有毒，他就会开始吃的时候，却见陆唤突然面如冰霜地拎起那食盒，朝着门口走去，看起来像是想找个僻静的地方倒掉。

宿溪："？？？"

她如遭雷击。

我好不容易弄来的，你就给我倒了?!

饭菜里竟然没有毒，陆唤心头的确有些诧异，但后厨陡然送来这么一道热气腾腾的饭菜，必定有异常，一定是那女人或是陆文秀又有别的什么心机。他宁愿饿着，也不会动一筷子。

他拎着食盒走到门边，欲拉开房门。

宿溪见状，赶紧用手指把屏幕上的简笔画门死死摁着——噫，浪费粮食可耻。

房门发出"咯吱咯吱"的受力不均的声音，门像是卡在了墙壁缝隙里，陆唤居然一下子没拉动。

他眼中掠过一丝匪夷所思——风把门吹得卡死了？

陆唤站稳，手扣住门，猛然用力。他的伤寒分明还没全好，力道却大得很，屏幕外的宿溪居然没能摁住！

房门都快被两人一里一外地给掰坏了！

宿溪迫不得已移开手指，陆唤这才开了门，拎着食盒走了出去，还不忘回头看一眼这门。这柴房门年久失修，有些异常也算不得奇怪。

"……"

于是，宿溪眼睁睁地看着陆唤拎着食盒，走到马厩处，用铲子挖了个坑。

她正头疼陆唤太过警惕，这样不吃不喝自己还怎么养他，就听见远远地传来几道凌乱急促的脚步声，其中夹杂着"给我找小偷"的叫嚣声。

她听到了，陆唤自然也听到了。

他神情一变，似乎意识到了什么，漆黑的眸子掠过一丝阴郁，手中动作加快。但是还未来得及将食盒里的饭菜倒进去，那几个人便气势汹汹地冲进来了。在那些人冲进来之前，他只来得及匆匆将食盒盖子盖上，扔在一旁。

陆唤冷着脸转过身，看过去。

陆文秀趾高气扬地站在最前面，身后跟着路甲、路乙、后厨总管和一大群人。

哗啦啦，屏幕突然热闹起来。

只见陆文秀这穿着红色大氅、矮得像花生米一样的简笔小人嚣张地走到陆唤面前。

本来是十分气势逼人的走姿，但因为简笔画的形象过丑，被立在那里沉稳如水、身形出众、一动不动的陆唤一衬托，看起来更像是画坏了的草稿。

"本少爷今早吩咐厨房想吃梅菜扣肉，后厨做好了，却不知道被哪个馋嘴的贼给偷了！"陆文秀斜着眼睛嚷嚷道，"至于吗？是饿死鬼投胎吗，连一道菜也要偷？若是被我揪出来，那人就等着被整个宁王府耻笑吧！"

宿溪愕然，睁大眼睛。

死花生米睁眼说瞎话的本事倒是大！梅菜扣肉是你的？信你个鬼！当时厨房能吃的东西分明都被吃完了，只有梅菜扣肉没人要，见是剩下的，她才弄来给崽崽的。

现在陆文秀带着一群人来，摆明了就是没事找事，借题发挥，为了报复陆唤而找由头！但无论如何，宿溪也意识到，自己好心办了坏事。

陆文秀一群人盛气凌人，而陆唤孤身一人。

他脏兮兮的袍子上还有未干的雪水，被寒风卷起，似是随时会被扯碎。他漆黑的眸子里隐隐有几分愤怒，垂在身侧的拳头也不易察觉地握起，但仍按捺住没有动。

宿溪突然就感觉心尖像是被扎了一刀似的，她竟然对一个游戏人物产生了愧疚的情绪。

路甲捂着屁股，跟着帮腔道："对，而且当时是我二人将食盒放在后厨的，怎么现在跑到你这里来了？肯定是你自己取来的，见到二少爷的菜，犯了馋偷走了。"

路乙也揉着青肿了的脸，牙齿漏风道："二少爷，现在您的美味佳肴说不好已经进了他的肚子。"

陆唤冷冷道："究竟是怎么回事你们自己心里清楚。"

果然如他所料，事出反常必有妖，他心说后厨怎么会突然送来热气腾腾的饭菜，原来是陆文秀要在这件事情上做文章。

前几日朝廷考官来查，他虽然是庶子，但也被召过去一道参加，结果胜了陆文秀与陆裕安两人，陆文秀颜面扫地，这之后便想尽办法找他碴儿。

前日还没闹够，今日竟然又想出了一招栽赃嫁祸！

宿溪见到陆唤难看脸色的同时想到，刚才要不是自己挡着门不让他出来，这会儿这道惹祸的梅菜扣肉早就被倒进马厩的地里了，陆文秀这些人也就找不到什么证据，还怎么冤枉人？

就因为她。

可是，这游戏这么变化多端，谁能想得到啊？

到底是哪个垃圾程序员编出来的?!

宿溪有点急,手肘撑在床上有点酸疼了,也不敢移开视线,上午她还说不会沉迷游戏,这会儿完全宛如一个网瘾少女!

"哼,你敢不敢打开你身后的食盒让我们二少爷看看。"后厨总管道,"若是在你这里找到了,你就得承认你是个偷东西的贼!"

后厨总管确定无比,那道菜肯定是陆唤偷走的,因为他在厨房发现梅菜扣肉不见了,而地上撒了一地的米糠烂菜,不是陆唤调换了那还能是谁?

就算陆唤没有偷,而是哪个下人偷的,梅菜扣肉不见了也能推到他身上,就说是他吃了,反正陆二少只是想找个由头教训一下这不顺眼的陆唤,并不在乎梅菜扣肉去了哪儿。

陆文秀赞赏地看了一眼后厨总管,他给自己找了个好由头。

而陆唤神情难看,脸色沉郁,漆黑瞳孔里浮动着几丝冷鸷。他已足够警惕,却不知道近来匪夷所思的事情为何频繁发生,今日自己到底是烧糊涂了,动作慢了一步,还是放松了警惕,中了陆文秀的圈套?

见他这副神情,陆文秀越发肯定那道梅菜扣肉就在他身后的食盒里,现在,自己只需要亲手过去将食盒掀开,便能叫陆唤这个不肯跪下的庶子变成小偷,折辱他!

陆文秀心情大悦,得意扬扬地勾勾手指头,让路甲将陆裕安和宁王府其他下人全都叫过来。

这热闹嘛,当然是要越多人看着才越好玩。

没过一会儿,陆裕安还真被请来了,跟在他后面的还有一大伙下人,几乎整个宁王府的下人都跑过来了。他们平时不敢光明正大地看热闹,这次可是二少爷特意吩咐他们过来的。

陆裕安比陆文秀年长几岁,看起来沉稳许多,他拧着眉,说着场面话:"究竟是怎么回事?宁王府中偷窃一事可不是小事,文秀你可有什么真凭实据?"

后面一群下人窃窃私语,对陆唤指指点点。

一个下人凑过来,在陆文秀耳边小声道:"少爷,那道梅菜扣肉肯定在他身后的食盒里,我方才闻到了味道,您只管揭穿。"

陆文秀得意极了,对陆裕安道:"我自然有证据。"

接着，他对身后的一众下人道："你们可都要睁大眼睛看看，到底谁是这宁王府中连本少爷的一道菜都要偷的人！如此行径，连乞丐都不如！若是实在饥饿，可以求本少爷嘛，何必偷呢？"

他字字带着恶意，瞥向陆唤。"给我把他身后的食盒打开！"

寒风凛冽，陆唤眼底像是结了一层冰霜，他死死盯着陆文秀，抿着唇一声不吭。

剑拔弩张，气氛紧绷得不行。

陆文秀哼笑一声，推开后厨总管，亲自走到那食盒前，将食盒拎起，当着众人的面晃了一圈，动作故意放得极慢，然后将手按在上面。

而与此同时，宿溪动了一下屏幕。

"哗。"陆文秀故弄玄虚，吊足了陆裕安和所有下人的胃口，才陡然掀开食盒盖子。

他面露得意，恶声恶气道："这可是当场抓获啊！"

空气却一片死寂。

食盒内哪里来的他所说的美味佳肴，分明是冷掉了的米糠烂菜！

方才信誓旦旦地对陆文秀说食盒里有梅菜扣肉的下人悚然一惊，怎么回事？！见鬼了？！刚刚明明有的，为什么突然变成米糠烂菜了？！

被叫过来看热闹的人里不只宁王府的下人，还有一些食客和暂居的文人，他们虽然都知道庶子与嫡子尊卑有别，宁王府中的庶子过得不会太好，可现在这情况……这也太惨了吧？平白无故被诬赖，而且诬赖他的二少爷陆文秀好像还是个蠢货。

真是尴尬。他们都恨不得替陆文秀找个地洞钻进去。

一时之间极其寂静。

陆文秀面前的一众下人与后厨总管瞪大眼睛，面面相觑，鸦雀无声。

陆裕安的神情渐渐变得难看，盯向陆文秀，宛如在看一个智障，呵斥道："文秀，你又在胡闹什么？"

陆文秀莫名其妙，这才意识到不对，他放下食盒看了一眼，登时脸涨得通红。

不……不是，怎么回事？刚才自家下人明明说这里面有梅菜扣肉的香气，可现在怎么变成干巴巴的米糠烂菜了？！

当着这么多人的面，自己上蹿下跳的，还口口声声说陆唤偷了自己的菜，结果现在根本没偷，还被众人看到后厨如此苛待陆唤！

陆文秀只觉得自己一下子变成了个小丑。

他恼羞成怒，脖颈涨红，忍不住恶狠狠地踹了旁边的后厨总管和那个告知自己梅菜扣肉确在陆唤食盒里的下人两脚。

"你们是傻的吗？没经查证的事情告诉本少爷干什么？"

后厨总管和那个下人傻了眼，争辩道："我们明明……"

"明你个头！"陆文秀颜面扫地，气得冒火，又踹了他们一人一脚。

众下人纷纷觉得尴尬无比，不敢说话。场面一度令人脚趾蜷缩。

陆唤见到食盒中的米糠烂菜之后，瞳孔也不动声色地猛缩了一下，惊诧至极，只是他没表现出来分毫。

而就在这时，厨房里传来一阵噼里啪啦的动静，有个下人捧着那盘梅菜扣肉出来，讪讪地跑过来，对后厨总管道："总管，找……找到了，在你放材料的壁橱里。"

后厨总管惊愕道："怎么可能？"

刚才他搜遍了后厨，确实没找到，才确定是被人偷走了啊，简直见鬼！难不成是他老眼昏花，刚才没看到？！

话音还未落下，陆文秀就气急败坏地给了他一个耳光。"给我滚！"

周围被叫过来看热闹的食客、文人用难以言说的目光看着陆文秀，目光里透着想笑又不敢笑的尴尬。

陆文秀自然能感觉到，宛如被扇了一个巴掌，脸上火辣辣的。

陆裕安脸色越来越青。"好了，别胡闹了，成何体统！"

"都散了！"陆裕安甩袖就走。

陆文秀气得脸红脖子粗，回头恶狠狠地指了指陆唤，然后又狠狠踹了后厨总管一脚，打算撤了。

"走！"

可就在这时，他不知道是被什么绊了一下，尖叫一声，脚底板打滑，接着当着所有人的面摔了个狗吃屎。

"啊啊啊。"他整张脸都砸进院门口的泥土里面去了，抬起头时，鼻孔里全都是泥巴！

终于有下人忍不住捂住了嘴。

陆文秀鼻青脸肿，气急败坏，爬起来对着后厨管家和自己的下人就是几个耳光。

"没长眼睛吗，敢绊倒我？"

他的心腹脸都被他扇肿了，敢怒不敢言。

而屏幕外，宿溪幸灾乐祸地收回手指，搓了搓，从床头拿来一包薯片撕开。

这就是坏人自有坏人磨。

宿溪完全就是想替陆唤出一口恶气，却没想到系统飞快地弹出消息：【恭喜，协助主人公对人际关系进行处理，获得金币奖励+8、+2、+2、+2，点数奖励+3！点数已达7点，可以选择宁王府内一个新的地图进行解锁。】

妈呀，一下子就7点了！

接着，地图就出现在了宿溪面前。

屏幕上奖励的消息弹个不停，宿溪都看不见陆唤了，于是匆匆将消息滑走，道："先不急着解锁地图，我需要考虑下解锁哪里。"

系统弹出一个小框：【好。】

消息被清空后，只见屏幕上挤挤攘攘的下人都已经散了，最后走的两个穿粗布衣裳的少女甚至回头同情地看了陆唤一眼，眼中似写着：二少爷居然蠢到栽赃嫁祸都不成功，也是难为三少爷了。

人群散去后，院子空荡荡的，只有寒风在呼啸。这场闹剧以极其诡异的方式结束。

陆唤走过去，弯下腰，捡起掉在地上的食盒端详，眉心拧成个"川"字。

别说陆文秀等人震惊了，就连他也觉得匪夷所思，明明亲眼看到了食盒里有热气腾腾的梅菜扣肉，怎么忽然又变回了冷冰冰的米糠烂菜？

如果说茶壶一事是他烧糊涂了，房门和被子一事是他梦中所为，难不成现在这么诡异的事情也是他眼睛花了吗？

这简直超过了常人所能理解的范畴，不由得让人怀疑自己是否精神失常。

陆唤忽然想起什么，定了定神，缓缓走到屋檐下，朝着屋顶漏了的那一块看去，方才进屋后没有细瞧，这会儿看去，便见到不知何时屋顶剩下的那一小块竟然也被修补完了。

"……"

陆唤面色一瞬间变得更加难看与古怪。

而宿溪只看见陆唤脑袋顶上的白色气泡里冒出一串省略号，他仰着头仿佛在思考人生。

宿溪"咔嚓咔嚓"嚼着薯片，瞧着陆唤严肃冷厉的卡通包子脸，简直乐不可支，越来越觉得陆唤好萌。

不过，这宁王府中的人要想栽赃嫁祸，成本是不是太低了点？仅凭几个下人的指证，那位二少爷就能不问青红皂白地带着一大群人闯进院子来，实在过分！

这样的事情先前肯定经常发生，而这次，陆文秀在陆唤这里吃了个大亏，被当场打脸，想必更加记恨，接下来还不知道要怎么找陆唤的麻烦。

宿溪看着陆唤脏污的膝盖，知道今天傍晚自己没上线的时候肯定发生了一些不太愉快的剧情，他说不定被罚跪过。可是自己又不可能一天二十四小时都在线玩游戏，所以，有没有什么办法，至少让陆文秀和那些下人不能随意进入这院子？否则类似的事情肯定会再次发生。

宿溪想着，主动打开了商城，想看看有没有什么能购买的。

像是猜到了她的想法，系统立马弹出来一个商品列表框，最上面从左到右依次是："暗中保护的绝世高手""暗中保护的武林高手""暗中保护的锦衣卫""暗中保护的高手侍卫""暗中保护的普通侍卫""暗中保护的手无缚鸡之力的菜鸡"。

宿溪眼睛一亮，兴奋地搓手。这个好啊，给陆唤买一个，陆文秀再敢来挑衅，就直接把他打趴下。

但当宿溪看了一眼下面的价格后，她差点没晕过去。

"什么鬼？定价怎么这么高？'绝世高手'是 10000000 金币，就连'手无缚鸡之力的菜鸡'也要 100000 金币?!"

"绝世高手"换算成人民币就是十万块，宿溪当然不可能为一个游戏氪金十万块人民币，而即便是"手无缚鸡之力的菜鸡"，也要一千块人民币——这买了有什么用？都说了是菜鸡了，搁在陆唤身边拖后腿？

"无良商家，收费系统简直丧心病狂。"宿溪怒道。

系统冷漠无情地弹框：【买不起就闭嘴。】

宿溪："……"

接下来还有一些可以买给陆唤防身用的银色长剑、毒药之类的物品，但价格都是宿溪付不起的。

当然，就算不考虑价格，她觉得暂时也用不上这些。

按照陆唤目前的处境，身边突然多出来一个侍卫，或者手上突然多出来一包毒药，是想被送去大理寺调查吗？

宿溪将框框往下拉，发现技能兑换栏还有一些"上知天文下知地理""琴技""剑法""骑射""画技"之类的技能。应该是可以通过氪金提高陆唤这些方面的技能，但现在这些技能全都是灰色、锁住的。估计是目前的剧情和世界观未进展到那一步，暂时兑换不了。

宿溪只得作罢。

系统提示道：【你需要给主人公找一个靠山。】

宿溪顿悟。

目前宁王府外的剧情还未解锁，没有人知道陆唤的真实身份是皇子，也还未上升到权斗层面。现在，陆唤就只是一个在宁王府中生存艰难的庶子，要想避免陆文秀和宁王妃一而再，再而三的欺侮，的确需要一个比宁王妃更厉害的人物当靠山。

想到这里，屏幕上弹出一条信息：【请接收主线任务一（初级）：获得宁王府老夫人的赏识。】

之前的人物介绍中并未提过这位老夫人，而迄今为止的剧情中老夫人也没有露过面。宿溪不由得有些摸不着头脑，该怎么帮助陆唤获得老夫人的赏识呢？自己连她的喜好、身份、背景都不知道，这简直无从下手。

宿溪点开宁王府的地图，发现老夫人所居住的梅安苑位于正殿后方、后山旁边，整个院子居然有三分之一的宁王府大小，几百个崽崽的院子大小！光从这居住面积来看，都能知道老夫人是个人物了！

宿溪摩拳擦掌问："能解锁老夫人的梅安苑吗？"

系统道：【解锁老夫人的梅安苑需要累积30个点数，而你目前累积点数只有7。】

宿溪偃旗息鼓。"好吧。"

宿溪暂时想不到要怎么完成这个主线任务，正要切换屏幕，去看看陆唤在做什么，忽然跳出来一个来电，上面显示着"姑姑"。

她赶紧将游戏关掉，接通了电话。

"喂，姑姑。"宿溪缩在被窝里，脚有些冷，不由得蜷成一团。

她以为是自己骨折住院，姑姑特地打电话来关心的，于是还没等姑姑说话，就赶紧笑哈哈地道："姑姑，我腿没事，就是运动会崴了一下，医生说再养一阵子就能回去上课了。"

可谁知电话那边踟蹰了一下，道："溪溪啊，你没事姑姑也就放心了，不过你有空能不能帮姑姑催催你爸妈，让他们尽早把十万块还我？这都快过年了，姑姑也急着给你表弟交新学期的学费……"

"十万？"宿溪有些蒙，爸妈什么时候借了姑姑的钱，她怎么完全不知道？

"对，本来是说好让你爸妈明年开春再还的，但姑姑这不是也有急事要用钱嘛。"姑姑的语气一阵尴尬。

宿溪也有些难堪，毕竟被催债也不是什么光彩的事。

她咬了咬嘴唇，道："好，放心吧，姑姑。我问问。"

挂了电话，宿溪握着手机想了会儿。

爸妈的厂子出了什么问题了吗？怎么突然借钱？

宿溪家里虽然称不上富裕，但也算衣食无忧了，从小到大父母从没有让她为钱的事情操心，零花钱、生活费给得虽然不是同学中最多的，但也绝对不少。各种辅导班、兴趣班也都让她爱上什么上什么。因此宿溪陡然听到爸妈找姑姑借了钱，不由得有些心慌，怕出了什么事。

她也藏不住事，赶紧打了电话给老爸。

"你怎么这么晚还没睡？"老爸起身道，"你妈都睡了。"

宿溪道："刚刚姑姑给我打电话，让我催你们年底之前还钱。"

宿爸爸顿时皱眉。"这事她跟我们说就行了，怎么还去找你一个小孩子？"

宿溪问："爸，我怎么都不知道你们借钱了？"

宿爸爸犹豫了一下，这才解释了一番。

其实也不是什么大事，就是厂子出了点问题，有笔款周转不开。

夫妻两人和朋友一起开厂，那朋友掏得多，宿溪爸妈算是半个合伙人、半个打工人。本来宿溪爸妈手上有十来万的存款，但上个月倒霉催的碰上仪器折损，是宿爸爸的责任，于是掏了八万赔偿出去。然后这个月又碰上宿溪骨折住院，虽然医药费能报销，但其他费用七七八八加起来也花了小一万了。

事情都堆一块发生了，手头一下子变得很紧，于是临时找宿溪姑姑借了十万块钱来周转。

"本来你姑姑答应，等到今年过去，明年开春我和你妈的薪水和分红发下来了，我们就立刻还她钱的，怎么她刚借给我们还不到半个月就开始催债了？"宿爸爸为难地叹了口气。

欠债还钱，天经地义。但他们一家手头还算宽裕时，几万几万地借给姑姑一家，可从来没催过。

宿溪顿时觉得有点愧疚，还很担忧，不知道该说什么。

因为她的倒霉体质，从小到大三天两头地往医院跑。这回住院，还做了一大堆检查，她以为爸妈还有存款，所以没怎么在意。可没想到，爸妈这会儿也是比较困难的时候。

"你也别担心了，谁家没有个难度过的时候呢，等明年开春就好了。"宿爸爸咳嗽两声。

宿溪有点急。"爸，你是不是又没披外套就在客厅打电话？等下感冒了怎么办？"

宿爸爸安慰她，道："你也是，快点睡，别想了，你姑姑那里我去周转一下，大不了多还点利息。实在不行，我先去找朋友借了给你姑姑，明年开春再还朋友。溪溪，这不是你该担心的事。"

姑姑大约是借了钱给他们家就后悔了，觉得利息少了划不来，所以才催债。

宿溪"嗯"了一声，挂了电话，拢紧被子，但仍然心事重重。

她简直能想象得到，要是这笔钱没还上，过年时姑姑肯定逢人就说，宿溪家欠了她好大一笔钱。

姑姑可不会给她爸妈留面子。

可是，宿爸爸又去哪里借这么大一笔钱呢？

唉。

想到这些，宿溪觉得要是自己没住院，至少爸妈也不会这么捉襟见肘了。

自己闲着也是闲着，要不找班上同学，帮他们写作业，多少赚点？

可是那也太杯水车薪了。

这下，她半点玩游戏的心思也没有了，把手机扔在枕头底下开了飞行模式，心事重重地直接睡觉。

与此同时，陆唤将食盒收拾好后，神情冷肃地回到了屋内。

陆文秀今晚闹出了这么一件事，羞愤欲绝，短时间内应该是不会来寻他的麻烦了，周围闹哄哄的下人也终于安静了下来。

夜深人静，屋外飘着大雪，陆唤一如既往拧干衣袍，悬挂起来，然后吹熄了蜡烛，上床盖上被子。只是他伸手摸了摸，将放在墙壁缝隙中的匕首捏在了掌心，压在身下，比以往更加警惕。

从陆唤这个位置刚好能看到被修补过的屋顶。

那处被大风刮走了一些瓦片，积雪又过重，所以压塌了一小块。陆唤前两日从外面找了些稻草和石块回来，进行了修补。但他清楚地记得，当天晚上因为发烧无力，他并没有修补完，还留了些缝隙，打算等天气晴了再爬上去补完，可现在，那处竟然半点缝隙也没有，且远远要比他修补得更加严实利落！

不是错觉。

连日以来发生的种种奇怪的事情，都不是错觉。

以至现在，屋顶被修补过了，房门被稻草填充过了，被子变厚了，屋子外头寒风呼啸，而屋子里头竟然出现了一丝久违的暖和。

到底是怎么回事？

陆唤神情冰冷，他自然是不信怪力乱神之事的，所以他认为必定是有人在捣鬼。但宁王府中不仅下人无数，就连食客、文人、擅长武功的侍卫都有几百人，要想猜到是何人所为，并不是件易事。

陆唤暂时无法分辨对方到底是善意的还是恶意的。虽然就目前一系列奇怪的事情而言，对方似乎还未做出对他不利的事，但无论如何，陆唤不能掉以轻心。

他在宁王府待了十五年，最清楚不过的就是不要寄希望于任何善意，因为那根本不存在。

鹅毛大雪落了满院，食盒中的米糠烂菜动也没动过。

万籁俱寂。

一片漆黑中，陆唤蹙着眉，紧紧捏着匕首，闭上眼睛，半睡半醒，一整夜都未放松警惕。

　　翌日，陆唤照常在鸡鸣之前起了床，伤寒已经持续了三日，总算是彻底从他身上根除了，虽然脸色仍有些发白，但头重脚轻的感觉终于消失。陆唤重重吐了口浊气，起身去山下挑水。

　　他临走时不动声色地将房门和窗户都留了一点点只有他能察觉的缝隙，并在屋顶、院子各处和床边都撒了一些面粉，亦是只有他自己才能察觉的细微痕迹。

　　若是又有人偷偷潜入，看痕迹他就能发现，甚至能粗略知道对方脚印的尺寸。

　　那个偷偷潜进他房间的人不知道是谁，做这些又有什么目的，或许是新的陷阱。

　　陆唤漆黑的眼里浮现一丝冷意，他必须尽早把人揪出来。

　　大约是被陆文秀狠狠教训了一顿，路甲走路时一直捂着屁股，走得磕磕绊绊的，而路乙一直捂着脸，拿开手时还能看到清晰的红色巴掌印。

　　这两人向来喜欢找陆唤麻烦，被教训之后倒是安分了不少，轻易不敢去陆唤的住处和厨房附近，一凑近就像是见了鬼一样，露出惊恐万状的神情，加快步子离开。

　　陆唤没有工夫去管他们身上发生了什么。他在宁王府和下人一道干活儿，挑水劈柴的事情都得做，因此直到日落西山，他才回到自己的住处。

　　他回到院子，先去各处查看。

　　然而，今日屋子里空荡荡的，并无异常，没有多出什么来，也没有什么东西被移动或是被修补过的痕迹。自己特地布下的一些陷阱也没有被动过。

　　是发现自己有所布置，所以对方才没有轻举妄动，还是只是因为今日没有举动？

　　陆唤仍旧没有放松警惕，接连三日都布下了痕迹，但是，和第一日一样，接下来的三日都没有什么异常。

　　陆唤稍稍松了口气。

　　宿溪因为姑姑的一通电话愁得要命，哪里还顾得上游戏的事情，她打电话给几个平时玩得比较好的朋友，问她们知不知道哪里可以打份工。

"你干吗，怎么突然缺钱？"顾沁下课期间溜到走廊上和宿溪视频，"我哥的培训学校需要家教老师，但是得上门做家教，你这腿现在也移动不了啊。"

宿溪问："有没有那种线上的？"

一旁的霍泾川从走廊上路过，笑嘻嘻地将脑袋凑过来，道："宿溪溪，你能靠颜值为什么要靠才华？追你的人都快排到对面大学了，不如我帮你去校园论坛发个帖子，五百块钱约会一次，钱嘛，很快就赚来了。"

这哥们儿一向不正经，宿溪回了句"滚"。

挂掉电话，宿溪愁眉苦脸地将脸埋进枕头里。

对刚上大学的学生而言，钱还真不是那么好赚的。十万块不是小数目，宿溪倒也没指望自己能帮爸妈分担多少，但她瞧着自己腿上的石膏，总觉得自己是个"败家子"，三天两头进医院。

虽然不知道宿溪为什么借钱，但顾沁和霍泾川觉得她家里可能遇到什么麻烦了，她不说，他们也不好多问，都是从小玩到大的朋友，哪能坐视不理？于是他们又叫了几个玩得好的朋友过来。

顾沁道："咱们商量商量，给宿溪凑点，能凑多少凑多少呗。"

这边，宿溪还不知道朋友们在商量着借钱给自己。

因为宿爸爸、宿妈妈今天有点忙，所以没来，她独自拄着拐杖，一蹦一跳地去医院食堂吃饭，吃完后又孤零零地回到病房写作业。

写完作业，她忍不住瞟了手机上的游戏 APP 一眼。一整天没上线了，也不知道她的游戏小人怎么样了，有没有挨饿受冻，她居然有点淡淡的思念。可是，她可没钱氪金，还是好好学习，天天向上吧。

游戏而已，不能沉迷。

宿溪晃了晃脑袋，竭力把想打开游戏的冲动抛到脑后，拿过教材继续看，就在这时，游戏系统在屏幕上弹出一条消息：【你现在去买张彩票。】

宿溪瞥了一眼手机，有些莫名其妙。"买彩票？我买彩票干什么？"

系统道：【点数累积到 10，可以兑换第一次锦鲤机会，你就快累积到了，现在不买功亏一篑。】

"我不信。"

宿溪才不信什么锦鲤不锦鲤的，系统的嘴，骗人的鬼，肯定是游戏策划弄出来的噱头，而且彩票这玩意儿，哪里是想中就能中的？那概率，比她考上清华、北大的研究生还低！

　　与其寄希望于买彩票中奖，还不如寄希望于她家突然拆迁。

　　系统突然弹出来了句：【试一下你又不会死，穷鬼都是你这个想法。】

　　宿溪："……"

　　有话好好说，破系统不要精准人身攻击行不行？！

　　大约是一整天没上游戏，的确有点心痒痒了，宿溪还是没能控制住自己，打开了熟悉的《帝王之路：病娇皇子独宠你》，并在护士小姐姐进来时，眨巴眨巴眼睛拜托她去楼下帮自己买一点水果和一张彩票。

　　宿溪头发乌黑，皮肤雪白，长相乖巧没有攻击性，就连护士姐姐也扛不住她的卖萌。

　　护士小姐姐人很好，很快就帮忙买回来了。

　　一张两块钱的彩票拿到手，宿溪抱着反正试一下又不会死的想法，随手塞进了裤兜，然后啃着苹果，进入游戏页面。

第三章

有炭自雪中来——没安好心

游戏里这会儿又是白天了，天上飘着雪，屋里空荡荡，陆唤又不在。

宿溪有点惆怅，该死的宁王府，怎么整天压迫陆唤，她好不容易上线了，陆唤居然不在。而其他地方尚未解锁，宿溪不知道陆唤在哪里，自然也没办法找过去。

右上角金币数 37，点数 7。

宿溪托着腮琢磨了下。

按照系统所说，可以从技能、人际关系、外在、身体素质、主线这五个方面获取点数。

现在第一个主线任务"获得宁王府老夫人的赏识"还八字没有一撇，技能也尚未解锁，她当然只能从改善游戏小人所居住的环境着手。

宿溪点回屋内，再次意识到这屋子实在是简陋。虽说门和屋顶被修补好，不再漏风了，但这空荡荡的屋内，桌椅、瓢盆什么都没有，床铺硬邦邦的，一看就很冷。

就连后厨都有炭火，陆唤屋内居然没有！

小白菜，命真苦。

宿溪心酸不已，想也没想就点开商城，滑到基础物品那一栏，打算挑一盆炭火出来。没想到系统商城里的商品非常丰富，就连炭火也有好多种，一排货架上七八十个。

淡漠的系统一见到她开始采购就兴奋，立马热络地推荐：【亲，看看这个镏金异兽纹铜炉，只要999999金币……】

消息还没弹完，就被宿溪冷漠无情地滑走。"给我起开。"

她直接滑到最后，选了个最最普通的"一盆木炭"，耗费8金币。

挑选完炭火，宿溪用手指在屏幕上上下移动，将炭火放在了较为通风的角落，这样比较暖和还不容易一氧化碳中毒。当然，移动完她就反应过来，这是游戏世界，应该不存在一氧化碳的吧，自己是不是太入戏了?!

屋子里还缺少桌子、椅子、茶杯。

宿溪将商城里最便宜的一套买了，虽然是简陋的木条拼接成的桌子，但能用就行，相信崽崽不会介意。

这样疯狂消费，很快就只剩下7金币了。

宿溪心疼不已，辛酸地在商城里翻翻找找，看看还有没有什么便宜货能捡回去。

她手指忽然一顿，发现了一双干净简单的黑色长靴，7金币。

刚好，宿溪心中一喜，她昨晚就注意到陆唤不知道是在哪里跪了一整天，靴子都磨破了。想必穿破了的靴子很冷，正好换双新的。

宿溪喜滋滋地将所有金币花了个一干二净，然后将靴子整齐地摆在屋内床铺旁。

这样一来，屋子里添了桌椅和炭盆，看起来就有几分人气了。

宿溪兴高采烈地问："我对环境进行了改善，你看看可以加几个点数？"

系统弹出框：【恭喜，对外在基础环境改善成功，获得金币奖励+3，点数奖励+1！】

宿溪道："为什么才1个点数奖励？"

系统道：【因为你的行为被判定为不劳而获，任务太简单，只是简单粗暴地花金币，不足以获取更多点数。而且改善环境本身获得的点数就不多，要想获得更多点数，请尝试从人际关系和主线任务上下手。】

宿溪："……"

正当宿溪在心中疯狂吐槽的时候，外面传来脚步声，那脚步声在门口略微一顿。

陆唤注意看了眼门外的痕迹，发现自己的布置依然没有被动过，今日应该也没有什么异常情况发生。他走到院子角落，将背着的篓子放下，推开房门，走了进去。

然而，当他漫不经心的视线落入屋内时，瞳孔却猛然凝住了。

门窗分明没被人动过，也就意味着没人从门窗处进来，可为何屋内会凭空多出这么多东西?!

多出了能够置物的桌子，茶壶从窗台移到了桌上。

多出了能够坐下来的椅子，被擦得干干净净。

角落里还多了一盆炭火，虽然用的不是什么贵重炉子，但的确令屋内暖和了起来。

陆唤一身风雪，衣袍都裹着一些寒霜，修长干净的手腕上肌肤被冻得发白，可热气扑面而来，竟然融化了他衣角的寒冷，并温柔地缠绕在他失去知觉的肌肤上。

他极少取暖，因此这丝丝暖意落于他身上时，陌生得令他眉梢都神经质地跳了跳。

陆唤一时间不知该作何思考，他的脸色仍是冷的，而床边的一双黑色长靴撞入他视线时，他更是惊愕。他拧眉快步走过去，拿起黑色长靴。

虽然做工粗糙，针脚也露在外面，但的确是一双干净的、新的、里头没藏着针或是其他东西的靴子。

陆唤八岁那年，陆裕安的生辰宴，庶子不得入内，陆唤只得蹲在乌青的院墙外面结了冰的稻草堆上，同下人一道领取一些打赏。

当时雪下得很大，他的手冻得通红，像是泡烂了的胡萝卜。

他从主宅回来时，曾见到过四姨娘给陆裕安缝制靴子的场景。

四姨娘算是府中为数不多对陆唤有几分照顾的人，只是她自身难保，大多数时候只能跟在主母身后做牛做马、曲意逢迎。

当时她正披着大氅坐在湖心亭中，抱着怀中的靴子一针一线地缝制。

远远的，八岁的陆唤视线一直忍不住落在那双靴子上。

只见四姨娘细致地用三块上好的皮子分别包裹住靴底、靴面前部、靴后，并在靴面正中用红线绣上金雀，然后，她用从宁王妃那里讨来的一些金色羽线，扎成金雀的羽毛，令那靴子看起来无比精美。

那靴子裹着兽皮，鞋底厚实，一看就很暖和。

八岁的陆唤还很小，眼巴巴地看着，下意识蜷缩了一下草鞋里冻得没有知觉的脚指头，可他身后的下人立刻不耐烦地推了他一把，催促他快点往前走。

陆唤跟跟跄跄往前，却仍情不自禁地朝湖心亭看去，就见四姨娘又拿起另外一双鞋子。

她绣工极好，给陆裕安缝制好靴子之后，还剩下一些兽皮材料，宁王妃允许她用剩下的那些皮子给她未出生的孩子做一双绣花鞋。

这时候，她脸上的神情不再紧绷，生怕出错，而是充满了柔和慈爱。

她期待着自己生的是个女儿，于是将那鞋子绣得小巧精致，仿佛在想象着她的孩儿穿着她做的鞋子，一年一年长大。

陆裕安乃宁王府嫡子，一出生便应有尽有，不稀罕那一双金雀长靴；四姨娘的女儿虽同样是庶女，日子过得简陋，但无论如何有四姨娘相护。可陆唤从未收到过长靴，自然也从未有这么一个人，等待着他一年一年长大。

此刻，他盯着手中莫名其妙出现在此的笨重长靴，眼眸无神，心情晦暗，手指不由自主地蜷紧。

鞋面上粗糙的质感传上他的指腹，叫他心中涌起一种难以形容的感觉，可随即他松开来，冷冷地将长靴扔回地面上，脸色冷厉地朝整间屋子打量过去。

门窗都没被动过，那么那人到底是如何潜入他屋内的？

到底是谁？想干什么？

陆唤前所未有地警惕起来，他宛如一只被动了巢穴的狠戾的幼狼，眼神充斥着怀疑与不安，他回想起前几日那道同样突兀的热气腾腾的梅菜扣肉——想必是同一个人所为——对方到底意欲何为？

陆唤当然不会以为突然有人暗中对自己相助，这大底下可没有无缘无故的雪中送炭，或是好心和善意，想尽办法的欺凌、陷害、剥夺倒是应有尽有。

又是什么陷阱吗？

陆唤下意识地摸向了自己随身携带的匕首。他站在屋内，屋内却静谧一片，只听得到外头大雪纷纷落下的声音，和屋内炭火发出的噼里啪啦的轻微声音。

没有别人，这里只有他。

紧绷了片刻之后，陆唤也没有松懈下来，他拧着眉，脸色仍旧很难看。

他又环视了一眼屋内多出来的东西，暂时搞不清楚潜入自己屋内的人是谁，也搞不清对方的目的是什么，于是只能按兵不动，以不变应万变。

这样想着，陆唤冷着脸，将那双长靴扔进了衣橱里头，便转身出了门，趁着太阳还没完全下山去烧水。

而屏幕外的宿溪却对他的一系列反应完全摸不着头脑——

先前给崽崽送热饭热菜，他警惕万分地查看是否有毒也就罢了，为什么现在氪金给他布置房间，他看起来也很不高兴？这桌子、椅子、靴子总不可能有毒吧？

还把她送他的长靴直接扔进了衣橱角落？！

不是，7个金币呢，你不多瞅瞅？

不穿着在雪地里踩两脚踩个"谢谢金主爸爸"？

这游戏给主人公设置的脾气真古怪。

宿溪有点不能理解，正要转动画面，看看陆唤怎么又出门了，是去哪里了，就见他已经回来了，还扛着一个木桶，木桶里的水冒着热气。

他面色平淡地进来，用脚后跟将房门关上，放下木桶，将布巾搁在木桶边沿上。

他将束发的那根浅色的布条摘下来，乌黑如瀑的长发落下，然后他就开始……就开始脱衣服？

宿溪："？？？"

等等，不是，游戏人物还要洗澡的吗？

崽崽虽然在屏幕里只是个卡通形象，但好歹是个男性少年角色，意识到这一点，宿溪脸色莫名一红。

就在她脸色涨红的工夫，屏幕突然一黑。

宿溪："？？？"

"你干吗？"宿溪气得差点捶桌子，狂按手机解锁键，手机倒是亮了，但游戏页面就是黑着屏。

系统弹出：【游戏主人公洗澡乃氪金场景，需要1000金币才能观看。】

宿溪："……"

我都准备好了你和我说这个？

宿溪漠然道："要花钱？那算了。"

系统：【……】

这一黑屏，就足足黑了半个小时。

宿溪也不知道为什么陆唤洗个澡要那么久。别问，问就是洁癖。

她等了一会儿，见到屏幕还没亮起来，就趁着这个工夫也去洗漱了一番。

宿溪一边刷牙一边盘算着，要不早点出院得了，她的脚踝虽然骨折了，但是已经固定好了，借助拐杖也能走动，老这么住院，的确不是个事。功课落下是小事，关键是烧钱。

等她磨磨蹭蹭洗好回来，游戏页面已经亮起来了，不过看游戏里的时间，似乎已经到了半夜。

宿溪以为陆唤已经睡了，打算关掉游戏，可就在这时，她微微一愣。

屋子里的烛火已经熄灭了，只从窗户那里透进来一点雪地反射的月光，陆唤躺在床上，闭着眼睛，合着的眼睫毛在苍白的肌肤上落下一层乌青的阴影，可是靠墙的左手却紧紧抓着什么东西。

宿溪若不是从这个视角看他，绝对发现不了他浑身紧绷的警惕之状。

他抓着什么？

宿溪尝试转动画面，放大他的左手处，那竟然是一把匕首。

"他怎么了？"宿溪愕然，又观察了他十几分钟，却见他一直抓着那把匕首，也一直没完全睡着。

他整夜都处于防御状态，像是在警惕什么人贸然闯入屋内一样。

宿溪看了看陆唤，又看了看屋内多出来的桌子、椅子和炭盆，突然意识到什么——他难不成是认为屋内潜入了贼，平白无故送了这些东西给他是要害他？！

这倒也是，换了她家里莫名其妙多出来许多东西，她也会吓得报警。

可是，不是，这……这不是一个游戏吗？这是一个游戏人物该有的思维吗？对新出现的道具不应该想也不想地直接使用吗？

宿溪再次被这个游戏里的主人公近乎真实的、有血有肉的思维给惊呆了。

她恍惚了一阵，只能归结于这游戏策划太神，但既然崽崽都对她送这送那警惕万分了，她要是再送，只怕崽崽会更加抵触。

宿溪想了想，动了动水壶，想着有没有可能在地面上用水写字，写出"我没有恶意"几个字。

但系统道：【你的点数不够，目前无法通过此方式进行交流。】

居然真的可以这样交流？宿溪一喜，问："需要多少点才可以？"

系统道：【至少100点。】

宿溪的热情被一盆冷冰冰的水浇灭。"得了，遥遥无期。"

宿溪暂时断了这个念头，替陆唤把门窗掩了掩，确定没有风吹进去之后，就关掉游戏下线了。

睡前她把刚买的彩票拿出来瞅了瞅，是三天后开奖的一张彩票。

虽然打从心底里不相信系统所说的什么锦鲤之类的屁话，但宿溪到底是没有把彩票扔掉，反而郑重其事地夹进了书里。

反正三天后就能知道到底是什么情况了。而这三天里，她得尽快把点数提升到10点以上。

宿溪睡了一觉，醒来睁开眼的第一件事，就是迷迷糊糊地摸出手机，打开游戏。

一打开页面，就发现院子里有两个下人，说后厨缺水，催促陆唤快点去提水。

这会儿游戏里是下午，没再下雪了，但地面结冰，仍然很滑。陆唤似乎刚忙完回来，他衣衫单薄，被风卷起，白皙的额头上渗出了一层细细的汗水。

他冷漠地看了那两个下人一眼，并没多吭声，拎着两个水桶朝水井那边去了。

他一转身，宿溪就见那两个下人脸上露出不怀好意的笑容，直觉是陆文秀那狗东西安分了几天，又让人来刁难她的游戏小人了。

而就在这时，页面上突然弹出来一条消息：【提示，进入主线任务：获得宁王府老夫人的赏识，请迅速做好攻略准备。】

宿溪道："这么突然?!"

【任务奖励为50金币，6个点数。】

这么多?!

宿溪两只眼睛只看得到奖励，顿时一个激灵，清醒了。

她抹了把脸，赶紧单脚跳下床，一只手举着手机，一只手刷牙，激动地对系统道："他提着水桶往哪里去了？"

系统道：【水井那边。】

宿溪含了口水，含糊不清道："快快快，帮我把水井那一块的地图解锁了。"

地图上顿时又多了一块被点亮的地方。

幸好宿溪之前留着解锁机会，没随便解锁哪个角落，不然今天就没办法跟着过去了。

页面切换到水井板块，只见这里是宁王府西边的一条溪流，上游处挖了水井，从水井里取水挑到后厨距离倒是不算远，但是此时此刻，水井那里竟然摆着上百个水桶。

密密麻麻，令人头皮发麻。

陆文秀上回失了颜面，怎么想都满肚子怒火，这回索性不玩栽赃嫁祸那一招，直接故意刁难。

两个下人给他搬了把藤椅放在溪边，他大喇喇地坐在藤椅上，身边牵着一个五六岁的小女孩——那是四姨娘的庶女。

那小女孩惊恐万分地大睁着眼睛，想哭不敢哭，已经尿了裤子。

远处的陆唤走过去，冷冷地将水桶扔在地上。

陆文秀知道四姨娘平日里对陆唤还算有几分照顾，陆唤对四姨娘唯一的女儿不会见死不救，因此今日特地让人把四姨娘支开，把她女儿抱来了。

他得意地看着陆唤，道："你今天要是不搬完这一百桶水，我就把四妹推下去，这大冬天的，掉进冰水里，保不齐会冻出个风寒什么的。"

一圈下人围拢在一起等着看笑话，还有下人鸡贼地替陆文秀拿来了小火炉和狐狸皮裘大氅，讨好地替他披上，逢迎着笑道："二少爷，这一百桶水搬到后厨可有点费力，现在已经晌午了，只怕搬到月上梢头也搬不完。"

陆文秀更加得意了。"那就给我搬到明天。什么时候搬完，什么时候才可以带四妹离开！"

听到这话，他身边的小女孩回头看了眼薄薄一层的冰面，吓得腿都软了，咧开嘴要号啕大哭，但是被陆文秀身边的一个下人一把捂住。

陆文秀呵斥道："不准哭！吵死了，哭什么，好歹也是宁王府的庶女，这点胆量都没有？"

小女孩被捂得脸色发白，快要窒息，只勉强来得及喊了句："娘，救……"

声音戛然而止，小女孩被陆文秀的下人拎着衣服提起来，半个身子悬空在河面。

陆文秀这才回头，挑着眉，跷着腿，笑嘻嘻地对陆唤道："怎么样？你不是力气大吗？上回在朝廷来的考官面前露了一手，挽弓厉害得很，想必一百桶水对咱们三少爷来说也完全是小事一桩吧。"

陆唤冷冰冰地盯着他，漆黑的眼底一片森然，冷漠的表情令人心底生寒。

陆唤虽然不答话，但陆文秀知道，他肯定会去提，因此陆文秀得意扬扬地往后一靠，等着看好戏。

果不其然，陆唤朝庶妹看了一眼，一声不吭地走到那一百个水桶旁边。

一百个水桶林立，每个水桶有一人合抱那么粗。宁王府的水桶都没这么大，这是陆文秀特地让下人弄来的大水桶，一个足足有半个水缸大小。倘若装满了水，就连两个下人都只是勉强能拎得动。

这十几年来，宁王府给陆裕安、陆文秀两兄弟请了教四书五经和剑法的老师，陆文秀游手好闲，什么也没学到，却没料到被偷偷爬上院墙的小陆唤给学了去，要不是上回朝廷考官来查，陆文秀都还不知道陆唤这小子有两把刷子。

他自己不学，但是见陆唤会骑射，会写文章，心里十分嫉妒，于是越发地刁难他。

他知道陆唤力气还算大，拎起一个装满水的大水桶虽然会吃力，但咬咬牙也能搬到厨房那边去，但是连续不停地搬运一百趟，他就不信累不死陆唤！只怕到第三趟，陆唤就该趴下了！

众人瞧着陆唤站到第一个水桶旁边，也看热闹似的，等着陆唤露出痛苦的表情。

可是，只见陆唤单手拎起一个水桶，像是根本感觉不到有什么重量似的，拎在手心里上下提了提。

众人："？"

他皱了皱眉，另一只手也直接拎起了一个，似乎仍然感觉不到什么重量。

众人："？？"

他稳稳当当地拎着两个水桶，面无表情地转身就走。

众人："???"

接着，他衣袂轻飘，一个箭步朝着厨房去了。

原本嘈杂的水井边顿时死寂一片，众人盯着陆唤目瞪口呆，这……不是，这水桶难道没装满吗？分明装满了呀！方才他们两个下人还尝试过，非得两个力气大的壮汉才能抱起来一桶水。

可陆唤怎么这么轻松？

陆文秀气得直接站了起来，呵斥道："你们到底给水桶装满了没有？"

"装满了呀，少爷您看。"两个下人吓得跪了下来。

陆文秀脸色铁青，但同时也惊疑不定。

什么情况？陆唤刚才那轻松的样子到底是装出来的还是真的轻松？这么重的水桶，他怎么会那么轻而易举地就拎起来了？

众人还在狐疑，就见陆唤已经送完了两桶水，走回水桶旁边。这回，他似乎觉得还是不够重，索性左手两桶，右手两桶，一次拎起了四桶水，朝着厨房那边走去。

众人："……"

四桶水，只怕得八个壮汉拎，就这么被他拎着，轻快得像是没有任何重量一样。

下人们惊奇得像几十截木头，齐刷刷地张大嘴巴。

"三少爷怎么那么轻松？"

"上回朝廷考官来，的确夸他拉弓如神。"

有几个并非陆文秀院子里的小丫鬟甚至忍不住悄悄地红了脸，小声说着话。

陆唤一来一回跑了几趟，竟然已经搬了二十桶！

根本不需要几炷香的工夫，就可以完全搬完了。这和先前陆文秀打算刁难他，让他搬到明日清晨的打算完全不符！

就连四姨娘家的庶女都停止了抽噎，睁大眼睛看着陆唤。

眨眼间陆唤又回来了。

陆唤心中也感觉匪夷所思，他忍不住低头看了眼自己手中的水桶，明明是装满了水的，但是为何他感觉不到丝毫重量，就像是底下有东西在托着一样？

他自然不能表现出疑惑来，只是快速地又拎起了四桶水。

而陆文秀从完全呆住的状态中回过神来，顿时怒从心起，脸色一阵青一阵白，气急败坏地走过去，道："这水桶肯定有问题！陆唤，你别给我耍什么花招！"

说完，他便从陆唤手中抢过一桶。

可陆唤手里的水桶一到了他手里，却一下子重若千钧！他一只手根本拎不住，整个水桶都砸到了他脚面上！

众人："……"

水从水桶里洒出来不少，洒了一大半他还提不起来。陆文秀从手背到手臂再到太阳穴青筋暴起，他咬牙切齿，龇牙咧嘴，也没办法提起来分毫，那个水桶像是被一只脚在上面死死踩住一样，快将他脚背压断了。

众人："……"

对比实在惨烈，被陆文秀尴尬得头皮发麻。

"啊啊啊，痛痛痛！"陆文秀忍不住了，号叫声宛如杀猪，"愣着干什么？快点给本少爷把水桶拎起来！"

几个下人跑过去，哆嗦着给他把水桶拎走，他这才一屁股摔坐在地上，口中嘶着凉气。

真的好痛，那桶里面装的不是水，是铅铁吧。

而此时此刻，溪边上方的长廊里立着两个雍容华贵的人，宁王妃陪着老夫人出来赏梅，却不料见到了这一幕。

老夫人："……"

宁王妃："……"

老夫人不忍直视地怒道："丢人现眼的玩意儿！连一个水桶都提不起来，说出去是要让别人笑掉宁王府的大牙吗?！"

宁王妃尴尬地看了老夫人一眼，试图辩解道："文秀前几日生了病，今日许是还没好，所以没什么力气。"

老夫人气得心脏病都快犯了，又唾了句："丢人现眼！气死我了！"

宁王府是武将世家，世世代代就没有不擅长骑射的。即便现如今宁王开始在朝廷任文职了，也不意味着宁家人能彻底将骑射放下。

就连老夫人自己，年轻的时候也是能舞刀弄枪的。

可这陆文秀……

老夫人此时此刻的确气昏了头，她万万没想到陆文秀居然能草包成这样！连一个水桶都提不起来，还怎么上战场?！况且宁王还特意请了禁军教头来教他和陆裕安兄弟俩，怎么教出这么个手无缚鸡之力的废物?！

老夫人近些年隐居梅安苑，极少出来。每逢她的寿宴，陆裕安、陆文秀兄弟俩都会表演刀剑逗她开心，她还真以为陆文秀虽然不及陆裕安，但好歹也算是有点出息，不至于太败坏宁王府的颜面。现在偶然撞见溪边这一幕，她才知道被骗了！

每次寿宴，陆文秀表演的那些花拳绣腿，全都是临时抱佛脚，根本没点真本事，否则又怎么会像现在这样拎个水桶都费劲儿，面色惨白得跟个废人一样？

老夫人脸色难看至极，她将怀里的金炉子往身后的丫鬟手里一搁，快步朝他们走过去。宁王妃面色也不大好，盯着陆唤看了一眼，皱了皱眉，也急匆匆跟了过去。

身后一群丫鬟蜂拥跟随。

溪边众人没料到老夫人居然会出现在此，吓了一跳。

下人们纷纷跪了一地。"老夫人。"

陆文秀捂着脚，吃痛不止，但见老夫人来了，瞳孔一缩，也赶紧爬了起来。"奶……奶奶。"

不中用的东西。老夫人上下扫了他一眼，见他双腿都在抖，心中十分看不上。老夫人厌烦地转过了头，视线落在一旁沉默行礼的陆唤身上，反而是陆唤叫她有些诧异。

嫡子才能继承家业，因此禁军教头来教，便只有陆裕安与陆文秀兄弟俩能参学。可他们学了这么多年，却连个什么也没有的庶子都比不过。

老夫人的脸色与神情，宁王妃和陆文秀自然也看在眼中。

宁王妃神色难看，而陆文秀顿时便几分委屈、几分慌张地看了自己母亲一眼，同时又忍不住狠狠瞥了一眼陆唤——若不是他，自己又怎么会一而再，再而三地出丑？

"奶奶，我是在同三弟、四妹做游戏。"陆文秀道，藏在身后的手急促地摆了摆，让人把庶女放开。

老夫人才不管陆文秀是否在欺凌两个庶子，她厌烦道："游戏做够了，便回去念书吧，一群人围在这里咋咋呼呼的，成何体统?！"

陆文秀急切应道："我这就回静室念书去。"

说完，他招招手，让跟自己来的下人赶紧走。

陆文秀此次就是想要刁难陆唤，因此叫来了一大群人。方才老夫人来了，这一大群人跪了一地，又不敢离开，因此这会儿全都站起来朝长廊那边走，竟然有些拥挤。

陆文秀瞥了陆唤一眼，脑子里突然冒出个念头。方才那一幕肯定叫老夫人瞧见了，陆唤害自己在老夫人眼里变成了个废物，真是该死，自己不扳回一城，难不成还真要让他获得老夫人的赏识？

他脸上浮现出一丝毒辣，对身边的心腹耳语两句。

这一切都发生在很短的时间内，屏幕里的一干人等无从察觉，而屏幕外的宿溪却是放下了牙刷，无语地看着屏幕上弹出的那几行陆文秀对心腹说的悄悄话：

"你想办法把陆唤一推，让他带着老夫人掉进溪里。我倒是要看看，他犯了这么大的错误，老夫人难不成还能对他青眼相加？"

不是，秀儿，you are being watched（你正被监视着），说悄悄话也没用啊。

正当宿溪这么想着时，溪边的意外瞬间发生！

陆唤正要越过几个下人去溪边将四姨娘家的庶女牵走，而老夫人与宁王妃就站在溪边，忽然，一个贼眉鼠眼的下人在陆唤经过老夫人身边时伸出了手。

陆唤一向警觉，自然不可能没意识到，他听见来自背后的细微风动，眸子一动，便闪开了身。

这下人一愣，眼瞧着自己没害成陆唤，反而要推到老夫人了，于是迅速缩手。

就在这时，不知为何，他的手腕像是凭空被一道力量给捏住了一样，然后死命拽着他往另一个方向。这下人脸色刹那间变白了：什么情况？手手手，他的手怎么不听使唤了？！

他拼命想将手缩回来，可那道诡异的力量比他的大多了，死命地拽着他，让他的手推向陆文秀的肩膀。陆文秀正扭头打算看好戏，却陡然被人从斜右方一推，他一个站立不稳，下盘虚浮，下意识抓住了身边的老夫人的衣领，接着，他抓着老夫人掉进了冰冷的溪水里。

"扑通！"薄薄的冰面破裂，溪水冰冷彻骨，溅在溪边众人身上。

众人："！！！"

画面停滞了一秒，然后，伴随着宁王妃的尖叫，场面乱成一团。

宁王妃和几个丫鬟慌乱叫喊着让赶紧救人："救人！全都愣着干什么?!"

而下人们大惊失色之余，却纷纷迟疑了。此时没有会武功的护卫在，这么冷的天，跳进去就免不了伤寒，他们既不是世子，也不是老夫人，又没有火炉取暖、大夫救治，跳下去把人救起来自己就得死。

刺骨的溪水里，陆文秀惊慌失措，脸上霎时冻得毫无血色，拼命挣扎，却差点溺水。

反而是老夫人有点底子在，她冷静地攀住一块石头，试图站起来，但还没站稳便因陆文秀这个蠢货拼命折腾，被再次拽下水。

老夫人嘴唇冻得发乌："……"

屏幕外的宿溪盯着陆唤。不知道为什么，这大好的机会，陆唤却在冷眼旁观，他抱着四姨娘的女儿立在一边，脸上神情冷冰冰的。

他头顶还出现个白色气泡，气泡里有个字："呵。"

宿溪："……"

崽崽你这是见死不救！

正当宿溪犹豫着要不要推动任务，把崽崽也推下去，强迫他救人时，他才终于动了。他放下小女孩，跃入溪内。

片刻后，老夫人与陆文秀都被救了起来。

陆唤也浑身湿透，乌黑的发紧贴着单薄的衣衫，嘴唇冻得发白，在那两人之后踏上岸来。

老夫人与陆文秀那边都有下人和宁王妃赶紧围过去，递上大氅和火炉，帮他们擦干身上的冰水，而陆唤身边却孤零零的，他面无表情，看不出有什么情绪，只垂着眸子将衣袍上的水拧干。

那边，老夫人从彻骨寒冷中缓过神来，浑身打着哆嗦，对着身边也哆嗦个不停的陆文秀就是一巴掌，勃然大怒道："蠢货！废物！你给我去闭门思过一个月，不许出来！"

陆文秀本来就快冻得失去知觉了，又被扇了一巴掌，差点倒地上没起来，他发着抖跪在地上，哭着求饶道："奶奶，我不是，我没有，我……"

他忽然恶狠狠地瞪向心腹，气急败坏道："是他推我！你刚才推我干什么?!"

那心腹已经被刚才的撞鬼事件吓破了胆，哪里还顾得上陆文秀在说什么，他脸色发白地跪在地上。

宁王妃的脸色也很难看，急忙让人把那心腹带过来，道："你好好说说，方才是怎么回事？"

可老夫人全然没心思理会陆文秀的狡辩，她心里已经认定了这个嫡孙是个没用的废物。

她将视线转向一边的陆唤，定了定。方才自己坠入水中，竟然是这个庶孙第一个紧张地跳下去把自己给救上来的。

老夫人沉了口气，忽然对陆唤招了招手，道："你过来。"

陆唤将衣袍拧得差不多不再淌水，但仍然浑身湿透，他亦嘴唇发白，但气度和哭爹喊娘趴在地上的陆文秀相比却一个天上一个地下。

他沉默着朝老夫人走过去。

而直到这个时候，也没人给他递过去一块擦拭的干布巾。

宿溪见老夫人这个态度，知道自己大约是初步完成了"获得宁王府老夫人的赏识"的任务，可是她瞧着溪边这乱糟糟的一幕，心里却不知道怎么不是很开心。

她放下牙刷，看着浑身湿漉漉的崽崽一步一个水脚印地朝廊下走去，心里竟然对一个游戏人物多了几分心疼的情绪。

宿溪手指动了动，忍不住用大拇指揉了下屏幕上湿漉漉的、从头发丝到脚都散发着冰冷寒气的崽崽。

明明只是一个游戏，她却忍不住与游戏角色产生了共鸣，甚至产生了想要快点完成更多任务，帮助崽崽早日登上九五之尊之位，这样就再也没人会忽视他的想法。

宿溪不知道的是，陆唤抬脚踏上长廊的那一瞬，脚步顿了顿，莫名抬头，他方才感觉到被冰水湿透的身上好像温暖了一瞬，犹如披上了一件柔软的大氅，这是这世间从未给过他的温柔……

不过那感觉稍纵即逝。

陆唤只是皱了皱眉，便继续朝老夫人那边走过去。

第四章

她中了三百万

　　老夫人身后的六个丫鬟忙得团团转，两个在给老夫人擦头发，两个匆匆拿来棉被盖在老夫人身上，两个用布巾裹着热鹅卵石给老夫人按揉胳膊，这才令老夫人冻得发白的脸色稍稍好转。

　　她缓了口寒气，抬眼看向陆唤。"你救了我，你可有什么想要的？"

　　老夫人这话一问，宁王妃脸色便不大好了。今日她邀请老夫人出来赏梅，本意是讨好老夫人，可谁知跟撞了鬼一样，竟然发生这种意外！文秀遭到老夫人厌恶与迁怒也就罢了，竟然还让陆唤占了便宜，得了老夫人的青睐！

　　老夫人在宁王府中说一不二，就连宁王都有些畏惧他这位出身于武将世家的母亲，若是让陆唤得到了老夫人的赏识，那以后自己的日子还能顺心吗？

　　"可有什么想要的？"他一个庶子还能有什么想要的？自然是想要与两个嫡子平起平坐了！

　　宁王妃心中恼怒，却不敢表现出来分毫，只关切地立在老夫人身边，对陆唤柔声道："既然老夫人想赏赐你，你便大胆地说吧。"

　　而老夫人心中自然也有所考量，她虽然不经常出梅安苑，但看人一向很准。

　　宁王府这三个孩子当中，陆裕安虽然还算成熟稳重，但实在是过于平庸，毫无亮点、锐气！而陆文秀就不必说了，今日看来完全就是个废物点心！

偌大个宁王府，竟然只有这个庶子能力出众，还远远胜过那两位。

况且今日他还跳入那寒冷刺骨的冰水中救了自己，于情于理，都应该给他嘉奖。

只是，老夫人心里也很清楚，嫡庶有别，陆唤提出钱财要求也就罢了，若是想和两个嫡兄长平起平坐，那便未免太过贪心了。

她正这么想着，便听陆唤开了口。

"陆唤喜静不喜闹，希望我的住处今后不可有人随意进出，望老夫人答应。"

宁王妃与老夫人俱是讶然。老夫人愕然道："就这？"

少年的嗓音清冷，没什么情绪。"就这。"

一旁跪在地上的陆文秀则脸色青一阵白一阵的，陆唤他什么意思，喜静不喜闹，是在暗讽前几日自己率领众人栽赃他吗？难不成他要趁机当着老夫人的面算这笔账?！

老夫人万万没想到陆唤的请求如此简单，就只是想要一处安静的住所。但她随即想到，陆唤所居住的院子与下人们的住所混杂在一起，难免吵闹。即便是庶子，被如此苛待也实在是过分了。这些事情一向由总管处理，而总管背后是谁在指使亦一目了然。

可是先前老夫人根本无心管这些闲碎的事情，从来都和宁王一样，睁一只眼闭一只眼，以至此时才陡然意识到自己这庶孙在府中生存处境之艰难。

能不艰难吗？她今日刚出梅安苑就有所耳闻了，前几日陆文秀跑到陆唤那里去，胡乱栽赃陷害，却陷害不成，闹出了个大笑话。

想必陆唤提出这个要求，也是因为烦透了他这嫡二哥的百般找碴儿。

老夫人一时之间心情略微复杂，自己已经给了这庶孙要什么给什么的赏赐承诺，他却只提出了这么个微不足道的要求，当真什么也不贪图吗？

老夫人思量片刻，便对身边的嬷嬷吩咐道："去对总管说，我给了陆唤一处宅院的赏赐，让住在他周围的那些下人统统搬走，今后任何人不得随意靠近他的住处！若有人胆敢违背，便自行去领罚！除此之外，每月给唤儿加三两银子。"

宁王妃和陆文秀的脸色都有些难看。

就连四姨娘都没有一整处宅院，都是和一些丫鬟共住的，现如今，倒是陆唤先有一整处宅院了。还每月有三两银子，虽说不多，可也足够他打点一些下人了，比起他先前处处受到苛待的情况，可是好了很多。

周遭跪在地上的下人眼观鼻，鼻观心，心里也有了计较。先前他们纷纷轻侮陆唤，是因为整个宁王府不会有人在意陆唤的死活，可现在，陆唤救了老夫人，恐怕日后不能再如此待他了。

这天，好像变了一些。

"至于你。"老夫人转头看向陆文秀，脸上的嫌恶毫不掩饰，"你不滚回去给我闭门思过一个月，还跪在这里碍眼干什么?!"

陆文秀又气又委屈，还想争辩，道："奶奶，你怎么可以给陆唤一处宅院，就连我都……"

话还没说完，老夫人气得又是一脚踹了过去，孽种，废物，不先瞧瞧他都干出了什么事，居然还不识趣地在自己跟前嫉妒陆唤。

"若不是陆唤，我这把老骨头今日就被你这个没用的东西给拖累得交待在溪水里了，你还抱怨什么，没罚你去祠堂跪着就是好的了!"

宁王妃生怕自己这蠢儿子再说出什么话激怒老夫人，连忙拦住，对两个丫鬟道："还不快带二少爷回去闭门思过?!"

陆文秀被两个下人带走之前，咬牙切齿地瞪了陆唤一眼。

陆唤亦抬头直视着他，一双眼睛冷冷的。

老夫人不再多说，急着回去取暖，宁王妃和一群人簇拥着她离开，廊下的人群终于散了。

陆唤乌黑的头发还在淌水，他转身牵着小女孩，将她先送回四姨娘那里。

而宿溪这边，系统弹出一条消息：【恭喜，主线任务一：获得宁王府老夫人的赏识已完成1/2，主人公得到赏地一块，获得金币奖励+25，点数奖励+3！】

见到任务初步完成，宿溪这才松了一口气。

虽然不知道为什么这个主线任务只完成了二分之一，但想来应该是后面还有什么地方会与老夫人产生关联。

系统道：【点数累积11，可以再解锁一个地图，你要解锁哪里？】

宿溪毫不犹豫，当然是解锁老夫人赏赐给陆唤的那块地了。

虽然得来的过程有点曲折和辛苦，但是崽崽终于是有一处院子的人了，再也不是只拥有一个小破屋的崽崽了。

宿溪都有点为陆唤激动了。咱有地有宅院，离称霸紫禁城还远吗?!

外面的护士敲了敲门，宿溪用毛巾擦干净脸，一蹦一跳地去病房门口接过护士送来的早餐，笑眯眯地说了声谢谢。

护士小姐姐纳闷道："26床什么事，一大早上这么高兴？"

宿溪笑了笑，没解释，拎着早餐回到床边。

她吃了几口早餐，调转游戏屏幕，满含期待地打开新地图，看了看老夫人赏赐的这块地的全貌。

说是一处宅院，自然比不过宁王妃和陆裕安他们居住的雅梅轩、雅心安那么富丽华贵，到处都是曲榭回廊、葱茏花木，就是一块什么也没有的光秃秃的空地而已。

可是——它好大啊！

宿溪心情雀跃，好大一块空地！

大空地上只有几处小的柴院，除此之外，还有一片竹林，此时落满了积雪。

但宿溪依然很高兴，这么大一块地，虽然简陋了些，但如果再没有下人和陆文秀冲进来打搅的话，她随便帮崽崽开开荒，养点鸡、鸭、鱼，种点白菜、土豆什么的，崽崽就可以过上很好的日子了！

最起码不会再缺衣少食。

简直一切都有了新希望啊！

很显然，陆唤也是这样想的，虽然他浑身湿透，但漆黑的眸子透亮，回去时的步伐都轻松了许多。

院子周围原本住着的那些下人此刻正在被管家驱散，走之前，他们都在小声地议论，回忆自己先前有没有得罪过这位三少爷，甚至有几个鸡贼的下人在商量要不要去道歉，否则风水轮流转，到时候这个庶子真的成了老夫人眼前的红人，那他们这些曾经针对过他的人岂不是会没有活路？

不过，陆唤对这些一概置之不理，他回到院子后便去烧水。浑身冰冷，若是不早点给身子回一回温，只怕会得伤寒。

拎起水桶的时候，他回想起方才在溪边的那一幕，忍不住皱了皱眉，当时混乱，他也没看清那下人是如何让陆文秀将老夫人带下溪水中的。

虽说陆文秀是搬起石头砸了自己的脚，可近日陆文秀的运气未免也太差了些。

难不成又和上次饭菜事件一样，是有人在帮助自己？

这个念头一闪而逝，随即就令陆唤心中产生了一些细微的、飘忽不定的情绪。察觉到自己的情绪，他的脸色立刻一沉。暗中帮助自己？他这种奢望一样的念头未免太过可笑了，自己身上并没有什么利益可图，又怎么会有人不求回报地相助？

他幼时倒是还对人残存着一点信任，帮助过一个下人，可后来那下人便立刻倒戈，害他被宁王妃抓住把柄，毒打了一顿。那几日他奄奄一息、鲜血淋漓，身边人来人往，没有一个人扶他一把，他身上留下的一些疤痕至今还能看到。

从出生到现在，若不是他命硬，恐怕早就死了千百回了。

人命卑贱，命如蝼蚁。

在这宁王府中，他的生存远比旁人艰难一百倍、一千倍。

他深知，这世界上唯一能相信的只有自己，至于一直在暗处的那人……陆唤的视线落在角落里那盆仍未熄灭的炭火上，手指神经质地蜷了蜷。

他竭力去忽视那点可怜的温暖，那点落在自己冻得发僵的肌肤上，悄然顺着血液蔓延上心脏的细微感觉，然后冷漠而嘲讽地移开了视线。

在暗处便在暗处，总会露出马脚，被自己揪出来的。

虽然暂时不知道对方目的为何，但总会有知道的一天。

相信这世上会有人对自己好，是陆唤宁死也不会去做的事情。

那些下人完全搬走之后，整个院子立刻清静了下来。

这几乎是这十几年来陆唤所处的最宁静的时刻，天地之间只有雪落下的声音，他不由得深吸一口气，眉宇间放松了许多。

陆唤换上一身干爽的衣袍后，片刻也没有歇息。他从院子角落找出了一把锄头，先围着老夫人赏给他的地方转了一圈，考察了一会儿后，在竹林后方的一块空地上停住了脚步。

这里积雪松软，隐隐冒出一些嫩芽和竹笋，说明适于种植。

现在是冬天，没办法种什么，但是可以先开荒……

陆唤动作很快，不到一个时辰就将土地先翻了一遍，然后去另外几处下人撤走后空了的柴院，将那些院子里的篱笆暴力地拆掉，扛着篱笆来到开荒处，扎下去。

以后每隔几日给土地翻一翻，来年会更适宜种植。种出来的菜可以自己吃，也可以卖——无论如何，今后的生计是不成问题了，自食其力比先前处处掣肘可要好得多。

做完这些，他又熟练地把剩下的篱笆捆扎起来，在自己住的那片院子里找到一处绕成一圈，做了个小型的鸡圈，并且就地取材，从另外几间柴屋中东拆西拆，拆来了很多木头，铺上稻草，做成了冬天给母鸡防寒用的窝。

宿溪在屏幕外为他鼓掌，快，买母鸡回来，是时候多吃点鸡蛋补补了。

不远处就是下人的小厨房，之前是一些值夜的下人晚上用来煮夜宵的，老夫人将这处宅院赏赐给他之后，那里也空了下来。

这小厨房虽然简陋，比不上宁王府的后厨，但是灶台、柴火什么的却也一应俱全。

陆唤额头上已有了一层汗水，但他片刻不歇，又拿着工具将简陋的小厨房收拾了出来。

飞快地做完这些，天都快黑了，但他还没停下来，一鼓作气地拿着银子朝宁王府的偏门走去，显然是打算用这刚拿到手的三两银子，上街市去买一些工具和鸡、鸭之类的。

而屏幕外的宿溪咬着包子，看得津津有味！

简笔画的崽崽在画面上不停地到处跑动，一会儿去这里，一会儿去那里，双手不停地劳作，篱笆飞快地扎起来了，地也翻得更加松软了，雪地里到处都是崽崽走来走去的脚印。

宿溪简直叹为观止！

呜呜呜，她家崽崽怎么这么棒！不只勤劳，行动力还极强，活儿干得飞快还话不多，这么会生活！

还看什么种田直播，以后就看崽崽种田好了！

宿溪很想跟过去，看看宁王府外的古代街市是怎样的，她好奇得要命，会不会有杂耍、小贩、糖人、舞狮之类的。但是因为暂时无法解锁，所以只能目送陆唤消失在这片地方之外。

"每次累积的点数都只能解锁一个地方，到底什么时候才能全部解锁嘛！"宿溪被留在空荡荡的空地界面，意犹未尽地用纸巾擦了擦手。

系统道：【请努力完成主线任务，任务难度增大，奖励也会随之增多。】

宿溪随口问："下一个主线任务是什么？"

系统弹出：【请接收主线任务二（初级）：帮助主人公使粮食产量达到两千

公斤，并顺利结识京城首富万三钱，得到万三钱的支持。难度四颗星，金币奖励 +100，点数奖励 +8。】

不是，什么鬼???宿溪迅速打开浏览器页面，查了下古代两千公斤到底是多少，看了眼，差点没晕过去。

"陆唤就一个人，你让他在这种破土地上种田种出两千公斤产量？那得种到什么时候？还当不当皇帝了？"

系统机械地道：【所以难度是四颗星。】

"而且游戏背景是古代吧，没有任何现代设施，就连肥料都没有太多种类，别的商贾亩产量能达到几百公斤，就已经能够惊动京城了，你要求我达到两千公斤产量?!"

系统复读机似的，道：【所以难度是四颗星。】

宿溪怀疑地问："难度评级总共多少，不会是十颗星吧？"

系统沉默了一下，道：【总共是一百颗星。】

宿溪："???"

这游戏真变态，这才第二个主线任务，宿溪完全想象不到后面还有什么任务在等着自己。

不过她倒是跃跃欲试起来了。

很显然宁王府中全员恶人，就只有老夫人能成为崽崽的支撑，但老夫人这人性情淡漠，顶多是给崽崽一些帮助和好处，不可能彻底站在崽崽这一边，维护崽崽。

崽崽若想强大起来，还得借助宁王府外面的人，或者说，逐渐招兵买马，培养自己的势力。再简单点说，就是收小弟。

试问，若是万三钱成了崽崽的小弟，宁王府这群人脸色会如何？

宿溪看了下万三钱的资料，发现这位京城首富混得很是不错，和京城的宰相、礼部尚书、刑部侍郎等各个层级的官员都有所来往。

传言他富可敌国。

有钱能使鬼推磨，在游戏里也是一样，所以下一步的目标是：帮崽崽种出个什么古代没有的新型水稻，风靡全京城？

系统道：【……少女好思路。】

不过现在不急，还得一步步慢慢来。

只怕接下来宁王府中不会太风平浪静。陆文秀虽然被罚闭门思过一个月，但宁王妃可是还在想办法整陆唤，自己还得防着点。

宿溪正百无聊赖地等着陆唤从外面回来，病房门忽然被推开，她的好朋友顾沁探进脑袋，笑嘻嘻地晃了晃手中的零食袋子。"宿溪溪，我们来看你了！"

宿溪惊喜地道："你们怎么来了？"

在医院一直打游戏，虽然崽崽很可爱，但她还是快憋出病来了，需要见见活人。

"想你了呗。今天高数小测难度特别大，辅导员还念叨着让我们把试卷带给你。"顾沁说。

她走进来在床边坐下，将零食袋子摊开放在宿溪面前，道："给你带了薯片。"

宿溪毫不客气，拆开薯片包装，道："谢了啊。"

霍泾川跟着顾沁走进来，手里捏着一个小钱包。

宿溪问："那是什么？"

"你上次打电话不是说缺钱？"霍泾川扬眉道，"哥们儿几个用零花钱给你凑了凑，但是凑不到多少，也就一万多，看看能不能解决你的燃眉之急。"

他和顾沁还以为宿溪又是倒霉催的，撞坏了哪里的商品或是玻璃展架之类的，需要赔钱，毕竟这种倒霉事，宿溪身上经常发生，他和顾沁简直见证了宿溪从小倒霉到大的全部经历，一开始觉得匪夷所思，到现在都已经淡定了。

"你们……"宿溪看了看顾沁，又看了看霍泾川，吸溜了一下鼻子，半晌说不出话来。

她没想到，自己就是打电话提了句缺钱，这两个好朋友立刻就给自己凑钱来了。

一万多块对大学生来说可不是小数目，这两人八成是从家里偷偷拿了些，然后搜刮了其他同学的一些饭钱。

"又不是不让你还，等你脚好了，周末去打工赚了钱再还给我们。"顾沁道。

"对。"霍泾川嘴贱道，"或者你干脆去追美术系的那个富二代校草尹耀，追上了还怕缺钱用？"

宿溪好不容易积攒的感动顿时破功。

她将一包果冻砸过去。"闭嘴。"

宿溪捏着小钱包里的一万多块钱，倒是并没打算要，主要是，就算接受了，这一万多块钱也是杯水车薪啊，现在家里可是欠债十万块钱。

等等，宿溪陡然想起一件事，她差点忘了，她前几天买了彩票，今天不就是开奖的日子吗？

宿溪忽然单腿从床上跳下来，对顾沁道："顾沁，你扶我下楼，我三天前买了张彩票，今天开奖，我要去兑奖。"

"什么？"顾沁被逗乐了，推了宿溪脑门一下，"你是不是住院住傻了，谁买彩票都可能中奖，就你这衰神附体的体质，绝对不可能。"

宿溪自个儿心里也不信，但是她总觉得这游戏有点玄乎，这两天她问过护士小姐姐要不要玩这个游戏，但是那些护士打开手机，在 App Store 里根本找不到这个游戏。换句话说，这个游戏只在她手机里出现了。

这代表什么？这太邪乎了。

而且，宁可信其有，不可信其无，穷鬼要抓住每一线希望。

她拽着顾沁的胳膊，一蹦一跳地下了楼。

霍泾川也跟着下楼，他手里还抓着一包小浣熊干脆面，跟看傻子似的看着宿溪，但既然宿溪来兴致了，非得闹，他就陪着宿溪闹。"别蹦跶了，我背你吧。"

两个女生一个男生离开住院部，走到医院大门外的彩票店里。

里面一群彩民紧张地盯着屏幕，等着开奖。

霍泾川背着宿溪挤了进去，宿溪掏出前几天自己买的那串号码，递给彩票店老板。

她一方面觉得自己脑子有病，居然相信一个游戏系统的话，另一方面又激动得心脏都快跳出嗓子眼儿了。

她十分紧张地叫了声："老板，看看这串号码。"

老板指了下墙上的屏幕，说："待会儿中奖号码就会出来。"

他从眼镜后面漫不经心地瞟了宿溪一眼，接过彩票，念叨着："小姑娘一看就是第一次买彩票，紧张成这样？看手心里全是汗。我告诉你啊，平常心，这中奖概率太低了，可不要把自己的零花钱全赔进去……"

话说到这里，戛然而止。老板瞳孔猛缩，呆若木鸡，死死盯着屏幕上那串数字，又低头看了眼宿溪递给他的彩票纸，跟被雷劈了一样。

他又去看屏幕上的数字。"你……小姑娘，你……"

"啪嗒。"霍泾川手里的小浣熊干脆面掉在地上，撒了一地，他刚才随意瞥了一眼，将彩票号码记下来了。

这……宿溪溪彩票上的数字和屏幕上的一等奖中奖数字一模一样啊！

一等奖奖金是……三百万???

他眼珠子瞪得都快掉出来了。

这世界疯了……宿溪都能买彩票中奖……她这是积攒了十几年的霉运一次性否极泰来吧？

彩票店里的彩民都意识到了什么，一片愕然，纷纷朝宿溪看来。

宿溪都快站立不稳了，血液一个劲儿地往脑袋上涌。

她没看错吧……还是在做梦？

三百万???

啊啊啊，三百万!!! 她这辈子都没见过这么多钱！这怎么花得完?!

她风中凌乱，脑子里闪过的第一个念头居然是……她是不是能为崽崽氪金了?!

×乎：彩票中奖几百万是什么体验？

宿溪：谢邀，就是很晕乎，觉得在做梦，全家人都觉得在做梦！而且不可思议的是，中奖的运气居然是玩一款游戏玩来的。简直太玄乎了！

宿溪作为一个刚上大学的学生，一辈子都没见过三百万那么多钱，更不知道怎么去兑奖、怎么去纳税，只好抖着手打电话给宿爸爸、宿妈妈。

而宿爸爸、宿妈妈在一番呆若木鸡、震惊激动到语无伦次之后，总算是稍微理智冷静了一点，才去处理彩票的事情。

彩票缴税后，最终打到宿家银行账户上总共是两百四十万。

这笔钱对宿家而言，不仅仅是一笔意外之财，更是一笔解决燃眉之急的救急钱。

宿爸爸、宿妈妈激动之余，迅速对这笔钱进行了分配，由宿爸爸拿了十万零五千块去找宿溪的姑姑，一次性还清了欠姑姑的钱，并且将欠条拿了回来！

宿溪的姑姑惊愕不已，前几天不还在问她能不能宽限几日吗，怎么这就一下子还清了?! 十万块可不是小数目，宿溪爸妈是从哪里凑的? 而且还多还了五千块利息? 难不成是工厂突然有了起色，赚了一笔?

宿爸爸还钱时什么也没说，但宿溪的姑姑面上却讪讪的，毕竟她这钱才借出去不到半个月，就一直催着宿溪家还。本来她是觉得宿溪家根本还不上的，也就故意催一催，见着宿爸爸、宿妈妈愁眉苦脸到处筹钱的样子，她有种暗暗的爽感，过年也就有了谈资。

但万万没想到，宿溪家说还就还上了!

还有二十万交给宿妈妈拿去工厂救急了，解决厂子里因囤货过多资金无法周转的问题。

剩下的钱，宿爸爸与宿妈妈打算用来买房。

他们一家三口现在住在三环边上一处七十平方米的两室两厅，有些吵闹不说，离宿溪的学校还很远，每天早上宿溪坐公交车上学都要四十多分钟。

宿溪没法多睡一会儿，夫妻俩心里很不好受。

他们拼命攒钱，早就想快点换一套离宿溪学校近的大房子了，只是没钱。可没想到，否极泰来，宿溪的运气居然一下子变好，中了这么大一笔钱!

宿爸爸、宿妈妈从医院里出来，互相搀扶着，激动到快要爆炸。一路上都在商量着把现在这套房子卖了，房价两万一平方米，能卖到一百四十万，再拿出一百六十万，加在一起直接去买大学旁边一百三十五平方米的三室两厅!

那样还能给宿溪弄一个书房!

夫妻俩宁愿多存款，也不肯多花，只拿了十万出来，作为目前的家庭可流动资金，剩下的都存起来，以备不时之需。

而七算八算，落到宿溪手上作为她买彩票得到的奖励金，竟然只有五千块。

宿溪：“……"

爸，妈，这是不是有点……太苛待我了?

不过宿溪倒也不贪心，知道这笔钱交给爸妈再合适不过，他们比自己会理财。而她自己的小钱包突然多出来一笔五千块的横财，对还在读大一的她来说，已经是小富婆一个了。

知足常乐，宿溪激动地搓着手打开游戏。

突如其来的彩票事件让她和全家人都处于做梦似的恍惚当中，以至整整一天，她都没空打开游戏。等她稍微平静下来，打开游戏时，游戏里已经过去三天了。

宿溪打开游戏时，还激动难忍，对着屏幕道："崽，从今以后你就是我的亲崽；系统爸爸，从今以后你就是我的亲爸爸！"

系统道：【……不要一副如此没见过世面的样子。】

少女，三百万算什么？你在做的可是扶持一代帝王登上九五之尊之位的大事情！

屏幕里，陆唤还没回来。

这三天，他做了很多事情。院子外面又多了几道围起来的篱笆，里面已经有了一只昂首挺胸、英姿勃勃的大公鸡，和三只还算肥硕、羽毛丰厚的母鸡。鸡们正在院子里走来走去，雪地上留下它们密密麻麻的小脚印。

崽崽显然很聪明、很会挑，这几只母鸡一看就很能生。

院墙外面有几个草编袋子，不知道里面是什么，似乎是一些种子，萝卜、土豆、谷物粮食之类，以及一些肥料。

还多了一些生活用的工具。

先前陆唤在宁王府处境艰难。时常受到陆文秀和宁王妃想尽办法的刁难、下人们的故意苦待也就罢了，更艰难的是冬日寒冷至极，他所居住的地方环境恶劣，缺衣少食，衣裳不仅单薄，还打满了补丁，厨房送来的饭食不是米糠就是干巴巴的馒头。

而现在，短短三日内，他已然让这环境焕然一新——

小厨房已经清扫干净，堆满了他拾来的柴火，还放了一些蔬菜和其他原材料，吃的今后完全不愁了；衣橱里挂了两张动物毛皮，似乎是打算留着缝制衣服，虽然看起来有些粗糙简陋，估计是用几文钱换来的，但是好歹要比单薄的衣衫更能抵御风寒；屋子也被再次修葺过，牢固结实了很多；除此之外，他还在竹林里挖出来了一个池塘，应该是等着积雪消融后用来养鱼的。

宿溪在屏幕上滑来滑去，都有些不大认识了。

这还是先前的那个一片荒芜的空地吗？

简直令人叹为观止，无法想象一个人怎么能在短短三天之内完成这么多事情！

而且三两银子怎么可以做这么多事情？

不过，显而易见，崽崽花得很省，很精打细算，每一文钱都花在了刀刃上，没有浪费哪怕一个铜板。

但是，当宿溪将页面转到水井和厨房那边去，见到一些下人身上穿的衣服都比崽崽好——至少没有打补丁，而管家级别以上的下人都能穿上非常暖和的夹袍外氅时，她心中便不那么是滋味了。

三两银子能买什么？老夫人未免也太小气了些。

虽说上次送木炭盆和桌椅有些吓到了崽崽，但宿溪现在有钱了，就十分控制不住自己剁手[1]的欲望。

别人都有，她的锦鲤王崽崽不能没有。

系统迅速给她打开商城：【请。】

宿溪犹如打开了 ×宝，看到什么都想买。

首先，养成一个可爱的崽崽就是要给他买衣服。货架上的锦衣貂裘简直太多了，有用狐、虎、豹、熊、羊、鹿、貂皮制成的各种款式，无论是大氅还是披风，长袍还是猎装，应有尽有，甚至还有大红色的成年男子婚服。

宿溪看得直流口水，悄悄将几款婚服收藏起来，心想着等崽崽长大成人，给他成婚时穿。

而现在，她先挑了三件一看就非常暖和的狐裘，雪白色的。崽崽穿雪白色最好看了，一定非常英姿飒爽，买买买！

买了这三件也才花了三十几块人民币，好便宜！

宿溪腰杆子挺得笔直，和先前的抠门儿样判若两人！

买完衣服，宿溪自然而然地将屏幕滑到男子头饰上，有玉冠、玉簪等物，但是考虑到崽崽根本不会佩戴，她也就理智地没有下手。

总之，现在有钱了，想买什么就买什么。

宿溪打量了柴院一圈，见到有什么不足，就补充什么进去。

三只母鸡怎么够？即便一只隔一天下一个鸡蛋，那也太少了。于是宿溪疯狂下单，往鸡圈里又扔了二十几只母鸡进去。

---

[1] 剁手：网络用语，指沉溺于网购的人群在买到大量没有实用价值的物品后痛定思痛，"剁手"明志，戒除购物瘾。现多指疯狂购物。

除此之外，她还买了更多的粮食种子，一袋一袋整整齐齐地排列在崽崽屋外。

似乎还少点什么。宿溪左思右想，在院子里放置了一座假山、一个葡萄藤架、一套石凳石桌，这样一来，总算是有点生活气息，不比陆文秀他们的雕梁画栋差多少了。

宿溪做完这一切，心中美滋滋。

到了吃晚饭的时间，见陆唤还没回来，她便先下线去吃晚饭了。

这三天对陆唤而言，是较为罕见的清静时光。

下人们搬走之后，他一个人占据着这块地方，马不停蹄地对周围进行修整，想着至少能保证温饱，能在宁王府中站稳脚跟。

他有计划地将一文钱掰成三文钱花，因为看到了希望，所以并不觉得辛苦。

除此之外，他布置下的一些痕迹和陷阱这三天仍然没有被动过，而屋子里也没再莫名其妙地多出什么东西，这让他松了一口气。

最好是不要有人突兀地来接近他。

不过，大约是三日前从冰冷的溪水中上来后没有及时取暖，浑身在冬日寒冷的空气中冻得僵硬，一路从溪边走回到住处，吹了冷风，这三日他一直觉得身子有些沉重。

本来就算受了风寒，捂着被子睡一觉也应当全好了，但不知道是不是这三日他披星戴月地辛苦劳作，积累成病，这会儿他扛着一捆柴火回来，竟然觉得脚步发软，直打寒战。

陆唤咬了咬牙，竭力撑住，推开了柴门。

他刚要将背上的柴火放下，视线就陡然凝住，院子里的四只鸡居然变成了二十六只！闹哄哄的一片，都快要挤出本就不大的篱笆围栏了！

此外，整个院子变得不像是他的院子了，不知道是谁送来了粮食，还送来了葡萄藤架和假山！

又来？又有人偷偷溜进来了？

陆唤心头重重一跳，脸色变得难看起来。他扔下柴火，快步走到屋子里，目光巡视一圈，然后走过去打开衣橱，只见衣橱里齐刷刷三件多出来的新衣袍，一看就华贵至极。

若是前几日他还能不动声色，等着那人露出马脚，被自己揪出到底有何目的的话，那么，今日整个院子变得"面目全非"，他实在是忍不住了。

他只是宁王府的一个庶子，毫无利用价值，却一而再，再而三地有人给他送这些东西来，难道那人不知道若是被宁王府其他人发现在帮助自己，也会一道被宁王妃毒害吗？难道不怕吗？

到底为什么？到底图什么？

更何况，那人每回都趁着他不在的时候悄悄潜入。也不知道他是用何种方法潜进来的，难不成是什么高手？或者他并非宁王府的人？可是在宁王府外，又有谁会知道宁王府中有自己这么一个卑贱的庶子呢？

这种被人侵入巢穴的感觉让陆唤心头愤怒而紧绷，也就让他忽视了心底掀起的那一丝连他自己也未曾察觉到的异样涟漪。

他铁青着脸，漆黑的眸子里满是不信任与防备。

他踏出屋外，攥紧拳头，对着空荡荡却又填充了不少东西的院子喊道："你到底是谁?!为什么三番五次送东西与我？你到底有什么目的？"

若不是为了害我，若真是想帮我，又为何一直不现身，只在背后偷偷做事？

难不成……你当真没有恶意吗？

可是，陆唤的声音落下后，整个院子仍是寂静无比，甚至能够听得见雪花落下的声音。

他在原地站了半晌，吸了口气，或许是血液上涌，他的身体因连日以来的伤寒快要撑不住了，陆唤感到一阵头晕目眩，面色隐隐发白，他退回屋内，重重将门关上。

宿溪的手机没电了，她并不知道在自己吃饭的这段时间里发生了什么，她在医院食堂飞快地吃完饭，才在护士的帮助下回到病房里。

回到病房，她就赶紧掏出手机充电。

护士小姐姐见状，摇了摇头，又是一个网瘾少女。

而宿溪只顾着开机登录游戏，她想要见到陆唤的心情不知从什么时候起，比先前更加迫切了。

当然，最重要的一点是，她有钱了，她可以氪金看看她家崽崽不是简笔画的时候到底长什么样了。但她没想到的是，她一上线，就见到游戏里寂静一片。

　　她将页面切入屋内，只见床上的崽崽缩在墙角，小小的一团，他简笔画的手盖在额头上，脸上是细细密密的一层冷汗，露出来的脸蛋苍白无比，毫无血色，嘴唇干燥起皮。分明是一副病容。

　　怎么回事?!

　　这可比第一次生病还烧得厉害，像是失去了意识，已经晕了过去。

　　连被子掉在地上都没察觉!

第五章

长寿面和兔子灯

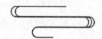

页面连续弹出几条消息：

【玩家你好，恭喜解锁主人公第一次重病状态！】

【你的主人公目前状况十分不妙！生命条百分之三十，体力条零！床都下不了！是由于感染风寒后这三天没有得到任何休息导致的昏迷性虚弱！】

【注意：宁王府中目前有几个下人刚好感染了瘟疫，被辞退回乡下去了！若是你处理不当，极有可能令你的主人公在虚弱状态下感染瘟疫！】

【目前你的主人公处于安全状态！但一旦生命条低至百分之五，就会自动进入病入膏肓状态！到时候就无力回天了！】

【是否需要古代风寒、瘟疫的死亡率介绍？】

【是／否】

垃圾游戏弹出"无力回天"四个大字时就晃到了宿溪的眼睛，她原本就很担忧，被游戏这么一搞就更加紧张了，心脏怦怦直跳，生怕养了这么多大的崽下一秒就嗝屁了！

谁都知道古代医疗不发达，风寒很容易死人。

她赶紧滑开"是／否"的选项，跟无头苍蝇一样在屋内乱翻了一阵，但是显然，屋内不可能有任何药。

她将屋内页面放大，然后伸手戳了戳床上的那小小一团。

昏迷中的崽崽毫无意识，面色苍白，软绵绵的，动也不动。

可能是戳得重了，他难受地发出一声轻哼，双眼紧紧闭着，眉心却蹙了起来。放大一看，浓密的眼睫上还隐隐挂着可怜兮兮的泪水。

他烧糊涂了。

左上角的生命条不停地匀速缩短，就这么一会儿工夫，已经降至百分之二十八了！

宿溪看了眼，吓了一跳，赶紧强迫自己冷静下来，想想怎么办。

她先把地上的被子拎起来，在屏幕上滑动，盖到床上的崽崽身上去。

但是陆唤发着烧，犹如处于火炉当中，身上猛然被盖上了被子，更加觉得燥热难耐，于是他难受地翻了个身，头顶冒出个白色泡泡："热。"

宿溪刚要把页面切到厨房去，就见被子又被床上的崽崽给踢掉了。

她迫不得已放弃切换，两根手指捏着小小的一床被子，重新盖了回去，这次还用手指把四个角掖了掖。

陆唤处于昏沉睡梦当中，只觉得有什么东西压在自己身上，呼吸越来越重、越来越急促，他拧起眉头，又想将被子踢掉。

宿溪见到的就是小小一团的崽崽拼命蹬被子，头顶还缓缓冒出个蔫不拉叽的泡泡："不要。"

"……"娇弱的小皇子怎么这么作?!

宿溪抬眼一看，生命条都降至百分之二十五了，她心脏都提到了嗓子眼儿，再顾不上和游戏小人做斗争，直接拎起屋子里的两把椅子和两块垫脚的砖头，分别压在四个被角上。

这样一来，虚弱的崽崽抬了抬手，抬了抬腿，却无论如何都掀不掉被子了。

宿溪没照顾过生病的人，只好迅速打开 × 度搜索了下"小孩子发烧三十九度九怎么办"，搜索回来后，马不停蹄地拿起两块布巾，切换到院子里。

她取了院子里的积雪，用布巾包着，切回屋内，将自制的退热贴贴在了崽崽的小额头上。

冰凉刺骨的雪派上了用场，陆唤的睫毛轻轻颤抖了一下，发烧灼热的感觉似乎有所缓解，眉宇缓缓松展开来一些。

宿溪又从外面捏了几团柔软的雪，塞进陆唤的手心里。

这么做果然有效果，左上角的生命条上升了百分之一。

还远远不够。病成这样，肯定要请大夫的。

宿溪下意识就打开地图，想把页面切换到宁王府外的集市上，但是根本切不动，这才想起来，自己目前的点数只有 11，还没办法解锁集市，那怎么请大夫?!

系统道:【目前无法解锁集市，无法解锁大夫，想要解锁下一个地图，点数需要累积到 15。】

太严格了吧！

宿溪吸了口气，打开商城，飞快地调出"药物"那一栏。幸好商城各种物品应有尽有。

古代治疗风寒的药全都是一包包的草药，旁边还附赠了煎药的瓦罐之类的，可是……

宿溪不忍直视道:"这一包药煎好，至少得半个时辰吧，他撑得住吗?! 没有白加黑或者维 C 银翘片吗?"

系统道:【古代怎么可能有这些东西?!】

宿溪也顾不上吐槽了，飞快地买药结账，飞快地冲去厨房，飞快地烧起柴火，然后飞快地将草药倒进瓦罐里，手指灵活，一气呵成！

其间又不停地切回去，换布巾，继续帮崽崽退烧。

不过，药煮好的时间倒是比她想象得更快，她在厨房翻箱倒柜地找出一个碗和一把汤匙，盛了一大碗黏糊糊的黑色汤药。

隔着屏幕都能感觉到这碗汤药苦涩的味道。

宿溪最怕喝药，忍不住皱起了眉头。

接下来最为艰巨的任务是，到底怎么把这药灌进昏迷不醒的崽崽的嘴巴里。

宿溪刚捧着药碗进入屋内，系统就"嘀嘀嘀"提示生命条只剩百分之十五了！

她捧着手机，紧张得出了一身汗，迅速单手掐住陆唤的上半身，一下子就将他给拎了起来。

失去了意识的陆唤:"……"

但是崽崽身体虚弱，东倒西歪，因为宿溪的动作过于粗鲁，差点栽下床去。

宿溪赶紧用左手握成一个弧度，贴在屏幕上，让陆唤靠在自己掌心，如此一来，陆唤总算是被扶着坐了起来。

他乌黑的长发倾泻下来，脑袋虚弱地歪在宿溪手上。

宿溪松了口气，将碗放在一边的桌子上，用另一只手摁住汤匙，舀起汤药，小心翼翼地朝崽崽的嘴巴凑过去。

虽然撬开崽崽嘴巴的动作有些艰难，但宿溪还是费力地一口一口给他把药灌进去了。

一碗苦不堪言的汤药喝完，脸色苍白的崽崽被折腾得更加凄惨了，而屏幕外的宿溪也累了个半死，她肩酸脖子疼，手一松，崽崽就重重倒回了床上。

他脑袋砸到有些硬的枕头上，发出一声轻响。

宿溪顿时心疼地道：“……啊啊啊，我不是故意的！”

不过，经过这么一番折腾，汤药似乎是起了作用，左上角几乎跌至百分之八的生命条倒是逐渐有了回升的迹象……

宿溪又拿起布巾换了一次，继续贴在崽崽的额头和掌心上。

系统弹出消息：【恭喜，你的主人公已恢复至安全状态！】

宿溪见生命条终于回到了百分之三十五，这才长长地松了口气，心中大石头落地。

不得不说玩这个游戏真的很累，但是看到床上小小的崽崽呼吸终于均匀了一点，眉心终于展开了一点，看起来似乎没那么难受了，脸色也稍微好一些了，宿溪内心的成就感和满足感还是非常大的。

任凭谁亲手养大一个可爱的小生物，一天一天相伴，看着他成长，也会对这个小生物产生一些感情。

尽管崽崽不是活生生的人，但宿溪仍然希望他过得更好，希望他无病无灾，希望他不再受人欺负。

宿溪又从商城买了几包药，放在了崽崽床头，想着等崽崽醒过来，可以自行煮药喝，而就在这时，宿溪忽然瞥到崽崽长袖下的胳膊……

她第一天打开游戏的时候，就发觉陆唤的胳膊上似乎有受伤的痕迹，但当时没法拉近距离，就没仔细看，这会儿她放大视角，小心翼翼地掀起被子，将他的胳膊拉出来，撸起袖子，才发现……他胳膊上竟然有无数条鞭伤的痕迹！

已经是陈年旧伤了，只在白皙的皮肤上留下了浅浅的印记，但是仍可以想象得出当时皮开肉绽的场景！

宿溪倒吸一口冷气，犹豫着要不要再看看崽崽的身上——反正崽崽的衣服应该已经被汗水浸湿了，也必须换一件。

思索了片刻，她轻手轻脚地将被子掀开来，小心翼翼地解开崽崽的衣袍。

随着她的动作，陆唤难受地蹙了蹙眉。

果然不出她所料，崽崽背上也全是鞭伤！纵横交错，触目惊心。

怎么会这样……宿溪心里有点愤怒，心尖上还有点酸楚。

明知道这是游戏，明知道只是一个常年被轻侮欺负的庶子的设定，但她还是止不住地心口一疼。

一回生二回熟，这次她不再笨手笨脚了。宿溪直接将崽崽扶了起来，然后从商城里买了些祛疤膏，轻轻涂在他身上的那些鞭伤上。

好在这些伤痕都是他小时候留下的，这些年随着他长大，应该没再给宁王府的那些人欺负他的机会了。

涂完药之后，宿溪给他换了一件外袍，至于裤子，她觉得太不合适，便没换。

而且，她总觉得陆唤的反应太过真实，等下自己扒了他裤子，他还指不定有多大反应呢。外袍倒是不得不换，因为湿透了，不换一件干净的等下风寒加重了可不好。

做完这些，宿溪才彻底松了口气，她揉了揉眼睛，刚刚困得手机都差点没拿住，然后她就睡着了。

而这一夜对陆唤而言显得格外地漫长，他浑身无比沉重疲惫，像是浸在滚烫的热水中上下浮沉，直到额头和掌心似乎被贴了什么冰凉之物之后，才稍微舒缓了这种痛楚。

他拼命想要醒过来，但由于风寒太重，眼皮一直睁不开，于是，直到第二日，院中的公鸡打鸣，他才猛然从梦中惊醒。

睁开眼后，陆唤仍觉得浑身沉重。

他盯了帷幔片刻，下意识想伸手摸摸额头是否还在发烫。

可就在这时，他一抬手才发现，身上的被子极其沉重，仿佛被什么压住一样……而随着他的动作，被子上压着的椅子滚落在地，发出"砰"的一声响。

陆唤微微抬头，心头重重一跳，面色遽变——他穿的衣服被换过了！

虽然烧糊涂了，但他也记得，他昨夜陷入昏睡之前，便已经出了一身冷汗，燥热黏腻，十分难受，可因为发烧昏迷，身子沉重，神志不清，无法起来更换。

可现在，他穿着的分明是一身干爽的衣物！

衣襟被理得整齐熨帖，而原先的那件衣袍被扔在了床脚，不只如此，陆唤惊疑不定的视线落在了自己的枕边，有两块冰凉凉的布巾被折叠成了布条，上面还有水渍，似乎是融化后的雪……

陆唤下意识摸了摸自己的额头，竟然已经退烧了！

此时此刻陆唤还未意识到到底发生了何事，待他将视线移至床头的汤药碗上时，他的瞳孔陡然一缩，半晌没能反应过来。

一个空碗。

空气中还散发着苦涩的药的味道，他的唇齿之间也残留了药香。

这是……装汤药的碗？

昨夜竟然有人闯入，强行喂了药给他?!

陆唤心中警铃大作，下意识便掀开被子，跳下床去，因为还未完全恢复精神，有些站立不稳，扶着床头才勉强立住。他警惕地屏住呼吸，查看自己周身上下，却发现毫无被下毒的痕迹！也根本没有任何不适的迹象，反而已经全然退了烧，浑身也觉得利索了很多。

陆唤又转身，俯下身去查看那几包还没拆开的药包，似乎是特意留下来让他服用，直到风寒彻底痊愈的。

他一包一包打开，嗅了嗅，用手指抓取其中的药材看了看，却只见，全都是滋补温养或者治疗风寒的药物，并没有一味不好的药。

"……"

怎么会？

有人闯入，却不是为了害他，而是特意来送药——甚至还照顾了他一夜吗？

陆唤震惊至极，抓着药包，手指不由自主地攥紧，脑子有些空白地立在屋内。他垂眸朝床边地上的一些药物残渣看去，心中轻轻一颤，不知道该做何反应。

不知过了多久，清晨的第一缕阳光从窗户照进来，落在他浓黑的睫毛和有些苍白的脸上，这一刹那，他一贯冷漠的面上难得出现了几分不常见的茫然。

陆唤今日本还有很多事情要忙。

三两银子并不多，能购买一些东西，但并没有办法维持长久的生计。

他昨日从集市上买来了一些韭菜根和早春西葫芦，这些是冬季农作物，只要精心侍弄，便能尽快有所收成。除此之外，母鸡下的蛋也能卖个好价钱。

这片地既然已经属于他，他便得好好利用，趁着宁王妃没有下一步动作，维持自己衣食的同时，赚取一些银两。

如今京城限制杂耍舞剑，陆唤不可能通过此方式赚取银两，更何况他是宁王府庶子，被允许进出的次数也并不多，每回进出都被当成贼一样防着。因此他思来想去，便只有多种植一些东西，通过贿赂侧门的看门侍卫，让其帮忙悄悄卖掉，来换取银两这一条路。

有了银子，陆唤才能改变自己目前的困境。

陆裕安与陆文秀是嫡子，平日可以与皇子们一道在太学院上学、在校场习武，这样含着金汤匙出生的条件，这二人却不知道珍惜，尤其是陆文秀，整日旷课。

而庶出的陆唤却从小到大困于柴院一隅，出宁王府的机会都不多，更别说有自己的老师了。

他虽然在禁军教头被请到宁王府来时，在院墙外跟着偷学了一二，已会骑射，也偷偷学过四书五经，但他知道，这远远不够。

他的野心与抱负不止如此！

他深知必须读书识理，才能兼济天下。他需要银子去买书，买弯弓、长箭，甚至，如若有了更多银两，就可以偷偷溜出去找私塾，远离宁王府。

可现在，那个突然出现在他身边的人，显然有点打乱他的计划。

陆唤立在屋檐下，看着满院子扑腾不已的公鸡、母鸡，又看着被昨夜的雪盖住的葡萄藤架和靠在墙根边上的各种农作物种子。

他走过去将饲料撒在篱笆内，二十六只鸡顿时兴奋地围了过来，在地上一啄一啄地吃食。

陆唤走到母鸡窝边一看，不知道是不是因为鸡实在太多，昨夜居然已经有母鸡开始下蛋了，他伸手一摸，摸出来了两个热乎乎的鸡蛋。

对从小被宁王妃苛待、几乎没吃过热饭热菜的陆唤而言，一枚鸡蛋是逢年过节时才能从好心的四姨娘那里得到的美食，可此时在那人的帮助下，自己手中竟然捏着两枚圆润光滑的鸡蛋。

陆唤心中不由得涌起一种难以形容的心情，脸上的表情也有些复杂……

难不成那人当真并无恶意？

如果有恶意，那人既可以在院内来去自如，昨夜又正值自己发烧昏迷，他大可以一匕首捅下来，自己必然毫无反抗的余地！

其实不只是昨夜，其他时间也完全可以对自己下手，而那人却一直按捺不动，只是送来各种自己需要的东西！

可是，若不是有所图谋的话，那人三番五次送东西来，目的到底是什么呢？难不成只是想要帮助自己，好心地对自己雪中送炭？

可是……可是怎么会?！

他从出生开始，便没感受过这种善意，宁王府中没人会帮自己一把，不阿谀奉承地随着陆文秀踩自己一脚就算好的了，即便是四姨娘，也只是明哲保身地对自己投来怜悯的眼神。宁王府内没有，宁王府外更没有！

所以他想不出来怎么会突然有人一次一次地不现身，却对他济困解危?！

他想不出来谁会这样待他好。

陆唤盯着手中的鸡蛋，掌心仿佛还有攥过布巾后残余的冰雪消融的感觉，他心中泛起的涟漪越来越大。

倘若真的有那样一个人，倘若真的有……

他心里竟然隐隐有些紧张，心脏怦怦直跳，喉头一紧，出现了几分连他自己都察觉不到的隐秘希冀。

可陆唤立马便觉得自己的想法荒唐至极，甚至可笑。

倘若不是呢？倘若那人虽然并无加害他的意思，也没有设下什么陷阱等他跳，却也没有什么他所以为的关心之意，而仅仅是把他这么一个院墙之内的庶子当成好玩又可怜的玩物，玩弄于股掌之上呢？

毕竟，他身世明了，的确是宁王和外面妓女所生，不可能有什么隐秘的身份，也就不可能有别的亲人对自己暗中相助。

除了那种无聊的把戏、施舍性的捉弄，陆唤实在想不出来，有谁会毫无目的地对自己这么一个庶子好……

思及此，他感觉头顶似有一盆冷水登时浇了下来。

陆唤抿了抿唇，竭力遏制住自己的那些胡思乱想，将所有的期待和渴望先掐灭。

他的眼神变得冷静。

无论如何，先以不变应万变。

这一日，他喂完所有的鸡，取走鸡蛋，便开始种植购买来的冬季农作物。

先前没有动过那人送来的东西，是因为怀疑那人居心叵测，但经过昨夜的风寒，陆唤虽然仍不知对方目的为何，但多多少少卸下了一些防备，暂时认定对方并无恶意。于是他便将对方放在墙根处的农作物分了分。

将现成的土豆、胡萝卜等物分成二十三袋，全都搬去了厨房。

将其他的种子留在原地，能够种下的当日种下，暂时无法种下的，便收拾出一间屋子当作库房，将其用一些办法存储了起来。

做完这些，陆唤去了厨房。

陆唤劈柴挑水全都会做，烧火烹饪自然也擅长，否则在这偌大的宁王府中，只怕这些年来也无法生存。

他点燃了灶火，挽起袖子，露出干净修长的小臂，将胡萝卜和土豆切碎，和入面粉，然后摊开在锅内。白色蒸汽腾腾，很快一张面饼便做好了。

他食指大动，眼眸也不禁亮了几分。

这还是这些年来，他第一回吃到热乎乎的东西，而非残羹冷炙。

陆唤几口咽下面饼，随便果腹之后，又切了更多的胡萝卜和土豆，将柴火烧得更旺。

他又做了一张更大、闻起来更香、更诱人的面饼，却并没吃，而是装在一个碟子里，放在灶台上，借着灶火余下的热气暖着。

他动作停下来，不确定地看向厨房外面。

已经入夜了，天上飘着些许雪花，万籁俱寂。

那人……今晚会来吗？

他将做好的面饼留在这里，那人能看到吗？会喜欢吗？

陆唤有几分紧张，可是他随即又想到，如果那人真的只是玩弄性地施舍自己，见到自己做好面饼眼巴巴地待人来，会不会笑话自己，是个得了点善意就不顾一切抓住的可怜虫？

陆唤心中一刺，手指不由自主地蜷紧，看向做好的面饼，脸上的情绪有些纷乱。

片刻之后，他皱着眉将已经做好的面饼收起来，并将装过面饼的碟子清洗干净，没有留下任何痕迹。

宿溪昨晚玩游戏玩得有些晚，第二天日上三竿了才醒，而她和游戏里有时差，因此她上线的时候，游戏里已经过了两天一夜了。

宿溪登录游戏，又是晚上，她第一反应就是先把页面切换到屋内，看看前天晚上还在发烧的崽崽情况如何。只见左上角的生命条已经恢复到了百分之八十，说明崽崽的风寒基本上好了，再多休养几日，就可以恢复到以前活蹦乱跳的样子了。

自己昨晚的手忙脚乱不是没用的，宿溪十分有成就感地微微一笑，去看床上的崽崽。

游戏里正是子时，外面月亮高悬，寂静一片，本以为崽崽应该正处于熟睡当中，没想到，他却睁着眼在床上翻来覆去，似乎是心绪烦乱，睡不着觉。

小短腿曲起，将被子拱成一个简笔画的小山包。

他眉宇蹙起，包子脸也皱着，让人十分想戳一下。

怎么了？是为种植农作物和母鸡下蛋的事情烦心吗？

他既然醒着，宿溪就不敢在屋内乱来，怕一不小心戳到他，让他误以为有鬼，吓个半死。因此，宿溪把页面切换到屋子外，在院子里看了一圈，不由得吃了一惊——崽崽未免也太勤快了吧！虽然还生着病，但昨天应该也是劳作了！

院子里居然已经种满了一排排的韭菜苗和早春西葫芦，还有些别的农作物，排列整齐，井然有序！

宿溪还以为玩这种游戏，一切农作物种植都要靠自己这个玩家来，却没想到崽崽这么上进，自己根本帮不到什么嘛！

不过，有个很麻烦的问题是，现在是冬天，天寒地冻，即便种植的是冬季农作物，短期内也没办法有任何收成，而且冬季气温低，昼短夜长，母鸡产蛋量也会很低，甚至有可能停滞。

主线任务二恐怕是很难完成。

"主线任务有完成时限吗?"宿溪问。

【那倒没有,主线任务可以同时进行,全都没有时限。但完成的主线任务越多,获取的点数就越多,等点数到了100,就可以和游戏主人公沟通,你难道不想吗?!】

宿溪想啊,当然想啊,这可是氪金都氪不来的场景!

她顿时有了干劲儿!

她先将页面切换到柴院旁边的鸡舍,盯着一群躲到最里头互相依偎着取暖的鸡,其中一只鸡的鸡冠都冻裂了,虽然不至于生病死掉,但是这天气肯定会对鸡蛋产量有影响。

她思索了一会儿,打开 × 度搜索"冬天怎么养鸡"。

宿溪觉得有一天爸妈看到自己手机上的搜索记录,神情肯定非常古怪。

× 度还算靠谱,给出了多种解决办法,但是很显然,很多温控箱、日照灯之类的设备在这个古代游戏里面根本就没办法实现。

宿溪机智应变,先从商城里买了木杆、竹条、板皮之类的材料,然后按照图纸,在屏幕上用手指拼拼凑凑。这个过程跟拼积木一样,还挺有趣,她一下子就入了迷。

等拼好之后,再铺上油毡纸,最后,再买来生石灰倒在上面,可以防鼠防虫。

这样一来,一个很大的防寒棚就做好了!

先前崽崽用篱笆做的那个鸡舍对古人来讲已经足够完美和心灵手巧了,但是宿溪利用最好的材料,按照图纸做成的这个,显然现代化了一大截!

她做好之后,无声无息地将防寒棚立在了原先崽崽做的篱笆围栏里。

那些母鸡似乎是感觉到温度渐渐发生了变化,没那么冷了,有几只抖了抖羽毛,站起来去找饲料吃,还有两只也舒展开来,往里头钻了钻,看样子很快就可以下蛋了。

不只如此,宿溪还丧心病狂地在商城里搜索了一圈母鸡催产素,疯狂地在饲料上方一通抖,让这些母鸡全都吃掉,反正商城里的东西不可能没用!

等安排好鸡舍,宿溪又动动手指,将崽崽种好的地全都翻了一翻,同样也撒下一些从商城购买的促生长的肥料。

如此一来,就算是大功告成了!

七花八花一下子花掉了 200 多金币，不过换算成人民币，也就两块多钱。现在的宿溪财大气粗，氪金氪得丝毫不心疼。

她做完这些，右上角多出一个小小的收成栏。

上面显示：

目前收成：鸡蛋 2/500，粮食 0/2000 公斤。

任务二的进度条刚开了个头。

不过，宿溪并不着急，她见游戏里崽崽翻来覆去大半夜，好像刚睡着，便先去吃了个早饭。吃完早饭，游戏里天还没亮，她就又上线玩了会儿，东晃西晃，发现厨房里有生过火的痕迹。

哇，崽崽是做什么吃的了吗？

她馋了。

宿溪扒拉了一下灶台，有些感兴趣。她玩这个游戏以来，就没见过崽崽吃东西，肚子整天扁扁的，贼可怜，但是想来他在宁王府中生存这么多年，应该会做饭，就是不知道做出来的味道如何。

不过，宿溪扒拉了一番，除了柴灰之外，什么也没扒拉到，只好作罢。

其他地方尚未解锁，她打开溪边，溪边没人，她就只能回到柴院。

屋内，床上小小的一团安安静静地沉睡，眉宇仍蹙着。

宿溪轻手轻脚地打开衣橱，见自己扔在里面的几件雪白色的袍子根本就没有被动过！而先前陆唤自己从外面集市买回来的两张劣质兽皮倒是有动过的迹象。宿溪放大一看，发现其中一件边缘有些小孔，应该是崽崽想自己缝到现在的衣服上，但是不擅长针线活儿，笨手笨脚地戳破了衣服也没缝上去，于是只好又把线给拆掉了。

宿溪赶紧将画面挪到床上的陆唤的手指头上，放大看了一眼，他软乎乎的小手上果然有针刺的小小血洞。

宿溪忍不住"扑哧"一笑，笨不笨啊，还以为崽崽是万能的呢。

虽然每天晚上都睡觉去了，没上线，但是一上线就能找到蛛丝马迹，发现崽崽在自己没上线的时候都干了什么。

宿溪想象了一下简笔画的陆唤坐在床上，严肃地盯着手中的衣服试图缝补好，但是一针一线还是搞砸了的场面，她乐坏了，觉得特别好玩。

她迅速打开商城，花了 20 金币购买了一个"针线包"，不一会儿，两件劣质的兽皮就缝制到了崽崽先前的衣服上。谁叫崽崽不肯穿新衣服。不过，兽皮虽然劣质了点，但是也还算防寒防冻。

宿溪放下了心，暂时关掉了游戏去写作业，让系统有事"叮咚"自己。

天还未亮，陆唤便醒了，昨夜睡得不是很好，他睁开眼，没什么表情地盯着帷幔。

自从那夜送来了治风寒的药包之后，那人已整整两日没有出现了，今天已经是第三天。空无一人的院子自始至终空荡荡的，只有大雪落下的声音，寂寥得只能听到他一个人的声音。

他出去时不断回望，回来时，还远远地走在竹林里，便竖起耳朵听这边的动静。

但是，很安静，唯有漫天的风与雪。

他昨日和前日都格外注意柴院里的东西，甚至是一花一草，但是没再有什么东西被动过。换句话说，那人的确没再潜进来。

按道理说，这场突然闯入他死气沉沉的日子中的意外陡然消失，他应该和先前一样，松一口气，甚至庆幸才对，可不知为何，他心里却……不那么是滋味。

已经掀起涟漪，他便再也无法平静了。

陆唤脸上掠过些许复杂烦躁的情绪，他起了身，一如既往地更衣。

本打算去鸡舍那边看看，但是刚打开屋门，便听见老夫人那边有下人来唤："三少爷，老夫人让你去一趟正院。"

先前下人们看人下菜碟，可不会称一声"三少爷"，但自从发生溪边的那件事之后，下人们见宁王府最有话语权的老夫人都对陆唤青睐了几分，便纷纷不敢再用先前的态度对待他，虽然也不至于有多好，但到底是收敛了不少。

陆唤凝眉。

老夫人那边来催，不知道是不是和他心中所想的事情有关。

半月后在秋燕山上有一场世子们之间的围猎。

二皇子也会参加，宁王府站队站的就是二皇子，只是近些年来宁王府势力衰败，入不了二皇子的眼了，所以宁王和老夫人一直在想办法将陆裕安和陆文秀两兄弟往二皇子身边推，还将两人送入了太学院，只可惜陆裕安性格平庸，陆文秀又太蠢，二皇子不屑与其往来。

先前宁王还动过收养义女，将义女往二皇子枕边送的心思，可惜宁王妃善妒，还没等那义女被送到二皇子身边，她便以为那义女和宁王有一腿，先将那义女害死了。

陆唤对宁王府中的这些弯弯绕一清二楚，只是不曾参与，选择了明哲保身。

而现在陆文秀被关禁闭，老夫人应当是动了别的心思。

他权当不知道，面上半分不显山露水，跟着那下人朝正院去了。因为老夫人叫人叫得匆忙，他都没来得及去鸡舍和厨房那边看一眼。

走之前，他顺手带上了两包治风寒的药，打算回来时去一趟四姨娘那里，送给她。

宿溪写完作业再次上线时，就见柴院内崽崽已经不在了，不知道去干什么了，而页面上突然弹出一条任务：【请接收主线任务三（初级）：于秋燕山围猎中结交二皇子，并顺利进入太学院！难度六颗星，金币奖励+200，点数奖励+12。】

宿溪顿时蒙了，一头问号，崽崽到底在干啥？怎么她去写个作业的工夫，一下子多出条任务?!

这些主线任务自然是主人公接触到相关的信息才能触发。她这里弹出了任务，就说明主人公内心有这个算计和想法，或者是下一步想去做的事。

宿溪打开地图，看了眼崽崽的位置，见崽崽正在老夫人的梅安苑里，足足有半个时辰没有移动。

在交谈什么？

虽然不知道他们说了什么，但宿溪大致能猜得到。

系统解释道：【上次的事情过后，老夫人对陆文秀看不顺眼，觉得他成不了大事，有意把主人公往二皇子跟前送一送，希望主人公有能力获得二皇子的赏识，成为二皇子的伴读。】

二皇子虽然不在东宫，但也相当有势力，一旦成为他的伴读，至少能拿到侍郎之职。到那时，即便陆唤是庶出，也不容小觑。

宁王妃便再不敢轻举妄动，加以谋害。

除此之外，崽崽也就有机会进入太学院了。

宿溪整理崽崽衣橱的时候，除了破旧的衣服，见到的全都是书，便知道，崽崽恐怕并不在意结交不结交什么二皇子，而是十分想要进入太学院上学！

他尚且只有十五岁，衣橱里放的四书五经就已经全都翻烂了，去宁王府外的普通私塾根本学不到什么，要想学到更多东西，还得进入所有皇子都会进的太学院，学习经世治国之道。

何况之前宿溪还在背景介绍中看到，太学院有位相当有名的老师。

所以，与其说这个任务是结交二皇子，不如说是借二皇子之力，进入太学院。

虽然这游戏的最终目的就是扶持主人公登上帝位，但之前崽崽一直不显山不露水的，宿溪差点忘了他的抱负。现在主线任务一步步朝着目标接近，宿溪才隐隐看出崽崽的野心来。

有野心是好事啊！

"那到时候登基了是不是就可以开始选妃了?！"

系统："……"

宿溪想到那么多个美女眸光盈盈如秋波，在自己这个太后面前，挨个被挑起下巴，等待被挑选的那一幕，顿时激动起来，也急着赶紧增加点数。

昨天晚上她修葺了鸡舍、翻过了土地，算是改善了外在环境，系统给她加了2个点数，现在点数已经达到13，但是距离解锁下一个地图还是遥遥无期啊！

不行，崽崽在搞事业，阿妈怎么可以松懈?

趁着这工夫，宿溪疯狂地在陆唤的这个院子里找还能改善的地方，见通往外面的那片竹林东倒西歪，她干脆一鼓作气地将歪掉的竹子全都扶正，手指点得快废掉了，总算又多了1个点数！

接着，她又跑到厨房，将所有的柴火整理好，又将凌乱的锅碗瓢盆全都洗涮一遍。

…………

几乎是把能做的活儿全给做了，点数这才慢悠悠地加到了15。

终于可以再解锁一个地图了，宿溪瘫软在床上，松了口气，立马问系统："他现在在哪儿?"

系统道：【已经从老夫人的梅安苑离开了，此时在四姨娘的院子里。】

宿溪立马让系统把四姨娘的院子给解锁了。

四姨娘的院子很小，一解锁，旁边的一些下人的院子以及其他姨娘的院子也解锁了。

这对宿溪而言是个陌生的地方，青灰色的砖石路上覆着雪。不过比起崽崽的院子要好一点，因为还有下人将雪扫到一边，免得人踩上去滑倒，可见，宁王对待他这个四姨娘要比对待崽崽好多了。

崽崽见到有多余的风寒药，担心那日四姨娘的女儿感染风寒，就将药送了来。可这四姨娘却常常明哲保身，对崽崽不见得有多好。

宿溪心中立刻有点愤愤的，不过知道这是游戏设定，她很快将不平压了下去。

她在四姨娘的院子中找来找去，沿着长廊往前，很快，视野中就出现了一个小小的穿着旧袍的白色身影。

正是崽崽，他立在长廊那里，似乎是已经送完了药，正打算往回走。但是不知为何，他在长廊尽头稍稍停住了脚步。

在看什么？

宿溪顺着他的视线切换视角，只见屋檐下有个嬷嬷，正捧着一碗做好的桂花糕，让另外一个看起来十一二岁模样的小丫鬟吃。

那嬷嬷满脸慈爱地摸了摸小丫鬟的头，低声道："慢慢吃，今日你生辰，不急。"

页面上慢悠悠地浮现二人的名字：嬷嬷甲，丫鬟甲甲。

宿溪："……"

这游戏取名字能不能不要这么随心所欲、丧心病狂?!

但是宿溪理解了，这嬷嬷和这丫鬟应该是母女，嬷嬷在宁王妃身边当差，上次在溪边看到过，而这小丫鬟被送到四姨娘身边来，八成是被宁王妃派来盯着四姨娘的。

但是，无论夫人和姨娘之间如何钩心斗角，小丫鬟的生辰还有她母亲记着，冒着危险跑过来送一口热食。

宿溪再朝长廊下的崽崽看去，却发现那一道白色身影不知何时已经离开了。

宿溪："？"

宿溪突然问："主人公生辰是哪天？"

系统调出背景介绍又给她看了一遍——赫然就是今天！

她这个猪脑子看背景动画时根本没记住！

文字背景介绍说：

【庶子陆唤出生的日子与东宫太子为同一天，时辰却相冲。他出生的那一刻，宁王在宫中冲撞了皇帝，差点被罢黜，自那以后，宁王认定是陆唤挡了他的官运，对其异常冷淡，将其惨死的母亲草草安葬了事，且不允许宁王府中有人记住陆唤的生辰。】

怪不得院墙外一片喜庆，张灯结彩的，还隐隐传来奏乐之声，原来是东宫太子生辰，全京城庆祝。宫内大摆筵席，街市上自然也热闹非凡。

而相同的这一天，崽崽的柴院却冷清寂寥，他独自一人走出来的脚印都被风雪覆盖了。

宿溪心中有些不是滋味，她忽然想到什么，飞快地将画面切回到崽崽的住处！

她问系统："崽崽还有多久回来?！"

系统估算了一下：【已经走到溪边了，还有三分钟脚程。】

够了！

宿溪飞快地点开商城。

商城里面的生日礼物特别多，全是一些古代民间的礼物，兔子形状的灯笼、糖人、字画什么的，但是宿溪没多少工夫挑选了。

她直接找到长寿面那一栏，然后挑选出一碗看起来最为热气腾腾的长寿面。

她动作迅速地将那碗面放在了厨房的灶上。面一落上灶台，白色雾气便升腾而起，被灶里隐隐的火光映照着，显得格外好吃。

宿溪还额外在上面放了个溏心蛋。

而就在这时，竹林那边响起了脚步声。

宿溪怕陆唤回来后直接去睡觉，不来厨房，就看不到这碗面了。

她一紧张，又抓紧最后一刻，切到厨房外头，在厨房屋檐上挂了一盏摇摇欲坠的兔子灯。

陆唤一路上自然也听见了宁王府外整个京城热闹的盛况，他抿着嘴唇，脸上说不清是什么表情。事实上，每年今日对他而言都不过如此，他也的确习惯了。

只是，那人……已经连续三日没出现了。

是不会再出现了吗？

还是说，果然如自己之前所料，偶尔送点东西过来，不过是对方的一时兴起。虽然对自己并无加害之心，但也只是在捉弄他罢了，又或者是稍纵即逝的同情？否则，自己区区一个庶子，对方大费周折岂不是很奇怪？

陆唤垂着眸，心中闪过一丝嘲讽。

他攥了攥拳，竭力让自己不再去想。无论对方如何，他置之不理便可，切不可动摇心绪，如此便中了对方圈套。

他随即加快步子，朝屋子走去。

可是，就在他路过厨房时，他像是意识到了什么，不经意间抬了头，那一瞬间，雪花缓缓落在他肩膀上，他脚步登时顿住，眼神亦怔住，盯住那一处屋檐。

身后一片清冷竹林，一串延伸过来的脚印，眼前柴屋三间，与平时似乎并无不同，唯独檐下多了一盏明黄色的兔子灯。

那灯被风刮得摇摇晃晃，细碎飘摇的光亮穿透黑夜与大雪，落入他漆黑的眼底。

"……"

这是？他的呼吸好像乱了一下，方才心烦意乱的一颗心也因这仿佛迎他回家般的摇曳烛光而重重跳了一下，接着"扑通扑通"，越跳越快。

他疾步朝厨房走去，里面空无一人，寂静无比。

陆唤眸子里不易察觉地滑过一丝失落。

直到他转过身，看到了灶台上的那一碗长寿面，正升腾起温热。

第六章

你到底是谁

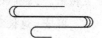

生辰对陆唤而言，不过是无数个冷清寂寥的日子之一，并无任何特殊。

宁王府中没有一个人会记得，就连四姨娘也没放在心上过。今日陆唤去送药，四姨娘拉着女儿泪水涟涟，连声道谢，但是并未想起今日是陆唤的生辰。她想不起也很正常，宁王早就勒令全府禁提陆唤的生辰八字，她即便想起了，也不能为陆唤做什么。

于是，陆唤也权当没有这一天。

反正，若不是每逢这一天京城里必定张灯结彩为东宫庆祝，他自己恐怕也早就不记得了。

生辰，生辰。

陆唤识得的这二字，却全是从书卷中看来，从东宫太子的寿庆和陆裕安的生辰宴中得知的。

每年陆裕安的生辰，府中都会热闹万分，厨房也都忙碌不已。

宁王妃会特意为嫡长子陆裕安准备两样东西：一是长寿面，一整根面条叠成满满一碗，吃后饮汤，寓意绵长的福寿；另一个是长寿桃，顶部被红纸染成红色，寓意躲避厄运。

而这个时候，陆唤大都只能和下人一道待在乌青的院墙根下，等待领取打赏。

从来没人记得他的生辰，他早已习惯，因而从未想过有一天，自己从风雪中归来，居然也能看到灶台上静静放着的一碗长寿面。在灶台余下的火光中，碗里的面条纤长润泽，汤汁浓厚，上面还有个溏心蛋，黄白的颜色格外吸引人，点缀着些许葱花，令人垂涎欲滴。

虚幻到有些不真实。

陆唤喉间一紧，下意识走过去，缓缓将长寿面碗捧起来，温热顿时从掌心处传来，令他眉梢轻轻一跳，竟然并非做梦！

可是，这长寿面真的是做给他的吗？

怎么会有人记得他的生辰？

怎么会有人特地为他庆祝？

怎么会有人特地赐予他这些好？

到底目的为何，又想从他身上得到什么？

陆唤心中纷乱，强迫自己将有些乱的呼吸平稳下来。

他双手紧紧捧着人生中头一回得到的这一碗长寿面，忍不住越捧越紧，感受着温热落在冰凉掌心上的感觉，半晌都没能放下……

片刻后，他吸了口气，逼迫自己冷静下来。

他抬眸看向厨房四处，又微微一怔，方才看见檐下的那盏兔子灯和这碗长寿面时太过惊愕，导致此时才注意到，前几日他丢在厨房乱七八糟可能会绊脚的柴火，已经被整整齐齐地堆好了，就放在角落里。自己因为前几日风寒，未能清理灶台上面的些许污垢，现如今也全都被清理过了，甚至锅碗瓢盆都焕然一新，整齐地叠放在一起。整个厨房都被人打扫过，食物被穿起来挂在墙上，竟然比起宁王府的大厨房也不差多少。

陆唤像是预感到什么一样，手里捧着长寿面碗，转身走出去，将檐下摇摇欲坠的兔子灯取下来，挑灯在手心，朝着院子外走去。

这才发现，不知何时，竹林外围了一圈，有可能会绊倒他的凸出来的横枝都被处理过了。鸡舍多了个防寒棚，今早自己离开得匆忙，没有去那边，竟然没有发现。

陆唤挑着灯、捧着面回到屋内，试图找出更多那人来过的痕迹，果然有发现。一打开衣橱，就看到衣袍被缝过，针脚细细密密，兽皮妥帖地缝在原先的衣袍上，看起来极为暖和，似乎是发现他试图缝制但未成功，所以那人特意帮了他一把。

陆唤浓密的眼睫轻轻一颤。

一桩桩，一件件，到底为何？

做好一碗面并非易事，挂上兔子灯更像是别出心裁地对他好。除此之外，那人竟然还如此细心，从厨房到竹林再到衣袍，为他做了如此之多。

人生头一回有人待他这样好……

陆唤坐到桌边，心中情绪复杂纷涌。他用袖子仔细擦了擦兔子灯，端详着上面栩栩如生的吃草的兔子片刻后，才小心翼翼地将其放在桌边。

他将长寿面摆在面前，拿起筷子，盯着长寿面凝视许久。热气落在他脸上，是一种真实而又温柔的触感。

这些好是他从未得到过的，他的人生中也从未有过这种好运。

虽然完全无法理解那人目的为何，为何会馈赠自己这些，为何从不露面，为何直到现在还没表露出任何索取的意图——到底是出于捉弄之心，还是另有他意，到底是否要等自己一点点坠网之后，那人才会图穷匕见。但这一碗面在他这冷清寂寥的十几年里，仍然意义重大。

因此这一回，他也就没办法像上次那样，不为所动地将长寿面倒进马厩。

他盯着这碗长寿面，一如既往地从怀中掏出银针，再次试了下是否有毒。

看到银针上没有任何变化，他面上虽没什么表情，可漆黑的眸子却几不可察地闪耀起了些许细碎的光。

他将面碗捧在手心里，慢慢低下头，喝了口汤，然后用筷子挑起面条，终于吃了一口。

温暖的食物入腹，他眼里的光又明亮了几分。

屏幕外的宿溪并不知道陆唤的心情这么复杂纷乱，在她看来，就是崽崽在厨房被惊呆了！然后出去，被竹林和鸡舍的变化给吓呆了！回到屋子后，又被兽皮衣袍给惊呆了！

他惊呆的时候，整个画面都是凝住的，小小一团，攥着拳头一动不动，十分不知所措！

宿溪道："噗哈哈哈哈，快被萌死了。"

随即，宿溪又看到崽崽坐在桌边，他虽然仍然警惕地用银针试探了下是否有毒，但和上次的梅菜扣肉不同的是，这一回，他终于吃了。

只见屏幕里的小人捧着脑袋那么大的碗，一小口一小口地吸溜面汤，又用筷子挑起面条塞进嘴里，包子脸鼓鼓的，吃得非常香！

宿溪内心似有土拨鼠在尖叫：啊啊啊，这游戏角色制作得也太萌了！

此时屋外风雪漫天，屋内黄色兔子灯一盏。门未关上，陆唤独自一人坐在桌边，捧着碗吃长寿面。

宿溪在屏幕外捧着脸，安静地看着，忍不住截了个屏。

她心里忽然就有了种很满足的感觉。

这种满足感并非来源于看着崽崽从开始的被下人欺负，到现在终于有了一处院子，并且能穿暖吃饱，当然，这种从无到有的获得感也让宿溪挺满足的。更让宿溪沉迷的是，亲眼见着崽崽从一开始像是一只警惕万分、浑身是刺的刺猬，到现在终于把他自己展开一点点，对她产生了那么一丢丢的信任……

这让她鼻尖酸涩。

当然，刺猬崽崽还是有诸多顾虑、诸多防备的，柔软的肚皮不可能一下子被自己摸到，但宿溪并不心急，来日方长，这游戏她可以一直玩下去！

她觉得，因为这个独一无二的游戏小人，她对这游戏上瘾了。

陆唤吃完长寿面，又去查看了一下被改造过的鸡舍。不得不说，被那人暗中相助改造之后，鸡舍的确暖和多了，那些鸡肉眼可见地活泼了许多。

陆唤则回到屋内，暗暗记下了这个日子。

他总觉得那人出现的时间似乎有迹可循，好像都是每隔两日一夜出现一次，而且每次出现，都是在自己睡着了或者外出的时间。

换句话说，对方似乎并不想见到自己？

陆唤盯着喝光了汤的面碗，将其带回了屋内，放在床头。

他知道自己这样实在太被动了。那人出现得很随意，自己却对对方一无所知，不知道他的身份，甚至连他出没的时间都不能清晰确定，更加无法理解他是如何在不触碰到自己设下的痕迹的情况下，在宁王府中来去自如的。

那人实在是神秘。

可自己无论如何也要想办法找出那人是谁。不仅仅是因为不知道对方的身份和目的，这种被动感让陆唤心生危机，更是因为，这一夜，他从对方那里得到了此生难忘的这一碗长寿面。

他孤寂的人生里，头一回得到这样的馈赠。

他想知道那人是谁，想见到那人，无论那人有何目的、是何身份，若只是利用和玩弄自己，自己便……

陆唤眉梢轻轻一挑。

寂静无声的夜里，他攥紧了手中缝制过的温暖的衣袍。

他忽然翻身下床，穿着单薄的中衣走到桌案边，摊开笔墨纸砚，写下几个字：你到底是谁？

到底是谁，突然闯入他一潭死水般的人生里。

写完，他将字迹吹干，用砚台压着，使其不被风吹走。

他抬头看向窗外漫无边际的黑夜和大雪，面上神情在烛光里晦暗不清。他不确定那人再来时是否会看到，是否会回答。

宁王府中没有不透风的墙，陆唤被老夫人叫到梅安苑一事，很快便传入了宁王妃的耳朵里。

她咬了咬牙，重重地将茶盏往桌上一掷，茶水泼出来，令前来禀报的下人吓了一跳。

下人仓皇跪下道："夫人息怒！"

宁王妃对身边的嬷嬷甲气急败坏道："老夫人到底在想什么，难不成就因为上次在溪边的事情，真的对那庶子青睐有加了?! 文秀被罚闭门思过整整一个月，待人出来，半月后的秋燕山围猎黄花菜都凉了！她是不是想让那庶子代替文秀去?!"

嬷嬷甲见宁王妃大发雷霆，也急忙跪下，道："夫人您要是不想让那庶子去，他还能去得成吗？"

宁王妃冷笑道："秋燕山围猎，几位皇子必定参加，京城各大世家子弟都要去，这种场合，他区区一个庶子怎么上得了台面？竟然还哄得老夫人让他取代了文秀的席位！你有什么办法？"

嬷嬷甲道："距离围猎还有半月时间，夫人多的是办法让他那日不能出现，又何必心急？但凡出现一点意外，就能让他连宁王府都出不了，连马都上不去，又怎么参加秋燕山围猎？"

听到此话，宁王妃脸色才稍稍好看了一点。

的确，一个庶子而已。虽然这庶子格外坚韧，生命力顽强，自己这些年都没能弄死他，但若是动起真格的来，让他在宁王府中寸步难行，还不是易如反掌？

她神色凌厉，又问了那下人陆唤近来在干什么。

自打老夫人吩咐过将那处宅院赐给他，并不许下人们去打扰之后，便没有下人敢靠近那里了。毕竟连宁王都怕老夫人，这府中也就没人敢违抗老夫人的命令。

得到的回答自然是：那庶子花掉了三两银子，购置了许多干活儿用的工具、种子以及一些鸡，开始在院内种菜、养鸡。

宁王妃听后，嘲讽地笑起来，还以为他要用那点银子打点下人，做出什么大事呢，却没想到他只是图个穿暖吃饱，在他那一隅内养养鸡种种菜。

罢了，这小可怜胸无大志，自己倒是对他过于警惕了。

宁王妃那边稍稍放松了戒心，陆唤这边从第二日起，便等待着那人回他的字条。

清晨睁开眼，他心里便一阵紧张，未来得及穿外袍，就跳下床去。走到桌边，怀着难以形容的心情拿起字条，朝上面看去，可正面只有他力透纸背的墨迹，并没有第二人的墨点。

"……"

陆唤不死心，又翻动字条，看了眼反面。然而，反面也是空白一片。

陆唤轻轻垂眸，漆黑的眸子里滑过一丝连他自己也察觉不到的失望……

不过他很快便抬起头来，将字条放回桌面上，继续用砚台压着，并且将那盏灯油已经燃尽的灯笼放在一边，使其更加显眼。

他想，按照那人出现的规律来看，昨夜并非那人应该出现的时间，没看到自己留下的字条也实属正常。

再等三日。

屋子外头公鸡打了一声鸣。陆唤今日打算外出，用一些粮食换取一把弓箭，为半月后的秋燕山围猎做准备。

只不过，集市上小商贩售卖的弓箭全都是普通猎人用的劣质弓箭，弓臂的张力不足，箭头也不够锋利，若想得到一把好弓，还不如购买桦木和翎羽，自己来制作。

桦木和翎羽都是一些稀罕材料，要想买到，至少需要五两银子。

这五两银子可不是小数目，宁王府管家的月银也才三两。

陆唤皱了皱眉，他穿上自己的旧袍子，低头摸了摸上面被那人缝制上去的兽皮，指尖立刻感觉到一阵粗砺，但想起有人一针一线地缝制，针脚密密麻麻，他一贯没什么表情，甚至冷漠的脸上还是不由自主地流露出几分柔和。

无论多粗糙，暖和就够了。

他又扫了眼衣橱内那人送的过于华贵的狐裘，虽然漂亮，但他没有丝毫触碰的心思，更没有因为缺钱就将其拿去当铺换钱的想法。

他走出屋子，和前几日一样，先走进鸡舍里看是否有新下的蛋。

那些鸡一见到他走近便扑腾着飞起。

陆唤打量着那人给鸡舍安置的防寒棚——所用的油毡纸等物他倒是识得，但是整个防寒棚木料的搭建方式却是奇怪无比，他从未在任何古书里见过这样的构造。

可是奇怪的是，这个古怪新奇的防寒棚里的温度明显比天寒地冻的外面暖和很多，也就是说，这个防寒棚是非常有用，甚至是至今并没有什么富贵人家用过的。

那人又怎么能制造得出来？

陆唤心中疑惑无比，他带着好奇的心情走近母鸡窝，伸手一探，登时愣住，他的神情无法抑制地露出几分震惊来，因为方才那伸手一摸，摸到的不是几枚鸡蛋，竟有几十枚！

窝里有点暗，陆唤回去取油灯，再匆匆回来，照着亮，一枚一枚地将鸡蛋拿出来。越是往外拿，他心中越是吃惊，因为仅仅一日之间，这二十几只母鸡下蛋的数量就超乎他想象了！

等鸡蛋全部拿出来后，竟在地上的稻草上堆成了个小山丘。

陆唤凝眉数了数，有六十八枚鸡蛋。

那些母鸡无辜地看着他，然后纷纷围在饲料旁边疯狂地啄起来，仿佛那些饲料是什么美食一般。

他："……"

陆唤从关于农耕的书中得知，一般情况下，一只母鸡一日是只能下一枚鸡蛋的，何况现在又是极其寒冷的冬天，很多地方颗粒无收，霜冻灾害不断，母鸡下蛋的数量更是会大大减少，外面集市上那些养鸡的商贩全都愁眉苦脸，担心撑不过这个冬天。

可自己这里怎么……自己养的这些母鸡怎么会疯狂下蛋，还下个不停?!

就在自己进来时，还有母鸡溜进去下蛋。

他神情古怪地再次打量了一眼那些饲料，以及那人安置在这里的防寒棚，心中只觉得异常复杂。

若是先前，他恐怕会以为其中有诈，不会轻易相信那人，但经过这几日之后，他暂且认定那人并无害他之心。既然如此，这些鸡蛋应该是没问题的。

陆唤白得像雪一样的脸被他手中的油灯蒙上一层暖暖的光。他垂眸瞧着这些鸡蛋，片刻后轻轻翘了翘嘴角，找来了篮子，像个小孩子一样席地而坐，将鸡蛋挨个装了起来。

宿溪已经在医院里待了十来天，到了快出院的时候了，因此一大清早，宿妈妈就来了医院，陪她做最后一遍复查，明天等到复查结果没问题之后，就可以出院了。

宿妈妈现在不用为钱的事情发愁了，整个人神清气爽，走路带风，还特别大方地给宿溪买了两个煎饼果子，微信转了她两百块钱，当这周的零花钱。

宿溪吃着煎饼果子感动得眼泪汪汪。

这么耽搁了一上午之后，游戏里就已经过了整整三天。宿溪按捺不住，在排队做检查的时候就掏出了手机登录游戏。

她上线的时候，崽崽难得没有外出，而是在院子里忙碌，还穿上了自己给他缝上了兽皮的衣服。

如果说原先穿着白色旧袍的简笔画崽崽是清瘦风的话，那么现在穿了带兽皮衣服的崽崽就变成了短手短脚的猎户风，看起来像是一只在屏幕上忙来忙去的小豹子!

宿溪排着队，鼓起腮帮子憋住笑，心脏都萌化了！

她现在终于知道那些给游戏人物氪金买皮肤的玩家是什么心理了，换了她，她也想看崽崽穿各种各样的衣服啊。

只可惜这只崽崽比较傲娇，不肯轻易换她送的衣服。

不过，崽崽在忙什么呢？

宿溪见他往返于鸡舍内外，放大他手中篮子仔细一看，也吓了一跳，怎么这么多鸡蛋？这才三天，这些母鸡就下了这么多蛋？！从商城购买的催产素作用这么恐怖吗？！

系统道：【也有防寒棚的功劳。商城里的所有商品的作用都是百分之百的，所以风寒药的恢复效果也比较强，确定不再多氪点金吗少女？】

宿溪虽然有钱了，但也绝对不是会乱花钱、没有节制的女生，她没理会系统，一脸和蔼地盯着页面上跑来跑去的崽崽看了会儿，然后将页面切换到他屋子里，打算看看有没有什么需要收拾的。

就在这时，她瞥见了桌案上的字条。

你到底是谁？

字迹力道很大，写得很快但并不潦草，可以想见崽崽写下时复杂纷乱的心情。

宿溪顿时一愣，这难道也是游戏设计的一个主人公和玩家互动的环节吗？

她当然也很想跟他互动啊，可是当她尝试着拽动桌案上的毛笔，在纸张上拖动时，却一点墨水都出不来。

被限制了，还是没办法和崽崽进行任何沟通，必须累积到100点。

这到底得做任务到什么时候啊？！

宿溪无能为力地扔了笔。

她对系统道："目前两个主线任务八字都还没有一撇，那除了主线任务，还有没有办法尽快增加点数？"

系统道：【上回已经介绍过，除了主线任务，还可以通过增强你的主人公的技能、人际关系、外在、身体素质来为他铺路，这些也可以增加点数。】

外在环境是宿溪玩游戏以来氪金赚点数最多的一个方面，而其他的，除了人际关系打了两次脸，增加了点数之外，几乎再没有别的了。

身体素质……是说想办法哄骗崽崽做俯卧撑之类的锻炼吗？但是自己没办

法和他沟通，暂时也就无法让他主动去做这件事。

技能……

正当宿溪打算研究下怎么从这方面下手时，系统弹出了支线任务：【支线任务一：请在主人公即将制作好的弓箭上，亲手绑上一个漂亮的蝴蝶结。完成支线任务也有奖励。】

宿溪："……"

这是什么诡异的任务？难道崽崽虽然一脸清冷孤傲，但实际上是个内心喜欢蝴蝶结的娇弱小皇子？

她问："还有别的目前可以做的支线任务吗？"

系统弹出：【支线任务二：宁王府后厨有一位师傅，名为师傅丁，对春耕秋收十分精通。他前几日受了管家诬赖，屈辱不已，正打算辞职回乡下。他日后能够成为主人公在外面用化名购买田地、进行商贾交易的得力助手。请找到他，并让其为主人公所用。】

这两个支线任务都有点超前，宿溪暂时先记下来。

她关掉支线任务页面，转到院子里，去看崽崽那边进行到哪一步了。

院内，陆唤正将所有的鸡蛋全都装在一个木桶里，装完后在上面用一件旧衣袍盖住，提着木桶去了宁王府侧门。

这三日，这些母鸡在暖和的鸡舍里，保持着每只母鸡一天两到三枚的下蛋数量。陆唤将这三天收到的所有鸡蛋数了数，竟然一共有一百九十二枚。

侧门靠近四姨娘的院子，上次宿溪已经解锁了，所以她跟着移动页面，看着崽崽将鸡蛋交给那名侍卫。

那名侍卫头顶冒出的泡泡里全是标点符号：???!!!

侍卫丙掀开木桶上方的衣袍，见到里头数量如此之多的鸡蛋之后，下巴都快掉下来了，整个人呆若木鸡！

宁王府中的下人都知道，三少爷从老夫人那里得了一整处院子的赏赐之后，就开始种菜养鸡。这无可非议，毕竟三少爷又不像另外两位嫡少爷那样每月有二十两月银，他如今处境虽然比先前好了很多，但也相当于被流放，在吃穿上只能自给自足。

所以他收了陆唤的钱，答应帮陆唤去宁王府外交易。但也以为陆唤不过是每月卖出去一点东西，来换取食物，可哪里料到——

三少爷买了几只鸡才几天，就一下子让母鸡下了这么多蛋。

这么多蛋！

妈呀！

侍卫丙算了下银子，都快晕过去了。

外头一枚鸡蛋六文钱，这一百九十二枚鸡蛋，就是一千一百五十二文钱，都有一两多银子了。

若是三少爷靠养鸡三天就能养出一两多银子，那再加上其他农作物，岂不是比那两位嫡少爷还要富裕?!

这……侍卫丙咽了下口水，忽然觉得从宁王府辞了职跟着三少爷混也未尝不可。

侍卫丙偷偷摸摸替陆唤拿鸡蛋出去卖，而陆唤则从侧门往回走。

陆唤当然没想要一直待在宁王府内，靠着这一小片宅院的土地种些东西来自给自足。他需要银子，便需要更多的土地、更多的人手，而那人送来的新奇特殊的防寒棚，若是自己能弄懂其中原理的话，或许可以复制出许多个来，在外面利用化名，弄上一片农庄。

一旦有了农庄，银两便源源不断了。

不过这些想法对陆唤而言，并非当务之急，他更想知道的是，已经第三日黄昏了，那人……是否有看见他留下的字条?

想到这里，陆唤脚步匆匆，快速穿过竹林，往回走去。

以往他每次回到这里，都是一片冷清，心中也并无波动，只觉得天地虽大，却好像并无他的归处一般，可如今，他心里竟然生出了一些连他自己也觉察不到的隐隐希冀来。

无论那人是戏耍还是捉弄，他都荒唐而卑微地希望那人继续出现，不要突然消失……

陆唤抿了抿唇，浓密的眼睫微垂，竭力不让自己眼里的些许亮光被旁人发现，他怀揣着复杂难言的心情，装作淡定地回了屋子。

然后，他快步走过去，屏住呼吸看了眼字条，却仍是只有他自己的字迹。

突然，陆唤视线一凝，字条旁边的毛笔分明被动过，虽然被拖动的痕迹很细微，但他还是察觉到了。

那么，也就是说，那人来过！

只是并无回答。

为何？不屑理睬吗？还是认为没有必要？

寒风从窗户轻轻吹进来，将陆唤手中薄薄的字条吹得拂动。他默了默神，将字条揉成一团，扔掉了。

而屏幕外的宿溪只能眼睁睁看着崽崽垂下了他的头，眼里的亮光稍纵即逝，变得落寞。

她：“……”

手里的煎饼果子瞬间就不好吃了。

不得不说这游戏真的很会调动玩家的情绪，如果说之前宿溪还打算不紧不慢一步步玩，那么现在她氪金解锁点数的冲动简直一瞬间达到了最高峰！

试问谁能扛得住崽崽立在桌前沉默片刻，走到门槛前拂衣坐下，手肘搁在膝盖上，撑着他那张包子脸，望着寂静空荡的大院子，一脸落寞的场景?!

宿溪心都碎了。

她迅速切换到宁王府中厨房师傅们居住的那一块地图，决定尽快多完成一些支线任务，就算是累死累活也要尽快将点数积累到 100 点。

当然，她不知道的是，陆唤坐在屋门前，面上并无多余情绪，不为其他，只是在蹙眉沉思。

那人此次前来，虽然并未回答他的问题，但是至少可以说明一件事，对方出现的时间的确是有规律的，若是自己能把握住这个时间规律，多少能占据一点主动性。

但是，当然了，陆唤知道，那人异常警觉，若是自己假装出门，再中途陡然返回，恐怕待自己刚出现在竹林那边，那人就已经快速消失了。

这并非一个好办法。

除此之外，陆唤还察觉到，对方至今为止所做的事都是有明确目的的。无论是修补屋顶也好，送来生辰寿面也罢，似乎都是在关心他，且对他有益的，而这种回复他问题的事情，则仿佛被对方认作无意义的事，所以对方才没有理会。

当然，这些也都只是陆唤的猜测而已。

那人实在太过神秘，神龙见首不见尾，留下的痕迹又非常少。陆唤很难得到什么有用的信息，只能通过蛛丝马迹来猜测。

所以，自己要想得知那人的身份，现在要做的便是想办法让那人留下蛛丝马迹。

那人虽然不会回复他的字条，可若是用别的方式试探呢？

他想要找出那人。

陆唤不知道为何自己的这个念头如此强烈，究竟是因为对方在暗而他在明，这种被动性让他心中毫无安全感，还是因为，他就只是想知道，那个在他风寒时照顾了他，赠予他贫瘠人生中头一份生辰贺礼，从送木炭、长靴到为他缝制兽皮衣袍，给了他种种的人，到底是谁，长什么样子，穿着什么衣服，佩戴什么首饰，有什么喜好……抑或只是因为，他内心深处害怕对方只是随意而来，过不了多少时日，便会如缥缈青烟一般匆匆而去。

倘若对方某一天忽然消失了，再也不会来，而他却只能等着，到某一天才后知后觉地发现。

那他……

陆唤的手指不由自主地蜷紧。

他望着檐下被自己倒进新的灯油，重新挂上去的兔子灯，眸子在烛光下若有所思，似有许多隐藏起来的情绪，深不见底。

宿溪在地图上找到了支线任务"让师傅丁为主人公所用"中的师傅丁。

侧门往溪边是其他几位姨娘的宅院，中间隔了几道墙和一处花园，往右边便是稍微有点身份的下人所居住的地方。幸好上回都解锁了，宿溪可以直接点进去。

这是几位后厨师傅的房间，通铺上只躺着师傅丁一个人。

他是个干巴巴、瘦瘪瘪的火柴人，奄奄一息地侧躺在床上，看起来气色很不好。他旁边放着一碗药，地上还洒了很多汤药。

宿溪点了他一下，页面上立刻弹出来他的信息。

【人物：师傅丁。当前状态：生命条百分之二十，体力条百分之五，正处于重度风寒之中。由于古代医疗不发达，风寒过于严重时，几乎无药可救，只能等待死亡。】

这确实是，风寒在古代是相当严重的，世子、夫人们还好，可以请御医来，但是这个师傅丁身上穿的衣服一般，喝的那点药也一看就是请江湖郎中开的方子。

外面忽然进来两个在厨房干活儿的下人，他们走进来见师傅丁还躺在床上，骂道："你这瘟货怎么还没走？管家大人不是让你收拾东西赶紧滚蛋吗?!"

师傅丁干瘦得青筋都暴了出来，气若游丝地道："我没偷管家的东西，即便要我回乡，在那之前，也要让他先还我一个清白！"

"什么清白不清白的，赶紧滚滚滚，否则你这病传染给了我们怎么办？我们也是上有老下有小啊！"那两个下人大步跨上前来，猛地拽住师傅丁的胳膊和腿，大力一拉，竟然直接将他扔出了屋子。

师傅丁摔在雪地里，剧烈咳嗽，爬都爬不起来了。

这一段支线背景快速在宿溪面前播放，宿溪惊呆了，都没来得及扶这位老人一把。

侧门处飞奔来一个人，他迅速将师傅丁扶起来，义愤填膺地盯着那二人。"你们不会有好报应的！先前你们还是学徒的时候，我义父对你们诸多照顾，你们现在竟然如此忘恩负义！"

正是先前替崽崽出去卖鸡蛋的侍卫丙。

原来这二人是义父子。

师傅丁咳嗽着摇头，道："别惹事，先扶我去你那里。"

侍卫丙是一个特别壮硕憨厚的游戏小人，隔着衣服都能看到六块腹肌。可这猛汉见自己的干爹一口一口地咯血，急得都快哭了，他抹了把眼泪，道："好。爹，你放心，我会想办法治好你的，上次那个郎中不行，咱们就换一个郎中。"

师傅丁苦笑道："唉，可是，咱们两个人这么多年在宁王府的积蓄都快花光了，哪里还有钱医治呢……"

侍卫丙扶着师傅丁往另一处院子走，愁眉苦脸了一会儿，忽然道："不如，我们去找三少爷想想办法！爹，你可知道，三少爷今日托我出去卖的那些鸡蛋，其中竟然出了好多个双黄蛋！卖出去的价格是普通鸡蛋的两倍！"

"双黄蛋?!"

双黄蛋寓意大富大贵，在京城几乎都提供给了皇亲国戚，卖的价格比普通鸡蛋贵多了。

师傅丁听了侍卫丙说的话，很是惊愕了一番。

他对整个京城的农货了如指掌，因此更加觉得不可思议！

现在是冬天，天寒地冻的，外面所有农庄的鸡死的死、病的病，京城里仅有的一些鸡蛋也全都送到贵人们府中去了，可以说鸡蛋产量非常低，几乎买不到！价格也因此逐渐从六文钱涨到了八文钱左右。

可三少爷只不过是买了几只鸡，随便在他那院子里养养，怎么可能几日就下出一百九十多枚鸡蛋？！

这也太天方夜谭了！

而且义子还说那些鸡蛋里头出了双黄蛋！

"那些鸡蛋总共卖了三两八十文。"侍卫丙苦涩地道，"我这辈子都没见过这么多银子！爹，要是我们养鸡也能生这么多鸡蛋，又何愁没钱买药？"

父子二人一边叹气，一边回到了侍卫丙的住处。

宿溪在旁边看着这两人可怜巴巴的样子，也替他们叹气。

不过，她瞧着师傅丁剧咳不已，倒是一下子想到了怎么完成这个支线任务，替崽崽将这两人收服。

她打开了商城，悄悄在侍卫丙的住处留下了一包东西，并且模仿崽崽给自己留的那张字条上的字迹，写了一张字条。

待父子两人回到屋内，侍卫丙刚要扶着义父坐下，就看到了桌子上不知道是谁送来的几服风寒药。

他吓了一跳。

旁边还压着一张字条，上面详细写着煎服之法，却并未署名。

而那字迹……侍卫丙是读过书识一些字的，只觉得字迹龙飞凤舞，很有章法，一看就是有身份的人留下的字，绝对不是普通下人能写出来的。

侍卫丙惊呆了，这几服药加起来可得半两银了了，怎会有人如此好心？自己正愁没钱买药给爹治病，就有人送来了药，这下爹的病有的治了。

他喜极而泣，去摇晃师傅丁。"爹，你看，这是不是哪个好心人送来的？"

"这是？"师傅丁打开其中一包药，闻了闻，确实是治风寒的药，他顿时愣住了，哆嗦了下，"咱们父子两个一穷二白、无依无靠的，怎么会有人伸出援手？"

　　宿溪这边刚倒腾完，还没来得及去崽崽那边看一眼，检查的队伍就排到她了。

　　护士在催促，宿溪赶紧先放下手机，进去做检查。

　　而陆唤这边却是万万没想到，接下来的几天，这些母鸡下蛋的数量居然比先前只多不少。

　　他第一次让侍卫丙拿去卖掉时，赚了三两八十文回来，他只收了三两银子，另外八十文给了侍卫丙。毕竟若想让人卖力办事，也得给他一些好处才行。

　　这侍卫丙先前因义父生病一事垂头丧气，但之后好像是义父病情忽然有所缓解，精神好了许多，跑起腿来也更加机灵卖力。

　　而接下来的几天，侍卫丙照样拿着鸡蛋去卖，并借着冬日物资少的缘由提高了价格。重复几次，陆唤手中已有十两银子了。

　　这才短短几日。

　　他将这些银两放入荷包当中，只待先借助这些鸡蛋攒够第一笔钱，便去宁王府外租一处农庄。

　　而除此之外，陆唤精心侍弄的韭菜、西葫芦等农作物，也开始有了生长的迹象，他不知道是否是那人替自己翻种农作物那一晚在那一小片地里留下了什么，这些植物现今生长的速度远超自己想象。

　　这几日，宁王妃那边暂时风平浪静，似乎在等待围猎之日的到来。

　　陆唤点了点手中的银两。

　　原有的三两银子，购买材料、工具、种子之后所剩无几，然而他只是靠着卖鸡蛋，便赚取了十两。他原本打算花五两银子去买桦木与翎羽，但这日，他忽然改变了主意。

　　他去了一趟集市，买了些别的东西。

　　宿溪在宿妈妈陪同下办理好出院手续，收拾病床上的东西，花了一些时间。等她拄着拐杖，被宿爸爸扶着上了出租车之后，她就迅速打开了游戏。

　　坐在副驾驶座的宿妈妈一看她玩游戏就气不打一处来，劈手抢走了她的手机。"溪溪，在车上还玩游戏，伤眼睛知道不？"

宿溪无语凝噎，只好决定下车再玩。

下了车，宿爸爸、宿妈妈拎着东西进单元楼，她拄着拐杖，一蹦一跳地跟着进电梯。

上次彩票的钱拿到手后，宿爸爸、宿妈妈就打算换新房子了，这件事已经提上日程。

宿溪心想："他们要是知道能住新房子，都是我玩游戏玩来的运气，哪还能制止自己玩游戏?!"

回到家，宿溪总算不用闻医院消毒水的味道了，也就轻松了许多。

她往沙发上一躺，掏出手机。

一打开游戏，宿溪就直奔崽崽屋内而去。在医院办手续的时候，她就时不时登录一下，因此也就知道了崽崽这几日的行踪。

右上角"鸡蛋"后的数字一直在增长，说明崽崽一直在辛勤劳作。而那侍卫丙和师傅丁可能太蠢了，还没意识到帮助他们的恩人是谁，宿溪打算上线提点一下。

除此之外，她发现崽崽在想办法制造弓箭，她打算氪金给他买一把。

崽崽又不在屋内，应该是出门了。

可就在宿溪打算切换页面时，她突然发现，这一回屋内的桌案上又多了一张字迹遒劲的字条。她顿时有点急，不是吧，崽崽又发"短信"?! 那自己这次依然不能回，他岂不是又要不开心？

但宿溪还是忍不住凑过去看了看这一次上面写了什么。

我择了礼，望你喜欢。

最后一笔微微停顿，似乎是崽崽在沉思什么。

礼物？什么礼物？

宿溪眼睛"唰"地一亮，激动得要命，这是什么？崽崽赚第一份钱给老母亲买礼物了？她突然就有了种被回馈的感觉，就像是玩游戏本以为完成任务只会得到金币和物品奖励，但万万没想到，突然氪出隐藏掉落一样！

而且，崽崽这一行字写得很撩人，她怦然心动，在学校里被臭男生送奶茶都没这么期待。

她止住手抖，在桌案上一顿翻找，看到纸笔旁边摆着两个精致小巧的雕花盒子。其中一个盒子内摆着一条闪着浅浅光泽的明珠腰带，应该是男子才会用的。另一个盒子里摆着一支精致的镂空银钗,在屋外雪地里反射进来的光中显得流光溢彩,异常美丽,是女子才会用的。

啊啊啊,都好好看啊!

宿溪激动不已,泪流满面,手指按在两份礼物上,选择困难症都快犯了!!为什么这礼物只在游戏里,没法拿出来?

不行,无论如何她也要想办法带走!

第七章

给仙女的回礼

宿溪第一反应当然是更喜欢那支做工精细的银钗。没有女孩子会对好看的首饰有抵抗力吧！何况那支银钗古色古香，镂空图案异常精美，馨香白雪的花样完全就只是古代所有，放在现代看起来都像是古董了！

她一瞬间几乎都快忘了这是游戏，兴奋地在沙发上坐直了身体，伸出手指就去抠——想把银钗抠出来。

但是很显然，这下意识的动作实在是太傻，游戏里的东西怎么可能抠得出来?!

宿溪捧着手机，哀怨不已。

不知道是该怪游戏原画师将这支银钗画得太漂亮，还是怪崽崽送的礼物太戳她的少女心。

想要，却拿不到手。

她之前检查过，游戏页面是没有背包系统的，只有一个崽崽的收成栏。但是显然，这份礼物不属于收成。她想要像别的游戏那样将这份礼物放进背包里，是做不到的。

那这怎么取走啊?!

宿溪用手指拨动桌案上的银钗，听其发出清脆悦耳的响声，心里痒痒，却一时之间拿这支银钗毫无办法。

可是，即便不能带走，也不能将这份礼物丢在这里置之不理，否则等崽崽回来，看到礼物原封不动，肯定会非常失望，又要和上次一样独自坐在夕阳下，流露出黯然神伤的表情了……

宿溪一拍大腿：有了！

虽然有点舍不得，但是也只能这样了。

她用手指按着屏幕，移动那支银钗。银钗被从桌案上拿起，登时被窗户外面照进来的光照到，银白如月色，显得更加美丽了。

宿溪原本只打算取走银钗，可是视线又忍不住落到桌案上那条同样精致的男子用的腰带上——大概贪婪是人类的本能。

她一个没忍住，将腰带也拿了起来，随后怀揣着捡到了宝的兴奋心情，将页面切换到柴屋外的竹林里——她打算找个地方，先将这两件礼物给埋起来。

这样的话，对崽崽而言，就是礼物她已经收下了。

从商城里兑换了个挖坑、填坑的操作后，宿溪小心翼翼地将两个盒子放了进去，然后盖上了土。

虽然有点可惜，但暂时也只能这样了。

宿溪留恋地看了会儿被自己埋起来的礼物，记住了周围几棵比较有特征的竹子，打算等到崽崽离开宁王府、自己要换地图的时候，再将其挖出来，带着礼物跟他一块走。

因为收到了这份突如其来的礼物，宿溪心里激动，一时也放不下手机。她将页面切换到屋内，继续想办法制造崽崽需要的弓箭。

商城里自然是应有尽有，材质从贵到便宜分别有月牙狼骨、乌龙铁脊、凤羽、桦木翎羽、竹、木等。

各种图片列出来，最贵的一看就格外结实好用！

要是换作先前没中彩票的宿溪，零花钱就那么点，抠抠搜搜的，肯定只能买最普通的弓箭，但现在她只想氪金，给崽崽最好的，于是手指毫不犹豫地移到了最贵的价值2000金币的"月牙狼骨箭"上去。

但是刚触及，下面就弹出来信息：仅为皇室所用。

原来上面刻着皇室图腾。

世子能够用的最好的也就是"凤羽箭"。

为了避免给崽崽惹来不必要的麻烦，宿溪只好暂时舍弃，先买了一把可选择范围内最好的凤羽箭。

很快，一把形状优美、圆如秋月的凤羽箭被放在了桌案上。

宿溪想起支线任务，又兴致勃勃地从商城里挑了一条大红细丝绸，认真地绑在了弓头。

这支线任务倒是道送分题，可能是用来调剂游戏节奏的，十分简单。不过，隔着屏幕绑蝴蝶结颇费力气，还是花了宿溪好半天的时间。

等她好不容易歪歪斜斜地绑好之后，系统弹出任务完成的消息：【支线任务一已完成，获得金币奖励+50，点数奖励+2！】

系统问：【目前点数已达到17，可以选择一个地图解锁，请问需要解锁哪里？】

每次解锁一个新地图，宿溪都有些激动，因为整个游戏里面的风景细节都非常精致，青石路、长廊屋檐、异常精美。

她就像是在一步一步探索整个古代京城，甚至是整个燕国一样，每多一个地图亮起来，就有种非常新奇的感受。

宿溪道："先看看崽崽在哪儿。"

地图弹出，宁王府外的京城十分宽广，总共分为皇宫、内城、外城、护城河这四个板块。宿溪暂时没去看具体划分，反正就和内环线，一、二、三环线差不多的概念。

在靠近护城河的位置，有一座看起来像是寺庙的建筑，显示崽崽所在的光正一亮一亮地闪。

"那是哪儿？"宿溪讶然，她还是第一次见崽崽跑这么远。

系统解释道：【京城内的永安庙，太后曾经来上过香，因此香火十分旺盛。但是今年冬天发生了霜冻灾害，接连几个月都大雪纷飞，京城之外饿殍遍野，灾民流离失所。京城内也有许多百姓感染风寒，无药可医，人们于是围聚在永安庙，指望遇见个什么达官显贵，讨个说法。】

宿溪感觉新剧情即将发生，立马道："帮我解锁永安庙。"

陆唤今日上街，原本是打算拿买完银钗和明珠腰带剩下的银两去置办桦木和翎羽的，但是这些材料普通集市上找不到，因此他离开内城，往外城山上而去。

可是万万没想到，一路上所见到的竟然全是因感染风寒，找不到大夫而奄奄一息等死的人！

大夫都去哪里了呢？

原来，他感染风寒的那几日，京城中风寒肆虐，像是一场瘟疫般迅速传开，宁王府中也有十几个下人因此被辞退赶走。

京城里的大夫自然全都被达官显贵请走了，而这些普通百姓，若是手里有些积蓄，倒是还能请一下郎中，若是一穷二白，便只能等死。

这些人不甘愿等死，于是纷纷朝永安庙聚集而来，试图讨个说法。

外城一路走去，全是患风寒咳嗽的人，有几个好心摆摊的郎中，铺子外头也是乌泱泱的一片等着救济的人。

场面触目惊心，陆唤越往前走，眉头越是紧皱。

宿溪打开永安庙这个全新的地图，首先就在人群中锁定了崽崽。

她还是第一次见到崽崽外出时的装扮，只见他身上穿着兽皮长袍，头上特意戴了顶黑帽，身上披着斗篷，以防被宁王府的人认出来。

小小一只奶团子混迹在人群中，负手前行，一脸冷肃，比起平时的萌，现在更多了几分飒爽。

宿溪正觉得好笑，忽然就被永安庙躺了满地的病重百姓给吓了一跳，满地都是人！

那些人因为无药可医，病恹恹地倒在墙脚，像是下一秒就会死去！

有满脸皱纹的老人，有还处于襁褓中被母亲抱着的孩子，还有青年壮汉，得了这个病全都一样，浑身乏力，高烧不退，体寒发冷。

虽然游戏屏幕上这些人全都只是卡通火柴人的形象，但还是让宿溪觉得万分震惊！

原来，古代风寒引起的瘟疫这么可怕？！

简直就是一场灾难，这个冬天还不知道要死多少人！

而那些郎中虽然尽力诊治，但很显然医术有限，只能用土方子救一些病得比较轻的人，那些高烧连日不退的人，都已经被郎中放弃了。

宿溪万万没想到，这种在现代看来非常普通的病毒性感冒，在游戏的古代里能死这么多人。

当天自己可是只购买了一服药，崽崽只喝了一次，就迅速恢复了啊！

那岂不是，自己从商城里购买的药，能救下这满地的人?！

宿溪脑子里闪过这个念头的同时，陆唤巡视着满地痛苦不堪的人，眉宇紧蹙，也在思索同一个问题。

他当日所患风寒也极其严重，可是只过了一晚就几乎痊愈了，那人给他服下的风寒药竟然如此有效！

那人似乎总是有很多新奇的东西，包括那个自己从未见过的防寒棚。

不知道那药里面的成分是什么，若是能辨认出成分，是否可以采、抓药材来救这些老弱妇孺？

内城官员为了粉饰太平，怕被皇宫里头的人知道，竟然已经开始将这些害了瘟疫的百姓往城外赶了。

百姓寒苦，哀鸿遍野，而城内官员却日夜笙歌，贪图享乐。

陆唤回身，视线在一名约莫八岁、双手冻得通红、足不着履、奄奄一息的孩童身上微微顿了顿。

他眸子晦涩，片刻后才逼着自己移开视线。

就在此时，宿溪的页面上也跳出了新的主线任务：【提示，请接收主线任务四（初级）：辅助主人公制作出有奇效的治疗风寒的药物，成为京城中不知姓名的神医，收服数千百姓的人心，并靠风寒药在十日内赚取银两五十两。难度八颗星，金币奖励+500，点数奖励+6。】

等等，五十两?

宿溪先是吓了一跳，但随即看到"点数奖励"几个字，立刻被激起了斗志！

不过，就算没有这个任务，她刚才看崽崽立在原地，遥遥地看向那小孩的眼神，也觉得，这件事情，崽崽已经下定决心去做了。

崽崽在想什么她不知道，但是她看见过崽崽衣橱中堆着的那些书卷，里面被他翻阅得最多的、起了毛边的，是一幅描绘河清海晏、时和岁丰的《清平大下图》。

而与此同时，宁王府内，宁王妃在陆文秀的房中走来走去，不停地拨动手中的佛珠，显然是急昏了头。

先前在溪边被救上来之后，陆文秀就一直发烧咳嗽，她以为不过是普通风寒，以为请大夫来看看，按时日喝药即可，可万万没想到，这都多少日子了，陆文秀一直没好！

三日前，陆文秀的病情彻底恶化，完全下不了床，整个人高烧不退，失去了神智。

皇宫里来的御医甚至都摇了头，道："二少爷本就体虚，坠入冰湖之后，更是激发了寒气。现在别无他法，只能期待菩萨保佑了。"

这话说得隐晦，意思就是回天乏术了。就连御医都没办法，还能上哪里去请更加高明的大夫?!

宁王妃万万没想到，自己还没想好如何在秋燕山围猎上将那庶子害死，自己的儿子就先因为数日前的那场自作孽的坠湖而病入膏肓！

她心中一阵绞痛，一屁股坐在了凳子上。

老夫人一直习武，身体硬朗，且被救上来之后立刻有火炉取暖，没有发病也就算了，可为何那庶子竟然也连日进出宁王府，健康无虞?!

宁王妃又急又恨又心疼陆文秀，几乎快咬碎了牙。

陆唤购买桦木与翎羽的计划再次搁浅，这并非当务之急，普通弓箭他也有把握胜出，这些百姓的性命却是耽误不得。

他心中有了打算之后便立即去做，当即回城，进了一家药材铺。

陆唤熟记百草，当日那人留下的药包他拆开看过，里面并非磨好的药粉，而是严格按照剂量配好的各类需要煎煮的药材，陆唤当时粗略一看便将那些药材熟记于心。

他为了以防万一，给四姨娘送去了一些之外，还留下了一包放在衣橱内。现在，他只需要将这些药材挨样买一些回去，然后对照着之前的那包药，靠着称重计算出那人送来的神药的药方。

只是，却不知道那人是否愿意让自己用那些药来救人。

陆唤买好药材之后，思绪沉沉地回了自己的柴院。

穿过竹林时他大步流星，可推开门时，他的动作却又稍稍迟疑了一下。

即便上一回留下字条，而那人没有给任何应答，他有些失望，他心中也仍是不死心地升腾起一些隐隐的希冀来，期盼这一回能得到对方的答复。

只是，若那人还是不理会他呢？

陆唤攥紧手中的药包，竭力遏制住自己心中荒唐过头的期待。

他敛起神情，走了进去。整理了下思绪，他才朝桌案上看去……

陆唤并不想如此，可他眸子里的色彩还是在一瞬间亮了起来。

他整个人立在窗子处，被外面浅浅的夕阳照着，一贯冷淡的脸上多了几分名为欣喜若狂的情绪。

这是他十五年来头一回脸上露出少年人应有的神情。

似乎是突然意识到自己的情绪有些激动，他努力控制自己的面部表情，尽力板住脸，然后快步走到桌案前，竭力装作自己眼里根本就没有某种亮晶晶的东西的样子。

桌案上的礼物被取走了。

两份都被取走了。

那人终于看见，并且终于有所回应了。

虽然不知道那人是否因为看穿了自己的小心思，不愿告诉自己性别，所以才两份一并取走的，但陆唤心里仍是荡起了涟漪。

毕竟，之前都是自己单方面接受来自那人的东西，而现在，至少代表自己与那人能够有所互动交流了。

他抿了抿唇。

除了礼物被取走之外，桌案上还多了一件东西。

他的视线落到那张绑了奇特丝带的凤羽弓上，微微一怔。那弓十分精巧，弓身以名贵的木材制成，短箭以凤羽所制，头大尾小，呈极其锋利之状，是大多数世子才能够用得上的利弓。

除了凤羽箭之外，更好的弓箭只能为皇室所用。

他所想要的无非是一张桦木翎羽弓，而那人却好像是想尽可能地给他更好的一样。

意识到这件事，陆唤拿起弓，心中轻轻一颤。

而屏幕外的宿溪一直跟着崽崽从庙里回来，就是期待着他看到自己送他的弓箭时的神情。

她喜滋滋地等待着崽崽露出惊喜的表情，却只见崽崽面无表情，十分冷淡，喜怒半分不显。

宿溪："？？？"

收到了梦寐以求的弓箭，难道一点开心的表示都没有吗？知道崽崽你不够活泼，不求你跳起来给阿妈一个拥抱，但好歹也笑一下啊！

就在宿溪毫无成就感、有些气馁时，屏幕里，崽崽的脑袋顶上缓缓出现一个白色气泡。白色气泡里闪出一颗小小的心。

像是害羞一样，那颗开心的小心心冒了个泡，就飞快地缩了回去。

宿溪："……"

宿溪被萌得心脏一颤，丢下手机，扑倒在沙发抱枕上，捂住了脸。

宿溪暂时放下手机，去吃了个晚饭。待到吃完晚饭后，便迅速回了房间，打开游戏。

而就在她吃晚饭的这一段时间，勤劳刻苦的崽崽已经做了非常多的事情。

除了每日都会去收一次鸡蛋，每日料理一次西葫芦等农作物之外，他还花费了点功夫，想办法将之前宿溪给他的那包药研究了一下，称出了其中黄连、黄檗、干姜、附子、细辛等各味药材的配比。

他回到屋内，在桌案上摊开纸张，神情专注地写药方，袖口微微挽起，露出来的手腕线条干净修长，有一份少年人的清朗坚韧。

当然，在屏幕外的宿溪看来，就只是短手短脚的卡通崽崽立在桌案前，神情凝重地……露出了一小截白白的手臂。

不过，看到他笔下流畅写下的药方，宿溪相当惊愕。作为一个文科生，她对这种精细到毫克的计算，是完全一头乱麻的。

她问系统："崽崽的配比没弄错吧？！"

系统道：【分毫不差。】

"！！！"宿溪万万没想到自己有一天会钦佩起一款游戏的主人公！

你说崽崽他起早贪黑、勤劳认真、聪明伶俐、过目不忘，虽然出身寒微，但仍胸怀抱负、怜悯百姓，他还有什么是不能做成功的？！

宿溪肃然起敬，不过她随即又问起另外一个问题："他这样按照商城药的配比抓出来的药，也能起作用吗？还是必须从商城购买原原本本的药才能起作用？"

系统道：【商城的药有百分之百的效果加成，他抓出来的药自然没有商城的药效果好。不过，按照这个配方，至少能有百分之八十的效果，也足够治好那些病重的人了。】

也是，宿溪不由自主地点点头，要知道，那些郎中开的草药多数没什么用，就连皇宫里的御医要想完全治疗好一个人的风寒，也得十天半个月的时间。

不过，既然自己的药效果更好，那晚上再从商城买一些，给崽崽送来。

这样想着，宿溪就见到崽崽速度极快地写好了药方，然后将那些用五两银子买来的药材分别铺开，一味一味地抓取。很快，就配好了十五服药。

由于现在城中正是风寒高峰期，药价涨了，他的五两银子买不到多少药材，所以最后只配出了这么多。

按照这个数量，只能救治十五个百姓。

不过崽崽似乎另有打算。

他抓好药之后，暂时将其放到一边，又走回了桌案边上。

只见他提起了毛笔，微微凝眉，似乎是在斟酌要写什么。

宿溪一看他写字就紧张，跟眼睁睁看着对方发短信，而自己没办法回复似的，但又好奇他会写什么，于是忍不住拉近屏幕，放大他和桌案上的纸张。

陆唤盯着一边系了大红色丝带的凤羽箭，沉思许久。

这凤羽箭无论如何都不是普通人能够买得起，或者说制造得出来的。而那人送来的衣袍也全都是华衣锦裘，这些都十分贵重，且更像是皇宫内的人或是京城中其他有身份的人才能接触到的东西。

从这些已经能够推断出，那人必定身份不凡。

除此之外，从造型新奇的防寒棚、此前几乎从未听说过配方的风寒药则可以推断出，那人应当精通机关、药术。

再加上一条，那人来去自如，应当武艺高强。

陆唤在心中细细分析，京城中到底有什么人能同时满足这三个特征，可一时半会儿，他也实在摸不着头脑。

他第一回留下字条，直接问那人是谁，那人却根本不回复，说明并不想告知他身份。倒也是，若是愿意告知，也不会这样每回都避开他行事了。

但是第二回，他留下两件礼物，那人却愿意取走，说明虽不愿意透露身份，那人却还是愿意与他交流的。

既然如此，何不想办法多知道一些对方的信息？

宿溪看着屏幕里的崽崽沉思了很久，终于在纸上落笔，写下一行字来。宿溪生怕他又问什么自己没办法回答的问题，浑身一激灵，赶紧放大看看他写了什么。

这一回的字迹却并不如前两次那样目的呼之欲出，昭示着崽崽迫切的心情，而是有些收敛，有些含蓄，有些犹豫。

上次的生辰面很好吃，但可否做一道你最拿手的家乡菜与我？

写完，陆唤提起笔来，漆黑的眸子里有几分不确定。

若是那人愿意像上次做生辰面一样，做一道最拿手的家乡菜，那么自己就可以通过对方做的菜色、加盐加糖多少，基本判断出对方的家乡位于何处。

可是，这样的要求会不会太过唐突？

他想知道那人到底是谁，为何会出现在自己一潭死水的人生里，那人到底想做什么？

但是对方若只是把自己当作消遣时的玩物，那么自己这样做，只怕是会令对方感到索然无味、意兴阑珊。

若对方因此而不再出现……

陆唤思及此，漆黑的眼睫轻轻一抖。

宿溪正盯着崽崽写下的字吃惊，等等，可怜、沉默又委屈的崽崽想吃她做的家乡菜，她倒是很乐意，但现在是什么情况？到底是她在玩游戏，还是这游戏在玩她？

她怎么感觉自己越来越被动了？

是她的错觉吗？

宿溪半天没回过神来，正在思考为何崽崽会有这个请求，就只见崽崽不知道在想什么，脸上闪过些许烦躁而复杂的情绪，接着，他皱了皱眉，将那张提出要求的字条捏成一团，扔在了一边，似乎是放弃这个请求了。

陆唤一时半会儿没思考好这张字条上该写什么，因为不知道那人的真实目的，所以他仍害怕那人做这一切都只是为了捉弄他。可即便如此，他心中还是隐隐有一些荒唐可笑的想法……

即便是一场捉弄，他也忍不住希望，那个人陪在他身边再久一点。

因而，若是自己这样的请求会招致那人的不耐烦，那么……

陆唤攥紧了笔，最后在纸上落笔写下一句话。

宿溪看过去，只见崽崽斟酌一番后改成：虽不知道你是何人，但，我很欢喜。

这寥寥几字，字迹在傍晚夕阳与大雪投射进来的光下晕染开来，显得有几分静谧的意味。

宿溪顿时老脸一红，当然她也不知道自己为什么会红了脸。

崽崽这什么意思，意思不就是说"谢谢您出现在我生命里"吗？

宿溪正开心，结果又见崽崽拧着眉头，纠结地盯着那张字条，好像并不满意，他修长的手指将字条又捏成了一团，倏地扔了。

宿溪："……"

接着，他将字条上的内容改成：虽不知道你是何人，但谢谢你的弓，我很欢喜。

宿溪："？？？"

不是，多了五个字，怎么感觉一下子就毫无意境了？突然变成了单纯的"噢，谢谢你的弓，谢了哈"这么疏离谨慎的道谢了。

好像突然从亲子关系变成了慈善家与被救助者的关系？！

陆唤盯着终于落笔写完的第三张字条，总算觉得妥当了。他悄然松了口气，揉了揉眉心，才将第三张字条一如既往地摆在桌案上。

今日他用了一个木盒将字条装起来，没盖上盖子，若那人来，必定会看到。

他转身开始收拾东西，用一件衣服包裹起十五服药，打算出门。

宿溪看着崽崽做完这一切，然后背着小包袱出了门。他一旦外出，必定会穿上斗篷、戴上黑帽，好不引人注目。先前觉得他穿雪白色最好看，但现在大概是"阿妈眼里出崽崽"，宿溪觉得他穿黑色也异常可爱。

宿溪还在想刚才那三张字条的事情，郁闷不已，第二张字条还没来得及截图做个纪念，就被崽崽捏成一团，在烛火上烧掉了。

宿溪搞不清楚崽崽为什么会连烧两张，留下最后一张，只以为崽崽提出了想吃家乡菜的请求，但是可能怕麻烦到自己，所以才撤回了这个请求。

既然如此——

宿溪袖子一撸，盯向崽崽柴院里的小厨房……她偏要给他做道特别的菜让他看看！

不过在此之前，当务之急还是赶紧跟着他去永安庙那边，辅助他救人。

永安庙灾民泛滥，病重的人从庙内一直排到了庙外，将一百多级的青石台阶堵得水泄不通。

陆唤再次抵达时，只见庙内更加拥挤。有人摆起了台子，向灾民施舍米粥。

他眉头微蹙，略微有些诧异，因为自从霜冻灾害发生以来，许多百姓都处于饥饿当中很久了，而并不见京城官员有什么措施。

现在怎么会有人好心地施粥？

他稍微打听了一下，宿溪这边就了解了一小段剧情，原来——

【正在大发善心施粥的是一个叫作仲甘平的人。】

【仲甘平：在京城经营丝绸、农产品、客栈等，拥有良田万顷，算是一个小有头脸的人物。在京城的富商里排第十名。】

【他好不容易才老来得子，对两岁的宝贝儿子珍视得不得了。可就在几日前，他的宝贝儿子也感染上了风寒，花钱托关系请了最好的大夫来看，也无法救治！他焦灼痛心之下，竟一夜之间白了头！给小儿子准备好了棺材的同时，他实在受不了这个结果，于是让家中下人来永安庙施舍给这些平民百姓一些粥食，希望能积德祈福。】

宿溪以玩游戏的现代人的直觉确定这个仲甘平应该是什么关键NPC（非玩家角色），否则名字应该就是商户甲才对。

崽崽打听完，思索片刻，走到永安庙住持那里。

就在崽崽向他借熬药的炉子时，宿溪在场景中找起了这个叫仲甘平的人，很快就在庙内找到了他，他正在一处静室中心事重重地跪拜，旁边有个穿黄色锦绣大氅的中年女子，不停地抹着眼泪，手中抄写着经书。

这对夫妻正在为病入膏肓的小儿子抄经祈福。

仲甘平含泪道："菩萨保佑，我仲甘平活了大半辈子了，也没做过什么亏心事，好不容易得了这么一个儿子，若是他救不回来，我夫妻二人指不定也就跟着去了！求您开开眼，一定度我儿过了这道鬼门关哪！"

宿溪见到屏幕上弹出的他的恳求，灵光一闪，顿时有主意了。

她手指摁到屏幕上，动了动，只见仲甘平面前的观音菩萨像便轻轻动了个方位。

仲甘平顿时瞪大眼睛，怀疑自己出现了幻觉，他又朝着静室内看去，就只有自己和夫人待在这里，门窗也没开，不可能是风，这，这……

他擦了擦眼睛，再度朝佛像看去，就见这观音菩萨像再次当着他的面动了个方位！

不，他没看错，不是幻觉，菩萨真的动了！！！

民间没读过书之人本身就极信神佛，更何况现在仲甘平之子病入膏肓、奄奄一息，他已经渴求菩萨到了走火入魔的程度！

"菩萨显灵?！"

仲甘平登时又惊又喜地跳了起来，但是怕惊扰到观音菩萨，又连忙"扑通"一下重重跪了下来。

这一跪把宿溪给惊呆了，这商人极其用力，宿溪感觉他膝盖都要跪出血了！

他连磕三个非常响亮的头，含着一把辛酸泪道："菩萨我求求您，一定要保佑我儿！"

仲甘平的夫人还不知道发生了什么事，惊恐地朝他看来，以为他得失心风了。

可仲甘平迅速拉着她一道来跪，激动得涕泗横流。"菩萨既然已经显灵，还请给我一个指示，到底如何才能救我儿啊！"

宿溪正要琢磨如何才能将这条线索引到崽崽身上，就发现庙内似乎起了冲突，不停地弹出一些气泡消息。

她顾不上管仲甘平，连忙将页面切换了出去。

只见，崽崽已经用向住持借来的炉子熬好了汤药，这里的柴火太呛，他白净的包子脸被弄脏，多了几道灰不溜秋的灰尘印，衣裳也因为庙内病人太多，而被挤得乱糟糟的。但是他身边围着的那些火柴病人却没有一个人接过他的药喝，而是纷纷用怀疑和不信任的眼神盯着他。

"这位少年，你说你的药对治疗风寒有奇效，可这怎么证明呢，万一喝死人了怎么办？”

“莫非又是个江湖骗子?!”

庙内扫地的和尚也劝道："对啊，少年，你就别凑热闹了，这里病人多，趁着还没被传染，赶紧回家吧。”

有一个咳嗽着的中年男子怒道："要是江湖骗子来招摇撞骗的话，我可就报官了！”

宿溪没想到这个任务竟然不是一件简单的事，这些普通百姓还有警惕之心，不肯轻易喝下崽崽的药。

她正在想办法推动剧情，就见崽崽的目光扫视了这些人一圈，拿起一碗药，仰头一饮而尽，放下碗，对这些人道："若是我先喝下，你们还觉得有毒？”

崽崽这么做了之后，那些百姓惊讶地睁大眼睛，态度稍稍发生了改变。

只是，庙内已经有仲甘平仲大人请来的三个郎中免费为大家看病了，虽然大多数重病之人在那几个郎中那里取的药根本没见着效果，可那三人好歹也是正儿八经的郎中！而这穿着黑衣斗篷的少年瞧起来不过十几岁，忽然说他有救命的奇药，谁会信？

怕不是哪家的小孩子溜出来捉弄人，捡了些乌黑的土块泡成水，糊弄人喝下去恶作剧吧?!

那几个郎中也觉得被砸了招牌，面上无光，吩咐身边的人来赶人。"哪里来的少年，快走，不要碍事！”

其中一人朝陆唤推搡。

宿溪看得有点生气，怎么救你们你们还这么不识好歹，她正要将那人推向崽崽的手掰开，崽崽就已经赶在她动作之前，退后一步，冷冷地将那人的手腕扭开了。

那人万万没想到一个小小少年，居然力大无穷，揉着手腕惊了一下。

陆唤松开他的手，嗓音清冷，对那些人道："这里还有一碗药，可有人愿意一试？待第二日看看是否如我所言，彻底痊愈。”

他这么一说，人群中倒是有人犹豫了起来，反正都这样了，不如死马当成活马医，就算这少年随便弄点药糊弄人，但是能比现在病入膏肓的情况更糟糕吗？

于是，有个面黄肌瘦、咳嗽不止的年轻人站了出来，对陆唤道："我可否……可否一试？"

陆唤将药递给了他。

他拿着碗，分作几口，忐忑地喝下了。

喝下后一时之间也并无感觉，仍然在剧烈咳嗽，甚至还咳出血来。

周围一堆半是好奇半是不屑的人登时失望，四散着离开，骂了句："就知道这小孩是糊弄人的，竟然还有人信?!"

陆唤早就料到会有这样的事发生，因此黑纱帽下的脸上并没有什么情绪。他本来就只煎了两服药，待那年轻人喝下之后，他便收拾起包袱，径自走了。

宿溪见他一走，也迅速切换页面，跟着他回去。切换页面之前她看了眼，仲甘平还在静室内疯狂磕头。

宿溪道："对不住了富商老十。"

陆唤这晚回去，字条还在桌案上静静躺着，不过他知道大约是还没到那人出现的时间，因此也并不心急。

晚上他找来一块木头，斜靠在床头，开始雕刻些什么。屋檐下烛火摇曳，透过窗子落在他脸上，给他蒙上了一层浅浅的光。

他看起来十分专注。

宿溪有些好奇他这是在雕刻什么。

此前崽崽做的所有事，包括挑水种地、上街采购，全都是为了生计。这还是宿溪第一次瞧见他做一些无关紧要，甚至看起来有些闲情雅致的事情。

崽崽虽然做针线活儿不太擅长，但是雕刻起来却非常灵活，拿着尖刀的小手上下翻飞，不一会儿床头边的地上就堆了一些木屑。

虽然暂时看不出来崽崽在雕刻什么，但宿溪还是看得津津有味，甚至忍不住跋着脚去冰箱里拿来一罐可乐和一包薯片。

游戏里很快就到了深夜，等见到崽崽终于放下雕刻的木头，熄灭灯睡觉了之后，宿溪才从商城里兑换了一些药，放在了他的桌案上。

商城里有各种各样的药。

宿溪看了下，治疗瘟疫的、箭伤的、天花的……不过，药比起其他商品来讲，要稍微贵一点。风寒药是20个金币一包，也就是两毛钱一包了。

宿溪自从氪金以来，钱包急速缩水，不过好在最近做任务，系统里赠送的金币加起来也有好几百了。

于是她兑换了五十包药，整整齐齐地摞在了桌上。并且，她在犹豫了一下之后，将那张字条拿走了。

不拿走可惜了，崽崽的字这么好看。

还是老样子，宿溪将字条埋在了先前竹林的秘密基地里。

特地等到崽崽睡着了才做的这些，做完后，宿溪这边也是晚上了，宿妈妈来催她睡觉，她打了个哈欠，也暂时先下线去睡了。

睡前她还在想做菜的事情，但是宿溪本身不会做饭，上回的生辰面是直接从商城里兑换的，但这一回，她打算认真思考之后，做一道比较特别的菜。

毕竟按照这个游戏的特性，说不定不同的菜会触发不同的关键剧情。

任务二

　　我答应你去诊治老夫人，但你可否答应我一个条件？秋燕山围猎之时，山上有棵早开的梨花树，我在梨花树下等你。

　　我想见你。

接受　　　　　　不接受也得接受

第八章

少年神医

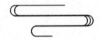

翌日，永安庙内炸开了锅！

昨日喝下崽崽送的药的那个年轻人名叫长工戊，本是来京城找些生计的，却不料感染了风寒，被客栈老板赶了出去，因此只好流落在永安庙内，靠着接济度日。

他一穷二白，没钱看病，可以说已经在等死了，可谁料一夜过去，他的风寒居然全好了！不仅头重脚轻的感觉缓解了，也不咳嗽了，整个人肉眼可见地精神了数倍！

永安庙内的郎中震惊不已，替他把了下脉，也确定他的确是在一夜之间痊愈了！

长工戊感激涕零，激动得差点晕过去。他本来以为自己要死了，想着反正迟早要死，这才喝下了那神秘少年给的药，可万万没想到，那药居然真的是神药！

永安庙内许多人都亲眼见到了昨日那一幕，一时间都惊愕不已，除此之外，昨日因为怀疑那少年而没去接那碗药的人，纷纷后悔到肝脏都在疼。

他们中有病得重的，也有病得轻的。病得轻的还好，觉得自个儿还有机会再遇到那少年，再讨来一碗神药，但是病得重的气若游丝，不知道什么时候就要归西，后悔得眼皮子一翻，已然晕过去了！

这件事情迅速在永安庙内传开，几百号难民都知道了此事。

仲甘平救子心切，一线希望都不肯放过，再加上昨日又在静室见到菩萨显灵，几乎是立刻便相信了这少年便是菩萨给他的指示！他道出昨日菩萨显灵一事之后，庙内百姓及其亲人更加激动——难不成，他们真的有救了?!

可是第二日上午，那黑衣黑袍的少年却并未再来。

整个永安庙内的百姓都急了，开始疯狂向菩萨磕头，而仲甘平更是如此！

他在静室里走来走去，心急如焚，后悔昨日听见外面的骚动没有出去看一眼，竟然就让那菩萨派来的少年走了！而且唯一的一碗神药居然还给了一个名不见经传的小长工?!

那自己儿子怎么办?

仲甘平急切地想找到昨日的那位少年神医，于是吩咐下去，派人尽快寻找。

这样一来，这件事情便不只是庙内百姓知道，很快就传了开来。

宁王府中也有不少人知悉，经常在外头街市上东奔西跑卖鸡蛋的侍卫丙也听说了，回去对他的义父师傅丁一说，两人猜测，会不会那少年神医就是当日悄悄给他们送来风寒药的人？若是如此，救了他义父性命的人，当真是天大的恩人了！

仲甘平想找到那少年神医，师傅丁也想找到。救命之恩岂能不报?

只不过，找到了又能怎么报答呢?

父子两人犯起了难，他们的积蓄都在之前治病时花光了，现在虽然还有一些替三少爷跑腿赚来的铜板，但是也并不足以报答那人啊。

侍卫丙深深地惆怅起来，现在岁末寒冬，即便是上街卖艺也赚不了几个钱，现在最赚钱的就是粮食了！

他忽然想到了三少爷的那些母鸡。那些鸡能生那么多蛋，三少爷有那么多只，若是自己借走其中一只，他是否会发现？他保证，他只是借走一阵子，多生几次蛋，等赚取一点银两之后，就迅速还给三少爷。

侍卫丙本不是鸡鸣狗盗之辈，但是此时考虑到那无法报答的救命之恩，他脑中还是闪过了这个念头。

永安庙内患风寒差点死了的人被一碗汤药救活的事情，很快也传到了宁王妃耳中。

她焦灼的心中燃起一丝希望，几乎是立刻便强势地吩咐下去："一定要将人给我带来！三日之内，必须给我找到那少年，必须将良药端到文秀面前！"

周围的下人纷纷在心里想：偌大的京城，想要在三日内找到一个没露过脸的人，哪里是那么容易的一件事情？

宁王妃终日里表面端庄，实则做了不知道多少欺压人的事情，这二少爷自溪边回来后就一病不起，可真是报应哪……

当然，没有下人敢将这些说出口，都赶紧出去找人了。

宁王妃连日以来急火攻心，憔悴了不少，此时坐回床边，握住陆文秀的手，稍稍松了口气……

既然有人被治好了，说明那少年神医还真有两把刷子，只要找到他，文秀便有得治了。

她此时还以为，事情只是找到一个人那么简单。

此时永安庙内众人正你一言我一语，病重的百姓纷纷埋怨昨日质疑少年神医的那几人。

"若不是你出言不逊，昨日那少年神医又怎么会一言不发，收拾起东西便走？都怪你，害得我们没了药医治！"

"这能怪我吗？你们昨日不都是不相信，以为那少年在诓骗人?！"

"现在可怎么办？找不到少年神医，我们还是得等死！"

陆唤醒来之后，便打算今日提前将剩余的药煎煮好，再倒进水囊中带去，以免和昨日一样，要在拥挤的庙内借用住持的火炉煎药，那样会浪费很多时间。

除此之外，他还打算花一些时间，将昨夜没有雕刻好的东西雕完，因此上午便没有去永安庙。

但他万万没想到，清晨醒来时就看到桌案上多出来五十包药。

自己屋内、院子里突然多出东西，陆唤已经渐渐习以为常了，并没有第一回猛然见到被换掉了的被褥时那样吃惊。

不过这些药可真是及时雨。

莫非那人知道自己昨日去了一趟永安庙，知道自己的所为？

这种一直被关注着的感觉，令陆唤心中有些复杂。对他而言，是从未尝过的感觉。因为从小到大没人关心过他，没人在意他是死是活，更别说这样在意他的一举一动了，可他隐隐觉得自己好像并不排斥……甚至，不知何时，他已经开始期盼那人的到来，和那人进行沟通了。

除此之外，桌案上自己表示谢意的字条也被对方取走了。

虽然那人仍然未留下任何回复，但是陆唤发现，先前那人总是三四日才来一次，而昨日好像是头一回，一连两晚都出现。

这意味着，在他开始留下字条之后，那人与他的交流沟通也随之变得频繁了。

不知为何，光是知道了这一点，陆唤心中竟然就多了隐隐的雀跃。只是，他面上分毫不显。

思及此，陆唤今日又在桌案上留下了一样东西和一张字条。

宿溪为了跟上游戏中的剧情，特地定了凌晨三点半的闹钟，就是为了看看永安庙的情况到底怎么样了。她挣扎着醒过来，摸出手机，迷迷糊糊地上线。

一上线，就捉住了正在往桌案上放东西的崽崽。

那是一只栩栩如生的木雕兔子，大约巴掌大小，小巧玲珑，木纹精致漂亮，在晨曦的照射之下，竟然隐隐有种玉的光泽，十分精美讨喜。

大概是因为上回得了她的兔子灯，所以特意雕刻了一只兔子送给她？

宿溪根本没见过这种好东西，顿时惊喜得清醒了过来，她支撑起手肘，认真地盯着桌案前的崽崽。

又是送她的？

宿溪昨天还在心中吐槽《旅行青蛙》那款游戏每天都送明信片，这款游戏却什么都不送，崽崽就一而再，再而三地送她东西了。

今天还是亲手制作的！

宿溪欣慰幸福到眩晕！

崽崽立在桌案前，专心写字，今天写的是：今日天晴，无雪。我在街市上捡到了一只便宜的木兔，作为灯笼的回赠之礼。

写完之后，他提起笔。

他虽然不知道该写些什么给那个并不知道身份的人，但还是想一直和那人保持联络。

因为他总是独自一人。

白昼也好，深夜也罢，春去秋来，冬逝夏走，他都是一个人。

唯独那人出现后，他的漫漫长夜里，"啪嗒"燃起了一小簇火光。

即便是天气，以前也从未有人与他说过。而现在，他也想像寻常人那样，随意地道几句春暖花开。

宿溪在屏幕外快要笑死了。崽崽，你这不是睁眼说瞎话吗？什么在街市偶然捡到了一只木兔子啊，还特意强调便宜兔子？分明就是雕刻了一晚上，好不容易雕出来的！

原来游戏小人也会撒谎！

宿溪乐不可支，随即看向他的神情。

他负手立在窗前，眉眼润泽，眼神没了平日里的冷肃，只有平静。

一瞬间倒不再像是那个满腹心绪、性格冷郁、身世成谜的庶子，而只是一个思考如何写信、无忧无虑长大的少年了。

宿溪隔着屏幕瞧了他一会儿，忽然意识到一件事情。虽然崽崽不明说，也没表现出来，但实际上，他好像对自己的出现很眷恋。

几乎是一直期盼着自己出现的。

他喜怒不形于色，但是自己只要有一点回应，他便很开心。

宿溪意识到这些之后，犹豫着在心里做了个决定。

以后，每天定闹钟，每隔八小时就上线一次，这样的话，可以让崽崽每夜都发现自己去了一回，而不是眼巴巴地等着自己每隔三天才能去一趟。

定完闹钟之后，宿溪也头疼地发现……

她是不是对这个游戏过于沉迷上瘾了？

宁王府时时刻刻有人盯着，陆唤不便露出真面目，因此依然穿着黑色斗篷，将脸遮了起来。

加上那人送来的药，他此时总共有六十三包风寒药。

他花了些功夫，将其中五十包药分成五等份，每一份煎煮好后，灌入一个水囊当中。

如此，便有五个装满了汤药的水囊。

其余十三包药他并未熬制，而是磨成了粗糙的粉末，用药包重新装了起来。

之所以这样，是因为他心中自然有自己的考量。

做完这些之后，他并未直接去永安庙，而是先找到了昨日的那位长工戊。此时此刻永安庙内必定炸开了锅，他一出现，定然会被围堵起来，到时候只怕难以抽身。

永安庙附近的偏僻巷子里。

此处由于天气寒冷、没有遮风挡雨之物而空无一人。

长工戊惊愕地看着再次出现的那位少年神医。

他的风寒完全治好之后，今日一大早便去街市上寻找可以干的活儿了，但大约是他过于面黄肌瘦，以至空手而归，在回永安庙的路上被人拍了下肩膀，随即便被带来了这里。

万万没想到，竟然能再次遇到救了他命的恩人！

他背井离乡来到京城，被骗了钱又得了重病，本以为就要在这个寒冷的冬日客死异乡，谁知竟然绝处逢生，喝了这少年的一碗药，身体便陡然健朗起来！这也让他重新对生活燃起了希望！

想到这些，长工戊哆嗦着嘴唇，流着泪，"扑通"一下给眼前的少年跪下了，道："您的大恩大德，我无以为报，让我跟着您吧。"

他虽然没什么见识，但是也能瞧出来，这少年器宇不凡，不是哪个大户人家的少爷，就是什么不出世的高人的弟子。

他捡回了一条性命，与其继续在京城内四处流浪，倒不如跟着这少年，说不定能找个落脚处。

陆唤端详了这人片刻，这人长得瘦弱，性格谨小慎微，但是手指上全是薄薄的茧子，应该是个勤快踏实、任劳任怨的老实人。

他便问："你擅长什么？"

长工戊生怕被嫌弃，赶紧答道："恩公，我老家是做木工的，我对此也懂得一二，但是除此之外，种地劈柴，缝衣做饭，我全都会！"

陆唤道："你先帮我做一件事情。"

长工戊最怕的就是自己派不上用场，因此听到少年恩公要派给自己活儿干，立刻激动地道："恩公只管吩咐，我一定做牛做马！"

陆唤将五个水囊以及另外十三包药递给他，道："这五个水囊，每天倒一壶进仲甘平施舍的粥里，确保永安庙内所有灾民都可以喝到，五日之后，这些人都可以痊愈。

"除此之外，这十三包药，卖给京城里除了宁王府之外的达官显贵，十两银子一包。卖出十二包，留下最后一包，先不要轻举妄动，等仲甘平来找你。"

长工戊踏实肯干，脑子却有点转不过弯来，他小心翼翼地问："……可，为何？"

陆唤淡淡地说："人性本贪，若你说出你手中有药，必定会遭到哄抢，有的人喝了一碗还不够，还想将所有的药据为己有。因此你只需将汤药倒进粥里，庙里众人喝下之后，病情自会痊愈。至于仲甘平，你便别问了，照做就是。"

长工戊哪里还敢再问，连忙感恩戴德地应下了。

他在机缘巧合之下被恩公救了一命。他没读过书，脑子愚笨，这少年恩公却愿意将如此重任交给他，且费口舌同他解释！虽然他听不懂，但他心中的感激又多了几分，发誓一定要好好完成任务！

陆唤将这件事交给长工戊之后，暂时先回了宁王府。

宁王府中因为陆文秀久病不愈的事情，乱成一团。

宁王妃近日来没有心思打理内务，将事情全都交给了陆裕安和管家去做，而这两个人，一个平庸，一个无能，于是一时之间宁王府的进出管理松懈了许多。

不只如此，府中大多数侍卫都被派出去打听那位出现在永安庙的少年神医的下落去了，府内人手一下子空了许多。

陆唤将这些看在眼里，却没有任何动作，一如既往地喂鸡种菜，给那人回信。

宿溪毫不犹豫地拿走那只木雕的小兔子之后，他察觉到那人似乎很喜欢他送的这些礼物，于是几乎每一日，宿溪一打开游戏，他屋内的桌案上都会出现各种稀奇古怪又栩栩如生的木雕小玩意儿，每一个都能萌化宿溪的小心脏，并且无一例外，全都是"捡来的"便宜玩意儿。

宿溪内心一边吐槽"崽崽你可真会捡"，一边兴冲冲地照收不误。

她还特地从商城里买了一个大木箱子，将这些礼物全都放了进去，然后像埋宝藏一样将木箱子埋了起来。

时间飞逝，转眼过去五日，永安庙内发生了一件大事，那些久病不愈、面若土色的病人竟然陆陆续续全好了！

这件事情在京城内传得沸沸扬扬。

早在第三日的时候，便有病重的百姓发现粥里居然有汤药的苦味，还以为这粥是馊了。而这时候，长工戊不得不出来解释，说是当日那位少年神医交给自己五个水囊，让自己每日将一壶倒入粥中，喝完五日，风寒便能痊愈。

这简直玄乎其玄，跟话本里出现的那些传说一样！若不是众人亲眼看见长工戊一夜之间就完全摆脱了病痛，可能还不会相信。但现在，长工戊这个活生生的例子摆在眼前，这群治病心切的人哪里还能不信？！

于是长工戊话音刚落，整个永安庙内炸开了锅，那些稀粥瞬间便遭到了哄抢，甚至差点发生踩踏事件！

外面一些达官显贵听说之后，都匆匆赶来，让家中下人抢粥！

长工戊生怕自己弄砸了那位少年恩公的事，但好在永安庙内所有人都已经喝了三日的粥，后面两日虽然有人没有抢到，但是也肉眼可见地有了痊愈的迹象。

而那些抢破了头，拼命地喝了十几碗的壮汉，则是当天喝完，当天夜里浑身就轻便了许多，半点没有发病时畏冷出汗、头重脚轻的痛楚之感了！

永安庙内发生的这一桩稀奇事迅速成了坊间奇闻。

可是，五天的粥喝完，病好的全是那些普通百姓，而达官显贵家中感染风寒的人却是迟来一步，还找不到神药可医！

于是，包括宁王府在内的一些有钱有身份的人纷纷找上了长工戊，质问他那能治病的少年到底是谁。

长工戊如同受了惊吓的小鸡，被各家人争先恐后地邀请，战战兢兢，分不清东西南北。

可是，他又哪里知道少年恩公到底是何身份呢？

更何况，那少年是他的恩公，既然掩去面目，便是不想让人发现身份，他又怎么可能泄露恩公的线索？

因此，长工戊编造了一番说辞，只说自己手中还有十二包药，是有人从天而降丢给自己的，对自己隔墙吩咐了一番就离去了，自己区区一介草民，怎么可能认识那位神医？

他的确看起来有些愚笨。那些人见套不出什么信息，想了想，唯一的办法便是高价购买他手中剩下的这些药。

但长工戊谨记陆唤的话，并未贪心地卖出高价，于是，第六日的时候，他用十二包药只换了一百二十两银子。

这样一来，倒是叫京城里这些达官显贵更加讶异了，难不成那位神医并非为了钱财而来？

京城里关乎少年神医的传说越来越甚。

与此同时，宁王府这边，宁王妃眼见着陆文秀病情越来越重，她越来越心急如焚。

听说了永安庙的事情以后，她就迅速派人去把长工戊带过来了，但是带过来的时候，长工戊手中已经没有药了。

她简直气急败坏，顾不上维持形象，痛斥手底下的侍卫："怎么回事，不是让你们随时关注永安庙的动向吗？怎么迟了一步，让别人把药全都买走了?!"

侍卫们也很委屈。

京城中患病的可不止宁王府一家，户部侍郎家的小女儿也是高烧卧床多日不起。早在他们去将长工戊带过来之前，户部侍郎和另外几座府邸便先截了和。

他们总不能追上去大打出手吧？

何况，即便是打，也打不过人家啊。

宁王妃显然也意识到了这一点。宁王府虽说是王爷府，可是得到封赐的仅仅是老夫人而已，现在王爷在朝廷里根本就没有一官半职，在这京城里，宁王府早就败落了，就连户部侍郎也不将他们宁王府放在眼里！

越是清楚这些，她就越是怒不可遏。

现在那个结结巴巴的长工手里已经没了药，而那个只出现过一次的少年神医又根本寻觅不到踪迹，难不成文秀就要这样一直被病痛折磨，直到无力回天？

宁王妃过去握住陆文秀的手，望着陆文秀苍白的脸色，她心里备受折磨，简直在滴血，鬓边都急得生出了几根华发……

仲甘平可以说是众人中最着急的人了，他想不通，明明菩萨给了他指示，可是怎么一转眼就将汤药洒于米粥当中，普度别人去了？

当他第四日听说此事，赶紧去抢的时候，只抢到了一点粥水喂给病重的小儿子，可是这么点药全然不够将小儿子从鬼门关带回来。

眼看着小儿子依然虚弱，饱受病痛折磨，他心急不已。

就在这时，长工戊找上门来。

宿溪再上线的时候，发现崽崽正在永安庙外数十里地的一处偏僻长亭里，这一块跟永安庙连在一起，上次都被解锁了，因此宿溪可以直接将页面切换过去。

就见亭内，仲甘平正声泪俱下地向崽崽道谢，而崽崽依然身穿斗篷，弯腰将他扶起来。

宿溪上回动观音菩萨像的行为起了作用，现在仲甘平看眼前少年的眼神，完全就像是在看菩萨座下被派下来普度众生的童子。

而他仲甘平，何德何能?!

昨日那名长工戊上门来找仲甘平，告诉他那少年神医为了答谢他在永安庙内施粥赈灾的善心，留了最后一包药给他。他震惊过后，简直喜极而泣，迅速将长工戊给他的药毫不怀疑地煎煮之后给小儿子喝了。

接着，他和夫人在小儿子床头守了一晚上。就见昏迷了数日的小儿子第二日清晨醒了过来，睁着一双黑不溜秋的大眼睛，朝他二人唤："爹娘，我好饿。"

仲甘平登时老泪纵横，抱住宝贝儿子痛哭起来!

这不是老天爷赏赐给他的恩德是什么?

他激动过后，找到长工戊，千恳万求，希望能见那位菩萨派来的少年神医一面，当面感谢。原本以为那少年神秘，不会答应见他，然而没想到，今日却能在长亭与他见上一面。

仲甘平拍着胸脯道："恩人，您对我小儿的恩情，在下没齿难忘，您有任何需求，只管向我提出，我仲甘平别的没有，但是经商多年，倒也能在京城富商中排上名号，哪怕您想要我的一半家财，我都能毫不犹豫给您。"

陆唤之所以选中仲甘平，一是因为他赈济灾民，能够想到这个办法来祈福，显然不是什么坏人；二是他在京城中的名声也不错，白手起家，勤恳豪迈。自己帮了他，他一定会有所回报。

"既然如此，我便索要一些东西。"陆唤道。

仲甘平道："您只管说!"

陆唤想了下，道："五十两银子，一处外城的院子，一片农庄。"

仲甘平愕然，问："就这?"

这对他的财产而言，完全就是九牛一毛，而且，这少年为何要外城的院子，不要内城的？京城内城的院子价值千金，岂不是更……

可是，他心中觉得这少年神秘，又因为菩萨像那件事怕冲撞了什么，于是并不敢多问，迅速应承道："这有何难?! 今日我便可将这些全都备好奉上！"

宿溪这边屏幕上不断弹出崽崽与仲甘平的交谈，她看得激动万分，心如擂鼓。

五十两银子，加上长工戊卖出去那些药赚得的钱，现在总共是一百七十两银子啦！

她的崽崽一下子变得好富有！

这个本应该十天完成的任务，却被崽崽在短短五日内就十分成功地完成了。

任务告一段落，伴随着"哐啷"一声钱币落兜的声音，页面弹出：【恭喜，完成主线任务四。获得金币奖励+500，点数奖励+6！】

接着，宿溪看到右上角出现一个当前状态的框框。

【钱财资产】：一百七十两银子、一处院子（外城）、一片五亩大的农庄，农作物若干，鸡与鸡蛋若干。

【人才手下】：长工戊。

【结交英雄】：仲甘平（京城富商第十名）。

【名声威望】：获得"不愿透露姓名的神秘少年神医"称号。

按照这个情况，长工戊以后应该就彻底听崽崽调遣，也就是崽崽收了这个小弟的意思？

屏幕里的崽崽好像只是做了一件计划中的事情，听到仲甘平赠送给他的那些财产，情绪也看不出有什么波动。但是屏幕外的宿溪却是激动得在床上打滚，差点碰到受伤的腿！

宿溪可能有仓鼠存储东西的癖好，她忍不住又把崽崽现在拥有的财产清点了一遍，就连目前拥有二十六只鸡，四百九十二个鸡蛋都数得清清楚楚。数完这些财产，她就有种一步一个脚印慢慢发家致富了的满足感。

这就是玩游戏的意义所在啊！

看着崽崽从泥沼般的困境里往上爬，变得越来越好！他所拥有的小天地也越来越富足！

而待到崽崽和仲甘平辞别，到街上找钱庄将那一百七十两银子存起来时，宿溪更是有种自己赚了钱，在银行开户头的激动之情！

现在点数达到 23，可以解锁两个地图。

她让系统解锁了京城长街，她早就想一睹热闹的京城盛况了。

另一个位置宿溪还没想好，为了之后剧情推动的需要，她暂时先将这机会留了下来。

她看着崽崽走进钱庄，将大部分银两换成银票存起来，手中留了少量现银，放进荷包之中。

他走出来时，长工戊还一直跟着他，依依不舍的。

原本崽崽总是孤身一人，现在身后多了个瘦弱的火柴小人，看起来就是主仆二人了。

宿溪正在替他开心，却见屏幕上一袭黑色斗篷的崽崽转过身，神情淡漠地对长工戊道："别跟着我，你走吧。"

宿溪道："无情！"

长工戊都快哭了，差点又要跪下来。"恩公，我无处可去！让我跟着您吧！"

崽崽见他这样，皱了皱眉，思索片刻后，给了他一些碎银，让他去替自己守着外城的院子和京城外的那片农庄。

长工戊小人像是一下子有了归属感，吸吸鼻涕，千恩万谢地离开，并肩负使命地替崽崽守农庄去了。

崽崽这才压了压帽檐往回走。

已近黄昏，落日缓缓落在红墙绿瓦的尽头，许许多多的小人来来往往，崽崽小小的身影被夕阳拖得很长，他黑色的衣裳快要和黑色的影子融为一体了。

长街上，周遭很是喧闹，有卖糖人的，有卖字画的，有卖热气腾腾的糕点的，崽崽却仿佛融入不进去，他似乎也没有多看的心思，目不斜视，大步流星地消失在长街的尽头。

宿溪本来以为崽崽独自在宁王府中艰难长大，若是身边出现了别的人陪伴，应该是很欢喜的，但崽崽好像并不需要长工戊或者别的人待在他身边，换句话说，在他心中，只有自己才能令他产生期盼和眷恋。

这种独一无二令宿溪不知道是该喜还是该忧。

喜的是每天眼巴巴等自己上线的崽崽真可爱，忧的是他一直这样没朋友可怎么办……

陆唤从钱庄回到宁王府后，路上见到下人又带着御医匆匆忙忙地往陆文秀的院子赶。少年神医找不到，自然只能先找御医来看。

这御医已经来过好几回了，但是开的药却令陆文秀反反复复，呕吐发烧不止……

本来当日在溪边，陆文秀被他救起来之后，就迅速有下人围过去，替陆文秀擦拭，倘若陆文秀身体结实一点、常年习武的话，被御医救治这么久，早就应该有好转的迹象了。可怎奈陆文秀草包一个，外强中干，平日里走路下盘都是虚浮的，更别说坠溪之后身体能有什么恢复能力了。

陆唤已经脱掉了黑色斗篷，穿上了平日里穿的普通衣服。天色已晚，下人从他身边匆匆经过，也没有察觉到任何异样。

屋檐下的兔子灯被风吹得摇曳，亮起的烛光仿佛在等他回家。陆唤还在竹林中，远远地看见那一小簇烛火，心中便淌过几分暖意。

以前屋子前总是一片漆黑，但是自从那人送了他这盏兔子灯之后，他每日出门之前，都会特意将灯笼的灯芯捻长，点燃，这样，傍晚回家时就多了一盏守候。

他回到柴院，快步走进屋内，第一件事便是去看桌案上的木雕。

这几日他经常雕刻一些小玩意儿赠予那人，而那人都不出意料地收下了，虽然那人仍没留下只言片语，但是两人之间的你来我往，至少让陆唤确定——那人还在，还没突然消失。

今日也一样，昨夜他雕刻的小东西仍被收下了。

所以，那人昨夜也来过。

在烛光的映照下，陆唤看着木雕被拿走后的桌案一角，干净的脸上蒙上了一层暖光，冷冷清清的眼里也多了几分柔和。

可是随即他想到了什么，眼里的零星亮光又倏尔消失。

他有些沉默地看着桌案那一角。

虽然能确定那人还在，可是，已经过去十一日了，他却仍然没能找出太多有关那人的信息。

他仍不知道那人为何出现在自己身边，为何一直这样陪伴着自己。

不知道那人身在何处，喜好为何，身世样貌是怎样的。

更不知道那人哪一天会突然不再出现。

大抵人心总是贪婪的，他发现那人取走他送的明珠腰带与银钗时，心中甚是惊喜，可现在，他却希望不仅仅是如此。

他送礼物，那人回以更多，却从不留下任何言语。

而他却贪婪地想要沟通更多，哪怕对方永远不露面，只是用字条交流也好。否则，若是永远如此，那人岂不是随时能消失，像是从来没来过一样，而自己也永远找不到那人？

陆唤思绪沉沉，眸子里有几分黯然，只是被他小心翼翼地遮掩，不叫人瞧出来。

屏幕外的宿溪注意力却不在崽崽身上，而是在院外一道黑影上。

就在此时，院外有一个鬼鬼祟祟的身影朝这边靠近。自从老夫人吩咐过不让人打扰陆唤之后，就没有下人敢过来了，那现在是怎么回事？

宿溪生怕又是宁王妃闹的什么幺蛾子，赶紧把页面切换到院外。

那道黑影是个穿着侍卫衣服的小人，正猫着腰，沿着墙根，悄悄朝鸡舍那边摸过去。

宿溪放大屏幕，拉近距离一看，这个鬼鬼祟祟的小人居然是侍卫丙！

当然，宿溪是不认识这些长得十分路人的小人的，何况这小人还蒙着布巾，之所以认出来，纯粹是因为这人头顶写着"侍卫丙"三个大字而已。

他想干什么？

只见侍卫丙慌慌张张地跃入鸡舍之内，飞快地捏住了一只母鸡的嘴巴，制止它出声，然后打算飞快地溜走。其他鸡因为一直待在这里，完全丧失了警觉，竟然也都没叫。

偷鸡?!

怎么会这样？

宿溪这两天忙着跟主线任务，差点忘了侍卫丙和师傅丁那边还有条支线任务，他们还不知道是崽崽帮助了自己。

她刚打算捏一下其中一只鸡的屁股，令那只鸡发出声音，引起崽崽的注意，就见崽崽已经从屋内走出来了。

宿溪顿时放心了，果然，崽崽就是警觉。

接着，只见崽崽三下五除二，在侍卫丙爬出高墙之前，抓住了他的脚踝，一下子把那个大块头长腹肌的小人摔在地上。

侍卫丙被摔蒙了，头顶直冒金星。

此时鸡们才扑棱着翅膀飞起来，尖叫着躲进窝里。

侍卫丙算是宁王府中武艺比较高强的侍卫了，本以为就算这些鸡吵闹起来，自己也能在三少爷发现之前溜走，毕竟三少爷的屋子离这鸡舍可还有一段距离呢！

可万万没想到，三少爷竟然早在自己来时就听到了动静！只待他溜走时，再一把将他抓获。

陆唤俯下身，猛地摘掉侍卫丙脸上的黑色布巾，皱眉道："是你？"

侍卫丙没偷成鸡，还被当场抓获，不仅惭愧不已，还很害怕。

要是换作以前也就罢了，但现在老夫人对三少爷很是看重，若是三少爷告诉老夫人，那自己肯定会被赶出去！

他心中一慌，立刻跪下来，认错道："三少爷，我是鬼迷心窍，你放了我吧！"

隔墙有耳，陆唤让他将鸡放下，随自己进屋，才回身冷冷地问："为何偷盗？"

侍卫丙只好将实情一五一十地说出口，道："三少爷，我也是实在没有办法了。你可知这阵子京城里传得沸沸扬扬的神医？前阵子我义父重病，那神医特地送来了药，放在我义父床头！

"我义父喝了药，重病立刻好了！若不是那神医，只怕我义父此时都在棺材里了，你说如此大恩大德我们怎能不报？

"只是我和义父所有的积蓄早就因为看病花完，义父又要被管家赶出去，实在是想不到有什么办法报答那神医，我愚笨无能，才想出偷鸡的法子……"

侍卫丙抽噎着絮絮叨叨，却只觉得三少爷的面色越来越难看。

陆唤立在原地，攥着拳，指骨隐隐有几分用力，看不清楚脸上晦暗的神色。

他沉默了下，缓缓地问："那人也帮助了你？"

不知为何，他心中竟然生出几分难以形容的沉郁来……那人若并非出于玩弄，而只是出于善意帮助他的话，那么，那人还会帮助别人，这再正常不过……

对那人而言，无论帮助他还是帮助眼前的侍卫，都像是对待一只狼狈流浪的兽一般，施舍一些同情罢了。甚至很有可能，在那人眼中，自己和眼前的侍卫并无不同。况且，他既然已经得了那人的好，便没有理由要求那人只对他一个人好……

可他在得知那人也悄悄将药放在这个侍卫的桌子上的一瞬间，心中仍是霎时间乌云蔽日。就连悄悄放药的动作都如出一辙，那人该不会也同样照顾了这个侍卫的义父吧?!

这种想法令他心中一阵刺痛，陡然涌起一些连他自己也不知道名为什么的情绪来……

占有欲?

心中猛然冒出这个词，陆唤眼皮子跳了下。

宿溪在屏幕外义正词严地指责这个侍卫丙，崽崽每次都给他一些钱，让他照顾他义父，他怎么还能不识好歹地来偷鸡呢?!

只见崽崽负手听着侍卫丙的话，沉着一张包子脸，很显然是被他偷鸡的事情气得不轻。

头顶缓缓冒出了一个气泡，气泡里是一朵阴沉的乌云。

宿溪:"……"

这好像气得不轻啊，原来崽崽这么小气的吗，一只鸡都不能少。

"对，多亏了那位神医，我义父才能恢复健康!"侍卫丙也丝毫没意识到三少爷在想什么，只以为三少爷因为他偷鸡的事情怒不可遏。

他感觉到头顶的视线越来越寒冷，后脊背一个哆嗦，越发加快语速道:"三少爷，求你不要将这件事情说出去，我以后一定会协助你卖出去更多的鸡蛋!"

却听三少爷问:"那位帮助你的人呢，你没了鸡，又打算怎么报答?"

侍卫丙道:"那人让我怎么报答，我便怎么报答，做牛做马、以身相许都可以!"

侍卫丙话音刚落，宿溪就见崽崽冷冷地盯着侍卫丙，虽然仍然面无表情，可胸膛猛然起伏了一下，头顶的乌云登时说多就多，一下子变成了三朵!

齐刷刷一排! 阴沉沉的! 风雨欲来!

宿溪:"……"

"罢了，你走吧。"崽崽攥紧拳头，面若冰霜，不想再理会这个侍卫丙。

而就在此时，侍卫丙注意到三少爷桌案上的纸张，那上面还有一些字迹。他顿时睁大了眼睛。

等等! 三少爷的字迹同那人那天留下来的字迹是一模一样的啊?!

侍卫丙陡然意识到什么，难不成，他偷盗了救命恩人的鸡?!

天哪，他这是在做什么?!

顿时，他面如土色，"扑通"一声跪下来，掏出怀中那张珍藏了许久的字条。

他抖着声音道："三少爷，我错了！原来是你帮助了我和义父，我们竟然如此忘恩负义！"

他简直想给自己一巴掌了。

陆唤皱眉朝他手中的字条看去。那字条上的字的确是他的字迹没错，可他并未写过，也并未有闲工夫做什么送药之事。

片刻后，陆唤突然反应过来，那人其实不是在给这个侍卫和他义父送药，而是在帮自己收服侍卫丙和师傅丁的人心?! 所以才会留下药，又以自己的字迹留下字条？

那人做事一向有目的，也是，师傅丁的确擅长农耕，自己也早有所耳闻，所以是因为这个？

那人根本就是为了自己？

陆唤声音突然平和了许多，垂眸看着侍卫丙，道："起来吧，鸡送你了。"

侍卫丙："???"

而屏幕外的宿溪只觉得崽崽的心情变得比翻书还快。

刚才的三朵乌云猛然消失，他头顶重新冒出了一颗小小的太阳。

那颗小太阳一动不动地蹲在他脑袋顶上，像个发光的灯泡，有点小雀跃，有点小骄傲，还有点小得意。

侍卫丙小心翼翼地抬头，只觉得三少爷好像没方才那么生气了，甚至不知道是不是他的错觉，三少爷嘴角分明飞快地掠过一丝弧度，看自己的眼神也有一种"我有而你没有"的骄傲。

侍卫丙忍不住问道："三少爷，你很开心？"

只见崽崽平静地道："不，我没有在开心。"

可他头顶的太阳一下子变成了两颗。

侍卫丙："……"

宿溪："……"

第九章

奶团子的真人思维

侍卫丙回去和师傅丁说了这件事情。

父子二人又惊愕又感慨。

他们和三少爷称不上有什么交情。此前侍卫丙帮三少爷去集市上卖鸡蛋，也不过是想跑个腿挣一些铜板罢了。

可万万没想到，在他两人落难的时候——师傅丁的那两个学徒将他的被褥都掀了，一副张牙舞爪的做派，而侍卫丙的那些侍卫朋友也没有一个掏出铜板帮忙的，反而还对他们冷嘲热讽。

最后，竟然是三少爷默默地帮助了他们！

那天留下的药包，旁边还特地写明了煎服之法，要不是被侍卫丙发现字迹就是三少爷的，可能三少爷帮助了他们，还不打算说！

"若不是那包风寒药，我现在只怕已经躺进棺材里啦。"师傅丁叹道，"这便是落难见人心！想那管家，明知道我一身重病，还诬赖我偷盗，想借此逼着我卷铺盖走人！反而是三少爷不嫌弃，救了你我。"

"我前几日咯血，这两日却已经全好了。"

"这可是天大的恩情啊！"

侍卫丙惭愧得不得了，懊恼地揪着头发，道："可我今夜居然还不识好歹地去偷三少爷的鸡，唉，我真是无地自容了。"

师傅丁苦笑道："想来三少爷年纪虽轻，但为人大度，应该不会与你计较这些。他对我们恩重如山，日后我们一定要好好报答他！"

侍卫丙忙不迭地点头。

父子二人得知三少爷便是最近京城里传得沸沸扬扬的少年神医，比得知三少爷就是他们的救命恩人还要惊愕，但是震惊过后，又觉得似乎在情理之中。

毕竟无论是上次溪边挑水，还是上上次朝廷考官来测骑射，三少爷都远远要比宁王府中另外两个少爷厉害得多。

三少爷熟读四书五经，熟记《本草纲目》，能够写出治病救人的药方，也就不是什么奇怪的事了。

而现在，三少爷既然不想让人知道他便是那少年神医，还特地叮嘱他们，这父子二人一个粗神经，一个忠厚老实，自然也不会宣扬出去。

不过，经过这件事之后，父子二人倒是有点激动。毕竟，师傅丁虽然擅长农耕，在府中却多年无用武之地，还要处处受管家的欺负。而侍卫丙空有武力，却无头脑，也只能守着宁王府侧门，拿着微薄的薪水度日。

但是三少爷这样聪明，日后必定飞黄腾达，成为人中龙凤，他父子二人若是跟着三少爷，还用愁吃穿吗？

这样一合计，父子二人翌日就去找了陆唤。

宿溪再上线，见到侍卫丙和师傅丁期期艾艾地来找崽崽，就知道自己的支线任务应该是完成了。

果不其然，页面上弹出一条提示：【恭喜，完成支线任务二。获得金币奖励+30，点数奖励+2！】

接着又弹出两条：

【侍卫丙与师傅丁成功加入队伍。】

【当前人才手下：长工戊、师傅丁、侍卫丙。】

宿溪看到右上角的人才栏里，崽崽后面排着三个简笔画小人：长工戊瘦弱勤恳，师傅丁经验老到，侍卫丙头脑简单，四肢发达。

这三个小弟各有所长，初步组成了一个小小的团队。

她有点开心，正情不自禁地思考怎么处理这三个小人的职业规划问题时，就见崽崽穿着外出的斗篷，带着侍卫丙与师傅丁去了外城的那处宅子。

完成支线任务后，宿溪总共已经有 25 点了，还能再解锁两个地图，于是她让系统把崽崽名下的外城宅院以及那片农庄给解锁了。

她将页面切换到崽崽的外城宅子。

昨天宿溪太困了，差点忘了好好转转崽崽的新宅院，此时她拖动着画面，东看西看，跟自己买了一套房子似的，兴奋得不行。

仲甘平虽然不是京城的什么大人物，但好歹也是能在富商中排得上名号的，对救命恩人自然不可能太小气。因此这栋宅院虽然在外城，但整个院落非常精致玲珑，亭台楼阁、曲折回廊、粉墙环护、山石点缀，总之，比宁王府中嫡长子陆裕安的院子还要富丽堂皇！

宿溪激动不已，又去京城外的那片属于崽崽的农庄看了一下。

虽然只有五亩地，看起来却非常大，因为处于山坡上，一眼看不到头。积雪覆盖住地面，洁白松软的一层，等到春天，势必是一块非常好的土地。

她将整个农庄看过之后，才回到宅子里，继续转悠，直到崽崽的身影出现。

长工戊一直眼巴巴地等着崽崽来，见到崽崽出现，非常开心，大老远地迎了上去。

接着，宿溪瞧见页面不停弹出：

【长工戊殷勤地给您的主人公泡了杯茶。】

【侍卫丙匆匆去搬凳子，购买牌匾，让您的主人公为宅院题字。】

【师傅丁年迈，干不了太多活儿，但是找出扫帚开始打扫庭院。】

之前崽崽都是独自一人。虽然是宁王府的第三位少爷，可因为庶子身份，再加上宁王妃苛刻，他凡事都得亲力亲为，极少使唤下人做什么。而现在，不仅是这座宅院、这片农庄，这三个简笔画小人也算是他的资产了。

谁玩游戏不希望自家崽崽越来越好呢？因此宿溪看到这一幕，吸溜吸溜鼻子，满足地心想："自己也算是帮崽崽踏上了第一级台阶。"

但是显然崽崽并非在意这些之人，他没让三个简笔画小人继续做那些无谓的事情，而是将三人叫过来，吩咐了一些更重要的事情下去。

人在其位，物尽其用。这三人虽然都是贫民出身，但并不代表他们没有一技之长。

长工戊生性懦弱，但是细心精干。

陆唤这两日将柴院中那人制成的防寒棚的各处构造一一拆解，并用毛笔在纸张上画了下来，他拿出一张画得十分细致的草图，交给长工戊，让他依样画葫芦，从今日起，尝试在农庄用木材搭建起几个新的防寒棚。

侍卫丙头脑简单，但是干活儿卖力，擅长跑腿。

陆唤便将粗活儿、重活儿全都分配给他，同时给他一些银两，让他去购买较为实惠的木材和绳子。除此之外，宅院和农庄的守卫工作也交给他。

师傅丁毕竟年长，没有体力，干不了重活儿，但是对农耕有自己的经验，于是陆唤将宅院管家之职交给了他，且让他有空就去街市上将近年来每样农作物的价格波动统计回来，记录在纸上，交给自己。

这样一分配，清清楚楚。

宿溪见到页面上不断弹出的崽崽对几人的交代，张大嘴巴，看得津津有味。

长工戊不太明白少年恩公的想法，若是想要赚取银两，直接向那位富商仲甘平索要不就行了吗？为何还要自己从一座宅院、一片农庄开始经营生计。

但是宿溪却能明白，所谓生财之道，绝对不是借着救命之恩相要挟，一直索要银两，这样总会有尽头。只有自己发家致富，成为京城乃至燕国最大的富翁，才是最有成就感的一桩事情！

宿溪想到那个场景就很激动，脑海中响起战场擂鼓声！

当然，现在只是开了个头。

三个小人迅速分头忙碌了起来。

侍卫丙因为还有宁王府侍卫之职，所以跟着陆唤一前一后回了宁王府。

而此时，陆文秀的院子里一片混乱，传出了下人、丫鬟的啜泣声和宁王妃摔茶盏掷杯子的响声。御医拎着药箱离开时，一直摇头，场面看起来就像是……即将准备白事了。

御医叹着气与陆唤擦肩而过。

宿溪看到这一幕非常爽，谁叫这陆文秀作恶多端？这就是多行不义必自毙了。

但是她又觉得，就这么让陆文秀死了，岂不是很可惜？都没来得及好好折磨他一番，让他也感受下挑一百桶水是什么感觉。

她正这么想着，系统忽然弹出来一条消息：【陆文秀现在还不能死。】

宿溪问："为什么？"

系统道：【陆文秀现在死了，宁王府肯定要准备白事，至少七天，那样的话，主人公就不可能参加五日后的秋燕山围猎。任务三便不可能完成。】

说完，便跳出了支线任务三：【用神医之名救活陆文秀。】

宿溪懂了，也就是说，在这个环节中，必须得救活陆文秀，否则会对任务造成影响。

她瞬间露出网上流行的那张"地铁老爷爷看手机"图上的同款表情。

不过陆文秀对现在的崽崽来说，已经不算什么威胁了，就当大发善心，随手一救吧。只是，崽崽似乎没有要救的意思。

只见崽崽脸上神情冷冰冰的，他漫不经心地打量了陆文秀宅院那边一眼，一张包子脸冷漠十足，脚步停都不停一下，径自走掉了。

崽崽虽然有河清海晏的理想，但是对待仇人无情得很！

那么，怎样才可以让他去救陆文秀？

宿溪有点犯难。

她上回给侍卫丙和师傅丁留下的字条，是在商城兑换的煎服之法说明，在兑换时，修改了方子的属性，将字迹改成了崽崽的字迹，所以才能留下信息。

但是除了兑换操作之外，她目前是没有办法写字条和崽崽沟通的。

或者，像上回救师傅丁一样，直接留下一包药？

可是这么做，宿溪又觉得心不甘情不愿，她才不愿意白救陆文秀。

宿溪思考了一下之后，倒是想到了一个办法。

这天晚上，宿溪在陆文秀的房中留下了一个纸包，但是纸包里面没有药。此外，她还从系统里兑换了一张宁王妃的画像，一张三叩九拜的图以及一张城外树林的图，一并留在了陆文秀的房中。

翌日，整个宁王府便炸开了锅！

陆文秀屋子外、院子外都有侍卫守着，连一只苍蝇也进不去，怎么可能有人能进去放东西？！

不只如此，宁王妃还在二少爷房中连夜照顾，顶多小憩了一会儿而已，怎么会凭空多出来三张图和一个药纸包？

莫非是那位神医？

现在京城有关少年神医的事情传得沸沸扬扬，都快传成神话了，宁王妃自然也想到了，她顿时一喜，还以为陆文秀有救了！

只是，为何这药包是空的，而且这画像和两张图又是什么意思？

这两张图……

她请来的府中的文人不约而同地猜道："这……这几张图连起来的意思只怕是，让您三叩九拜，去树林取药。"

说完那些文人便不敢再说话，闭上了嘴巴。

而宁王妃脸色刹那间变得铁青。"这说的是什么鬼话?! 我堂堂宁王妃，让我对一个江湖郎中三叩九拜?!"

可是，床上的陆文秀咯血不止，昨日来的御医说，顶多再撑一日，可能就一命呜呼了，甚至暗示她尽早准备后事。

宁王妃思及此，脸色由青转白，手指甲掐进了掌心。

而陆唤这边清晨一起来也听说了这件事，那人如此做，是想要替他出一口恶气吗？

让千金之躯的宁王妃三叩九拜，可是十足的折辱，足以令她成为京城的笑话了。

陆唤虽然知道自己有朝一日会离开这宁王府，也会将曾经轻侮过自己的人踩在脚下。但此时他脑中想的只是早日在京城中站稳脚跟，变得强大一些，再强大一些，届时再来算账，他暂无心思与宁王府这些人计较。

而那人却好像比他更生气，更讨厌这些人。

不知为何，陆唤心里像是被什么不轻不重地撞了一下。

这些年来，从来没人会为他的处境打抱不平，他也早已习惯独自一人咬牙强撑，对孤寂和冰冷习以为常，他从未想过有朝一日，有人会为他使手段报复宁王妃，更没想过，有人会坚定地站在他这一边。

虽然如此报复，手段有些幼稚，更像是孩子气般地刁难，可……可他心中仍是无法抑制地淌过一丝暖意，这暖意流过他冰冷的眉梢，令他一贯如远山上皑皑白雪般冷漠的眼角多了几分消融之色。

陆唤走到桌前，想到了另外一种与那人沟通之法。

他轻轻抿起唇，心情极好，在纸上落下笔来。

宿溪正等着他"发短信",就看到崽崽今天写的是:你需要我救下陆文秀,是吗?若回答"是",你可否将毛笔放于纸砚左边;若回答"否",则放于右边。

宿溪看得惊呆了,聪明!她怎么就没想到这种沟通办法?虽然不能回复字条,但是可以挪东西啊!

崽崽为什么这么聪明?

她再抬头去看崽崽。

只见崽崽小小一个,软萌可爱,穿着中衣在桌案前负手而立,漆黑眉梢上挑,嘴角似有若无地噙着一丝笑意。

头顶白色气泡里还出现两个字:"幼稚。"

宿溪:"???"

等等,小崽子你在说谁?

宁王妃也算是出身名门。其父亲是太学院的太傅之一,几位兄长也都在朝为官,虽然现如今宁王府没落了,但宁王妃仍一直养尊处优、锦衣玉食。

可以说,她自出生以来,从未受过如此折辱!

可现在,那个所谓神医竟然要她三叩九拜地去取药,这不是故意羞辱是什么?!更别说坊间传闻那神医还只是一个少年,让她去向一个年纪只有自己儿子般大小的毛头小子磕头,简直荒谬!

还有,为何永安庙那些贱民都可以白喝一碗粥,京城中一些达官显贵也可以只花区区十两银子便买走一包药,到了自己这里,却如此被刁难?

难不成那少年神医是宁王府的仇人,或是与她的仇人有交情?

会是谁呢?

然而,宁王妃一时半会儿也猜不到是谁。

京城里的贵妇人自有一个圈子,她与其中几位交好,就势必会与另外一些人交恶。看不惯她的人很多,表面与她情同姐妹,背后说不定随时会插上一刀的人更是数不清。因此,她又哪里能找到半点关于那少年神医到底是谁的线索?

宁王妃气得浑身发抖,但看着病床上陆文秀越来越难看的脸色,她咬了咬牙,最后还是面带屈辱地决定照做。

她声色俱厉地命令了一众下人与文人，让他们管好自己的嘴巴，此事绝对不可传出去，若是在外面听见半点关于此事的风声，回来就撕了他们的嘴！

此时宁王妃也顾不上自己温婉大方的形象了，她气急败坏地将人全赶了出去，然后命两个丫鬟来替自己准备。

可是，即便此事尚未传出宁王府，宁王府内却是尽人皆知了。

下人们议论纷纷，平日里受到过宁王妃苛待的下人心中都有些幸灾乐祸。

老夫人在梅安苑静养，王爷上回被派遣到柳州，尚未回来，没人敢让消息传到他二人耳朵里。

而陆裕安从太学院回来听说了此事，脸色顿时难看万分，迅速起身去阻止宁王妃。二弟病重事小，若是这种丢人的事传出宁王府，母亲的颜面往哪里搁?!

宁王府就这样乱得一团糟。

陆唤虽然不知道那人为何要让他救下陆文秀，但是那人做事必定有他的目的，救下陆文秀于他而言，也并非什么大不了的事，更何况，他也思及五日后的秋燕山围猎，若是宁王府突然办丧事，那么他定然是去不成了。

因此，略一思考之后，他让长工戊带上了一包药，前去那片树林，将药挂在了树梢上。

宁王妃换上十分不引人注目的黑色斗篷，身后只跟着心腹嬷嬷，从最偏僻的那条路出发了，并且事先让宁王府侍卫将路上出现的百姓给清理掉，以免让人看到她被人折辱的一幕。

泥泞小路上，她每走几步，就必须跪下来一次，膝盖被寒冷的雪冻得发紫，被坚硬的地面磨出了血。才走了十几步路，她这娇生惯养的身子就快受不住了。

只是又怕那神医在不远处盯着，若是没有按照他的要求行事，只怕去了也拿不回来药。因此，宁王妃死死咬着牙，一步一步往前挪，还要提防这条路上会有人出现。即便已经让府中侍卫守在附近，她仍然恨不能钻进地洞里去，生怕被人瞧见。

就这样心中燃烧着熊熊怒火，宁王妃半走半跪，花了几个时辰，才走到了那画上所说的树林里。

等抵达的时候，她头发凌乱，斗篷污垢，看起来就像个村妇，完全看不出是平日里心机深沉、仪态高贵的宁王妃了。

宁王妃前去取药，陆唤没兴趣亲眼去看她落魄的场景，忙自己的事情去了。

但是屏幕外的宿溪却专门用掉仅剩的一次解锁机会，解锁了那条树林小道，一边吃爆米花一边看，看到宁王妃三叩九拜到面色发白，气若游丝，差点栽进一个沟里，尖叫着让嬷嬷赶紧把她拉出来的场景，她忍不住哈哈大笑。

宿溪心里畅快淋漓，她总算是替崽崽出了一口恶气！崽崽身上的那些鞭伤还没让这宁王妃还回来呢！

她和崽崽也算是说到做到，等宁王妃千辛万苦地到了那片树林之后，就让她发现了那包药。

树林中空无一人。

宁王妃身边还带了侍卫，原本在心中愤怒地想，若是那什么少年神医在树林中等候，绝对逃不过她手掌心！可没想到树林中只有药，没有人。

宁王妃倒也早料到那人对宁王府做出了如此捉弄之事，自然不会让自己轻易找出他是何人，只是，她受了此等奇耻大辱，却报复不得，宛如一拳头砸进了棉花里，心中一口闷气堵着出不去。

她气急败坏，赶紧让等候自己已久的轿子滚出来，要快些打道回府。

"此仇必报。"她被人搀扶着上了那顶轿子，手指屈辱地攥紧了那包药，咬牙切齿道。

这药拿回去之后，宁王妃让府内大夫看过，确定是风寒药，心中的愤怒这才稍稍转为欣喜，赶紧让下人煎好，喂陆文秀服下了。

这药非常苦，陆文秀还在昏迷当中，差点吐出来。

宁王妃鬓角青筋直跳，生怕他浪费了一滴自己千辛万苦取来的药，于是配合着下人撬开他的牙关，强行灌了进去。

这药喝下之后，翌日陆文秀的风寒之症就有所缓解。只是，喝了这药之后，不知道为何，风寒症状虽然逐渐好转，他却开始不停地拉肚子，足足拉了三天。

再加上他的病拖的时间太久，身体变得非常虚弱，几乎是走几步就喘一下，简直像个废物。

之后御医来看过，说是只怕他今后半年都不能下床，必须慢慢调养了。

宁王妃听了，脸色顿时煞白，这诸多事情加在一起，令她看起来像是老了十岁。

当然，这些都是后话了。

第二日，长工戊得了一封信，京城的户部侍郎，也是现如今的户部尚书，邀请少年神医前去一聚。

这户部尚书非常聪明，不知道从哪里听说那少年神医最先在永安庙露面，而那永安庙赈灾济粥的又是仲甘平，心里就猜测仲甘平可能有什么线索。

而仲甘平拿了信，也不知道要如何联系到那不知身份的少年神医，便只好找到了长工戊。

中间转了几道弯，少年神医的身份却始终不被人知晓。陆唤从长工戊那里拿了信，展开来看时，宿溪这边收到了系统的第五个主线任务。

【请接收主线任务五（初级）：结交户部尚书，成为其信任的幕僚之一。难度三颗星，金币奖励 +100，点数奖励 +2。】

宿溪看到点数奖励只有这么点，就知道这个任务比较简单了。

毕竟早在之前，崽崽的那十三包药救的人里，就有户部尚书的小女儿。这小女儿是户部尚书的心头肉，能被救活，他自然是要千恩万谢的。

崽崽几乎不用做什么，只要去赴约，就可以结识这位户部尚书了。

宿溪点开户部尚书的资料看了一下，发现这位户部尚书居然还是宁王府的老对头。

原因无他，多年前宁王看上了刺史之女，这刺史之女生得花容月貌，名动京城，可之后这位刺史之女却成了当时的户部侍郎的夫人。宁王心中愤懑，与户部侍郎情敌见面，分外眼红。

而宁王妃长得不如那刺史之女美，自然也因此而格外嫉恨。

这样一来，这两座府邸便结了怨。

可偏偏近年来宁王府一直走下坡路，而户部侍郎却春风得意，前些日子在朝中升了正一品的尚书，不仅如此，他送进宫的大女儿还成了圣上如今最宠爱的贵妃。

因此，在当今朝廷，无人不敬户部尚书一尺。

总结来说就是，这户部尚书如今官从一品，背后还有五皇子和贵妃做靠山，算是京城中十分厉害的人物了。

他在信中千恩万谢，以尊称相待，十分看重这位传说中的少年神医。

去结交一番，自然对崽崽没有坏处。

宿溪是这么想的，拿到信的崽崽眉头紧锁片刻后，将信叠起来烧了。很显然，他应当也是那么想的。

他回到柴院中，吩咐侍卫丙趁着府上正乱的时候，连夜将他院子里的这些鸡与农作物搬到城外的那处农庄去，然后就换上了出行的斗篷，遮住脸，打算去赴约。

户部尚书为表诚意，将见面地点定在了仲甘平家中，并未带一个侍卫和下人。

宿溪在屏幕外见到崽崽去赴约，正想要跟过去，可屏幕切不动。仲甘平的府邸她没有解锁！而且已经没有解锁机会了，她为了看好戏，把剩余的一次解锁机会浪费在了城外的那片小树林里！

系统冷不丁道：【谁让你这么幼稚，还要亲眼看到宁王妃三叩九拜。】

宿溪道："闭嘴。"

宿溪欲哭无泪，没办法跟去仲甘平的府邸，看看崽崽和户部尚书都谈了些什么，便只好先下线，等晚上崽崽回来了再上线。

下线之前，她切换到了崽崽的屋内。

在其中一条中间空、不易察觉的桌腿处找了找，找出一个非常小的盒子来。

虽然自从老夫人下了命令以来，这柴院就没人靠近过，但是崽崽还是非常警惕，担心二人沟通会被人发现，于是之前某一次写字条，和她约定将字条藏在这桌腿里面，外面还有木条挡板，轻易不会被人发现。

而崽崽自从昨天发现用放笔在不同地方的方式可以和她沟通之后，就像是打开了新世界的大门，恨不得一次性问她几百个问题。但可能是还得保持矜持，他并没有问那么多。

此时留在小盒子里的字条有两个。

我如约救下了陆文秀，此举虽并非我心中所愿，但你高兴就够了。你若是高兴，可将毛笔放于纸砚左边。

宿溪心里犯嘀咕，从什么时候起崽崽都开始在意她高不高兴，在意她的情绪了？这不该有吧？还是说，崽崽这是在求表扬？

宿溪脑海中迅速浮现出崽崽那日从溪边救下四姨娘的女儿时的画面，没得到一声夸赞，他面上倒是没什么表情，只是皱着一张闷闷的包子脸独自回到柴院。

也是，他从小到大，无论做什么都比陆裕安、陆文秀要杰出百倍，但从来没人夸奖过他。

宿溪不忍细想，飞快地将崽崽桌案上的笔全都掏了出来，还从商城里买了一把毛笔，全都扔在纸砚左边。

一共十二支笔。

高兴高兴，阿妈非常高兴！

第二张字条的问题是：

此问题若你觉得为难，可不必回答。但若我没料错，你识字也能写字，也愿意与我交流，可因为某种原因，无法留下文字来回答我，是吗？

这字条是崽崽今早写下的，看得出来字迹很犹豫，似乎是在斟字酌句，沉思什么。

宿溪看到这个问题，眼皮子顿时一跳。

崽崽这猜得都八九不离十了！这种人工智能仿真化的程度令宿溪心惊肉跳。

宿溪不知道该怎么回答这个问题。

在她心里，游戏人物陡然意识到自己只是个游戏人物这种剧情，放在国产片可能是 AI 生死恋，但是放在美国可就是末日大片了！

当然，可能就只是游戏编程比较聪明，给了崽崽一个几乎逼真到完全真人化的思维。玩游戏玩到了这一关，主人公会问出这个问题而已。

而且，崽崽的这个猜测很合理，毕竟一直以来她都很积极地和他沟通，但是从未留下过只言片语。

而这个问题，她要是回答"否"的话，恐怕崽崽会很伤心——若不是因为某种原因才不能留下文字，那么为何这么久以来，从不与他对话？

想了一会儿之后，宿溪将桌案上的书册倒了过来，表示：是。

回答完之后，宿溪便先下了线。

之前系统告诉她，每获得 10 个点数奖励，就可以兑换锦鲤机会一次。第一次她中了三百万的彩票，而宿爸爸、宿妈妈的小厂子终于起死回生，宿溪觉得也是游戏起了作用。

现在点数为 25，马上累积到 30，又可以兑换一次锦鲤机会了，不知道还会有什么好运气。

这样想着，宿溪心里有点小激动，她手机忽然响了起来，是宿爸爸打来的电话。

之前宿爸爸、宿妈妈一直在看房，这两天好像是决定从最后几套房中定主意了，电话里叮嘱宿溪在家把拐杖准备好，等他们回来，接她去看房。刚好，下周一宿溪就要回学校去上课了，趁着上学之前看一下。

电话里宿爸爸的激动掩饰不住，一个劲儿地说新房多么多么棒，只可惜要住也是年后了，还有一段时间，不能马上搬进去。

宿溪听得心如擂鼓，恨不得飞过去看一下新家。

下午，宿溪被宿爸爸、宿妈妈带着看了房。之前一家三口住小两室，小倒也不小，就是离宿溪学校特别远，而且没那么隔音。

但新房是一套三室两厅，主卧有一个大大的衣帽间，是爸妈的，而宿溪独自拥有次卧和书房。

宿溪看着效果图上各种精致的装修，开心得泪流满面。所以，她一定要对崽崽更好点！以后不能那么吝啬，该氪金的地方就使劲儿氪！

她晚上再登录游戏时，虽然没跟着崽崽去仲甘平家中，没亲眼见到崽崽和户部尚书的谈话，但是系统弹出一些信息，给她复述了主要内容。

【现在城中风寒流行，病倒一片，还不是此次霜冻灾害带来的最大影响。】

【除京城外，整个燕国今年冬天都十分糟糕，因为粮食产量减少，百姓不得不去啃树皮，京城往北有个地方树皮都快被啃干净了，无数人甚至因此活活饿死。现在朝廷最愁的不是风寒瘟疫，而是霜冻灾害带来的举国无粮。】

【再这样下去，解决不了每年到了冬季便有霜冻灾害的问题，只怕燕国的兵力会越来越弱，邻国虎视眈眈，迟早带兵来犯。】

【所以，有没有什么办法能增加农作物产品的产量，让百姓获得温饱？】

京城中的人将这位少年神医的事迹传得神乎其神，许多御医也没办法解决的病症，居然被他轻而易举地解决了，在户部尚书眼中，这少年年纪轻轻却能有如此本领，必定是什么世外高人的徒弟！因此谈话间，自然会谈一些忧国忧民的话题！

这位户部尚书虽然大腹便便，仰仗着贵妃大女儿和五皇子在京城中横着走，实际上却是个忠君爱国、心系黎民百姓的官员。满脑子声色犬马的宁王无法和他相提并论。

更何况，谈话的时候，五皇子也在幕后。

"五皇子？"宿溪不由得问道。

【对。】

系统弹出一张京城现在的势力划分图。

皇宫里权势比较盛的皇子一共有四位，分别是太子、二皇子、三皇子、五皇子。

太子年岁三十四，品格忠廉，但是性格较为懦弱，站队者有皇后以及一些皇亲国戚。

二皇子年岁二十二，看似低调，不太出风头，有个不争不抢、顾全大局的名声，站队者有镇远将军以及宁王府。

三皇子年岁十八，名声最差，传闻中经常出入烟花之地，和那些纨绔子弟没什么两样，但很受皇帝宠爱，认为他这是真性情，于是在朝廷里也有一众党羽。

这位五皇子年岁十七，传言是坊间名声最好的一位，去年赈灾、疏通河道等几件大功都是他做的，但不知道是什么原因，反而不受皇上喜爱。

几位皇子、公主的头像在页面上亮着，唯独最后一个小皇子——九皇子的头像是灰的。

宿溪顿时有了一种直觉，她点进九皇子的资料。

【与东宫太子相差十八岁，还未出生便胎死腹中了。其他信息：无】

该不会崽崽就是这九皇子吧？

宿溪是这么猜测的，但一时半会儿游戏剧情还推进不到此处，她也不确定，因此暂时将几位皇子的人物介绍关掉了。

崽崽从户部尚书那里离开，回到柴院，穿过竹林的时候思绪沉沉，眉宇拧着，两只小手负在身后，两条小短腿大步流星，走得飞快，仿佛在思考户部尚书说的那些关于霜冻灾害导致百姓饥饿、遍地无粮的话。

宿溪无论什么时候看到崽崽，心里都会被萌得一软，就想戳戳他的脸，但此时页面跳出一条消息：【恭喜，完成主线任务五（初级）：结交户部尚书。获得金币奖励+100，点数奖励+2！】

这个任务果然比较容易，见一面就好了。

想来以崽崽的本事，今天这番谈话，应该已经取得了户部尚书及五皇子的青睐和赞赏。

宿溪正高兴着点数累积到27了，就收到了新的任务：【请接收主线任务六（初级）：治理灾荒，养活一方百姓，名震京城，获得"不知名的神商"称号，初步引起皇帝注意。任务难度九颗星，金币奖励+1000，点数奖励+10。】

这个任务和"产量两千公斤、结交万三钱"的任务二并行，是目前出现的任务里，难度最大的一个，但是一旦引起皇帝注意，也就代表着即将有翻天覆地的变化了。

宿溪有点激动，又有点担忧，她情不自禁喝了口水。

屏幕上，崽崽已经快步回到了屋内。

陆唤第一眼就看到桌案上砚台左边乱七八糟的十二支毛笔。

他愕然了一下，随即淡漠的神色融化，眸子里不由得出现了一些细微的笑意。

是代表"十二分高兴"的意思吗？

起初陆唤以为那人别有用心，十分警惕；后来陆唤以为那人必定是什么身居高位、高深莫测之人，待那人也始终存有一分戒心。可接触下来，他却渐渐觉得，那人行为跳脱，又有一丝纯真，好像是个性情活泼的人。

这样一点一点地日益了解，温柔陪伴，仿佛在陆唤冰冻三尺的心底，渐渐融化开了一个洞，藏进了一些只有他与那人才知道的秘密，更藏进了一些除了冰冷与漠然之外，同其他活着的人一样会有的正常的情绪……

喜怒哀乐，他渐渐有了这些。

两个问题，那人都回答了，第二个问题，那人回答的是：是。

陆唤不由得凝眉，果然如他所料，那人因为某种原因不能留下只言片语。可，到底是什么原因呢？

他细细想了下，正要提笔回信，柴院外面侍卫丙前来禀告，他先前安排好的防寒棚等物,他们三人已经按照他的草图,初步做了个模子出来,长工戊还将农庄清理了一遍,现在积雪已经没有了。问他可否今夜去一趟,看看农庄接下来该如何布置。

陆唤的思绪被打断,便暂时放下笔,又趁夜出了一趟门。

宿溪也想看看农庄现在怎么样了,也赶紧跟着崽崽一起切换过去。

只见清理掉山坡上的雪之后,农庄变了个样!

崽崽还雇人在农庄修了间木屋,这样方便日后长工戊守夜!这小小的屋子里床板、桌椅、茶水都有,一应俱全。而那些原本在崽崽院子里的防寒棚、公鸡母鸡、农作物,也全都被搬运到了农庄中,这样一来,农庄从今天开始就可以运作了!

宿溪亲眼看着白手起家的第一步就从这里开始,心里非常激动。

她将页面切到农庄小屋旁边的防寒棚里,盯着那些陪了崽崽快一个月的鸡,太少了,她要送崽崽一份大礼,于是她打开了商城。

农庄这边,听说三少爷今晚会来,长工戊和师傅丁都十分激动,毕竟三少爷才是他们的主心骨,接下来很多事情都要听三少爷吩咐。于是一老一少也跑到农庄门口去迎接。

陆唤和侍卫丙到达农庄后,径直往里走。

侍卫丙是个话痨,一路上叽哩呱啦一通说,宿溪的页面上弹出了一堆消息,而崽崽微微皱起了眉。

走到农庄小屋的时候,四个小人忽然听见旁边的防寒棚里嘈杂无比,一阵风吹来,无数鸡毛铺天盖地。

那场景在傍晚十分壮观,衬着夕阳,跟纷纷扬扬飞起了鹅毛大雪似的。

长工戊惊了一下,赶紧跑过去看,顿时瞪大了眼睛。"鸡舍里一下子多了好多鸡……至少有……有三百只!"

侍卫丙和师傅丁也跑过去看,这一看,下巴快掉了,差点没跪下来。

"我的天!"

什么情况?他们前脚离开这里去接三少爷,后脚这些鸡就鸡生鸡,从二十六只变成了三百只?!

他们震惊得不知所措,而他们身后,陆唤遥遥看向那些飞起来的衬着落日的鸡毛，俊朗的面庞仿佛也被夕阳浸泡着，此时一双一贯黑沉沉的眼睛璀璨如星。

他们当然不知道，但陆唤知道，这是那人送来的礼物。

他第一次赚到银两，第一次在宁王府外拥有一处家，第一次从泥沼中爬出来，充满了对未来的憧憬……这些瞬间，无人分享喜悦，只有那人相伴。

若那人能在，若那人能在……

屏幕外的宿溪也被漫天飞舞的鸡毛给惊呆了，同崽崽一起看向那边的夕阳和鸡毛。

二人在不同的时空，看着同样的景色。

第十章

一记漂亮的反杀

崽崽的整个农庄大约有五亩地，并不算很大。位于京城外的一处村庄，距离京城有些远，骑马过来颇费时间。

因为靠近京城，所以周围几乎没有还未开垦的田，全都是已耕种的土地或者农庄，这些土地大多是一些富商包下来的，然后再雇用一些百姓去种植。

只是，此时正是天寒地冻的冬季，燕国正在发生霜冻灾害，因此从崽崽的农庄往外看去，只见那些土地全都被大雪覆盖，零散地布着黄鼠狼的脚印，稻草人被推倒了也无人来管，不是荒田，却比荒田还要惨。

现在包下农庄的确不是一个好时机，因此仲甘平在听说崽崽的要求时，才那样惊讶。

只不过崽崽想要种植，想要尽可能多地增加农作物产量，现在已然不全是为了赚取银两了。

长工戊老家是做木工的，他也算是个有点手艺的木匠。被三少爷救下之后，他心里一直很忐忑，担心自己脑子笨，派不上用场，被三少爷嫌弃。

因此他这几天几乎是不眠不休，按照之前陆唤给他的防寒棚分解图，割木绑绳，依样画葫芦又新制了一个棚子出来，勤劳程度简直令人咋舌！

宿溪看着页面上长工戊小人的眼睛上挂着两个熊猫眼一样的黑线圈，他本来就瘦弱，这下子更加瘦小了。

这个小人一点也不怕苦，崽崽走到哪里，他就赶紧跟到哪里，恨不得挂在崽崽后面当个跟屁虫，崽崽要是说点什么，他整个人就一副沐浴焚香再虔诚聆听的模样……

虽然有点夸张，但说是迷弟[1]也不为过了！

宿溪顿时对长工戊好感倍增，在心里把他当作头号小弟。

相比之下，侍卫丙和师傅丁虽然也对崽崽非常感激，但是都没有像长工戊这样，把崽崽当成救命的天神。

宿溪跟着崽崽去验收了一下长工戊制造出来的防寒棚。

这个棚子还只是试验，为了尽可能节省木料，做得并不大，只有一两平方米。虽然没有完全一比一还原宿溪的防寒棚，但也算是能用的仿品了。

宿溪对长工戊又多了几分好感，心里十分满意。但是显然崽崽要求更严，他转了一圈之后，指出了几个地方，让长工戊回头继续修改。

宿溪觉得崽崽未免太苛刻，却见长工戊一脸欣喜地赶紧应下了。

宿溪："……"

尽量不要在游戏里搞个人崇拜！

这样一来，防寒棚的事情基本上解决了，等长工戊对防寒棚进一步完善之后，就可以开始雇用人手，来投入生产更多的防寒棚。

宿溪的屏幕上飞快地弹出崽崽对三个小弟的吩咐。

现在农庄有三百只鸡，农产品和种子若干。

陆唤打算将规格标准化，先造出来五个鸡舍，每个鸡舍为六平方米，按照每平方米十只鸡的容量，每个鸡舍可以容纳六十只鸡，总共三百只鸡完美容纳。

这样一来，这些鸡的生存空间便充裕了，不会出现方才那样扑腾起漫天鸡毛的惨状。

除此之外，就是农作物产量的问题了。

现在霜冻灾害严重，光靠鸡蛋肯定是不能治理灾荒的，必须要有其他产量极大的农作物。

------

[1]迷弟：男粉丝的意思。

陆唤见那人送来了土豆，土豆虽然十分能饱腹，但是种下之后，以当前的霜冻天气来看，至少需要五个月才能收获。而现在正值灾荒，五个月的时间实在太长，除此之外，其他冬季农作物也因为天气过于寒冷，产量十分低下。

若是有什么类似防寒棚一类的设施，在这些设施里面种菜就好了。

崽崽想到这一点，宿溪也立刻想到了，她灵光一闪，这还不简单吗？温室大棚啊！现成的能够利用的现代技术！

只是温室大棚的原理又和防寒鸡舍不一样了，宿溪还不知道借用商城里的材料和图纸能不能做出来。不过她打算回头试一下！

要是能够制造出来，用在崽崽的农庄，那崽崽的农庄还不得遥遥领先于整个古代所有的农庄？

宿溪越想越兴奋。又见屏幕上，崽崽拿了十两银子交给师傅丁，让他开始着手物色一些人手来，不需要找多么有才干的，尽量找一些吃苦耐劳、踏实没心眼儿的人来。

师傅丁毕竟年纪大，活得久，看人准，这事交给他没问题。翌日他就去街市上物色工人，还不到一日便找好了，农庄里陆陆续续来了十几个壮丁。

崽崽因为身份特殊，并不出现在那些下人面前，也不常去农庄，吩咐若是有事，再让侍卫丙送信给他即可。因此，这些壮丁对从未出现过的神秘老板好奇得很，但是师傅丁和长工戊完全不透露……

这样一来，人、地、物，算是都齐全了。

游戏右上角的状态里，【人才手下】那一栏顿时多了一连串小人，"工人 × 13"。

这些小人在长工戊和师傅丁的带领之下，开始养鸡，开垦荒田，忙忙碌碌个不停。

宿溪觉得非常好玩，十几个小拇指大小的小人在屏幕上蹦跶来去，耕种不停，她像是养了一群员工一样。宿溪看得乐不可支，心里还非常地满足。

这样一来，农庄的布置就暂时告一段落了，接下来就等温室大棚和鸡蛋收成了，这是个需要长时间的事情，急不得。

天下没有密不透风的墙，宁王妃磕头求药的事情，即便再怎么严防死守，也不可能一点风声都不走漏！

待陆文秀病情稍微好转之后，宁王妃难得有心思出去参加一场赏梅会，

渐渐判断出了那人的目的。那人助他施药救人，在京城中树立名声；助他结交富商官员，铺下道路；助他发展农庄，应该是为了解决霜冻灾害的危机，进一步助他在京城中获取威望。

而现在，让他救下老夫人，必定也是有所图，应当是让老夫人以及她身后的镇远将军这一脉为他所用……

那人所做的这一切，莫非是……有意让他卷入京城权势的争斗?!

除了这个缘由之外，没有别的解答。

陆唤眉梢跳了跳，一时神色有些复杂晦暗。

他自然不甘心做任何人的棋子。

若是先前，他尚存戒备之心时，他必定会对这人的要求置之不理，且想办法将这只一直推动他的手找出来，揪出此人。

但是不知道从什么时候起，那人的目的对他而言，已经不再是最要紧的事了。

对他来说，最要紧的事反而变成了，那人是否能一直这样陪伴在他身边。

他已经独自一人在风雪中走得太久了。

他固然心中一直存有疑虑，担心所得到的一切的好不过是自己的贪念，待到善意与陪伴消逝之后，便会迎来更加见血的打击。

但事到如今，这些疑虑已经敌不过他的渴望和贪念了。

不管那人最终的目的是什么，不管那人是为了什么才会来到自己身边，他都已不在乎了。他在乎的只是，这样的陪伴能久一点，再久一点，永远都不要消失。

他在乎的，只是那个人而已。

陆唤思及此，一如既往地平静地在桌案上平摊开纸张，用毛笔蘸取墨汁，只是并未问出心中的任何疑虑。

毕竟，倘若他真的是一颗棋子，当一颗棋子向下棋的人问出"为何"二字时，就意味着这场棋局快要结束了。

他不会容许这有一丝可能发生。

有九成的可能，那人只是单纯地待他好。若是这样，他固然欢喜。但倘若有一成的可能，那人将他当作棋子，利用他，对他的好只是附属，若是这样……他便，将这一成变成前面的九成。

反正，来日方长。

　　陆唤心里想的，屏幕外的宿溪当然不知道，她能看见的就只是屏幕上的崽崽立在桌案前，微微垂着包子脸在沉思。那样子跟幼儿园的小朋友对着眼前的"1+1=？"发呆没什么区别。

　　宿溪怀着期待，看他今天会给自己写什么，就见崽崽在纸上写下的不是一个问题，而是一个要求：我答应你去诊治老夫人，但你可否答应我一个条件？

　　哟呵，宿溪一乐，还开始提条件了，崽崽胆子变肥了，三天不打，上房揭瓦。

　　崽崽提笔，沉吟了一下，在纸上继续写下：秋燕山围猎之时，山上有棵早开的梨花树，我在梨花树下等你。

　　崽崽再次提笔，这回停顿的时间有点长，还微微抿了抿唇，犹豫了一番之后，还是一鼓作气写下四个字。

　　他脸上难得退去了一贯的冰冷与淡漠，捎上几分少年人想要见到最重要的人的忐忑与希冀，耳根微红。

　　不过他定了定神，很快便将流露出的这些情绪压了下去。

　　我想见你。

　　陡然看到纸上出现这四个字，宿溪顿时心惊肉跳。

　　等等，见……见面？

　　屏幕外的宿溪已经呆了，这要怎么见面？难不成到时候捏个和崽崽同样大小的纸片小人往他面前一送，告诉他，喏，这就是你的老母亲吗？

　　话说这游戏有这种新建角色的功能吗？宿溪还真的在页面上到处找了起来，但是，没有，并没有创建角色的入口。

　　而且，那显然不是崽崽要的见面，崽崽想要的见面，她根本办不到。

　　这游戏累积到 100 个点数，也仅仅是能和崽崽交流罢了。想见面？白日做梦！

　　崽崽，我看你是在为难我。

　　宿溪挠了挠头，一时之间不知道该怎么回应，只好盯着崽崽将那张字条叠起来，和以往一样放进小盒子里，塞入桌腿当中。

　　现在宿溪也不知道该怎么办，只好期待崽崽记性不要太好，反正距离约定的秋燕山围猎还有两天，说不定到时候崽崽就忘了。再不济，到那时再想办法，借口有事去不了。

这样想着，宿溪心里头虽然有点抓心挠肝的，但还是暂时把这件事放在了脑后……

而陆唤留下这句话之后，立在桌案前，低垂着漆黑的睫毛沉思，一言不发，心中也有些忐忑。

一方面，他觉得那人必定不会前来赴约，毕竟认识这么久，那人一直相当神秘，连字迹都不曾留下，更是没有留下任何蛛丝马迹让他可调查，又怎么会突然现身呢？因此，他其实并不抱太大希望。

但另一方面，或许是心中渴盼太甚，他仍是抱着仅有的一丝希冀写下了这个要求。

凡事都有万一。

他已运气不好太久，那人出现在他生命里，是他迄今为止最好的一桩运气，那人便是他的那个"万一"。那么这一次，万一那人真的会来赴约呢？

陆唤放下笔墨之后，虽然十分想知道那人的答复，但仍然忍住不去看，如此过了一日。

翌日，他被老夫人叫去了一趟。

天气好不容易放晴，朝阳落在积雪消融的湖面，一片波光潋滟，微风习习。

老夫人因为风湿待在梅安苑大半个月没出来，现在天晴了，才在湖心亭温酒小坐，让府中大夫来给她针灸，缓解膝盖疼痛。

陆唤到时，陆裕安也在湖心亭，正立在老夫人身边说着什么。

陆唤走过去，刚好听见老夫人惊喜地问："安儿，你当真有办法请来那永安庙的神医？你可别让我白高兴一场！我膝盖近日来疼得受不了，这府中大夫和御医半点用都没有，看了也是白看。京城传言那神医很有点本事，若是他肯来，说不定我这老寒腿还有点希望！"

陆裕安忙躬身道："当然，奶奶只管放心，我已打听到他的居所，今日下午便启程去请，即便三顾茅庐也要把那性格古怪的神医给奶奶您请过来！"

老夫人高兴得很，一向严厉的脸上也多了几分笑容，连连夸赞陆裕安不似他那胞弟陆文秀，是个孝顺的人才。

陆唤见陆裕安一副胸有成竹的样子，讶然地瞧了他一眼，心里有些古怪——已经打听到他的住所？何时？

但陆唤大约也能猜到，这陆裕安目前能知道的信息无非只是，自己认识仲甘平，与户部尚书、五皇子见过面。就这点线索恐怕也是他花了大力气、大价钱从京城中的一些人手里挖到的。而他还以为仅凭这点线索便能找出自己。

陆裕安与陆文秀不同，并不似陆文秀那样绣花枕头，中看不中用，但也头脑平庸，并无什么过人的才能，虽然一直都在想办法讨好老夫人，朝着二皇子那支靠拢，但是一直没有得到二皇子的青睐。

陆唤稍微一想便知道了，此次陆裕安应当是想借找到神医一事，将神医引荐给二皇子和老夫人，一箭双雕，让两者对自己另眼相看。只是，他未免太过心急，还没找到人，就迫不及待地来老夫人面前邀功表现了。

陆唤心中跟明镜似的，并未说话。

老夫人见他来了，对他道："陆唤，你听见了，你也去请一请，看能否请到那神医。"

陆唤道："是。"

陆裕安一听，有些急了，尽力平稳地道："奶奶，他能有什么用？他整天在那片院子里种田养鸡，足不出户，能有什么人脉？此事您交给我不就成了，干什么还要让三弟掺和一脚？"

老夫人却道："你们分头去请，多条路多份把握！"

老夫人确实不怎么相信陆裕安能请到那位神医，自从上次溪边一事之后，她对宁王妃生的陆文秀失望至极，连带着对陆裕安这个嫡孙的印象也大打折扣。

那位神医行踪如此隐秘，京城无一人知晓他的身份，自己派出去的人都找不到，陆裕安又哪里得来的线索？！

不过，孙子有这么一份孝心，她自当是鼓励的，这也是她愿意让陆裕安尝试的原因。只是不知为何，她心里隐隐有种感觉，自己这嫡孙做不到的事情，这庶孙却能做到……

她抬眼看向陆唤，这孩子一身雪白色的外袍，沉默地立于一边，身上虽然还有几分少年的青涩，但看起来冷静坚定，成熟且漠然，眉宇间隐隐有几分能成大事的气象。

因此老夫人又道："好，此事就这么定下了，先找到那位少年神医来给奶奶治病的，奶奶必定有重赏。你们先退下吧。"

陆裕安心中不快，不敢在老夫人面前表现出来，率先带着一干下人离开了湖心亭。

而陆唤孤身一人，也从长廊上往外走。

走到一半，他停住了脚步，只见陆裕安正等在长廊檐下，皱眉看着他。

陆唤抬起眸来，神情亦冷冷淡淡。"有事吗？"

陆裕安一副居高临下的姿态，负手在身后，拈下檐下一片梅花，嗅了一下，这才悠然道："三弟，你方才应当拒绝老夫人的，否则到时候无功而返得多丢人。你在京城又没什么人脉，怎么可能找得到那位神医？届时别说当哥哥的欺负了你。"

陆唤并未说话，只深深地看了他一眼，随即便绕过他，走掉了。

陆裕安还算成熟稳重，却也被他这冷漠无视的态度激怒，将手中的梅花花瓣捏碎。不过陆裕安很快调整了过来，鼻子里发出一声轻哼，甩袖带人离去了。

陆裕安作为嫡子，应有尽有，原本对陆唤并没那么深的憎恶，只是上回胞弟陆文秀因为陆唤而高烧不起，至今还躺在床上不能下地，他心中多少对这个庶子有了迁怒。

母亲又多般提醒自己，秋燕山围猎万万不可让陆唤前去，以免他抢了自己的风头，他心中自然对陆唤多了几分针对。

这晚回去，他就将此事告知了宁王妃。

宁王妃待他走后，脸色有点焦灼，对身边的嬷嬷甲道："后日就是秋燕山围猎了，若是明日还不能做点什么让他无法同去的话，那么便真的没有机会了！你快点给我想办法！"

宿溪这边骨折休养了大半个月后，已经逐渐好转。

这天是周一，宿爸爸便开车送她去了学校。

顾沁和霍泾川在校门口等着，见到宿溪腿上绑着石膏、拄着拐杖下车，就赶紧上来扶住她。

宿爸爸十分不放心，对他俩道："麻烦你们了啊，改天来叔叔家里，让阿姨做可乐鸡翅给你们吃。"

"麻烦什么呀。"顾沁乖巧地笑着道，"叔叔放心，溪溪交给我们了。"

可等宿爸爸一走，宿溪就迅速被两人火急火燎地拉到了小卖部去。"宿溪，快！你上回中了那么大的彩票，快请我们吃零食！中午火锅走起！"

请客肯定是要请的，但是宿溪一摸钱包，道："说出来你们可能不信，我以后还是得省吃俭用，因为得给一款游戏氪金。"

顾沁和霍泾川都用看外星人的眼神看着她。"你给游戏氪金？得了吧，谁不知道你，有零花钱都买学习要用的教材了。"

宿溪此前是成绩优异的三好少女，即便上了大学也从不懈怠，这毋庸置疑，她几乎不玩游戏，可现在……

宿溪心中也觉得非常不可思议！

更不可思议的是，她今天因为要来上学，没时间打开游戏看一眼崽崽的情况，她就觉得浑身不舒服！她已经一晚上加上半个白天没登录游戏了，崽崽应该不会出什么事吧？

应该不会有事，能有什么事？这才多久，在游戏里也就过去了两天而已！

自己就是母爱太泛滥了。

但是请完客，被两人扶着往教学楼走时，宿溪还是忍不住掏出手机，打开了熟悉的页面。

她从系统那里看了一遍自己不在时的剧情之后，就先将页面切换到崽崽的柴院，见崽崽正换了出行的衣服。不过今日倒是没有穿不引人注目的黑色斗篷，而是一身白色束袖便服。

他穿戴好后穿过竹林往外走，像是一个白白糯糯的团子正穿过一片青色荷叶一样。

宿溪还是第一次看他穿这一身，萌得心肝一颤。

她正要将页面切换回屋内，看看昨天晚上自己没来，崽崽有没有写什么新的字条，忽然听见马厩那边传来些许响动。

崽崽在竹林里，隔了很远，是听不到马厩这边的声音的，但是宿溪俯瞰整个宁王府，轻而易举就能看到马厩中发生了什么。

是宁王妃身边的那个嬷嬷甲！

宿溪刚从系统那里得知，老夫人要让崽崽和陆裕安都出去找神医的事情，看到有人在马厩，心中顿时警铃大作，放大屏幕，看见她正在使唤另外两个下人做什么。那两个下人往一匹枣红马的饲料中倒进去不少白色的药粉，那马吃了以后，眼皮子有些耷拉，没精打采的。

宿溪吓了一跳，她没记错的话，这是崽崽的马，他们倒进去了什么，安眠药之类的东西吗？

但是似乎是怕马被下药的迹象太明显，嬷嬷甲又让这两个下人拍了几下马头，让马振奋起精神来，紧接着，又将马鞍给割断了一些，痕迹十分不明显，做得相当利落，轻易不会被发现。

宿溪眼睁睁看着他们使出这些龌龊手段，气得血液翻涌。

马厩里，在这匹马的旁边还有两匹黑色的骏马，看起来比那匹枣红马要肥硕健壮许多，一看就是陆裕安和陆文秀的马。

宁王府虽然落魄了，但是怎么可能缺少买几匹好马的钱？但宁王妃偏偏要处处苛待崽崽，还要做出一副这些都是管家失职，她并不知情的样子。

宿溪一直都知道崽崽在宁王府中过得很糟糕，看到他身上那些幼年时期就在的鞭伤就能猜到了，现在再看这几匹马，宁王府的人居然在这上面也要为难他，宿溪心里越发地难受了。

她没有犹豫，等嬷嬷甲认为万事已妥，带着那两个下人离开的时候，她迅速将枣红马所吃的饲料抓了一把，丢在另外两匹骏马的饲料槽中。

可能是这药里有什么诱导剂，那两匹马迅速吃了起来。吃完之后，许是因为它们比枣红马身体要强壮一些，虽也出现了昏昏欲睡的症状，但是没有枣红马明显。

宿溪还想一不做二不休也照着嬷嬷甲所做的，割断黑色骏马的马鞍，但是还没等她有所动作，那边就来了侍卫，要牵着两匹马出去。

陆裕安的黑色骏马与崽崽的枣红马都被牵走了，还牵到了正门口。

宿溪现在的点数已有 27 点，还有一次解锁机会，因此她迅速解锁了宁王府正门处以及外面几条街，跟了过去。

正门处。

崽崽和陆裕安都站在那里，似乎是打算外出，去请那神医来。

两匹马被牵到了他们面前。

陆裕安在侍卫、下人的簇拥下走到那匹高大的骏马前，回头看了崽崽一眼，眼里有几分讥讽。

他身边的下人也小声对他嘀咕道："不知道老夫人怎么想的，三少爷哪里来的本事能请来那全京城都遍寻不到的神医？还让他与大少爷您一起去寻。若是连大少爷您都寻不到，他更不可能了。"

"乌鸦嘴。"陆裕安皱眉教训，"我今日便去仲甘平那里一探究竟，定要问出那神医的下落！"

他已经在老夫人面前夸下了海口，今天是请不来也得请来，否则他这嫡孙的脸面往哪里搁？

宿溪看了看页面上弹出来的他和那下人嘀嘀咕咕的话，表情僵硬，他们还不知道立在檐下的崽崽就是他们要找的人，这也太……尴尬了。

而不知道崽崽是不是和她有一样的想法，看着那两人小声嘀咕，他面无表情，但头顶白色气泡里冒出一串省略号。

陆裕安翻身骑上那匹黑色骏马，回头对崽崽得意地扬声道："三弟，我便先去了，你可不能跟着我，你自己去寻找吧，找不到可别回来哭鼻子。"

而崽崽并未说话，视线落在自己面前的那匹枣红马上，拿起缰绳，漆黑的眸子里一片幽深。

宿溪生怕他骑上去，正要想办法，就只见下一秒，他扯了下嘴角，嘲讽地对陆裕安道："若你我同样骑马，我未必比你慢，你不怕吗？"

陆裕安果真被激怒，脸上浮现出一丝怒意，但是更多的是被陆唤看穿心思的恼意。

是了，他心中的确有所顾虑，他这三弟虽然是个身份卑贱的庶子，但的确是个劲敌，不仅骑射处处胜过他和他二弟文秀，上回还因溪边一事得了老夫人的青睐。

他十分忌惮，生怕这次这个三弟又做出什么惊人的事情来，将他比下去，让他颜面无存。

他的黑色骏马高大威猛，虽然比那庶子的马更好，但是谁知道那庶子会不会什么特别的驭马技巧，比他先到达仲甘平处，甚至是先找到神医呢？

陆裕安可无法容忍自己被比下去。

此时反正就只有陆唤和自己的一些亲信在门前，为何不夺走他的马，让他无马可骑？看他还能不能像现在这样淡定！

思及此，陆裕安冷哼道："若是三弟当真有信心，便不要骑马！"

陆唤看起来像是没想到他竟然会这么说，眉梢轻轻一挑，上前一步护住自己的马，急道："不行，我需要这匹马。"

陆裕安见他这样，心中更加得意，他与陆文秀不同之处在于，陆文秀极蠢，当着众人的面也毫不掩饰对陆唤的轻视，而他在众人面前却稳重得多，但是此时又没有别人，即便自己夺走了陆唤的马，也没人能嚼舌根子，况且，陆唤就只有这一匹马，马厩里虽还有其他的马，但看守马厩的侍卫是母亲的人，肯定不会让他骑。他没了马，必定会远远落后于自己。

所以，既然能欺负这个庶子，又为何不呢？难不成还等着他真的快马加鞭先自己一步找来神医？！

而还没等他有所动作，他身边的亲信立刻会意，走过去将陆唤手中的缰绳一把夺走，恶声恶气道："谢谢三少爷的马！"

说罢，便跨坐了上去。

陆裕安要抓紧时间，神色得意、居高临下地看了陆唤一眼后，便带着人扬长而去。

而在他们走掉，宁王府门前空空如也、没有多余的人之后，陆唤才收起脸上被夺走了马的失魂落魄的表情，没什么波澜地朝陆裕安疾驰而去的方向看了一眼，一双眸子冷得犹如远山上冰冷的雪。

屏幕外的宿溪全程被崽崽出神入化的演技给惊呆了，他难道知道他的枣红马被做了手脚吗？

陆唤此时也并未转身回府，而是慢慢朝城外走去，他决定找一个能扮作神医的人穿上黑色斗篷，来替代自己出现在老夫人面前。

他一向警觉，又哪里会不知道秋燕山围猎之前，宁王妃必定要动一些手脚？

这几日他一直提防戒备着，别说今日马鞍上出了问题，他一眼便看出来了，便是宁王妃用了别的手段，他也必定能躲过。

这些年来，宁王妃的伎俩用来用去，无非那些。

愚蠢得可笑。

宁王妃做许多事情不会与陆裕安说，大约是想让她最疼爱的嫡子的手干净一点，偏偏陆裕安的弱点便是争强好胜、嫉妒心强，比陆文秀那草包强不了多少。

这枣红马陪伴他多年，如今只用来换一条陆裕安亲信的性命，可惜了。

陆唤不紧不慢地朝着外城走。宿溪看着崽崽的背影，心里很不是滋味。

她从第一次登录游戏开始，就知道崽崽在宁王府缺衣少食的。或许是那马厩中的三匹马两匹高大，一匹瘦弱的对比太过强烈，让她心中对崽崽更加心疼起来。

有时候人的心理就是这样，自家孩子没吃上好饭，可能还不至于多么心疼，可是一旦有了别的小朋友做对比，看到别的小朋友用着精美的饭盒，吃着有营养的便当，用着好看的书包，骑着崭新的山地自行车，而自家小朋友这么多年来却只是啃馒头，用着洗得发白发黄的袋子当书包，从泥泞的小路上走路上下学，只能眼巴巴地看着别的小朋友的自行车，心中便一下子泛起酸来了。

如果说这个游戏就是个幼儿园，宿溪一点也不想自家孩子羡慕别人，她想让自家崽崽拥有最好的。

当然，崽崽可能并不是很在乎他的那匹马是否有陆裕安、陆文秀两兄弟的好，也可能更不在乎他的衣食住行条件是否处处不如那两兄弟。但宿溪作为一个老母亲，就是被自己的脑补给心酸出了一把泪。

别的小朋友有的，她家的小朋友也必须有。

虽然崽崽现在已经拥有农庄、银两、小弟、工人了，未来也会越来越好，但他过去所经历的、所匮乏的，却永远得不到补偿。

于是宿溪打开了商城——还说什么，氪金啊！

陆唤离开京城人多的地方，刚走到一条小道上时，就听到前面有马蹄声。

他下意识抬头看去，只见不远处的那棵树下拴了一匹马，这匹马浑身雪白，没有一点杂色，毛发披在背上，肌肉匀称，身材高大，皎洁漂亮，头高高抬起，双眼炯炯有神，一看就是匹日行千里的宝马。

是那人？

陆唤已渐渐习惯那人在他失落过后送来慰藉了，他比旁人少了一匹马，那人便赠予他一匹马。

他望着那匹马，神色变得柔和，快步走了过去，轻轻抚摸着马背，过了半晌，他把脸埋在了马的白鬃中，脸颊贴着这马柔软的毛发，感受到一丝暖意抵达自己的皮肤。

他像是在黑夜中踽踽独行了许久，终于找到了令他心安的唯一一处光亮。

此时正在府中等消息的宁王妃正坐着喝茶，听嬷嬷甲说事情已经准备妥当，必能使陆唤在秋燕山围猎之前摔断腿，她才稍稍松了口气。

只不过陆唤受伤的确切消息还没传来，她心口的大石没办法彻底落下……

可谁也没想到，当夜发生了意外。

陆唤带了一名穿着黑色斗篷的神医回到宁王府，那位神医还给老夫人开了一包治疗风湿老寒腿的药。

整个宁王府哗然！

而就在她气急败坏的时候，又一条消息传来：陆裕安在离京去找那位仲姓富商的路上摔断了腿！

陆裕安此时正躺在路上动弹不得，两个侍卫慌忙派了人回来传消息，请求迅速叫大夫和轿子过去！

第十一章

鸽了一个游戏小人

　　陆唤此次着实惊到了众人，尤其是老夫人，她派出去请那位神医的人全都无功而返，甚至根本找不到那位神医的下落，怎么陆唤却请到了?!

　　她虽然想过陆唤这少年能力出众，比两个嫡孙不知道要强多少，可也万万没想到他能这么快找到人，这行动力未免也太过惊人了!

　　这实在令她喜出望外!

　　老夫人令府中大夫看过那神医带来的药之后立马命人去煎药，煎好后她立刻喝下，并按照神医所说，将药渣敷在膝盖上。不出所料，果真有奇效!

　　当天晚上老夫人体内的寒湿便如同抽丝一般，一分一分被抽走，暖融融的感觉从膝盖传递而来，顺着经脉四处游走，让她感到极为熨帖!

　　老夫人多年忍受病痛折磨，每逢下雨下雪膝盖便疼痛难忍，这么多年来她还是第一回感受到不那么痛苦，简直要喜极而泣了!

　　据陆唤所说，他找来神医完全是机缘巧合，或许下回便找不到了，但老夫人仍然对这孩子刮目相看。怎么他就能在机缘巧合下找到，而那嫡孙子陆裕安却没用地在路上摔下马来?!

　　老夫人活到这个岁数，最怕的便是病痛。

　　上回被陆唤所救，心中就已经对他多了几分青睐，而这次更是认可了这孩子的能力，看这孩子比上一次更加顺眼。

她当即从自己的积蓄中拿出一百两银子，赏赐给了陆唤，并让陆唤还有什么需要，只管告诉她身边的贴身嬷嬷。

这会儿宿溪已经放学了，她在公交车上打开手机，戴上耳机，只听见"哗啦啦"银两落入兜里的声音，右上角的财产又多了一百两。

这阵子农庄购买各种木材、雇佣下人，花了二十多两银子，但是现在又有了收入，结余反而变多了，变成了二百五十两！宿溪高兴得不行，就期待着老夫人再赏赐崽崽点什么。

但是老夫人敷药之后有点乏力，先睡下了，对崽崽说，让他改日再来。

此时老夫人看崽崽的神色肉眼可见地和蔼多了，简直有了几分正常奶奶对孙子应有的疼爱之情。

不过崽崽并未在意，反身便走了。

宿溪道："……崽崽真无情。"

梅安苑这边喜气洋洋的时候，陆裕安的院子却是鸡飞狗跳。

御医深更半夜地被请了来为他诊治，他的右腿摔断了，虽然不至于落下残疾，养几个月就能好，但是此次秋燕山围猎却是彻底去不成了。

宁王妃一连两个儿子都躺在了床上，她恨得指尖在掌心掐出了血。

待御医走后，她反手就是一巴掌打在嬷嬷甲的脸上，厉声道："你怎么做事的？我分明是让你对那庶子的马下手，为何坠马受伤的变成了我儿?!"

嬷嬷甲迅速跪了下来，凄惨地哭道："我……我也不知啊，听说是大少爷临时起意，让自己的侍卫骑了三少爷的马，但是他的马又怎么会……"

宁王妃道："当天陆唤可曾去过马厩？"

"没，绝对没有！"嬷嬷甲道，"我让人守着了。"

陆唤既然没有去马厩，裕安的马怎么会出问题？下在陆唤那匹马的饲料里的药怎么会被裕安的马吃了？难不成，宁王府中还有帮助那庶子的人?!

宁王妃急得上火，对下人们道："快，将今日去过马厩的人统统给我叫来，全都杖毙！"

帮助陆唤的人，必定出在这些人里！

宁王府中发生的这一连串插曲，叫宁王妃及陆裕安、陆文秀两兄弟损兵折将。这两兄弟现如今都躺在床上，痛苦地叫唤，便是想去秋燕山围猎也去不了了。

宁王府就只剩下陆唤一人能去。

而宁王妃这边想再对陆唤下手，就困难多了，因为老夫人经过此事之后，对陆唤十分看重。

她仿佛是看清了陆裕安与陆文秀二人无用的事实，开始将视线放在一个庶子身上了。

虽然陆唤是庶子身份，但是在燕国，倒也不是完全没有庶子继承家业的先例。若是嫡子太过无能，与其让家业在无能之人手中散尽，倒不如交给一个有能力的人。除此之外，就算现在不能确定继承宁王府的人选，但她这庶孙也的确是个不可多得的人才，花一些精力来培养，又不算什么损失。

老夫人心中暗暗有了别的打算。

秋燕山围猎这日清晨，老夫人亲自挑选了跟随自己多年的四个武力值不错的侍卫和四个下人，让贴身嬷嬷送到了陆唤的院子里。

嬷嬷对他的态度都温和多了，轻声细语地道："三少爷，这些人之后便跟着你了，你就是他们的主子。老夫人说，你若是想换到更干净更好的院子，等秋燕山围猎回来，便派人为你换。"

除此之外，还送来了一些好弓好箭、华贵的衣裳，毕竟今日陆唤要去同世子们一起围猎，代表的是宁王府的颜面，不能叫人觉得寒碜。

宁王府中下人的态度自然是跟着老夫人变化的，他们一边干活儿，一边交头接耳，眼瞧着现在老夫人越来越器重三少爷，他们中的部分人不禁打了个寒噤，这可怎么办，他们当中有些人可是曾经给过三少爷脸色看的。

而那些之前尚存善心，并未过于苛待三少爷的人则暗暗窃喜，幸好，他们之前没有狗眼看人低。

不管怎么说，这宁王府的天的确是变了。

宿溪对这样的情节非常喜闻乐见，尤其是在主线任务一"获得老夫人的赏识"剩下那一半终于完成，金币奖励 +25，点数奖励 +3 时，她更是激动不已。现在点数已经到 30 了，距离 100 点还远吗?!

她用新得到的点数解锁了即将去的秋燕山。

除此之外，崽崽的状态栏里也多了很多东西。

这四个武力高强的侍卫和四个下人也出现在了崽崽的【人才手下】这一栏里，只是不像之前的长工戊等人那样头像是亮的，这些人的头像是半亮不亮的。

宿溪猜测这是因为这些人现在只能听崽崽调遣，并未真正成为崽崽的人，还算是宁王府的人。但无论如何，以后崽崽也是身后有侍卫随从的小少爷了。

宿溪心中激动，忍不住多玩了会儿游戏，替崽崽把他现有的财产全都清点了一遍。

可崽崽似乎对此并不是很在意，甚至不大喜欢自己清净的柴院有人打扰，将这八个人全都派出去守着院门，不让宁王府的其他人进来，弄得这八个人一头雾水。

陆唤心想："反正那人并非从院门进来。"

宿溪昨天晚上送了一身红黑色的猎装给崽崽，袖口束起，腰间坠饰上是一小撮雪狼的白毛，她觉得崽崽穿上会非常英姿飒爽。

而此时此刻，就见崽崽全然没理会老夫人送来的那些华贵衣裳，他将屋子掩上，开始换她送的衣服。

换好之后，宿溪看着屏幕里的崽崽，心头一热！

她错了，谁说崽崽最适合雪白色的，这种劲装分明也非常适合他。他穿上之后，就是个锦衣华服的小公子，意气风发的小团子。

商城里兑换的这些衣服都太好看了。

崽崽似乎也对这一身极为满意，骑上马，拿上凤羽弓，便带着侍卫出发了。

秋燕山是一处皇家围猎场，不允许普通百姓进入。此时正值冬季末尾，秋燕山山峰上仍是白雪覆盖，山腰处却雾气朦胧，有几分早春的景象。山脚下冰泉融化，皑皑白雪旁边有几只小鹿探头探脑地跳出来。

宿溪明天还要考试，但是她怕秋燕山的剧情崽崽会出现什么危险，打算在公交车上将这段看完。

她将页面切换成秋燕山的全景，便立刻看到了崽崽所说的那棵梨花树。整座山上，此时就只有那一棵树开花了，细白晶莹的梨花被轻风吹着，在空中纷纷扬扬地撒下花瓣来。

就在宿溪要拉近距离去看的时候，屏幕右侧忽然有动静！

她顺着动静将屏幕拉过去，就见雪地草丛里竟然有几个身上扎着稻草的刺客在此潜伏。那些刺客虎视眈眈，正盯着远处的一条小路，只待刺杀对象从此路过。

什么情况？宿溪吓了一跳。这是进入到什么剧情了？！

此时，页面上忽然跳出一条消息：【请接收支线任务四：二皇子遇刺，请出手相救。金币奖励+20，点数奖励+2。】

原来这些刺客等待的是二皇子。

系统解释道：【这些刺客是五皇子派来的，这位五皇子算是几位皇子中最有心机的一位，他认为太子过于平庸，三皇子流连酒色，都不是他的劲敌，唯有二皇子平日沉默寡言，实则深藏不露，所以对二皇子诸多提防。而现在刚好因为霜冻灾害，附近很多起义兵纠集了一些土匪，想要发起暴乱，于是五皇子一不做二不休，索性策划了一场来自"土匪"的刺杀。即便刺杀不成功，此次也能让二皇子猎不到任何东西，无功而返，在皇帝面前形象大打折扣。】

一般这个游戏让自己完成的支线任务，大多是对接下来的主线有所推动，非得完成不可的。比如说之前的收服师傅丁、救治陆文秀。而现在这个支线任务应该也和后面的主线任务有所关联。

果然，系统又道：【目前太学院几位皇子当中，就只有二皇子的伴读去年不慎坠马去世，目前没有新的伴读。按照燕国的规定，庶子进入太学院，只有成为伴读这一条途径。因此，二皇子此时无恙，你才能在后续的任务中，帮助主人公成为二皇子的伴读，借此身份进入太学院。】

宿溪理解了，一切都是为了进入太学院，正式接触朝廷纷争而做的铺垫。

支线任务一般都比较简单，虽然这些刺客看起来凶悍，但是二皇子身边有皇宫侍卫，宿溪猜测待会儿自己只需要搭把手就可以了。

因此她不以为意，先将页面切换到崽崽那边去。

此时此刻，秋燕山脚下，一众皇子、世子聚集在此，高头骏马后头全是侍卫与下人，围猎的排场十分大。

崽崽年纪虽然小，但气场惊人，一袭红黑劲装，高大白马，虽然全身上下没有多余坠饰，但仍让一些世子侧目。

这次围猎还有不少达官显贵家的小姐来，许多少女不由自主朝崽崽这边瞥来。

众人有此行为不光因为陆唤是此前没怎么露过面的宁王府的三少爷，还因为崽崽的容貌吸引人。

宿溪见他们这样，都有点按捺不住想氪金看崽崽原脸的欲望，但是她又怕氪金以后，换不回现在这个简笔画小团子了。

本来她还能忍得住，但是现在见屏幕上这么多少女情不自禁朝这边看过来，她实在忍不住了。

系统道：【20金币。】

宿溪咬了咬牙道："氪！"

就在金币扣除的一刹那，游戏页面一下子变成了超清画质，她终于看清了奶团子崽崽真正的脸。

骑在高大骏马上的少年皮肤极白，近乎雪一样干净，面容冷淡，眉目如画，发色乌黑，衣衫被风微微拂动，让人忍不住幻想"骑马倚斜桥，满楼红袖招"的明艳与少年意气。

但明艳的容貌之下，却又是寒冷如塞外积雪不化的寒山一般的气质。虽仍有少年之气未褪，可眉宇间沉稳成熟，隐隐已有了锐气与锋芒。

这……

宿溪惊呆了，老脸一红，这游戏原画师月薪百万吧？崽崽的容貌也太好看了！

但是还没等她多看几秒，屏幕上一团雾气闪过，"啪"的一下，俊美少年又一下子缩小，变成了软趴趴地坐在马上的简笔画奶团子，正挺直了脊背，面无表情地皱着一张包子脸，朝山上看去。

系统道：【20金币可以兑换三秒钟原画，如果还需要切换原画模式，请继续氪金。】

宿溪道："无良奸商！"

宿溪飞快地算了下，三秒钟需要两毛钱，如果她一天玩三小时游戏的话，一直维持崽崽的原画脸，需要七百二十块钱?!

告辞，再见。

宿溪气得不行，好在屏幕上切回包子脸的崽崽，她倒也能凑合着接受。

不接受还能怎么样？

太子出来说了几句话之后，围猎便开始了。

　　此次围猎的规则是，每位世子各执二十支箭，最后看谁猎取到的猎物最多，谁就获胜。天黑之前必须下山在营地集合。拔得头筹者可以得到皇帝的奖励。

　　随即，有侍卫便开始擂鼓。

　　待到鼓声落下，诸位世子犹如离弦的箭一般，顷刻间飞了出去。

　　陆唤也骑马跃出，一瞬间不见踪影。

　　秋燕山上猎物众多，从野兔到狼，应有尽有。整个山上有且仅有一只雪狼王，残忍肆虐无比，若是猎到了，便会直接判定为头筹，可以面圣得到获胜奖励。

　　雪狼王就在梨花树附近的山洞中，可这些世子并不敢靠近雪狼王的地盘，只怕前来围猎一场，没猎到什么，反而送了死。

　　陆唤却径直朝着雪狼王的地盘去了。

　　他策马飞奔过秋燕山第一棵开花的梨花树下时，眼珠漆黑透亮，决心此次除获得围猎第一之外，见那人时，要提着雪狼王去见。

　　那人送了他许多礼物，包括那夜的生辰面，此生难忘……可他所拥有的却十分贫瘠，不知道拿什么去回报。所有的木雕小玩意儿都过于简陋，他希望能送那人一份大礼。

　　宿溪下意识就打算跟着崽崽过去，看他射猎，但她瞥了眼小地图，却见到二皇子的周围已经开始有一群人暗促促地围了过去——刺杀这就开始了？要不要这么快！

　　宿溪不知道那些刺客什么时候下手，她怕支线任务失败，导致后面的剧情崩坏，于是顾不上先去找崽崽，先将屏幕切换到了二皇子那边。

　　此时二皇子正带着身边十几个随从，全神贯注地拉开弓，盯着一只兔子，那只兔子十分机警，听到了人群的动静，便一蹦一蹦地跳走了。于是，二皇子迅速带着侍卫随从追了过去。就这么一路从山脚下追到了山腰的丛林中。

　　宿溪又看了眼那群埋伏的刺客，已经从山谷两侧渐渐地朝着二皇子的方向逼近。只是秋燕山上不只有二皇子和他的人，还有别的皇子、世子和他们的随从，虽然秋燕山很大，绵延看不到尽头，但也有一定被别人撞见的概率，于是这些刺客异常小心，动作非常谨慎……

宿溪从刚开始的神经紧绷，到后来半死不活地瘫坐在公交车座椅上。

到底刺不刺杀，搞快点！她还等着救完人回去看崽崽射猎呢！

公交车到站，她背着书包，一只手拿着手机，仍然戴着耳机，拄着拐杖瘸着腿朝家里的小区走去。时不时拿起手机看上一眼，就等着那些刺客动手。

而那些刺客熬了两个多时辰，才让二皇子彻底进入他们的视野当中，找到了一个比较好的刺杀地点。

就在山林腹地，周围非常安静，只有树叶被风吹过的沙沙声。

二皇子及其随从追着猎物来到此地。

宿溪已经坐在书桌前了，正摊开作业本一边复习，一边将手机放在左边，等着那些刺客行动，突然，她听到一阵乱箭声，有人喊道："刺客——"

她赶紧扔了笔，拿过手机，盯着屏幕上的二皇子。

画面中已经是一片混乱。

穿着黑衣蒙着面的刺客跳了出来，二皇子身边的十几个侍卫已经被刚才那一阵乱箭射死了三个，剩下的将二皇子围在中间保护。

那群刺客显然也是好手，武力高强，和这些侍卫打斗成一团。

这些侍卫很多都在方才的乱箭中受了伤，明显不敌，边打边退。

而就在这时，不远处又出现了一拨黑衣人，从地势较高的地方站起来，再次拉弓射来了一拨箭。

这些刺客准备充分，而二皇子这边寡不敌众，眼看着好多侍卫都被乱箭射成筛子了，剩下的几个流着血勉强护着二皇子撤退。

有一支箭十分精准地笔直地朝着慌忙撤退的二皇子背后冲去。

宿溪赶紧伸出手指，抓起附近枝头的一只鸟，将那支箭给挡住了。鸟惨叫一声落在地上，二皇子逃过一劫。

宿溪松了口气。

仅剩的几个侍卫将二皇子一推，对他道："殿下，快回营地中去，我们将这些人拦住！"

这些人留在原地，而二皇子从山坡上滚下去，骑了一匹拴在路边的马，飞驰逃走。

追不上二皇子，这些刺客虽心中愤怒，但也只能与二皇子的侍卫搏斗起来。

而宿溪有些疑惑，二皇子都已经安全没有受伤地逃走了，自己这边却没跳出来支线任务完成的提示，总不会还有一拨刺客吧？

她赶紧跟过去，见二皇子骑着马离开那些刺客追得上的范围之后，却没有回营地，而是在离营地还有一段距离的溪边停了下来。

停下来做什么？

这位二皇子是个穿着黑色衣服的小人，因为比较低调，身上只简单坠着一枚玉佩，刚才在山脚下出发之前，宿溪都没怎么注意他，只知道几位皇子中性格最软的是太子，最花枝招展、招蜂引蝶的是三皇子，而最有心机锋芒毕露的是五皇子。

至于这个二皇子，和另外几个比起来，的确一点风头也不出，而且仿佛开了低调 buff（效果）一样，在任何大场合下都不怎么起眼。

而就在此时，下了马的二皇子手中还握着一支方才从那些刺客手中夺来的箭，他低头看了一眼，似乎是在确认有无淬毒，确认好之后，他突然毫不犹豫地狠狠朝着自己的胸口捅去！

瞬间溅出三尺血花！

二皇子倒在了地上。

屏幕外的宿溪都惊呆了！

系统跳出提示：【支线任务失败告警，请好好完成支线任务。如果二皇子重伤，短则三月、长则半年卧床不起，不需要新的伴读，主人公进入太学院的剧情便要一刀切，或者另外寻找办法。寻找别的办法需要绕远路，又会产生很多支线任务，非常有难度。】

宿溪："……"

她说怎么刚才帮二皇子挡了那一箭，游戏却迟迟没跳出支线任务完成的提示，原来在这里等着自己啊！

这二皇子看起来低调，实际上是扮猪吃老虎！

他该不会是早就料到有人要来刺杀自己，所以就干脆带着侍卫追着猎物去了山林里吧？谁知道那些刺客没刺杀成功，所以他干脆往自己身上捅了一箭。

如果只是死了几个侍卫的话，为了皇家颜面，这次秋燕山刺杀可能就不了了之了，但是如果受伤的是他这个皇子的话，一来皇帝会彻查，二来，最近霜冻灾害引起民怨，皇帝正在挑人去北境赈灾，他受伤病重，皇帝肯定不会让他去，他不去的话，另外几个皇子中的任何一个离开了，都会让京城势力出现新的格局。

宿溪简直要怀疑第二拨刺客是二皇子自己安排的了。

不过剧情里没说，她也不知道猜测得对不对。

这剧情超出宿溪的意料，她有点凌乱，但是当务之急是想办法补救。

二皇子已经受伤了，这游戏又没有倒带功能，那就只能想办法让他的伤势在短短半月内恢复，最好是几天就能好，这样的话，也不会耽误主线任务。

这样想着，宿溪先打开商城，买了一管迷药。

她将迷药用一片树叶兜着，从空中往下撒。

二皇子流血过多，正跌跌撞撞地往营地走，原本他脑子还是清醒的，只要再走不到半炷香的时间，就可以看到营地驻扎的太子，那他就安全了。

届时，便能营造出身边侍卫全被杀了，他重伤逃出的假象。

但谁能想到，有人暗促促对着他身上撒迷药，他一下子就晕了过去。

晕过去之前的二皇子："？"

待二皇子晕过去之后，宿溪看了下地图，确定周围没人后，飞快地从商城找出金创药。效果最好的金创药上面显示，三日之内便能让普通箭伤痊愈，效果也是百分之百。

但是二皇子对自己心狠手辣，扎的伤口这么深，宿溪很怕他的伤口拖个十天半月才好，耽误崽崽的大事，于是一口气从商城买了三瓶金创药，全都倒在他胸前的伤口上，并且全都抹匀了。

这样一来应该万无一失。

宿溪又拖着二皇子往营地那边去，但是她肯定不能直接把人从天而降丢在山脚下的营地里，于是她将二皇子丢在距离营地两百多米远的雪地上。

然后，宿溪故意在这边弄出点动静，想装作跑过去的野兽，引起那些在营地大口吃肉喝酒的侍卫的注意。

可谁知道，她撞了好几下树，那些醉醺醺的侍卫却根本没听到。

宿溪忍不住大力拍了一下屏幕！

二皇子附近的树木齐齐一震，树叶纷纷落了下来，那些侍卫这才听到，慌忙站了起来，抽出剑朝着这边过来。

此时天已经有些黑了，侍卫们来到这附近，查看了一圈，发现没什么异常，便又笑着回去了，其中一个甚至从趴着的二皇子的不远处直接走了过去。

宿溪："……"

这二皇子穿着黑衣，的确是不怎么起眼，但是这么个大活人躺在这里都没办法被注意到，到底是天太黑了还是这些侍卫眼睛太瞎了？

宿溪只好又拍了下树，然后在二皇子的旁边丢了个灯笼。

她还心思细腻了一回，怕和之前送给崽崽的东西一样，引起什么怀疑，特地从商城买了最最普通的灯笼，稻草扎的、猎户用的那种。

秋燕山上常年有侍卫军驻扎，这些猎物有的是山上猎户所养，所以会有人碰见受伤的二皇子，将他救了起来送到这里，也再正常不过。

除此之外，秋燕山崇山峻岭，绵延起伏，虽然有侍卫军驻守，但是偌大一座山，连边界都没有，有百姓不慎进入山中，也不足为奇。

那些侍卫小人回到营地后，发现这边亮着光，于是去而复返，一检查才发现地上的二皇子，顿时大惊失色，赶紧将二皇子扶了起来。

"二皇子，醒醒，醒醒！"

"太子殿下，二皇子殿下遇刺受伤了！"有人吓得面无血色地去禀告太子。

宿溪这才彻底松了口气。直到这时，页面上才终于弹出支线任务完成的提示：【恭喜，支线任务四完成。获得金币奖励 +20，点数奖励 +2！】

支线任务既然提示完成，说明二皇子的伤势在金创药的作用下，没什么大碍了，至少不会影响到后面的剧情。

这个支线任务有惊无险地完成后，宿溪迅速将页面切换到崽崽那边去。

页面一切过去，宿溪见到梨花树下的场景，呼吸就窒住了。

天色已经彻底黑了，周围空旷而寂静，偶尔有几片梨花被寒风吹着飘下来，像是细细碎碎的小雪。

崽崽小小一个，包子脸上面无表情，抱着膝盖坐在树下。

应该是等了很久，他肩膀上堆了一片白色，眼里的期待也已经在寒风中熄灭了。

他穿的是红黑色的衣袍，倒是看不出血迹来，只是衣袍颜色变暗沉了，脏兮兮的，只有白净的脖子和脸上有些许溅上去的血，乌黑的长发也微乱。他右手边的箭囊里还剩七支箭，左边有一颗白色狼头，看起来狰狞可怖，但又有种绝对力量的美。

附近山洞洞口有些凌乱的痕迹。

寒风吹来，往他脖子里灌，令他衣袍猎猎抖动，但他仿佛感觉不到似的，仍等在那里。

他这是……等了多久？

宿溪虽然知道崽崽充满忐忑与希冀地向自己提出见面的请求，自己根本办不到，最后就只能是这么个结果，但是当真的看到崽崽斩杀了狼王，抓紧时间来到树下等待自己，可眼睁睁看着时间一点点流逝，却根本没人出现时，心里还是非常不好受。

崽崽眼里的兴奋与亮意一点点暗下来，最后意识到自己等的人根本不会到来，眼神彻底化作一潭平静的湖水……

这游戏显然已经超出了普通游戏能办到的范畴了。宿溪虽然被绑定了系统，但是她先前也只把这游戏里的所有人物当成火柴人，以为崽崽只不过是编程过于智能真实化的主人公而已。

可现在，看到眼前这一幕，宿溪却觉得，崽崽是处于另一个时空的有血有肉的真实人物。而越是这么想，她心里便越是愧疚。

他在冷风中等了自己那么久，脸上的血迹都被冻得凝固了，本来那么期待，但期待逐渐变成忐忑，最后又变成了失望。

自己不该让他等的，早知道这样，就该留下什么图，告诉他自己不能来了……

宿溪只是没想到，崽崽会执拗地等这么久。

而且，她也没想到，自己鸽[1]了一个游戏小人，心里会涩涩的。

宿溪在屏幕外沉默着，屏幕里的崽崽也十分沉默。

本来还有一炷香左右才是围猎回营的时间，但山脚下因为二皇子遇刺事件，提前吹起了号角，于是那些世子陆陆续续往营地去了。

此处偏僻，又靠近雪狼王山洞，没什么人来，因此还是一片死寂。

宿溪以为崽崽等到这时候，还没见到人来，也该死心往山下走了。山脚下的营地乱成一团，传来的呼救声他也听见了，可谁知道他还是动也没动，还

---

[1] 鸽：放鸽子的网络简称。

在等。

一炷香的时间过去，他意识到那人不可能来，眼底残余的小火苗终于"啪嗒"一下彻底没了，他这才缓缓扶着树站起来。

他站了一会儿缓神，朝着无尽的茫茫夜空看了几眼，才拎着雪狼王的头，走过去将马的缰绳解开，牵着马朝山下走去。

宿溪看着崽崽小小的身影走在寒夜里，一颗心都快被戳成筛子了，要不是怕他以为见了鬼，都想把他拽回来，告诉他自己其实是来了的。

陆唤牵着马，拎着雪狼王的头朝山下走，他低垂着睫毛，微微抿着唇，没什么表情。

那人到底还是没来，那人最终还是不会来……

其实这早在他的意料之内。从一开始，那人避开他给他送东西，便已经说明对方不想暴露身份。

见上一面的要求，着实是他强求了。

他不过是以为，经过这阵子的交流，那人会见不得他难过，会有万分之一的可能性，愿意满足他这样一个小小的愿望。但今日从白日等至天光尽失，那人却始终未曾出现……

看来，是他太高估自己了。

陆唤虽然在今日之前，对这一场赴约充满渴盼与希冀，但现在没等到那人，他倒也不至于失魂落魄。虽然胸中的确有些失落，但也不是太难过。

毕竟，他早就做好了空等一日的准备。

更何况，那人虽然没来，但不代表那人就此离开他身边，只要那人还在，见不见得到人，便不是什么要紧的事……

想到这里，陆唤凝了凝心神，努力平了平因为失望而有些下垂的嘴角，快步朝山脚下的营地走去。

此时营地已经乱成了一锅粥。皇子在围猎中遇到刺杀，可是一件非常严重的事情。

宿溪跟着将页面调过去，见到崽崽拎着雪狼王出现时，众世子大惊失色。

崽崽旁若无人地从众人中走过，将雪狼王的头递给他带来的侍卫，让侍卫作为战利品呈交上去，有一大半人的目光都被他吸引了过来……

还有世子前来向崽崽祝贺，宿溪心里这才好受一点。

崽崽刚刚在梨花树那边情绪低沉，但现在看起来似乎好了一些，虽然仍是面无表情，但眉宇间的涩意退去了不少。

宿溪放下心来。

不知不觉已经晚上七点了，房门外宿妈妈来敲门。"溪溪，复习完了吗？来吃晚饭。"

宿溪猛然抬头，看了眼时间，又看了眼桌上的复习书，她差点忘了明天要考试！宿溪赶紧放下手机先出去吃饭。

宿溪下线之后，营地里皇子、世子们全都围到了负伤的二皇子身边，二皇子受伤的伤口非常深，但是不知道为什么，居然被人抹了金创药，所以他此时已经从昏迷当中醒了过来。

太子正神情严肃地派人去查今日刺杀之事到底是何人所为。

五皇子关切地坐在二皇子身边，对二皇子道："二哥，你可吓死我了，你没事就好，你可看清了那些刺客的脸？"

三皇子则站在御医旁边，端详着那个多出来的灯笼，不正经地调笑道："二哥，这是有人救了你啊，不知道是山中哪个猎户之女，或许能成一段佳话呢？"

二皇子挣扎着坐起来，皱了皱眉，虚弱地道："你怎知道是女子，这山上可没几个女子。我醒过来时发现自己从溪边被拖拽到了营地附近，女子可没这么大的力气。"

"也是。"三皇子顿觉索然无趣。

"也有可能是哪位世子家中的下人或者随从，不管如何，救了我二弟，我必定会报答。"

太子肃然吩咐道："让那些世子过来看看，这是谁家的灯笼。"

众世子便挨个儿过来看。

这灯笼再普通不过，稻草扎成，里面是廉价的油灯，便是他们府上的下人也不会用。

只不过这灯笼的柄上倒是有一小串独特的符号，皇子、世子们仔细瞧了瞧，谁都没看懂。

这一串符号形状弯弯曲曲，像是蝌蚪，十分奇怪，似乎是外族文字，又像是随手用竹刀雕刻下的，并无任何意义。

他们不知道，这一行小字是：Made in the game mall。

皇子、世子们探究不出来，便当作是毫无意义的图案，没再理会了，但是这灯笼落至陆唤手中时，陆唤盯着这灯笼，漆黑眼睫却是神经质地抖了一下。

他目光有些错愕地落向二皇子胸膛上敷着的药粉，定了半响，沉沉的目光又落回灯笼上……还沾着些许血污的脸变得有些难看起来。

这串符号，那人给他的那盏兔子灯上也有。

他每日清晨将兔子灯从房檐上取下来，黄昏时点了烛火挂上去，日复一日将兔子灯欢喜地放在手中打量，灯笼的长柄都快被他摩拭得掉了漆，他又怎么会不知道？

只是他以为长柄上的符号是花纹而已，却没想到，这稻草灯笼上也有。

所以，这灯笼是那人的……二皇子也是那人救下的？

是了，这药粉效果极好，是那人才拿得出来的药。救下二皇子却不透露身份，也是那人会做的事情。

陆唤立在原地，抿着嘴唇，一言不发，神色晦暗，并没什么动作，只死死盯着手中的灯笼。

上回那人帮助师傅丁，是为了自己；但这一回，那人救下二皇子，应当是与自己无关了。

那人为何要救下二皇子，又是有别的什么筹划吗？

这并非什么对不起陆唤的事情，事实上，他根本没权利干涉那人做什么。

他若是因为心底那些隐隐冒出头的，令他不敢承认、别扭又无理的占有欲而怪罪那人，未免也太过可笑。

可是此时此刻，他大脑一片空白，不停闪过"原来，那人并不只是对我一人好"这样的念头，他便完全无法去想别的，他挑着灯笼的手指一点点变凉了。

他以为那人根本没来，但原来，那人也来了此地，只不过没赴他的约，而是去救了二皇子。

陆唤的睫毛颤了颤，脸上也渐渐没有了血色。

任务三

　　他视线落到桌案上的梨花种子上，想到了一个主意，飞快地道："日后你来时，放一片梨花花瓣在我手心，你离开时，将花瓣从我手中拿走，可否？"

接受　　　　　不接受也得接受

第十二章

断联

围猎因为这场刺杀意外而变得一片混乱。

皇子、世子们吩咐在营地中的侍卫去巡逻，纷纷戒备起来，而世家小姐们则害怕地瑟缩成一团，仿佛刺客下一秒就会从山上跳下来似的。

有几个贵女试图往太子怀里冲，借此机会表现自己柔弱的一面，搞不好能挤掉现任太子妃，成为新的太子妃呢。

太子在一炷香的时间里，接住了三个摔倒在自己面前的女子，十分无奈，只好叫来五皇子，让他配合自己清点人数，整顿侍卫军。

老三是个花天酒地的，靠不住，老二还算低调正常，但他现在重伤躺在帐篷里，几个皇子中，唯有老五最为精明能干。

五皇子知道自己的太子大哥平庸到一遇到这种事情便手忙脚乱、焦头烂额，于是他微微一笑，给太子斟了杯茶。"大哥忙碌了一整日，头疼不已也实在正常。神明都无法连轴转，大哥何不歇一会儿，让五弟代劳呢？"

太子这才松了一口气，道："如此便有劳五弟了。"

五皇子离开帐篷，脸上的笑容立刻变淡。他行事利落，传令下去：谁再敢大呼小叫，扰乱人心，便一律按罪处罚。他将侍卫军分成三队，一队上山调查刺客的踪迹，一队护送世家小姐各回各府，一队留下来守卫。再派几人去皇宫禀告此事，很快便将混乱的营地整顿了一番。

安排完后，他叫来一个随从，问道："今日猎取到雪狼王的那位小公子是哪家的？"

随从回答道："回五殿下，是宁王府的第三子。"

五皇子看向篝火旁的那一众世子，视线一下子便锁定了穿红黑窄袖猎装的那个少年。

原因无他，那十几位世子吵闹不已，像惊慌失措地扑棱着翅膀的鸡一样，唯独他立在人群中，连眼皮也不抬一下，看起来镇定而冷淡。

如此瞧起来，那少年倒半点不普通，气质出众，如鹤立鸡群。

五皇子不由得多看了他好几眼。

五皇子走了过去，对陆唤笑道："恭喜，英雄出少年。若我没记错，宁王府第三子才满十六。"

陆唤将稻草灯笼递到一边，抬眼，道："五殿下过奖了。"

若要细细掰扯，他并非第一次见这五皇子，上回以永安庙神医的身份去赴户部尚书之约的时候，他看见五皇子的马在仲甘平府上的马厩里，便猜到五皇子也在屏风后头。

此次二皇子遭到刺杀，看似迷雾重重，不知是土匪所为，还是起义军所为，但陆唤猜到，恐怕都不是，事实上，不是五皇子所为，便是二皇子自己贼喊捉贼。

当然，以陆唤对五皇子的猜测，这五皇子虽然在皇子中年纪最轻，看起来一派天真，但实际上心机深沉。他不应该想不到，若是刺杀不成功，第一个要被怀疑的人便是他。因此，恐怕他另有打算——待到二皇子将调查方向引向他时，他再拿出证据来，让皇帝认为是二皇子自导自演、栽赃弟兄。

当然，到时候到底谁更胜一筹，就和陆唤没关系了。

京城中几位皇子钩心斗角，局势暗潮汹涌，他根本无意参与这些事情，可是……那人是一个来去自如、精通机关术数的世外高人，今日为何突然要救下二皇子？

是……站队二皇子那一边吗？还是哪边的势力都不站，单单只是出于好心救下了人？

若是那人站队二皇子那边，想扶持二皇子上位，那么这些日子以来，他这样帮助自己，难不成是为了培养势力，让自己在京城中站稳脚跟后因为他给予的恩情而助二皇子一臂之力？

是了，那人铺垫这么多，让自己以神医之名在京城获得威望，不应该是毫无目的才对。

可若是如此想的话，那人所做的别的很多事情，又完全毫无目的可言啊……譬如那碗生辰面，譬如照顾自己……

又或者说，那人今日救下二皇子，并非有什么筹划，而只是兴致所至罢了。那人出于善心，见到二皇子受伤倒地，便出手相救……

二皇子胸膛的伤口上，那药粉被抹得那样匀，陆唤想到此处心中便细细一刺，眸子里闪过一丝郁色。

只是随手一救，为何要那样关切地倒那么多金创药？用手抹的还是用什么抹的？都扒拉开二皇子的衣袍，抹在他的肌肤上了！还生怕二皇子流血过多而死，留下灯笼让侍卫尽早发现。这分明不是随手一救，而是关怀备至了！不亚于那夜照顾高烧不已的自己。

那么，接下来还会有别的人吗？

原来，那人的目光并不只是在自己一人身上，自己也并非独一无二，而只是其中之一？！

陆唤并不知道那人目的为何，可无论那人救下二皇子是何种原因，他都像是被兜头泼了一盆冷水之后，又被抢走了什么重要的东西一样，有些喘不过气来，甚至因此而感到焦灼与忌妒。

陆唤心思变幻之际，五皇子也忍不住多打量了他几眼。方才这少年抬眼的一刹那，五皇子竟然觉得他有些神似自己那位英勇冷峻的父皇。

但是，怎么可能呢？

五皇子怀疑是营地里太过昏暗，自己看错了。他笑了笑，道："待刺客事件结束，十日后父皇应当会为秋燕山围猎的胜者进行赐赏，在那之前，你可得好好想想要什么赏赐。"

说完，便转身去对其他世子道贺了。

围猎就此结束，宁王府中有人去报喜，说是陆唤拔得头筹。整个宁王府惊呆了，完全没想到陆唤居然能杀出重围，直接在秋燕山围猎中获得第一！

想要猎取到雪狼王，可不是一件容易的事情，何况三少爷刚满十六，还是个十足的少年。之前宁王府中众人虽然都知道他比大少爷、二少爷强出许多，提水桶时力大无穷，考官来考时也能百步穿杨，可因为没有对比，也没有给他射猎的机会，所以并不知道他竟然还可以猎取到雪狼王！

不过，老夫人出自镇远将军府，而镇远将军英勇善战，年轻时便平定了边塞，难不成三少爷这是继承了镇远将军的血脉？

老夫人自然也是这么想的，之前觉得自己这三个孙子没有一个继承了镇远将军府的武力值，可现在……

她顿时喜出望外，激动得不能自已。

老夫人原本送陆唤去秋燕山围猎，是指望他与二皇子搭上线的，可今日据侍卫回来传报，说是陆唤在秋燕山围猎中，完全没与二皇子有任何交谈，她还大为失望，心里责怪自己这庶孙过于有棱角，不懂结交那一套，万万没想到，这庶孙所办到的，远远超出自己所料，竟然直接拿到了头筹！

这样一来，便不只是能结交二皇子了，甚至赏赐之日，能得皇上青睐也说不定！

老夫人大喜过望，若不是不能太过张扬，叫别的府邸瞧了去，以及她身体尚未痊愈，暂时还不能下地，她都想为这庶孙摆上一桌了。但即便如此，她还是立马让身边的嬷嬷又给陆唤送去一些衣物赏赐，并代为表达了自己的祝贺。

而宁王妃与躺在床上的陆裕安、陆文秀兄弟俩自然又是一番气急败坏。

不过，这都是后话了。

陆唤将马牵到院子里，系在木桩上，情绪低落地喂完了马，然后回到屋内。

他昨晚一如既往地在桌腿的小木盒内留了字条和新的木雕，可那人今日去了秋燕山，费尽心神救下了二皇子，甚至都没时间去梨花树下告知自己一声，自然没工夫理会自己的小字条和小木雕，是不是？

这么想着，他垂眸盯着桌腿片刻，抿了抿嘴唇，还是将小木盒抽了出来。

却见，果真没有被动过。

陆唤的心仿佛被一只手拧了拧，毫无理由的忌妒与焦灼缠绕上他的心头。

他明知自己不该如此，不该如此贪心，既想要见到那人，知道那人长什么样子，还想要那人只有他能见到、触碰、拥有，更想要那人对他做过的事，就只对他一人做过。

天底下哪有他这么贪心的人?! 简直贪婪到让人厌恶了!

可他就是……就是控制不住那些占有的想法,就是很难过……

就好似,自己并非独一无二的了。

陆唤吹了一整日的冷风,此时浑身极冷。他看着空荡荡的桌案,沉默了一下,不知道今日该留下什么字条。

问那人为何没有赴约? 此事还有问的必要吗? 若是问了,指不定会惹人烦。还是揭过这件事,装作没发生过,留下别的话?

陆唤竭力凝了凝神,将纸张在桌案上摊开来,提起笔,蘸了蘸墨水,写下: 今日你似乎没来,不过无碍,我亦没等多久。出了些事情,我便中途离开了。抱歉。

写完,陆唤看着这字条,抿了抿唇,不大满意。他有些心烦意乱,抬手将纸张揉成一团,在烛火上烧掉了。

他今日实在不知道该写些什么,心里有许多事情想问,可又知道那人不会给任何回答。

他从未如现在这般心里一团乱麻过,不由自主望向屋檐下的那盏兔子灯,脑海中立马想起那人救下二皇子之后,留下的相同的稻草灯。

陆唤的眼睫颤了颤,心中被无法控制的妒意缠绕,他闭了闭眼睛,索性放下了笔,去将脸上和身上的一身血污洗掉,随即早早地上了床。

宿溪吃饭速度可以说是非常快了,但吃完饭之后,照例要洗碗。她被宿妈妈推进厨房,脸上顿时怨念一片。"妈! 怎么又是我洗碗,还不如在医院待着呢。"

"这种话别胡说。"宿妈妈立刻虎着脸教训她,催促道,"快点,洗完碗回房间再学习会儿,马上就要期中考了,你不是还想拿奖学金吗?"

宿溪只好跛着脚进了厨房,花了十来分钟飞快地洗完碗,才急匆匆地回到房间,打开手机。

这会儿崽崽应该睡觉了。

果然,她上线时,床上的被子已经拱起了小小一团,像是一个小山丘。宿溪今天鸽了崽崽,心里还有几分愧疚,正琢磨着送点什么东西弥补他。

但首先要看看他留下了什么字条,说不定有埋怨自己为什么没去……

不过，以崽崽的性格，即便心底失望，留下的字条肯定也是"嗯，没来，没关系，反正我也没去呢"这种内容，崽崽一向口是心非。

这样想着，宿溪被自己逗乐了，她轻手轻脚地拨开桌腿。

但下一刻她就怔住了，随即眼里闪过一丝不可思议。

没有？

桌腿里没有字条！

崽崽今天没有写字条！！

这可是这段时间以来他第一次没有留下任何字条给自己！是因为自己没有赴约而在闹脾气吗？！不是，这也太像幼儿园的小朋友了吧！

宿溪顿时哭笑不得地看向木板床上，崽崽正面朝着墙壁睡觉，一只手抱着头，一只手搁在眼皮上，看起来睡得十分不安稳，眉宇还蹙着，心事重重的样子。

宿溪将页面放大，见到崽崽脖子上还有些细微的伤口，在白皙的皮肤上十分显眼，应该是今天围猎时伤到的，只是下午看到时被血污挡住了自己没发现……

她的愧疚感顿时剧增二十倍。

宿溪想干点什么。先给他脖子上抹点药，然后留下什么"负荆请罪"的图，道个歉。就是不知道崽崽知不知道这个典故。或者从商城里兑换点别的小东西，让崽崽开心一下。但就在她坐在床上，刚要打开商城时，房门突然被推开了。

宿妈妈问："溪溪，你怎么还没开始学习？"

宿溪吓得手机都摔在了地上，她赶紧手忙脚乱地捡起来，但刚捡起来，就被宿妈妈一把拿走了，宿妈妈道："在医院天天玩游戏也就算了，算你因病休息，但现在都已经回学校了，就别天天玩了。"

宿溪伸手去抢，但宿妈妈一下子将手机举了起来，严厉道："你还跟我抢起手机来了，我看你是沉迷游戏了！"

宿溪脸都委屈皱了。"妈，十分钟，让我再用十分钟手机。"

"期中考试结束后再说。"宿妈妈拿着她的手机一边往外走，一边说，"这学年绩点不行，拿不到奖学金，手机永久没收。"

宿溪吓了一跳。"妈！"

宿妈妈已经关上门出去了，在外面吩咐宿爸爸待会儿送杯牛奶进来。

宿溪急得挠了挠头，但她看了眼桌上还没动过的卷子，又看了眼墙上的挂钟，也知道自己该复习了。再这样下去，不仅妈妈会为自己担心，一直沉迷游戏，她也要担心自己了。她一向很有定力，成绩也很好，但现在的确将太多精力花在游戏上了，别说拿奖学金了，这样下去她怕自己会挂科。

可她也的确很担心崽崽。

不过大一重要科目的考试集中在两三天内，还好，游戏里不过七八天，应该不会有什么意外。

现在农庄正在顺利运转当中，秋燕山围猎的剧情已过，崽崽也顺利拔得头筹。宁王府中，因为老夫人重视崽崽，宁王妃和陆裕安、陆文秀两个家伙暂时也闹不出什么幺蛾子。再加上崽崽冰雪聪明，自己没有必要太为他担心。

等考完试再找他。

这样想着，宿溪定了定神，走到书桌前打开了复习书。

这一夜，陆唤翻来覆去，并未睡好。翌日，窗外又开始下起鹅毛大雪，纷纷扬扬，应当是寒冬里的最后一场雪了。院子里的草长出来了一些，现出些许春意来到的迹象。

他睁开眼后，下意识便朝着桌案看去，脸上混杂着些许复杂的神情。

昨夜，他没给那人留下任何字条，但不知那人会不会主动留下些什么……或许是留下一些暗示，告诉他与二皇子有关的事情？

陆唤并不指望那人会对未曾赴约一事做出解释。毕竟，那人也并未答应过他要赴约，等了一日，没等来人，也怪不得那人，是他……强人所难了。

冷静了一夜之后，陆唤亦知道自己昨夜因为心烦意乱，因那人来到秋燕山，却是去救了二皇子而没来见自己，因那人细致地给二皇子抹匀伤药，留下和给自己一样的灯笼而赌气，而生出一些不该有的忌妒心绪，实在是太过可笑了……

换句话说，这些日子以来，与那人用字条沟通，得到了那人的陪伴、善意与温柔……这些是他从出生到现在从未得到过的，以至他有了种那人只可以陪在他一人身边的错觉。

是他太得寸进尺了。

陆唤定了定神，心里想着，若是昨夜那人留下了什么东西，他便不计较那人未曾赴约一事了，今日便径直问一问，救下二皇子是为何。若是那人仍一如既往不肯回答，也无所谓。只要那人还在，这些都不是什么大不了的事情。

他心里那些沉甸甸的、阴暗的占有欲，也该稍稍收敛一番了……

他穿着中衣走到桌案边上，心里仍是抱着些许期待的。

陆唤俯身将桌腿里的小盒子抽了出来，拿在手中，几乎有些不敢打开了，他眸子里隐隐藏着些许忐忑，顿了好半晌，他才抱着晚受刑不如早受刑的心思，打开了手中的盒子。

可是，盒子里空无一物。

"……"

陆唤眼睫一抖，一瞬间有些手脚冰凉，他将盒子翻转过来倒了倒，又朝着桌案看去，呆了一会儿之后，他快步走到屋外。

可是，院子里空荡荡的，纷纷扬扬的大雪之下一片死寂。雪地白茫茫的，院子里没有像以往一样多出什么东西，更没有人来过的痕迹——那人昨日没来赴约，昨夜竟然也没有留下任何信息吗？

这还是头一回，二人断了联系。

陆唤呆立半晌，就连雪花浸透肩膀处单薄的衣服也没察觉。

他心中忽然一阵紧张。

这些日子以来，那人每夜都会拿走他的字条，和他交流，即便不留下只言片语，也会留下一些痕迹，表示来过，从不间断，昨晚竟然……

难不成是因为自己没留下字条，那人生气了？

不，不对，那人不像是会生气的人，那人替自己做了很多，甚至报复宁王妃。早先陆唤便竭力从这些事情当中揣测那人的性格，可从未捕捉到那人生气的情绪。那么，或许只是昨夜有事，没来罢了？

陆唤的心脏上宛如绑了一块大石头，直直坠落，这下他顾不上任何别扭的情绪，快步回到屋内，摊开纸张，快速写下字条。

第三日，他几乎是一夜未睡，待到天亮，便迅速跳下床，看那人有无回应，可是，仍没有。和前一日一样，没有任何东西留下来，也没有任何人来过的痕迹。

第四日。

第五日。

…………

整整过了八日。

陆唤写了许多张字条，有些字条被他心神不宁地捏成一团在烛火上烧掉了，有些放在小盒子里等待那人回应，但是，整整八日过去，那个小盒子里他放进去了什么东西，便只有什么东西，除了他之外，再无人动过。

那人，仿佛彻底从他的世界里消失了……

陆唤早就想过有朝一日那人会突然消失，再不留下任何踪迹，让自己无论用什么办法也遍寻不到。因此他先前才急于通过字条交流，试图找出那人的身份。可他万万没想到，这一日竟然来得如此之早，在他还不曾知晓那人是谁之前，那人便已经悄然不见了。

陆唤头两日还可以正常出门，可到了第八日，只能枯守在院中。

他一夜未眠，坐在屋前的门槛上，眼中有红血丝。

不知道为何，那人就这样突然消失了。

他最担心的事情发生了。

"你满意了？"陆唤对自己喃喃道。

必定是他贸然提出相见，那人才厌倦了陪伴在自己身边，陡然离开，音信全无，又或者，那人转移了目标，不再出现在他身边，而是去对二皇子、对别的人好了。他那夜从秋燕山上回来，竟然还因为使小性子，没有留下任何字条，是他主动切断了二人的联系。

若那人再也不出现，他该怎么办？

陆唤在此处枯坐了一整日，从东方刚白到天黑。他脸上没什么表情地看着院外，并不固定看着某个地方，仿佛只是在放空，等着人来。

天彻底黑了，他起身将兔子灯点着，又回身坐下。

他回想那人第一次出现的时候，是自己身后的这扇门突然被修好，还是更早一些？

后来，那人数次送来各种东西，一会儿是做工细致的长靴，一会儿是炭火，一会儿又是粮食，他心中惊愕不已，怀疑是宁王府中什么人给他设的陷阱。直至那一晚，他重病，高烧不起，迷迷糊糊中又被那人所救。他又惊又疑之余，心中泛起涟漪层层。后来，那人赠予他一碗生辰面，那是陆唤从出生到现在吃过的最好吃的东西。再到后来，他开始用字条与那人沟通，而那人竟然也开始回应他，他也是第一回有了可以倾诉之人……

可现在，那人再也不会来了。

陆唤眼里死气沉沉的，檐下的灯光也落不到他眼底，他垂着眸子，有些茫然地看着地面。

是他哪一步走错了吗？

宿溪考完试是两天半之后。中午考完最后一科高数，她填写完答题卡，就飞快地交了卷子。足足两天没上线，宿溪心里是非常担心的，虽然知道游戏里不会发生什么大事情，但她还是忍不住想快点回去见到崽崽。幸好考完试的这天下午放假，她可以早点回家。

宿溪之前只把游戏当成游戏，可当她越来越觉得游戏小人有自主情感之后，她便越发觉得自己不在的这两天，崽崽会生出难过的想法……

当然，也有可能是宿溪多想了。

总之，她顾不上被顾沁她们叫着去逛街，也没在食堂吃饭，便直接上了公交车，飞快地回家了。

手机就在爸妈房间里，宿溪偷偷摸摸地打开爸妈的房门，将手机拿到了手。

回到房间，充电，然后开机。

宿溪心脏怦怦直跳，想到即将可以看到崽崽，她眉开眼笑。但是，当她上线，将页面切换到屋内之后，她的笑容立刻凝固了。

屋内的地上怎么全都是揉成一团的纸？

这些字条应该是这段日子以来崽崽写的，但是得不到她的回应。原来他竟然写了如此之多，那他岂不是一直在等自己？

宿溪万万没想到，有一天自己没上线，主人公会一直等着她，她顿时心头一涩，顾不上去看这些字条，直接将页面切换到了院子内，去找崽崽。

画面一出现，她便见到崽崽正坐在屋门门槛上，微微抬着头，注视着檐下那盏摇晃的兔子灯。

此时游戏里已经天黑了，烛光落在他脸上，明明灭灭，让人看不出他的神情，他的包子脸上一片晦暗，眼眶有些发红。

怎……怎么了？

完全不知道崽崽脑补了什么的宿溪正要将屏幕拉近，就见崽崽的头顶弹出一大片白色气泡，简直像是这段日子以来都没弹出过一样，现在积攒到一块儿，一次性弹出来，密密麻麻的，快将屏幕淹没了。

"你对我，只是利用吗？"

第一个蹦出来的气泡是这个，宿溪眼皮一跳，下意识要否认，崽崽又在瞎想什么？但紧接着，立马跳出来更多个，齐刷刷的一大排。

"你是不是不会再来了？"

"对不起，我那日不该提出见面请求的。你必定觉得困扰。"

"若你不愿，今后一个月出现一次也没关系，但可否……"

"……不管你对我是利用还是出于怜悯，我……我都不在意。"

"我认了。"

"对不起，我那夜并非故意不留下字条，我只是……我只是嫉妒，对不起，我不该……我不该太贪心……无论你是谁，无论你为何出现，又为何消失，你……出来和我说句话好不好？"

"我很孤单。"

接着，气泡一个接一个地缓缓消失了，只留下显示了最后四个字的那个，气泡在屏幕上犹如水蒸气一样慢慢消散，却令宿溪心中一紧。

门槛上的小人孤零零地坐在那里，只有被泛黄的烛光照在地上的影子陪着他，也是小小一团，落在他脚下。

他什么也没说，只面无表情地抬头看着那盏兔子灯，这些白色气泡只是他心里的话。

他很孤单。

宿溪看着崽崽，忘了呼吸，然后，眼睛慢慢变得酸涩起来。

她以前从没想过自己没上线的时候，崽崽都在干什么，她以为，他可能在忙着种田，也有可能在忙于筹划别的事情。唯独没想过这个问题——崽崽会因为自己没上线，而觉得被抛弃了。

现在她知道了，她不在的时候，崽崽很难过，会想自己，会很孤单。

宿溪看着崽崽，心里忽然揪得很紧，这是她第一回有了如此强烈的思念情绪，没想到竟然是因为游戏里的一个小人。

她想告诉崽崽，自己回来了，可是又不知道该用什么办法，于是，她打开商城，左右挑选，手指不经意在一束烟花上抖了一下。下一秒，屏幕上猛然绽放出了一朵烟花。

宿溪吓了一跳。

而屋门前本来看着无尽夜空的陆唤，倏然听见不远处的爆炸声，天际骤然升腾起一朵烟花，流光溢彩，一瞬间像是银河倾泻，落入他院中。

这等场景，并不像是普通人能办得出来的，而今日并非什么节日，街市上也根本没有这样的烟花。

他顿时一愣，心脏快跳出喉咙。

他猛然站起来，朝着院中急走几步，用力仰头望向夜空，脸上有不确定的狂喜。

是那人回来了吗？

宿溪见到了他脸上的表情变化，鼻腔更是一酸。

她心酸地伸出手指，拂起一阵风。风轻轻吹过柴院，将陆唤单薄的衣袍温柔地掀动。

——崽，我在这里。

一直。

陆唤在院中仰着头，喉咙发紧地看了许久的烟花。

那些烟花一簇接一簇，放了好一会儿都没停下。

宁王府外，街市上的百姓似乎也有些疑惑，纷纷上街看这是怎么回事，嘈杂声从隔了几道院墙的街市上传来。

宁王府中，有下人惊喜地叫道："看，是何人在放烟花？"

这些喧闹的声音渐渐将陆唤从狂喜之中拉了回来，他像是刚从一场大梦中醒来，环顾四周，只见寂静的黑夜里，院落中空无一人，仍只有自己。陆唤几乎要涌到头顶的血液稍稍冷却下来。他忍不住俯下身，捡起一颗石子，朝着不远处的院墙丢去。

传来的只有片刻后石子落地的声音。

连回声也没有。

他极度雀跃的心脏慢慢安静下来。

难道烟花只是街市上的人放的，而不是那人回来了？

可是方才……方才他分明有了那样一种直觉。每回那人来时，他都会有这种直觉……

难不成是方才的直觉错了，自己又在胡思乱想？

陆唤注视着夜空，吹着冷风，宛如被人兜头泼下一盆冷水。

他呆呆地在院子中站立了好半晌，陡然觉得自己有些可笑，但他转过身后，却没有往屋内走，而是慢慢地朝着竹林走去。

可笑便可笑。他想，万一不是自己的错觉呢，万一那人真的要回来了呢？

那人不想见到自己，那么，就先去竹林避一避，给那人回字条的时间，过会儿再出来。

只是，陆唤走得极慢，他垂着头，手脚有些冰凉。

他盯着脚下的石子，心里想："如果那人没来，即便自己在竹林待上一晚，也不会收到任何回复的。"

宿溪不知道为什么放完烟花之后，崽崽并不怎么高兴，脸上的神情又重归黯然，并且没有回屋，而是沉默片刻后，朝着竹林那边走去。

他是要干什么？

宿溪猜不到他的想法。

她见陆唤走到竹林尽头，快要出这院子了才停下，他找了个地方，慢吞吞地坐下来，然后和方才坐在屋门口一样，微微垂着头，发着呆。

小人坐在石头上，显得孤零零的。

这是怎么了？

为什么大半夜的要去竹林吹冷风？

宿溪鼻腔还酸着呢，看完崽崽这一系列令她摸不着头脑的动作，就知道方才她放的那烟花，好像并没让崽崽知道自己回来了。

她得趁着崽崽不在屋内，赶紧留下点什么信息，告诉崽崽自己一直都在。

这样想着，宿溪顾不上去管崽崽想什么，赶紧先切换到屋内。

她这回该送点什么才能让崽崽开心呢？

找个借口，说自己外出了好一阵子，今日才回，而并不是丢下崽崽不管了，还是直接投其所好，送崽崽喜欢的东西？

宿溪躺在床上揪头发，深深地感觉到幼儿园老师哄孩子的难办之处。

那么，崽崽到底想要什么？

事实上，宿溪并不知道崽崽的喜好，他从未表现出对什么明显地在意，除了那次，他提出要宿溪做家乡菜的要求。

宿溪并没有忘掉这件事，她一直在想做什么家乡菜会比较特别，但是想来想去，也没想到什么比较有特色的菜。毕竟很多二十一世纪才有的菜在商城里是兑换不来的。

但今晚，是时候给崽崽兑现这个心愿了。

宿溪打开商城，在菜品那一栏仔细翻了翻，商城里菜很多，但是她立刻被其中一道吸引了目光——桂花鲈鱼。

宿溪格外喜欢吃鱼，这道菜的图片上，桂花细细碎碎地落于鱼腹白上，黄白相间，看起来清新美味。游戏里是深冬初春的季节，九月的桂花肯定是没有的，所以这是一道比较特别的菜，而且也算是宿溪的家乡菜了。

宿溪飞快地买了个食盒，将桂花鲈鱼装了起来，然后又左挑右选，选了些别的。

陆唤一直在竹林里的小石头上坐着，他心里忐忑、害怕且失落，他看着方才绽放过烟花的夜空，现在已经空荡荡的只剩黑色，几乎快要相信自己是在自作多情，居然因为一场烟花就以为是那人回来了。

但他心脏直直坠落的同时，又忍不住生出那么一丝丝期待，难道真的没可能是那人来了吗？

陆唤心烦意乱，胡思乱想着。

就在这时，他听见屋子那边传来了些许动静。

此处已经和那边隔得极远了，但大约是四周太过安静，并且陆唤一直竖着耳朵听着，所以这么一点轻微的动静他也立刻听到了。

或许是院中的一些枯枝被吹动发出了动静呢？

可是，几乎是立刻，陆唤就站了起来，他顾不上去管待会儿会不会失望，胸腔中方才还死寂的一颗心脏重新怦怦跳动，他大步流星地朝屋门那边跑过去，然后飞奔起来，衣角在寒风中被掀起。

他冲回屋内，乌黑的长发被吹得乱七八糟，他见屋内没人，是空的，强忍住心头一闪而逝的涩意与失落，努力镇定地朝着桌案上看去。

时隔八日，桌案上再度多了东西。

陆唤心脏狂跳，不敢相信自己的眼睛。

那人回来了……

那人回来了？

那人回来了！！！

他还以为那人再也不会回来了，原来他没猜错，刚才的烟花果真是那人放的，他就知道，他就知道他一向对那人的出现有种莫名准确的直觉！

陆唤像是个丢失了宝贵糖果之后，好不容易失而复得的孩子，此生从未如此高兴过。

他灰蒙蒙的眼眸也在刹那间亮起，"啪嗒"一下，像是黑夜中有灯塔被点燃一样，变得闪亮。他心脏快跳出嗓子眼儿了，脸上的神采瞬间变得生动，眼眶发红，快步朝桌案走去。

宿溪在屏幕外见到崽崽脸上几乎毫不掩饰的狂喜与激动，她吸了吸鼻子。

而不知是不是久别重逢，近乡情怯，今日那人送来的东西，陆唤明明恨不得死死攥在手心不松开，但它就在手边，他竟然有些不敢打开了。

他生怕那人今日送来东西之后又要消失很久……

桌案上一共有三个木制盒子，陆唤强压下疯狂跳动的心，定了定神，打开了第一个盒子。

里面装着烟花。烟花形状十分独特，并不是街市上能够买得到的普通烟花。

陆唤心中欢喜，虽然想竭力忍住，但反正四下无人，他便也毫不掩饰，终于伸手摸了摸。

然后是第二个盒子。陆唤打开得比第一个更慢，大约是存着些许的不舍之情。

慢慢打开来后，他发现里面是一包种子，散发着淡淡的清香，似乎是梨花树的种子？

那人是何意？

八日前没能来赴约，没能见到那棵梨花树，所以让他自己种下一排梨花树吗？

陆唤虽然不解那人用意，但心中仍然开心，像是触碰什么心爱之物一般，眸子宛如黑曜石。

他将梨花树种子拿在鼻尖下嗅了嗅。

还剩下最后一个盒子。

陆唤像是个拆心爱礼物的小孩，拆到最后一个，越发舍不得了。

他瞄了盒子好几眼，努力不让开心之色从自己眼角眉梢流露出来，然后迅速摊开纸张，用毛笔蘸了一些墨水，笔尖落在上面。

陆唤用左手揉了下脸，让自己冷静了些之后才开始写字。一边写，他的嘴角一边忍不住飞扬而起。

宿溪头一次见他这么难以克制住激动和开心，也忍不住捧着下巴，一脸傻笑。

然后，就见他写的是：八日不见，你应当是出了一趟远门吧？我猜到了，便耐心等你回来，并未着急。

宿溪："……"

你说你猜到了？

你说你耐心等我？

你说你并未着急？

崽崽，你摸着良心再说一遍，刚刚坐在门口的小哭包是谁？

写完之后，小哭包本人似乎对这个说辞还算满意，将字条折叠好，按照惯例塞入桌腿的小木盒中。

他忽然想到什么，回过身去，赶紧将地上一堆乱七八糟的字条收了起来，抱在怀里一张张在烛火上烧掉，脸上挂着几分难为情。

那人，应当还没看过……

宿溪还真的没看过，她急了，刚才忙着准备礼物去了，还没看一眼崽崽这些天都写了些什么呢，可惜一眼都没看到，全被烧掉了。

宿溪："……"

等将这些字条全都烧掉之后，陆唤松了口气，他似乎是还有话要说，又在纸张上写：不过，日后若是要离开很久，可否……

还没写完，他便觉得这样似乎有些不妥，揉成一团烧掉了。

陆唤望着空白的纸张，有些愣怔，他想让那人日后不要突然消失，不见任何踪影，可是他又害怕这回提出什么要求的话，会和提出见面请求的那次一样，令那人不耐烦。

无论如何，这些等日后再说，在他找出那人是谁之前，在他有把握让那人永远不消失之前，他写的字条需要慎重。

现在，只剩下最后一个盒子没打开了。

虽然不舍，但陆唤眼角还是有着细微笑意的，他将手按在那个盒子上，过了片刻才打开。

打开之后，一股菜香扑鼻而来，腾腾的热气从里面散发出来。

漂亮的白瓷盘上鱼肉雪白，葱花嫩绿，桂花点缀其间，鹅黄诱人。

陆唤愣了愣。

是……一道菜？

电光石火间他想起一件事，自己那日提出要那人做家乡菜的要求后，分明写完就立刻将字条烧了，那人又是怎么……

那人竟然……

难不成……

陆唤浑身僵硬，脑中忽然闪过那人出现之后的细节。

抛开每夜来无影去无踪地给自己送来东西不谈，抛开神通广大，精通机关、医术不谈，还有很多细节，如那道突然出现又突然消失的梅菜扣肉，溪边那莫名变轻的水桶，因为某种原因无法留下的文字。

这些细节慢慢交叠在一起，陆唤望着眼前的这道菜，呼吸渐渐急促起来。

他一向是不信怪力乱神的，认为那些全是虚妄之谈，可莫非……莫非那人……

宿溪见桌案前的崽崽呆滞了很久，接着，仰起了他的包子脸，脸上带着一些疑惑，他脑袋上冒出的白色气泡里有个巨大的问号，文字道出了他内心的想法：你……是鬼怪吗？还是神明？

宿溪眼皮一跳，顿时吓得从床上掉了下来。

等等，崽崽这猜测……已经无限接近她的身份了。

她视线落向那道菜，也陡然意识到问题所在！崽崽那天的字条并未留给自己，自己却看到了，他肯定会怀疑啊！

该不会被吓到吧？

可是，只见崽崽脸上虽有疑虑，却并无半点惶恐之色，反而眼角眉梢隐隐闪耀着一些喜悦。

他望着无尽的漆黑夜空，抿了抿唇，垂在身侧的手指微微握紧，眸子里闪着细微的光芒，那个人，别的人都看不到、碰不到，而唯有他拥有着、接触着、占据着……

第十三章

梨花之约

这八日，二皇子遇刺的事情已然在皇宫内传开。

这件事称得上宫廷丑闻，要么是因为灾害导致的暴乱殃及，要么是有人蓄意谋害皇子，无论刺杀原因为何，皇室都不希望消息传出去。

怎奈秋燕山围猎当日前去的世子、小姐实在太多，虽然明面上全都闭口不谈，不走漏任何风声，私底下却都已经传开了。

皇上对此感到震怒，加快速度派御林军去查，并派了太医给二皇子诊治。

太医在诊治的时候，用手指蘸取了一些二皇子胸口上的药粉，放在鼻子底下仔细闻了闻，心底觉得十分疑虑，面上也有难言之色。

二皇子在床上躺了几日，几乎穿透胸口的伤口竟然好得差不多了，但他仍然一副虚弱的样子，问："徐太医，可是有什么发现？"

徐太医道："殿下，不瞒您说，这药粉和太医院的金创药成分应当差不多，都是芙蓉叶、冰片等物制成的，却不知道这金创药为何有如此神效，竟然让您的伤势恢复得这样快！

"臣从来没见过有此等恢复效果的药，想来这药粉里必定还有什么别的秘方，只是臣无能，分辨不出来。

"那位替您医治的人必定是一位神医！"

就算他不说，二皇子也会这么觉得，他确定用箭扎自己的那一下已经深深捅进了血肉里，再深一点，他恐怕就要去见阎王爷了。按照他原本的计划，这伤口至少要三个月才能痊愈，可现在，竟然因为秋燕山上那莫名其妙冒出来救了他的草民，才几日他就能下床了！

二皇子的计划被破坏，心中固然有恼怒，但更多的是疑虑。

救他的人是谁？为何要救他？能拿出这种神药的必不是什么普通人。

"徐太医，你见多识广，是否能猜到这金创药是出自何人之手？"

徐太医道："臣惭愧，毫无头绪。不过前段日子听说京城内有人在永安庙救治百姓，许多患风寒的百姓竟一夜痊愈。臣觉得，为殿下施药之人和永安庙救人的那位神医莫不是同一人？"

二皇子也听说了此事，但是仅仅凭着金创药，并不能将救下自己的人和永安庙的那位神医联系在一起。

他皱了皱眉，对徐太医叮嘱道："你先退下吧。对了，我差不多痊愈的事情先不要声张出去。"

徐太医是二皇子的人，一口应下，随后退了出去。

二皇子躺在床上告病，而皇帝的议事厅内则吵翻了天。

朝臣们正在为北境的霜冻灾害一事而争吵。

今年年末的霜冻灾害遍布整个燕国，京城还仅仅是粮食价格上涨，并未严重影响到民生，而北境本就严寒，再遭遇这样的灾害，更是雪上加霜。

不仅如此，昨日驻守北境的士兵又匆匆快马来报，称因霜冻灾害缺粮少食，导致集结起义的暴军越来越壮大，若是再不处理，恐怕暴军当真要逼近驻守北境的府衙了。

皇帝焦头烂额，一时之间倒是先将二皇子遇刺的事情搁在了一边，目前的危机是：北境霜冻灾害、旱灾、暴乱三危加急，谁去处理？如何处理？

户部尚书与五皇子一派的其他人自然站出来推荐五皇子去，而皇后的派系见状，立刻站出来推荐太子去。太子冷汗涔涔，想到那些暴军就害怕，慌忙拒绝，气得国舅吹胡子瞪眼睛。除此之外，镇远将军是二皇子一派的，如今二皇子告病，他不愿让五皇子立了这个功，于是自己主动站出来请缨。

皇上见这些人各怀心思，却没一个是真正想要治理灾害，为了黎民百姓的。

他被吵得头疼，不由得怒道："都闭嘴，到底谁去，待朕抉择一番再做决定。"

如此，一番混乱之后，退了朝。

皇宫里发生了许多事情，宁王府中这几天倒是一片宁静。

老夫人这几日忙着挑选衣服首饰。两日后在皇宫内有为秋燕山围猎举行的宴席，到时候斩杀了雪狼王的陆唤将会面圣。老夫人和宁王妃作为家眷，也会一道入宫。

这可是近些年来，宁王府这个异姓王府没落之后，老夫人第一次能进宫参加宴席，她自然心情大悦，不仅又让身边的嬷嬷给陆唤送去许多物品，还赏赐了宁王府中的下人。

…………

这些剧情发生在这八天内，宿溪没上线，因此系统主动调出来，让她快速看一遍。

但她这会儿看着屏幕上的崽崽，完全没心思去看这八天皇宫里和宁王府中又发生了什么，于是将这段动画滑到屏幕右上方，缩小播放。

而此时此刻，陆唤自然也顾不上去思考那些。

他望着那留在盒子里的菜，热气袅袅升起，在冬夜里白雾缭绕，真实而温暖，提醒着他，这一切并非做梦。

他心中浮现出那个猜测之后，心脏便跳动得厉害，很快全身血液也疯狂奔涌，并非是害怕，而是因为，他似乎终于拨开一层层的迷雾，接近了那人的真实身份……

这对他来说无比重要。

陆唤按捺住自己有些急促的呼吸，竭力冷静下来，在心中细细梳理了一番那人出现在他身边之后，所发生的所有事情。

早从那人能够在不知不觉中往自己的屋子里送各种东西，长靴、炭盆、缝补好的衣袍，还往自己院子里送鸡、农作物、防寒棚时起，他就应该猜到的。但那时陆唤只以为，那人是什么颇有权势、来去自如、武艺高强的世外高人。

而之后，他在永安庙中用风寒药救人，又从仲甘平那里得到宅院和农庄，他与户部尚书见面，他应老夫人之令前去秋燕山围猎……种种事情，那人竟然也像始终待在他身边一般知晓得清清楚楚！

除此之外，那人一夜之间往农庄送去两百多只鸡，神不知鬼不觉地在宁王妃的房间留下图案侮辱她，亦是普通人无法办到的事。

可那时自己心中虽有疑虑，却不愿意往怪力乱神的方面想，只以为那人消息来源极其广泛，在京城中遍布眼线，对京城内所发生的大小事情了若指掌。

现在细细想来，即便再怎么神通广大，也不可能做到这些凡人完全无法做到的事。

所以……那人当真是神明鬼怪吗？

而他每夜留下的字条，那人虽有所回应，却始终不留下只言片语。他询问那人是否因为某种原因无法留下文字，那人说"是"——原来竟然是这个原因！

原来，鬼神是无法留下字迹的吗？

陆唤将所有的事情从头到尾回想了一遍，又望着眼前这道菜，血液蹿到头顶，几乎能够彻底确定心中的这个猜想了。

那人竟然是出现在他身边的鬼神……

等等，那么，莫非那人现在还在自己身边?!

陆唤脑子里冒出这个念头之后，漆黑的眸子顿时定了定，手指下意识攥紧。

少年浑身紧绷，眼珠漆黑透亮，闪过一些细微的，连他自己也分辨不出来的情绪，兴许是欣喜、期待，抑或是忐忑、紧张。

他下意识朝四周看去，屋内空荡荡的，檐下的兔子灯安静地亮着烛火，似乎没什么人在他身边。可万一呢？万一那人就在屋内呢？

陆唤喉咙有些发干，强忍住心头复杂的情绪，他抬起头，不知道该看向何处，只好将视线落在那盏摇曳的灯上，轻轻开了口。

"你……还在吗？"

这一次不是冒出的白色气泡，不是崽崽的内心想法，而是弹出的对话框。

屏幕外的宿溪眼睛睁大，心中已经被惊叹刷了屏：崽崽在和她对话?!

屏幕上的崽崽抬头越过窗子看着檐下，视线分明不是落在自己身上的，但宿溪就是觉得他好像是在隔着屏幕看向自己，包子脸上的一双眼睛黑白分明，漂亮清澈。

鸡皮疙瘩瞬间就起来了。

她是真的产生了这已经不再是个游戏，而是隔着一块屏幕的两个时空交汇的感觉了。

宿溪的心跳得很快。

几乎不等她做出反应，屏幕里的崽崽又连声发问。

"你是否在这里？"

"若是你还在……可否让我知晓？"

一行一行的字幕在屏幕上弹出，宛如在和宿溪直接对话。

他屏住呼吸，浑身绷紧，望着无尽的夜空，灯火落在他脸上，明明暗暗，宛如两个时空交汇的痕迹。

他脸上的神情带着一些希冀和渴望，但这似乎只是冰山一角，他内心澎湃汹涌的情绪只能从他身侧紧紧攥住、几乎发白的手指看出来。

等了半天，仍然无人应答。

陆唤又张了张嘴，轻声道："你无法出声是不是？若你还在，牵一下我的袖子，好不好？"

他的声音落下后，便垂下了头，紧张地等待着自己的袖子被拨动。陆唤雪白的袖子被烛光照着，在地上落下一道影子。可是那影子安安静静的，没有丝毫动静。

时间过去了一秒。

两秒。

三秒。

…………

陆唤心头无法抑制地闪过一些失望的情绪，他抿了抿唇，不由自主地心想："难道那人，不对，我的鬼神此时不在吗？那么，下一回来又是什么时候呢？"

宿溪在屏幕前迟疑了一下，崽崽胆子真大，真的不怕吗？那自己真的可以在他清醒的时候碰碰他吗？

犹豫了一会儿后，宿溪伸手去动了动崽崽的手指头。

陆唤仍盯着自己的袖角。就在这时，他垂在身侧的手指仿佛被轻轻触碰了一下。

陆唤："……"

那是种非常轻柔、前所未有的感觉，没有肌肤的触觉，没有温度，而是像一阵细微的风，碰了一下他的手，稍纵即逝。

接着，那风似乎是在努力把控力道，好不伤害到他，又小心翼翼地试探着碰了碰他的手背，再碰一下，又收回去。

陆唤的呼吸一点点变得急促起来。他死死盯着自己的手，哑声道："不疼，无碍，你力道不大。"

于是，那风稍稍放松了一些，围绕着他的手缠绕起来，拨了拨他的手指，然后像是牵着他的手一样，轻轻晃了晃。

陆唤落在地上的左手影子也跟着晃了晃，看起来是一个人的手在动。但陆唤知道，那里是两个人，那人握住了他的手。

那是一种非常奇妙的感觉，分明只是没有温度、没有形状的风，却亲昵而温柔，落在陆唤左手肌肤上，宛如一道电流，顺着陆唤的胳膊一路攀升，直直地落至他心脏。

他的指尖轻轻跳跃了一下，心脏也跟着重重跳动了一下。

陆唤的眼圈隐隐发红。

果然是出现在他身边的鬼神。原来自己竟然一直被陪伴着。

万籁俱寂，陆唤静止不动，低头垂眸盯着自己的手，只能听到自己胸膛中心脏剧烈的跳动声。

时间几乎有些静止了。

他终于感受到了那个人的存在……

他此时此刻心中纷涌的情感难以言说，自小到大，他都是孤寂地成长的，活着便很好了，从未奢望过有人会出现在他身边，陪伴他，与他交流，给予他善意。什么玩伴、亲人、朋友，他从不贪恋，也不大在乎。

他从未想过有朝一日，他生命里会出现一个人，提着一盏幽幽的兔子灯，将他四周昏黑、不见天日的雾气缓缓拨开，前来度他。

那个不似尘世间的人竟原来一直在他身边，注视着他，陪着他。

那人……不，不是人，可即便是鬼神，也是独属于他的，唯一的鬼神。

陆唤安静地垂着头，脖颈肌肤白皙，心中血液却疯狂奔涌，一双眸子宛如黑曜石，闪耀着细碎的从未出现过的神采。

他感受着指尖的风，想竭力按捺住自己的欣喜若狂，但是无法抑制，于是眼角眉梢都是鲜亮的神情。

像是在黑夜中踽踽独行了许久，一直望着光，而今终于触碰到了那束光。

他想起一些事情，便抬头看向空荡荡的身侧，轻声问道："怪不得你那日没来赴约，不是不想来，是无法出现对吗？"

"若是，你便牵一下我的左手；若不是，你便牵一下我的右手。"

陆唤含蓄地道，不知为何，耳根有些泛红。

屏幕外的宿溪万万没想到还可以这样沟通，那岂不是可以解释清楚自己当天为什么鸽了崽崽了？！

她兴奋起来，立刻牵了一下崽崽的左手。

软绵绵的小手，虽然摸不到，但是戳一下，老母亲的心脏也能获得满足啊！

果然，屏幕内的崽崽一扫之前坐在屋门门槛前四十五度角仰望天空的忧郁状，整个人肉眼可见地开心起来，虽然他竭力想忍住，也竭力绷着脸，但他头顶却"噗叽"一下冒出了一颗亮晶晶的、小小的心。

陆唤咳了咳，又问："所以，你并未怪我突然提出想见面的请求，是吗？"

他的左手被温柔地挠了挠。

陆唤吊起来整整八日不得安宁的一颗心终于落回来，他稍稍松了一口气，又再接再厉地问。这个问题问出口之前，他顿了顿，竭力装作不大在意、随口一问的样子。

"嗯，为何救下二皇子，是想助他一臂之力吗？"

他的右手被扯了一下。

不是。

陆唤心头一沉，声音有点哑，犹豫了一下，才问："那么，便是出于好心？二皇子的确人中之龙……"

可话未说完，右手又被扯了一下。

宿溪快把崽崽的右手拍飞了。

陆唤被那人力道之重给弄得一愣，他心中忽然有了一个猜测，这个猜测乍然出现在他的脑海中，他的眼眸便亮了一亮。

"那是因为……"陆唤没说下去。

只见桌案上的毛笔突然凭空转了个方向，简单粗暴地指向了他。

"是因为我？"陆唤的声音挤了出来。

桌案上的笔被大力拍了两下，"啪啪"。

就是因为你，没毛病。

陆唤此前并未想到此事与自己有关，因为他虽然想进入太学院，可他从未与那人说过。莫非他的鬼神猜到了他心中的想法，所以救下二皇子只是因为不想耽误他进入太学院？

竟然全是为了他……

陆唤竭力绷住神情，用力绷住，拼了命地绷住，嘴角却越来越上扬，越来越抑制不住。

宿溪就见到屏幕上突然多出一排小心心，跳动在崽崽的头顶，像是快爆炸了。

崽崽超级开心。屏幕外的宿溪终于解释清楚了，也捂着脸，超级开心。她这该死的少女心！

陆唤心中其实还有许许多多的疑问，诸如，为什么会来到我身边？为什么会对我这么好？为什么陪着我？为什么刚好是我？是希望从我身上得到些什么，还是要让我卷入京城权势争斗好替你完成什么事？

可是，此时此刻，他感受着那人在他身边，轻柔地缠绕着他的风，这些问题便都变得不那么重要了。

他更在意的是，那人能长久地留在他身边吗？以后的某一天，会离开吗？也曾对别人这般好吗？以后……可以不关注别人，不关注任何人，只看着他吗？

他心中卷起无数细微的情感，希冀、喜悦、不安，一层一层，宛如细浪拍打心岸，而伴随着他的心脏跳动，这些在他心中聒噪不停的声音渐渐沉寂，最终便只剩下了一个最重要、最笃定的想法：出现在他身边的这个鬼神，来到他身边，是他这辈子最好的际遇。

他别的全都不害怕，只怕对方突然消失。

思及此，陆唤便想起了对方这八日以来的杳无音信，突然中断了联系，让他不知道发生了什么，只能一直枯守在院内，看了八天的日出日落，却什么也没等到。

若是今后再出现一次，他恐怕仍然不知道要去哪里寻找对方。

陆唤虽然不想表现出自己这八日都在眼巴巴等对方来的样子，但他又实在想知道，于是忍了忍，还是没忍住，脱口而出地问："你消失的这八日，是发生了什么事情吗？"

落在宿溪眼中，屏幕内的崽崽就像是被落在幼儿园里整整八天一直没被接走的小朋友，满脸凄苦，满脸幽怨，好不容易等到她来了，赶紧牵着她的手，仰着包子脸，急切地非得问出她到底去哪儿了，为什么没来接他不可。

追问也就罢了，还装出一副漫不经心、就是随口问问的样子……

宿溪中箭倒地，简直快被萌化了。

她觉得自己可能中了游戏的毒，啊，为什么崽崽做什么她都觉得可爱?! 可是，她要怎么解释自己去考试了，还一考就是两三天，手机也被没收了?!

宿溪挠了挠脑袋，冥思苦想了一会儿，然后，隔着屏幕翻开崽崽桌案上的书卷，随后拿起毛笔，在桌案上摆出书写的动作，最后将毛笔一丢，将书卷卷起。开窗，用风卷起书卷，做出终于溜出去的动作。

她试图告诉他，在她这边也是要上太学院、要考试的，而且考了前几名还不能进京当状元，得继续读硕、读博、工作，总之非常辛苦。

但是这么一长串显然解释不清楚。

崽崽盯着身前风将书页吹得乱七八糟，又将窗户开来关去的场景，半点也不介意，反而眸子有些亮，猜测着问："你的意思是否是，这几日，你的魂魄被拘在地府了，地府中亦要考试，考完过关才能出来？"

在桌案上书写，意为考试。打开窗出去，意为逃出。

宿溪听到崽崽的话，差点没从床上掉下来，她哭笑不得，什么鬼啊，什么地府啊?! 崽崽这是把她当成什么女鬼了吗?!

但是抛开"鬼"这个身份不说，其他的倒是猜得八九不离十。可不就是这样吗? 考完试才能放学。

反正也解释不通，就让他这么理解着吧。

宿溪唇角扬起促狭的笑意，拽了拽崽崽的左手：是。

陆唤此前从不信怪力乱神之说，今日却不得不信。更何况，只怕鬼神也有鬼神的法则，虽然有着超越凡人的力量，但是和他们人类一样，也有规则要遵守……

他脑海中渐渐构造出了一个地府的模样：魑魅魍魉，光怪陆离。然后开始猜测，他的这个鬼神来到他身边，是否是因为地府那边派了什么任务，让其不得不完成呢？

毕竟，这个陪伴在自己身边的鬼神，除了对自己温柔之外，做的许多事情也是有目的的。

　　或许是有什么奖励惩罚机制，令其不得不通过自己，或者说借助自己，去完成一些事情。

　　这样的话，许多事情便可以解释得通了……

　　即便猜想到这些，陆唤的心绪也并未产生多大的波动，他眼角眉梢仍是鲜亮的。无论他有什么目的，至少，陆唤早就确认了一点，他对自己全无害心，且始终对自己温柔以待。

　　这是他的第一个，也是唯一的朋友，亦是他最想要接触到的那一束光。

　　"原来如此。"陆唤轻声道。

　　他看向烛台下被自己全都烧掉后，只留一片灰烬的那些字条，自嘲道："这几日，我还以为……你再也不会来了。"

　　屏幕外的宿溪看着崽崽。崽崽淡淡垂着眼帘，包子脸上很是平静，可宿溪的一颗老母亲心却很是愧疚：把你一个人丢在幼儿园我也不想的……

　　她看着崽崽，忍不住做了一直以来都很想做的一件事情：伸出两根手指头，捏住了崽崽的包子脸，轻轻地掐了掐。

　　虽然指尖完全感觉不到有什么感觉，但是看着简笔画崽崽的包子脸被轻轻揪起来，光是想一下那软绵的触感，宿溪都快陶醉了。

　　啊啊啊，捏到崽崽的脸了！她好激动！原地升天！

　　而屏幕内的陆唤很是震惊，犹如五雷轰顶。

　　被劈了，动弹不得！

　　他感觉到那轻柔的风落在自己的脸颊上，还没等他耳郭慢慢变红，那风就捏了他的脸——那人摸他脸?!

　　陆唤整个人都僵硬成了石板，他从未遇见过如此轻薄之事！下意识想要拍开落在自己脸上的那人的手，可是又琢磨不定那人在何处，怕伤害到那人，于是他只能立在原地，满眼惊愕地一动不动，任由右边脸颊被扯了一下，又弹了回来。

　　陆唤："……"

　　虽然他与那鬼神认识已经许久了，可这未免也太……太轻佻了。不过那鬼神性格素来跳脱，或许不觉得此事有什么大碍。

　　他送了自己那么多东西，待自己那么好，是自己唯一的朋友……想轻薄一二，便……便由他去了。

风捏了下他的脸之后，似乎还没走，还流连地摸了一下。

陆唤耳郭上的红色一瞬间染到了脸上，直到宿溪撤了手，他还满脸通红。

"……胡闹。"他憋了半天，憋出两个字。

虽然这么说，但烛火映照着少年，照亮了他红得像是天边云霞的俊脸，他眸中却分明无半点不悦，全是细微的笑意，一贯冷清得宛如白玉的脸上，因为过于红，而添了三分艳。

不过这样一来，陆唤心头那些低沉的情绪却完全一扫而空了。

他看向身侧，尝试着略微得寸进尺一些，对他的鬼神道："你既占了我的便宜，便要答应我一件事。"

宿溪心满意足地收手，拍了一下桌子，意思是：什么事？

陆唤抿了抿唇，竭力装作只是随口一提，道："日后，不要再突然消失。"

他提出要求之后，便浑身绷紧。但那人却飞快地同意了，风拽了拽他的左手，意味着：好。

陆唤心中陡然升腾起狂喜，但他竭力按捺，又约定道："日后你来时……"

他视线落到桌案上的梨花种子上，想到了一个主意，飞快地道："日后你来时，放一片梨花花瓣在我手心，你离开时，将花瓣从我手中拿走，可否？"

屏幕外的宿溪看着崽崽的要求，虽然很想感叹他的聪明，可是，她怎么突然和崽崽发展成上下线必须打招呼的网友关系了？她不是在玩游戏吗?!

宿溪有点凌乱，但还是拽了拽崽崽的左手，表示：好。

这样也好，以后上下线都说一下，崽崽就不会枯等了。

约定完这些，陆唤脸上的神情显而易见地更加鲜亮起来，他又赶紧一股脑儿地问了许多事情，问宿溪没变成鬼之前家在何处，宿溪没办法回答，只能说是很远的地方。有很多问题，宿溪虽然都给不出什么具体的回答，但是全都有一搭没一搭地给他解释完了。

崽崽似乎并不介意得到了多少信息，而是努力地在脑海中试图构建她的相貌和身形。

此前陆唤从未想过能得到这么多信息，而现在，虽然触碰不到对方，但是无论如何，比之前只能单方面写字条沟通时要好上太多。

陆唤立在窗前，望着漆黑的夜空，眸子璀璨如星，他仿佛一个长途跋涉干渴至极的人，终于获得了一汪清泉，心灵都得到了慰藉。

陆唤突然想到一个问题，他迟疑着道："你今日是何时来的，我傍晚时坐在屋门口……你也看到了吗？"

左手被盘了一下。

陆唤："……"

他登时血液上涌，脸色涨红！

所以说，自己失魂落魄地坐在门口，以为对方再也不会来了的样子也全都被看到了？而他方才还写字条，口是心非地说他这几日并未着急，说他并不在意，肯定也全都被对方看到了！

还有那些木雕……

陆唤未曾说出口，但是想想也能知道，他每日雕刻那些小玩意儿送给对方，却在字条上说是自己在街市上随手捡的，这些对方必定也全都知道了！陆唤脸上的红顿时四散，令他脖子都染上一片红晕。

屏幕外的宿溪看着崽崽无措地垂下眼睫，整个人恨不得找个地洞钻进去的样子，差点被乐坏，出来混总是要还的，谁让崽崽之前那么口是心非！

陆唤又想到，此时此刻自己脸红的样子，那人也能看得到，他心中更急，急忙快走几步，躲到一边去，把脸狠狠一搓揉，道："你且先转过头去。"

宿溪钩了钩他的手指头，表示自己转过头去了，但在屏幕外仍然笑呵呵地盯着崽崽看。

小小一只奶团子无路可逃，站在墙角努力揉脸，让自己冷静下来。

呜呜呜，可爱死了！

过了好半晌，陆唤才稍稍冷静下来，他竭力忘记刚才发生的事情，装作若无其事的样子。

他回过身去，走到桌案前，拿起第一个盒子里的梨花树种子，道："你既然赠予我这些梨花树的种子，我便在这里和农庄那边都种下一些，你和我一块儿出门吗？"

他眼里有些期待，毕竟他从未与那人一同做过什么事情。

宿溪拉了拉崽崽的左手，表示同意。

陆唤便去推开门，特意稍稍等了一下，等鬼神跟着他一块儿出来后，才掩上了柴门。

他走到先前已经挖开，准备等春天到来弄成鱼塘的那一小块土地那里，拿起铲子蹲下去，开始将梨花树的种子埋进去。

宿溪就看着他在那里种树。

和先前不一样，先前虽然也是看着崽崽做事，可是不能和他沟通，怕突然有什么东西飞起来，吓到他。

但是现在——宿溪拿起墙脚的铁锹，铁锹凭空飞起，往崽崽种好的地方填了一些土。这样一来，宿溪的参与感就更强烈了。

而陆唤抿着唇，眼睛亮晶晶的，唇角忍不住上扬。

他总是一个人吃饭睡觉，一个人挑水砍柴，一个人做所有的事，从来没想过，有朝一日，身边会多出一个人陪伴他。

虽然这人是鬼神，看不见摸不着，但是他知道那个人在便够了。

种好了树，还差最后一个浇水的步骤时，天上忽然下起了细细碎碎的小雪，这雪越下越大，慢慢变成鹅毛大雪。

陆唤对身侧解释道："这应当是燕国最后一场雪了，可惜京城下雪，北境却是干旱。"

雪下大了，他忍不住看了眼身侧，站起身，跑回屋内拿了把油纸伞出来。

他将油纸伞撑开，立在地上，对身侧的风道："你进来，蹲在这里吧。"

鹅毛大雪落在油纸伞上，很快就在伞面上积了一层，悄无声息，像是一层厚厚的洁白的月霜。

宿溪划出一道风，钻进伞下，装作自己进去了。但是她有些奇怪，之前京城一直下雪，她可从来没见过崽崽打伞的，这把油纸伞放在柴门后头，她都没见崽崽用过。

而且她一个"鬼"，有什么好打伞的。

宿溪有些想笑。屏幕上突然弹出崽崽的话，崽崽蹲在旁边，一边浇水，一边解释道："虽然你家住何处、是哪里人、姓甚名谁、长什么样子，全都没办法告知于我，但你性情纯真，生前必定有一个幸福温暖的环境，有着宠爱你的家人，若是他们在此，必定不会让你淋雪生病。"

顿了顿，他抬头看着身侧的伞，仿佛注视着伞下的少女，轻声道："现在你来到我身边，便换我来做这些。"

"我不想委屈了你。"

大雪纷纷扬扬，少年神色无波，可表情异常认真。

没有月色，只有远处檐下的烛光，隐隐将他的脸照亮，他白得像雪一样的脸上蒙了一层光。

"……"不知道为什么，宿溪的心脏忽然就被轻轻地撞了一下。

雪地里，崽崽小小一团蹲在雪中，伞放在身侧，并不顾及他自己。

他出生在一个并不好过的环境，说是艰难恶劣的泥沼也不为过，却对自己说出这样的一番话来。

两人一道将梨花树种子种下，院中很快多了几个小土堆。宿溪看着屏幕上的小土堆，嘴角飞扬，心中充满了期待，在游戏里种树可比在外面种树有成就感多了，因为游戏里时间过得快，能够想象得到来年几棵小树苗茁壮成长、被风吹着摇晃的样子。

本来梨花树对宿溪而言，就只是普通的、和别的树没什么区别的一种树木而已，但现在，好像因为崽崽，梨花树在她心中被赋予了更多、更饱满的意义。

崽崽看到手中出现梨花花瓣，就会期待她的到来。而她走在街上，如果看到哪里有一棵盛开的梨花树，便也会想到游戏中那个口是心非的小团子。

宿溪握着手机，情不自禁地弯了弯眼角。

种完树，院中大雪已经落了一层。宿溪这边还只是下午四五点，但游戏里已经到了子时，冬日的夜晚格外寒冷，宿溪见到崽崽白皙干净的皮肤都被冻得有些苍白，她忍不住用手指推着崽崽的脑袋，把他往屋子里赶。

小孩子正在长身体，该睡觉了。

"是赶我去睡觉吗？我不困。"陆唤好不容易能感受到一直陪伴在他身边的那个鬼神的存在，心中激动又欢喜，自然半点睡意也没有，恨不得多和鬼神说说话。

哪怕一直都是他在说、在问，鬼神只能用"是否"来回答。

不困个屁，宿溪在屏幕外分明看到崽崽眼睛都熬红了，还悄悄地用袖子掩着打了个哈欠，她的激动之情像潮水般泛滥，只觉得天哪，包子脸的崽崽打哈欠都这么萌，果然还是不要氪金成原画了！

陆唤回到屋内，洗了下手，用布巾擦干，望向屋内虚空的位置，眼角眉梢都是亮意，又问道："不过，你们鬼神需要睡觉吗？"

一般神仙鬼怪都是不需要睡觉吃饭的，但是宿溪怕自己说不需要，此刻满脸都是好奇的崽崽就更不想睡了，于是她拽了拽崽崽的左手，表示：对，鬼神也要睡觉。

只见崽崽神情立刻严肃起来，道："你定然是困了，怪我，缠着你问了太多问题。"

宿溪心中一乐，这么乖的吗？

崽崽说完这句话之后，便环顾四周，思索了会儿，然后转身往隔壁屋走去，出门前对鬼神道："跟我来。"

这里屋子倒是不少，而且前些日子崽崽全都修补过一番，看起来有模有样的。

他将隔壁那间屋子的门推开，然后抱了一床新的被褥铺进去，仔细地整理出一个干净的房间来。

不过房间里没什么桌椅，只有一张床。

他用指尖轻挠额角，有些歉意地对身边的鬼神道："不知你平日是怎么睡觉、在哪里睡觉的，但日后便不要风餐露宿了，我怕别的大鬼欺负你。你若不嫌弃，先在我这里住下，这间屋子里还缺少许多物件，我明日去采办。你今晚可以先住在我的房间。"

屏幕上一字一句弹出这话，而崽崽包子脸上的神情却满是认真。

屏幕外的宿溪快要笑死，完蛋了，崽崽真的把她当成鬼了。

还大鬼欺负她。

为什么这么可爱啊。

不知道崽崽到底把她脑补成什么样了，方才崽崽问东问西一大堆，还问自己性别为何，她便告诉了崽崽，崽崽听后脸红了好半天。

如果是看不见的鬼的话，住一间屋子也不是什么问题吧，但崽崽知道她的性别之后，竟然开口就是两间房。

宿溪简直要控制不住自己想捏他脸的邪恶心思了，但怕他又和刚才一样脸红半天，因此努力忍了忍，还是把冲动憋了回去。

不过，刚开始玩游戏时，崽崽一直冷冰冰的，宿溪倒是没想到，崽崽对外人警惕防备，对内却保护欲极强，而且还是个非常细心的崽崽。

她怕自己今晚不去住崽崽的房间，崽崽要惆怅得睡不着了。

反正崽崽又看不到鬼神到底去了哪里，那她干脆遂了崽崽的心意好了。于是宿溪拽了拽崽崽的左手，表示：好。

那道桂花鲈鱼都被两人给忘了，已经在冬夜里变得冷冰冰的。陆唤回到自己屋子，将那三个盒子收起来，正准备将装桂花鲈鱼的菜碟拿到隔壁临时收拾出来的房间时，宿溪立刻拽住他衣角。

崽，乖，咱家已经不穷了，冷掉的咱不吃。

陆唤见走不动，就知道鬼神是在担心菜已经冷掉了，他吃了会不舒服。

陆唤心中淌过一道暖流。虽然只是极细小的一份关心，但对他来讲，仍弥足珍贵……毕竟，从小到大，连关心他是否饿肚子的人都没有，就更没有在意他吃了冷掉的东西是否会难受的人了……

只可惜她不能与自己一同吃。

他回头对身后的风道："放心吧，我拿去放在厨房，明日可以温一温。"

宿溪这才松手。

陆唤拿着食盒踏出门槛，回身帮她将门关好。

屋门掩上前，他忍不住稍稍驻足，看向屋内。

屋内仍然空荡荡的，虽然看不见她，但是心底知道，她就在这里。或许是坐在床边，或许是立在窗前，又或许是蹲在他面前有些好笑地看着他……

陆唤想到这些，连对明日太阳的升起都充满了期待。以往他总是独自一人，日子过得死气沉沉的，但现在，他心中宛如被点亮了一盏烛火，摇曳着充满了希冀。

"明日见。"陆唤望着虚空，星眸璀璨。

宿溪还是第一次得到崽崽说"明日见"三个字，就像是每天都要见面的约定似的，让人心里暖融融的。

她看着屋门前小小一只的崽崽，忍不住伸出手指头，充满爱怜地揉了把他的小脑袋。

"……"陆唤的神情却有些奇怪，这鬼神为何待他像待孩童一样，他已过了十六岁生辰，许多人在这个年纪已经上了战场，他已然不是小孩子了。

而屏幕外的宿溪自然不知道崽崽内心的想法，她满脸慈爱地看着崽崽回屋睡觉去了，就打开了商城。

反正已经考完了，闲着也是闲着，抓紧时间把温室大棚做出来好了。

任务二是要求粮食产量达到两千公斤，任务六是要求治理灾荒，养活一方百姓，都和粮食产量有关，必须得把温室大棚弄好。

考试之前她就打算做好送到崽崽的农庄，但是一直耽搁了。

宿溪高中分科时选择了文科，对物理、化学、生物的了解甚少，要不是玩这个游戏，她根本不会百度"温室大棚的原理"这样的问题。

她一边埋头自学一边感叹，说出来还真让人不信，游戏督促她搞学习！

现代温室大棚的功能已经很齐全了，但是降温系统、自动控制系统那些，显然是古代游戏里完全无法做到的，宿溪就直接将这些一刀切除了。而对燕国目前天寒地冻的环境来讲，对粮食产量有着最大影响的自然是保温系统和灌溉系统。

宿溪按照上回摸索着做防寒棚时那样，从商城里兑换了简易版温室大棚的图纸，然后用材料拼拼凑凑，像是拼积木一样。这一回比上次更难一点，花了好几个小时，才勉强拼出个简易版温室大棚来。

宿溪也不知道能不能用，但还是先将其放在了崽崽的院内，然后将从商城里兑换的图纸放在了崽崽屋内的桌案上。

崽崽这么聪明，说不定看了这个温室大棚的图纸之后能有所启发，改善成更好的。

做完这些，宿溪就满含期待地下线了。

第十四章

扯袖子的交情

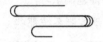

　　陆唤躺在隔壁屋子，实则一夜未眠，他斜靠在床榻上，望着窗外春天到来之前的最后一场大雪，雪花纷纷扬扬，他轻轻抿着嘴唇，眼里是透亮的神采。

　　翌日清晨，他便看到了院中多出来的用木头和油纸布做出来的小屋子，形状与先前的防寒棚有些类似，但样式更加新奇一点。莫非又是她弄来的什么有助于种植的新鲜东西？

　　陆唤嘴角翘起来，半天都压不下去。

　　他走到隔壁屋门前，不知道她是否还在，于是敲了敲门，不过，无人应答。

　　是有事回地府了吗？

　　陆唤和那鬼神做了约定，以后她出现时便往他手里塞一片梨花。因此现在见她不在，心里虽然生出一些失落，但并不像先前那般患得患失，内心多少有了一些安定，大概是有事离去了，她会再来的。

　　他随即推门进去，齐整的床铺并未被动过，而桌案上多了一张图纸，他昨夜放进去的那张字条也被拿出来了。

　　陆唤一看到那张字条，便想起自己做的丢脸事，立即快步走到桌案前，耳郭发红地将字条给烧掉了。接着，他的视线落到了那张图纸上。

　　图纸似乎绘制着什么建筑物的组建步骤，陆唤拿起来，凝眉细看，越看越吃惊。

他总觉得身边的这个鬼神所来自的"地府"，仿佛已经比自己所处的朝代领先了数千年。

她交给自己的东西其中的原理，陆唤认真思考一番便能理解，她若是不曾将这些东西拿出来，陆唤定然是想不到的。总之全是些非常新奇的东西和理念。

和上回的防寒棚一样，这回的新棚子必定也非常有效。

陆唤念及此刻燕国霜冻灾害下举国无粮的情势刻不容缓，而现在鬼神又不在，自己不如趁此时间去一趟农庄。

于是他换上外出的斗篷出了门。

农庄内。

自从上回陆唤安排之后，农庄便一直在师傅丁三人的带领之下井井有条地运作着。

鸡舍已经全都建造好了，还趁着冬日行情差，将别的农庄里生不出鸡蛋或是产蛋量极少的母鸡低价买了很多回来。

农庄现在已经有快一千只鸡了，因此，鸡舍也比原先计划的多建造了一些，仍然按照每个鸡舍六十只鸡的容量。

别的鸡蛋养殖农庄现在几乎已经产不出鸡蛋了，但是达官显贵即便在冬日也需要以鸡蛋入菜，或是放进羹汤里。因此这段日子以来，集市上流通售卖的鸡蛋几乎已全部产自陆唤的农庄。相当于趁着严寒冬日占领了市场。

只是，他特地吩咐师傅丁安排给了不同的商贩去卖，以至集市上无人发现罢了。

除此之外，他还将鸡蛋分成三六九等，达官显贵不在乎银两，且虚荣心强，见到鸡蛋被分优劣，自然不惜多花一些钱去买好的鸡蛋。但实则，好一些的鸡蛋也就是被工人们打理得更加光滑一些，包装上廉价丝绸再套以一个盒子罢了，却能卖出普通鸡蛋十倍的价格。

赚取了达官显贵银两的同时，也并未敲普通老百姓的竹杠，他命人将一些鸡蛋抹上泥巴，仍按照原价售出。

陆唤让长工戊拿每日剩下的鸡蛋发放给一些家中有怀孕者或是孩童的难民。

这样一来，鸡舍运作良好的同时，陆唤手中的银票也宛如滚雪球一般越滚越大，越来越多，数十日间，扣除支出，加上原先的两百五十两，便已有五百多两了。

这一日陆唤来，则是交代工人在种植的农作物上方安扎新型棚子的事情。

长工戊先前制造完防寒棚之后就一直很惆怅，原因有二：一个是三少爷许久没来了；另一个是自己木匠出身，除了帮着工人翻翻地，再派不上什么用场了。

但现在，他虽然并不懂这新棚子有何用处，可他对三少爷信任无比，陆唤让他做什么他便做什么，因此他宛如接到了什么重大任务一般，激动地迅速跑去锯木头制造新棚子了。

将这些安排下去之后，陆唤便离开了长工戊位于农庄的小屋。

他来时一身黑色斗篷，去时亦然，在农庄里工作的工人大多数没瞧见他，有的瞧见了，也不知道他是谁，对于农庄东家的身份也只觉得异常神秘。

而与此同时，京城里传言日盛，说先前那位救治了永安庙数千百姓的少年神医，如今在暗地里救济难民，有些蒙受恩惠的穷苦人家家门口经常会多出一些鸡蛋来。

只是，要想查证却并不是一件容易的事。

陆唤从农庄回来，脱掉身上的斗篷之后，先前被他派遣到院子外头去的侍卫便来禀告说，老夫人的风湿已经好转许多，能下床行走了。今夜在梅安苑摆了一桌，祝贺他秋燕山围猎得胜而归，让他前去。

禀告这件事时，侍卫旁边的几个下人低着头，心中都暗暗吃惊。

按照以往来讲，老夫人的宴席庶出的陆唤是不得上桌的，这和姨娘无法上桌一样，但现在，老夫人竟然压根儿不计较这些，特意让他们这些下人来三请四请。

这是经过一系列事情之后，老夫人现在将三少爷当嫡孙看待了吗？

幸好三少爷为人虽然冰冷，但似乎并非什么睚眦必报的人，这十几日以来，虽然得势，可并未对府中曾经作威作福的下人做出什么报复行为。

当然，也有可能只是没将他们瞧在眼里，懒得费那个功夫而已……

但不管如何，曾经怠慢过他的下人，现在心情都非常复杂，只能提着脑袋做人。

还有些蠢蠢欲动的，动了些阿谀奉承的心思。

老夫人的宴席，宁王妃和陆裕安、陆文秀兄弟俩自然也是要上席的。陆唤不太喜欢这种场合，但他也大致猜得到老夫人的心思。先前陆裕安、陆文秀两兄弟百般找他麻烦，老夫人看在眼里，今日摆这一场宴席，就是为了敲打那兄弟俩，让他二人不要再阻碍自己。

当然，陆唤心里也门儿清，老夫人这样做，是长辈慈爱之心突然发作，对自己关心起来了吗？不，当然不可能。只是经过秋燕山围猎一事之后，老夫人将筹码押在了自己身上而已。

她希望自己专心进入朝廷，自然不想让他再为两个蠢货嫡兄分心。

换句话说，老夫人只是以为自己和她同在一条船上，略微为自己排除一些麻烦罢了。

陆唤面上有些冷淡，并没多说话，径自换了身衣服，随那下人去了。

他这里过完了一天一夜，宿溪那边也刚好睡醒了。

太阳从窗户照进来，她迷迷糊糊地抓起手机，就见手机弹出一条提示：

【请接收主线任务七（初级）：请于明日皇宫内为秋燕山围猎摆的宴席上，帮助主人公解决镇远将军的刁难，后续辅佐主人公得到更好的武艺、兵法以及体力，最终获得镇远将军的隐形支持。任务难度九颗星，金币奖励+500，点数奖励+10。】

宿溪一看到这条消息立刻就醒了，下意识打开游戏。

获得镇远将军的支持？

她稍微分析了下，这镇远将军是个非常严苛的人，对军营中的士兵非常严厉，因此有着剽悍英勇的威名，现在已经年近古稀，可是后继无人。

宁王府的老夫人算是他的远房亲戚，按道理来说，他应该对宁王府较为重视，多多提携的，但他大约是十分瞧不上宁王那烂泥扶不上墙的样子，因此一直对宁王府的其他人也瞧不顺眼。

崽崽现在的身世没有揭开，还是宁王府的庶子，因此更加被他瞧不上。

还不知道他明天要怎么刁难崽崽，看来明天有重要的任务了。不过，今天还不急。

这样想着，宿溪把页面切换到崽崽所在的位置，只见他正朝着梅安苑走去。

先前宿溪因为解锁不了梅安苑，一直没见过梅安苑里头是什么样子，但上次秋燕山围猎，她完成了救二皇子的支线任务，多了 2 个点数，可以再解锁一个地方。

因此，她直接选择了解锁梅安苑。

梅安苑是老夫人住的地方，风景比宁王府别处更加美。昨晚的大雪已经停了，现在整个院子里大片的梅树上压着洁白晶莹的雪花，放眼望去，犹如一片梅花雪海。

崽崽穿着一身雪白的大氅，走在青石小路上，身后跟着几个下人，已有隐隐的贵胄之象。

只是他眉宇微拧，似乎在想着什么。

宿溪找了半天没找到哪里有梨花树，于是飞快地把画面切换到秋燕山上，从那棵曾经约见的梨花树上捥了一片梨花下来。

梅花不行吗，非得梨花？

可这是崽崽的仪式感，得满足他啊。

然后将页面切回来。

屏幕内的陆唤只觉得身边一阵微风拂过，他微微一怔，心脏失跳，下意识地抬起头，下一秒，他微微攥紧的掌心被拨开，一片梨花被风卷着落在他掌心。

"你来了。"陆唤轻轻喃道。

他方才还紧蹙的眉头骤然舒展开来，漆黑的眸子里多了细微温柔的笑容。

真是"忽如一夜春风来，千树万树梨花开"。

陆唤虽然没有表现出来，但这整整一日，他都是期待着鬼神再次来到他身边的，此时见她终于来了，而别人都不知道，只有自己知道，他就像是怀揣着隐秘的喜悦，不愿意与任何人分享一般，唇角忍不住微微上翘。

他忽然想到什么，朝跟在自己身后的几个下人扫了眼。青石小路很窄，两侧梅树树枝伸展出来，只能容一人通过，她若是跟在他身后，必定会从这些下人身体里穿过。

陆唤心中忽然生出几分因占有欲而不愉的情绪来。

他突然不着痕迹地大步走了一截，将身后下人甩开一段足够她行走的距离。

他身后的下人不解。"三少爷突然走那么快干什么？"

那几个下人本来就在琢磨怎么讨好他，现在陡然被他甩开，顿时以为三少爷对他们几个走得太慢不满，也急了，额头流汗，赶紧小跑着追上去。

陆唤："……"

而屏幕外的宿溪见到的就是，崽崽对着掌心中的梨花花瓣开心了一下，忽然就迈着小短腿走得飞快，和身后的下人竞走起来！而且像是强迫症一样，非得和身后的下人拉开一段距离！

见下人追上来，他不满地皱着一张包子脸走得更快了，直到彻底将几个下人甩开。

？？？

宿溪一脸蒙。

陆唤不是第一次踏入梅安苑，但这次绝对是所有下人和嬷嬷最恭敬的一次。

尤其是一些陆文秀带过来的下人，站在红墙绿瓦的正厅外，见到他，浑身打了个哆嗦，弯下腰，恨不得将头埋进土里，像是生怕他因为以前的事情报复似的。

而陆裕安和陆文秀兄弟俩，一个摔断了腿，腿上绑着木棍，一个因为风寒拉稀而如病痨鬼，见到这一幕，心情都非常复杂。

老夫人坐在上座。

当着老夫人的面，宁王妃和陆裕安还能勉强维持住表情，但陆文秀完全按捺不住自己心头的嫉恨，脸上的表情异样难看，咬牙切齿地盯着陆唤从进门到入座。

自己一向学艺不精，输给这庶子也就罢了，为何大哥也输给了他？！还叫他真的把神医给找来，替老夫人治了病，让老夫人从此对他另眼相看！

不只如此，居然还让他捡了便宜在围猎上拔得头筹？！那雪狼王是也感染了风寒才被他瞎猫撞上死耗子吧？！要是自己和大哥去了，还有他什么份儿？

这小子的运气未免也太好了，像是老天爷都在帮他一样，竟然让他在短短几月内，从一个庶子变成了宁王府中让人不可忽视的存在！

陆文秀脸色发青，陆唤冷眼无视，权当没看见，入座时特地往身边看了一眼，坐在了圆桌边稍稍远离其他人的位置。

他让跟随自己来的下人呈递上来一件东西。"老夫人，这是围猎时猎取到的狼牙，送给您。今日立春，求个辟邪的吉兆。"

老夫人顿时展露笑容，拿过锦盒里的狼牙仔细瞧看，道："不错，唤儿有心了。"

老夫人最重权势，之前想尽办法将两个嫡孙往二皇子身边送，也是为了越过镇远将军，直接攀交二皇子。

陆唤送她的这狼牙，可以说是秋燕山围猎头筹的勋章，明显比送任何金银首饰更令她高兴。除此之外，也可以时刻提醒她秋燕山围猎她这庶孙崭露头角，坚定她捧陆唤上位的心思。

宿溪在屏幕外看着，发现崽崽的心思筹划其实很是深远，倒也是，在宁王府这种环境下长大，他若是不多几个心眼儿，早就被宁王妃弄死了。

只是，画面上，简笔画崽崽坐在那里犹如粉雕玉琢的雪白汤圆，外表总让她忘了这一点。

宿溪忍不住笑了笑，捧着脸继续看，但就在这时，她发现了一点不对劲儿。这几人吃饭吃菜，怎么都不碰崽崽面前的那道鸡蛋羹啊！老夫人素来不喜鸡蛋羹的腥味，所以从来不食用，但宁王妃和陆裕安兄弟俩也都不吃，这就奇怪了。

宿溪怀疑这鸡蛋羹里下了药。

宁王妃和陆裕安面上表情都看不出来什么，还在老夫人面前对着崽崽寒暄了几句，但陆文秀这蠢货脸上的表情就有些憋不住了，他时不时盯着崽崽看一眼，表情也很不对劲儿。

宿溪的怀疑立刻变成了确定。

陆文秀这家伙又找死！

陆文秀则压根儿不知道有人在屏幕外盯着自己，他一边扒饭一边盯着陆唤看，听说陆唤被老夫人赏赐了一片院子之后第一件事情是喂鸡？真是可笑，丢了宁王府的颜面，难不成这庶子很喜欢吃鸡？陆文秀很是直接地想，既然如此，便将泻药下在他面前的那道鸡蛋羹以及他的酒水当中，他即便不吃鸡蛋羹，总不可能不碰酒水吧?！

陆文秀风寒好后，不知为何竟然还泻了半个月，都快拉虚脱了，整个人肉眼可见地瘦成了病鬼，他心中恨意滔天，觉得是那神医的药有问题，但是又不敢和母亲说，于是便怪罪到替老夫人找来神医的陆唤头上。

无论怎么说，也要让他尝受一下自己遭过的罪！

陆文秀自然知道现在老夫人重视陆唤，可那又怎样，他已经死猪不怕开水烫了，他整蛊陆唤，又不会整死，只是区区泻药而已，老夫人顶多是罚自己再面壁思过个三月半年的，总不可能让自己这嫡孙去死。

陆文秀这样想着，便一直盯着陆唤看，心中有些紧张，他怎么还不吃?!

屏幕外的宿溪已经对陆文秀无语了，她都快熟悉陆文秀这副犯蠢的样子了。

她看向崽崽，只见崽崽从头到尾就没动过面前的鸡蛋羹，浓密的眼睫毛抬也不抬，完全是一副无视陆文秀的样子。

宿溪竖起大拇指，不愧是她聪明的崽。

但陆文秀当然不会死心，他突然站了起来，拿起面前的酒杯，对崽崽道："三弟，先前溪边的事是我不懂事，这次风寒在鬼门关走了一遭，我想明白不少，希望那件事，你也不要再计较了。"

他这突如其来的行为，给宿溪的第一反应就是酒水中也有什么药物，顿时下意识绷紧神经，看向崽崽。

崽崽本来垂着眸子，神色无波，听到陆文秀的话之后，抬起头来，朝他看了一眼。

宿溪心想："崽崽这么聪明，一定也能发现，用不着她操心……"

但随即就见崽崽亦站了起来，伸手朝着面前的酒杯而去，像是打算拿起来，和陆文秀一道一饮而尽似的。

宿溪一惊。等等，崽崽没发现酒水中有毒吗?!

宿溪不知道酒水里面有什么，但知道肯定有异样，不然陆文秀那么紧张干什么？

她眼睁睁地瞧着崽崽拿起了那杯酒，端到嘴唇底下，她顿时急了，顾不上其他，将页面切换到正厅外，"啪"的一下，手朝屋檐剁下去。于是噼里啪啦一顿响，正厅外的屋檐突然碎了一地的瓦片，声响巨大，令众人都吓了一跳，下意识朝外看去。

就在这个空当，宿溪飞快地拧了崽崽的手一下，夺过他手中的酒杯，和陆文秀面前的杯子飞快地对换了。

待到众人回过神来，老夫人吩咐下人去看看是怎么回事之后，陆文秀继续盯着陆唤，逼他喝下手中的酒。

陆唤仰头将杯中酒饮尽，抬眸看着他道："请。"

陆文秀的心脏都快蹿到嗓子眼儿了，见陆唤酒杯空了，顿时狂喜，也赶紧将自己手中的酒一饮而尽。

只是，他喝完之后就见陆唤轻轻勾了勾唇角，瞥向身侧，不知道在看什么，眼角眉梢有几分温柔之意，像是极为开心似的。

陆文秀："……"

喝杯泻药而已，开心个鬼啊！待你回去拉不死你！

陆文秀心头痛快了，就等着陆唤这几日丢丑，听说他明日还要同老夫人一道去皇宫里参加宴席，看他如何去！

老夫人的这顿家常饭很快就在陆文秀喜滋滋的幻想中结束了。

吃完饭后，老夫人将陆唤叫到书房里，叮嘱了几句话，又赏赐了他一些东西，陆唤才转身离开了梅安苑。

他前脚刚离开，陆文秀就冲进了茅房，一脸吃了屎的表情。为何？他前几日拉肚子的毛病不是好了吗，怎么今日又开始了？！

不过陆文秀想着陆唤也会同他一样痛苦，他就没那么咬牙切齿了。

陆唤照例沿着青石小路从梅花雪海中原路返回，他挥了挥手，让跟着自己的下人退走，然后独自一人负手而行，步子踱得不快不慢，像是同谁在散步一般。

先前崽崽每次回柴院穿过竹林时，要么大步流星、步履匆匆，要么便是心里怀着事情，思绪重重，还从来没有露出这种轻松愉悦的神情的时候。宿溪在屏幕外看着，心情也一道变得好了起来。

等回到柴院后，陆唤才轻声问："你还在吗？"

宿溪拽了拽他负在身后的小手，陆唤感觉到指尖被风缠绕，一片酥麻，立刻有些不好意思起来，松开了手。

"今日立春，你知道吗？"屏幕上的崽崽抬头朝着院子上方的夜空看去。

宿溪顺着他的视线，也朝着傍晚的夜空看去。

昨夜是燕国最后一场大雪，今天虽然没有出太阳，但是傍晚有了些星星，稀稀拉拉地挂在天上。

就见崽崽伸出小手，指着其中的几颗星星，认真地解释道："立春时分，万象更新，大地回春，斗柄回寅，你看天上那七颗星星，是不是宛如一柄勺子，那是北斗七星，今日勺子指向了寅方。"

宿溪虽然听不懂，但是觉得崽崽仰着一张包子脸，十分可爱，于是卷起一片树叶飞在他面前，树叶尖上下点了点，告诉他自己听懂了。

又听崽崽道："立春这日，百姓会拜神祭祖、纳新祈福，街市上会十分热闹……"顿了顿，他竭力绷住神情，假装随口一提，淡淡道，"你若今夜无事，便多待一会儿。"

"你虽然不能吃东西，但擀面十分有趣，我们可以一起擀面……若不做这个，我们也可以一道去逛集市，今夜必定有许多漂亮的灯火会，若是嫌集市人多拥挤，你可想骑马出京城瞧瞧？郊外的雪还没融化，定然有一片雪海草原。"

说完之后，崽崽垂下包子脸，负着手，装作十分随意的样子，但脚尖无意识地踢了踢地上的小石子。

像是有些期待同她一道做一些事情，但又怕她拒绝一样。

而屏幕外的宿溪眼睛一亮，听起来每一件都好吸引人啊！早知道能一块儿做这么多事情，她就不该因为怕吓到崽崽而不现身，早就该装鬼跳出来了！

不过，那时候崽崽还没对自己产生信任，自己变成鬼跳出来，恐怕更难接近他。

她有选择困难症，在屏幕外挠了挠头，半天不知道该选哪一项。

就听崽崽道："若选择不定，便今日去看灯火，明日骑马，后日擀面。"

他仍垂着包子脸，虽然竭力装作若无其事，但耳郭已悄悄地染了薄红。

宿溪不由得就想起了上回崽崽和长工戊在钱庄外分开，独自穿过街市回来，小小的身体被夕阳拖得很长的场景……

他一个人在宁王府中长大，没有人可以说话，身边从无陪伴，即便是身处热闹喧哗的街市当中，也是瞧着别人的热闹，孤零零的，融入不进去。

自己虽然不能真的在崽崽的世界，和他说话，牵他的手，揉他的脑袋，但是，如果能陪他去看一场热闹的灯火会，日后他走到那条街上，看见别人一家三口和和美美、热闹团聚的模样，他至少会想起自己陪伴他的这一晚。

他至少能拥有一些快乐的回忆。

不至于去羡慕别人，也不至于孤独地快步从街市穿过，面无表情，头也不抬。

往后回想起来，人生里便不全然都是苦楚。

这样想着，宿溪几乎是毫不犹豫，飞快地拽了拽崽崽左手的袖子，积极激动地表示：好！先去看灯火！

反正今天也是周末。

而陆唤看着自己快要被拽脱线了的左边衣袖，有些惊讶于鬼神的热烈响应，但也因为如此，他心底终于悄悄松了口气。

他其实怕她觉得这些都十分无趣，不想同他一道去做。

她先前给予了他那么多，但她看不见摸不着，陆唤不知道自己如何去做，才能让她也获得开心，现在见她欣喜，陆唤心中亦觉得很充实，他唇角翘起，眸子里添了几分色彩，眉眼带笑地望着虚空，道："我们收拾一番便前去。"

而所谓收拾一番便是换上出行的便服，毕竟街市上都是粗布衣衫的老百姓，若是穿着锦衣狐裘，未免太过显眼。

自打请回神医救治老夫人之后，崽崽在宁王府中的日子就好过了不少，单薄的补丁衣裳早就换下了。不过，被鬼神缝补过的那几件旧衣袍被他好好地叠了起来，细致妥帖地收藏进了箱子里，当成宝物一样存放起来。

他进了屋子，拿了一件普通的浅灰色袍子出来。

拿出来后，却迟迟没有换衣服，而是捏着衣服，问道："你……还在屋内吗？"

屏幕外的宿溪看着简笔画两头身的崽崽踌躇地站在衣橱前，包子脸上一片难为情，顿时心中一乐。怎么着，还以为谁会对你软趴趴的小手小脚、奶白汤圆一样的身体很感兴趣吗？

笑话归笑话，但宿溪还是吹了吹门，表示自己已经出去了，不会看他。

屋内的陆唤确定鬼神已经出去——她一向信守承诺，说不看便应当不会偷看——他耳根处的薄红稍稍退去，这才飞快地换了身衣服。

宿溪从柴院抵达街市，只能靠画面切换，中间这段路是没办法同崽崽一道走的。因此陆唤从宁王府侧门出去，穿过狭窄的小巷，抄近路朝最热闹的街市那边走去时，心中有些奇怪，他不时看向身侧，琢磨怎么出门之后，鬼神立刻安静得像是离开了一样。

但等他走到街市上，身边立刻吹起细微的风，有风钩了钩他的手指头，他心里这才安定下来。她还在自己身边。

街市上果然热闹，两侧摆满了卖灯笼的小摊，还有卖糖人的、卖字画的，不远处还有抛绣球招亲的。

京城外城有很多百姓较为清苦，但内城一般都是达官显贵所在之地，因此繁华无比。

今夜有灯火会，两边挂起来售卖的灯笼格外多，还有猜字谜的。

虽然隔着屏幕，一切却都细致真实无比，像是缩小在宿溪眼前的另一个世界。

宿溪被深深吸引，不停地将屏幕拉近，仔细去看一些小摊上售卖的漂亮胭脂盒之类的东西，口中啧啧称奇，眼睛都亮了。这各种颜色不和口红色号一样吗?! 左侧下方的那个珊瑚色好好看!

但是崽崽不移动，她也不好切换屏幕，怕把崽崽丢出自己的视野范围，因此她牵起崽崽的手，拉着他去自己想去的摊位前面。

陆唤见到周围人如此之多，忍不住微微张开手臂，给自己身侧撑出一点距离。他刚要问"你想去那边瞧瞧吗"，就感觉身边的鬼神十分兴奋，拽着他的手腕，横冲直撞地往前走。

很快便带着他在一处卖胭脂的摊位前停下来。

陆唤低头看向各种形状的小铁盒，里头装着差不多的红色，心里好笑地想……世间女子大抵都喜欢这些，她也不例外。

宿溪见屏幕上那小摊摊主挤眉弄眼地问崽崽："小公子是买给谁的? 为家里长姐挑选，还是为长辈，抑或是为心上人挑选? 这其中门道可大大不同。"

崽崽垂眸看向那些铁盒子，分辨不出来有什么不同，一个头两个大。

屏幕外的宿溪道："呸，没想到崽崽也是个直男，我自己挑。"

她先用手指头拨了拨左侧下方的那个珊瑚色，但是琳琅满目的胭脂盒，每一个都很精致，她完全无法取舍，于是她又忍不住拨动了另外几个，但是阿妈会不会花了崽崽太多银两? 她有点舍不得，朝着小摊右上角挂的木牌看去，只见——

二两银子一盒胭脂?! 抢钱呢这是?!

宿溪顿时放弃了买的想法，反正买了她也用不上，她拽着崽崽的袖子就想走。

落在小摊主眼里就是有些奇怪的景象了，先是见到自己摊上的胭脂盒有好几个莫名被风吹得动了动，今夜哪里来的风? 他忍不住看了看天边，接着又见面前这位长相英俊的小公子衣袖竟然被风吹得飘了起来。

还没等小摊主怀疑自己是不是见鬼了，就听那小公子道："总共十二种？每样都拿一盒。"

小摊主顿时喜极而泣，大客官！

他生怕这小公子后悔，急忙以迅雷不及掩耳之势将十二款胭脂每个都拿了一盒，用布袋子包起来，递给小公子。

屏幕外的宿溪惊呆了，忍不住去算钱，这可是二十四两银子啊，崽崽不要这么大手大脚！好不容易才脱贫！

她见崽崽掏出白花花的银两递给了那小摊摊主，心中十分肉痛，快要滴血，但是银两递了出去，已经来不及收回了。

宿溪更加用力地拽着崽崽的袖子，而崽崽拎着布袋子，继续往前走，街市两边热闹的烛火落在他脸上，蒙了一层明黄的光，他见身侧的风仍然将他袖子拽得死紧，便小声道："不必心疼，我愿意的。"

"但凡喜欢的，便不应该错过。"

"虽然用不上，但摆在那里也是好看的，况且你生前……"

陆唤似乎想说什么，但顿了顿，还是将话咽了回去。

宿溪的确有点心疼崽崽的银两，但是见到崽崽眼角眉梢有着浅浅的笑意，好像比自己还要开心一些，也就随他去了。

崽崽虽然出生在宁王府那样的环境中，却并没有长歪，一向懂得知恩图报的道理。自己之前给他送这送那的，他虽然嘴上没说，心里一定很想回报，要是自己不让他做点什么，他可能还要纠结。

小孩子家嘛，都是这样。小心思可可爱爱的。

宿溪这么一想，就不心疼崽崽的银两了，不过接下来她打算慎重一点，不能再表现出对什么的疯狂喜爱了。

虽然街市两边的各种剪纸、小木马全都精致无比，让人很想拥有，但是为了孩子的钱包，老母亲必须节省。

陆唤微微垂下浓密的眼睫毛，望了一眼自己手中的十二盒胭脂，心里欣喜之余，却又掺上了几分别的情绪。

身边的鬼神这样喜欢这些东西，若是她能够用上，必定更加开心，但她没有自己的身体，也无法被别人看见，只能终日这样游荡，还不能开口讲话……

她虽然跟在自己身边，但是连姓氏、名字、以前家住何处都无法告诉自己，她又何尝不是孤零零的呢?

自己看不见她,若是有别的鬼欺负她,自己也……也派不上用场。

何况,自己也永远触碰不到她。

陆唤盯着青石路,影子旁边是拥挤的百姓人潮,没有她。他眉宇间染上些许黯然。

宿溪不知道崽崽垂着一张包子脸在想什么,只知道他刚才还负手昂扬地往前走,神情很是开心,这会儿又思绪沉沉的。难不成是看着边上这些抱着孩子出门看灯火会的夫妻百姓,想起他根本不知道姓名的母亲,有些情绪低落?

她忍不住想带崽崽做些事情来转移他的注意力,便用指尖推了推崽崽的背。

陆唤回过神来,轻声问:"还有别的想买的吗?"

宿溪握着他的手,拽着他进了前面的一家成衣铺子。

刚才宿溪已经切进去看过了,铺子二楼有少年人的衣服,还有束发的玉簪和玉冠以及腰带、玉坠配饰什么的。宿溪看着就有点激动,除了这款游戏以外,她唯一玩过的换装类游戏就是《奇迹暖暖》,但是给平面卡通人物打扮远远没有打扮崽崽来得快乐。

陆唤有些茫然,不知她带他来这间男子成衣铺子是要做什么。

他先转身给了老板一些碎银,让老板去楼下等着。然后,他刚一转过身来,面前便飘了件白色的锦缎衣袍,一条镶嵌着象牙白玉石的腰带,一根殷红的锦缎束发带,一块浅白色晶莹剔透的玉石。这几样东西在他面前飘来飘去,伴随着剧烈抖动。

陆唤揣测鬼神的心思道:"你想让我换上?"

屏幕外的宿溪赶紧拍了拍他的左手:对,聪明。

然后就见崽崽脸上的神色有些古怪,像是疑惑,为何她这么乐此不疲地对他进行装扮?但是既然是她的要求,崽崽没有太犹豫,便将东西从空中取了下来,走到角落里去换。

脱衣服之前,照例耳郭微红,对宿溪道:"你可否闭上眼睛?"

屏幕外的宿溪翻了个白眼,崽崽难不成还以为她会馋他的身子吗?火柴人简笔画有什么好馋的啊。何况,古人穿得厚实,崽崽脱了外袍,这不还有中衣吗?

崽崽穿得很快,穿好之后便走了过来,浑身紧绷,有些局促地抬头看向虚空,不确定宿溪要干什么。

宿溪隔着屏幕捏起他的手，替他抻了抻没有拍平整的胳膊肘，又替他抖了抖衣袍下摆。

她做这些的时候，能感觉出崽崽浑身僵硬无比，但并没看到崽崽脸上的神情。

陆唤目不斜视地看着成衣铺二楼的窗外，死死盯着屋檐那处的一些积雪，看着融化的雪水顺着屋檐淌下，坠入摇摇曳曳的灯笼里，听着街市外喧闹嘈杂的声音，假装心神镇定……但少年人的心音早已急促一片。

扑通，扑通。

从未有人为他做过这些。

他那夜风寒，高烧病重，已经昏迷不醒、神志不清了。她也是这样替他换下被汗水浸湿的衣裳的吗？

给他整理好衣服，屏幕外的宿溪看着崽崽，心里忍不住狂叫：啊啊啊，太好看了啊！简直想把这些衣服全买回去，让崽崽一天换一套给自己看！

还玩什么《奇迹暖暖》，崽崽换衣秀她可以一直玩！

宿溪之前给崽崽送衣服，就是想看他穿不同衣服的样子，但是让他自己换，和自己亲手给他换上，感觉当然不同。

而且崽崽好乖，就这样站着一动不动，让她摆弄。

换好衣裳后，宿溪又让崽崽转了个身，用手拨了拨他乌黑的青丝，古人爱用瀑布来比喻长发，便是这样了。

她将崽崽用来束发的低调的灰色麻布布条给摘了，然后将方才挑好的那支上好的白玉木兰花簪斜插进他的黑发当中，再转过来。少年黑眸乌亮，简直宛如富贵逼人又遗世独立的少年仙人。

宿溪心头血气沸腾，又给崽崽整理了一下长发，屏幕外老母亲的爱简直要泛滥。

如果不是要完成这游戏的任务，她可以跟着崽崽逛街逛到燕国改朝换代！

她的所作所为，落在陆唤身上不过清风一缕。这清风分明没有任何温度，也没有任何力度，但是落在陆唤发顶，将他微乱的头发轻轻拨整齐时，他浑身僵硬得宛如一块石板，动弹不得，心脏跳得快要冲出胸膛了，鬓边肌肤宛如触了电，酥麻的感觉直抵四肢百骸。

陆唤也不知道自己这是怎么了。

亵渎神明？

脑子里猛然冒出这个念头，陆唤眼皮重重一跳，只觉得自己有几分不堪。

他心脏一下子被一些说不清道不明的隐隐滋生出来的东西给紧紧缠绕了起来……

他有些害怕鬼神听见他莫名其妙的心跳声，急忙往前走了几步。他站到窗边去，感觉冷风吹在自己脸上，心慌意乱的心绪才稍稍镇定了些。

这冷风与鬼神的冷风又不是相同的风，他能感觉得出来。

宿溪见包子脸的崽崽立在窗边，脸涨得通红，攥着小拳头不敢回头，以为崽崽害羞了。

她忍俊不禁，拉着崽崽的手朝成衣铺外面走去，想看看晚上还能逛些什么地方。

就在此时，陆唤忽然瞧见成衣铺楼下来了个穿着黑色道袍的算命先生，正撑着旗子，张罗着算命。那张算命幡上写着几行字：算卦问卜、法事超度、托胎问灵。

陆唤忽然想到了什么，神色之中立刻多了一丝狂喜和渴望。

这些出现在他脸上，竟让他显得隐隐有几分疯狂。

倒不是这个算命先生有什么名声，而是他忽然想到，若是当真有什么托胎转世的办法，身边的她是不是就能拥有一副身体了呢？

从前他全然不信这些怪力乱神之事，但现在，但凡有一线希望，他便必定要去尝试！

第十五章

想触碰你

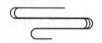

　　这个周末宿溪还有事，她腿上的石膏差不多可以拆了，虽然走路还得注意着些，但是慢慢行走已经没问题了。爸妈不在家，她和顾沁还有霍泾川约好了先去拆石膏，然后再去逛街，要买一些资料书，不能玩太久游戏。

　　于是逛完灯火会，她就打算下线了。

　　下线之前，她碰了碰恩恩的小手，从屋檐上挖了一点雪，抹在恩恩的鼻尖，逗了他一下。

　　陆唤感到鼻尖一片冰雪的凉意，伸手揩掉，莞尔道："别闹。"

　　可随即，他意识到什么，嘴角虽然还噙着笑意，眸子里却陡然染上几分惶然的情绪。

　　他眼睫不安地抖了抖，抬眸望着虚空，低声问："……是有事要走了吗？"

　　宿溪碰了碰他左手。

　　他怔了怔，脸上的神情像是热闹过后人走茶凉一般，有几分寂寥之感，但他竭力不让自己的失落被看出来，仍微笑道："那么，明日见，注意行事一切小心。"

　　宿溪算了算时间，自己逛街回来，游戏里应该刚好是第二天晚上了，可以赶上皇宫夜宴的剧情。那样的话晚上还可以再陪恩恩一会儿，于是她又碰了碰崽崽的左手,便退出了游戏。

这个游戏退出时,不是直接关掉的,而是画面缓缓淡出,回到主页面。

先前崽崽不知道宿溪的存在,所以宿溪每回上下线,他也都不知道,但这一回,宿溪退出游戏时却愣了愣。只见,渐渐变得暗淡的屏幕里,崽崽小小的一个人,仍然立在那窗前,因为不知道她从何处离开,所以也不知道该将视线送至何处,只能落在虚空中。

他似乎是不确定她走了没有,在她最后一次碰了他左手之后,仍然傻站在那里,一动不动的。

屏幕上弹出对话框,他又问了一句:"已经离开了吗?"

没得到回答,他头顶缓缓浮现出白色气泡:"那么,明日什么时候见呢?"

仍没有任何回应。

他被留在那里,看着虚空。

又一个白色气泡:"已经离开了啊。"

他垂下了眸。

屏幕彻底淡出之前,崽崽还等在那里。在没等到任何回应,确定她已经走了之后,他才缓缓转过身去,从窗口看着下面仍旧热闹的街市。

只是此时,他负手而立,背对着宿溪,已经看不清他脸上的神情了。

宿溪:"……"

她只不过是退出个游戏而已,为什么被游戏小人弄得像是生离死别一样?!

崽崽这样,搞得宿溪都有种重新上线的冲动了!但是顾沁打来了电话,催促她快点出门,她的注意力一下子被转移,怕约会迟到,便赶紧单脚蹦下床换衣服去了。

游戏里,陆唤又在成衣铺待了一会儿,看了会儿街市上的万家灯火,才怀抱着她给他挑选的衣袍,以及那一布包胭脂,下了楼。

喧闹的灯火之中,他从人群中穿过,独自回了宁王府。

他固然知道鬼神有她自己的事情要做,不可能永远待在自己身边……可或许是她看不见摸不着的缘故,他心中半点安全感也没有。

就像是面对着一团虚无，只能被动地等待着，既不知道她何时会出现，又不知道她何时会悄然离开。

若是有朝一日发生了什么意外，和上一回一样，整整八日，乃至更久……永远都不再出现，那么他又能如何？

陆唤心里想着这些，面上却没表现出来，他照例从侧门回了柴院。先前老夫人提出将西边一处新修葺的院子给他，让他搬过去，那处院中有小桥流水，假山清泉，比起陆裕安、陆文秀兄弟俩的宅院也不输一二了。

但陆唤拒绝了。

宁王府到底不是久留之地，他从来没想过要一辈子待在这里，除此之外，这院中有太多他与那人的回忆。

他抬眸，看着檐下摇晃的灯笼，眸子里染上一层暖意。

宿溪换了一件粉红色的卫衣，和顾沁挽着胳膊，慢慢走在街道上。霍泾川在后面百无聊赖地给两人拎着书包，已经到了中午，三个人打算在商场找个地方吃饭。

"说起来，你有没有觉得你最近运气变好了？"顾沁看了眼她顺利拆了石膏的脚，道，"自从彩票中奖之后。"

先前宿溪可以说是倒霉至极，喝口凉水都会塞牙的那种，和她一块儿走在街上，顾沁和霍泾川两个发小从来不敢让她走在靠近车流的那一边，生怕突然发生什么车子撞上花坛，扫到宿溪之类的事情。

但自打她从医院出来之后，这种倒霉的事却几乎没再发生过了。

"……的确变好了。"宿溪是对比感觉最明显的人，尤其是这次期中考试，她居然没有发生涂卡笔中途断裂或者其他倒霉的事情，简直是老天开眼，让她顺利地完成考试。

顾沁吐槽道："你年年都穿红内裤，完全不起作用，怎么现在突然转运了？"

宿溪当然没办法说是因为一款游戏才这样的，说了估计好朋友们也不会信，可能还觉得她脑子有问题。毕竟他们的手机里都找不到这款游戏。

三个人找了一家川菜餐厅坐下。

顾沁和霍泾川决定狠狠薅宿溪一把羊毛，多点了几道菜。

三个人一边聊着学校里的事情，一边开吃，等剩下的菜上齐。一个服务员端着一盆刚出锅冒着热气的鱼汤来了，对宿溪道："美女把菜往里面挪挪，我好把鱼汤放下……"

就在这时，服务员脚底忽然滑了一下，她手中看起来极烫的鱼汤眼瞅着就要往宿溪肩膀砸下来。顾沁吓呆了，尖叫了一声："小心！"

霍泾川也顿时站起身。

宿溪瞳孔猛缩，心脏也跳到了嗓子眼儿，慌忙往另一边躲开。

那服务员也快吓死了，手忙脚乱地试图挽回。

可是，"哐当"一声，一整盆鱼汤却砸到了地上，虽然汤水溅了一地，却半点没有泼到宿溪身上。

地上直冒热气，这一幕发生在刹那间，别的服务员都来不及反应。

好不容易反应过来后，顾沁赶紧站起来，跑到宿溪那边去，问："宿溪，你烫到了没有？"

霍泾川有些生气，抬头看向那服务员。"姐姐，你怎么搞的啊?！"

宿溪惊魂不定地摇了摇头。

刚才那一瞬间，那鱼汤看起来真的就像是要砸在她身上似的，但是又好像有外力一下子将它扫开了。倒霉的事情在宿溪身上发生过太多回了，但这还是第一次，倒霉事在发生之前被阻拦。是那个游戏系统所说的积分兑换锦鲤好运和自己的倒霉抵消了？

顾沁松了口气，说："你这也太倒霉了，幸好没发生什么大事。"

端汤的服务员吓得快哭了，连连道歉："抱歉，真的非常抱歉。"

经理过来调解，说："几位客人没事吧？"

霍泾川见宿溪没事，黑着脸道："幸好我朋友没事。"

宿溪见那服务员也不容易，摆摆手，道："再上一盆，小心点就行了。"

说不定发生这个事，不是服务员的问题，而是自己的倒霉体质惹的祸。

她拍了拍心口，也悄悄松了口气。这一大盆，要是砸在自己肩膀上，不死也得脱层皮。

本身被绑定系统，遇到宛如真实世界的一款游戏，并因此中了彩票，就已经是很神奇的一件事了，现在再发生什么，宿溪都已经淡定了。

吃完饭，她便和顾沁、霍泾川告别，三个人分别回家。

游戏里还没到皇宫夜宴的时间，但宿溪还是忍不住想看看崽崽在做什么，便翻开资料书，一边做作业，一边打开了游戏。

只见宁王府中的下人都忙忙碌碌的，正为今日前去皇宫赴宴的老夫人和宁王妃做准备。女人嘛，哪个朝代都一样，参加夜宴之前都要沐浴更衣，打扮上几个时辰。

而崽崽这边，虽然老夫人也派了人来为他更衣，但他将那些下人、丫鬟赶了出去，一切都自己来。

宿溪在屏幕外见崽崽严肃地绷着包子脸，不近女色的样子，忍俊不禁。

香软温柔的妹子们多可爱啊，崽崽是不是还没长大？看那些丫鬟的眼神竟然和看路边的石头没什么区别。不过现在专心搞事业也好，等到剧情进展到恢复了九皇子的身份，还不是想要多少美人就有多少？

到时候她要好好比较，多挑一些美人，除了燕国的，还要把异域美女也选一些来！

宿溪之前见顾沁玩过一款名为《妃子大选计划》的游戏，她在旁边看着顾沁玩，简直急昏了头，她最喜欢的那个额头贴了金箔的美人，顾沁竟然不收入后宫，这谁能忍？！现在这个游戏里的美人们比那款游戏里只多不少，到时候说不定会挑花了眼！

宿溪想想就有点激动，简直热血沸腾，恨不得剧情快点进展到那里去。

转念一想，还是先老老实实陪着崽崽长大。先立业，后成家，暂时不为他考虑娶媳妇的事情。

她见崽崽忙碌，便暂时没打扰他，而是开着游戏放在一边，一边写作业，一边时不时抬头瞅他一眼。

游戏时间转到申时。

三顶轿子来了，两顶红缎垂缨的载了老夫人和宁王妃，后面一顶厚呢青色的来到崽崽的院子，载他进皇宫。

宿溪本想撩起崽崽的轿帷，告诉他自己来了，跟他一起进皇宫，但是就在这时，她猛然想起一件事情：皇宫的地图她没有解锁啊！

目前点数有 32 点。这游戏的解锁规律很好摸索，板块按照大小划分，而皇宫那么大一个地方，要想解锁，至少还需要 6 个点，也就是点数攒到 38。

可自己这一时半会儿上哪里去完成任务，得到 6 个点？

但是，按照游戏设定，每一个地图的解锁，都应该跟着任务在走，难不成她有什么任务没能完成？

她忍不住问系统："是哪一步走错了吗，还是游戏有 bug（漏洞）？"

系统道：【问题出在主线任务三上。主线任务三是主人公'于秋燕山围猎中结交二皇子，并顺利进入太学院'，一共奖励 12 个点数。主人公只要在秋燕山上和二皇子搭上话，就能完成二分之一的任务，得到 6 个点的奖励，但是不知道为什么，主人公在秋燕山上和五皇子说话了，却对二皇子十分排斥。所以这二分之一的主线任务算是失败。】

系统又提示道：【而且主人公对二皇子好感度 -60。】

宿溪："???"

宿溪惊呆了，没想到还能这样。

为什么？崽崽为什么要讨厌二皇子？二皇子那个小人在她印象里还挺低调的，没做什么让人讨厌的事情啊?!

难不成是因为她救下了二皇子，崽崽不高兴？

那么，这样岂不就是她因为去做支线任务，一不小心影响了主线？

宿溪问："那如果那天不救二皇子呢，剧情会怎么样？"

系统道：【必须救下二皇子，没有如果。因为主人公要进入太学院，只有成为皇子伴读这一条途径。救下了二皇子之后，皇子之中就有了一个伴读的空缺。而主人公虽不一定会成为他的伴读，但可能会成为别的皇子的。】

宿溪明白了，崽崽讨厌二皇子，所以没有主动去结交，结交任务失败。

但是二皇子又不讨厌崽崽，反而因为秋燕山崽崽崭露头角一事，二皇子和另外几个皇子都对崽崽有了印象。成为伴读一事会成功，进入太学院的任务应该也会成功。

只不过现在，因为自己的失误，暂时解锁不了皇宫地图，没办法跟着崽崽进皇宫了。

宿溪觉得有点可惜，便停下了去掀轿子帷帘的手，以免让崽崽知道自己来了，但又没办法跟着他进皇宫，空欢喜一场。

她目送着崽崽的轿子进了宫门，画面留在长街上。

游戏里的天空乌沉沉的，皇宫极其雄伟壮观，殷红的宫墙，琉璃的屋檐，在黑夜之下宛如盘踞在此处的雄狮，气势恢宏，森严肃穆。

崽崽的轿子缓缓消失在宫门内，宛如终于踏进了京城的旋涡。

在这巨大旋涡里，一个没落王府的庶子显得何其渺小。

与此同时，陆唤也掀开轿子帷帘一角，一路进入皇宫，两边院墙高深，只能仰头看见一条狭窄的漆黑的夜空。

他神色之间多了几分凝重。

宿溪没有跟着崽崽进皇宫，暂时也无法知道皇宫里发生了什么，但她开着游戏等着，并继续写她的作业。

今晚的宴席上，有镇远将军出言刁难崽崽的剧情，自己不能跟进去，就没办法帮他了。

不过，宿溪觉得以崽崽的聪明才智，也能应付，自己不用太担心。

她花了四十分钟写完了一张卷子，游戏里足足过了两个小时。

彻底入夜，宫门终于打开，陆续有参加夜宴的轿子出来。

宿溪一眼发现了崽崽的轿子，而就在这时，屏幕上也弹出了刚才的大致剧情：

【夜宴上，镇远将军嘲讽地看了老夫人一眼，对老夫人一直挤破了头想要攀交二皇子，把孙子往二皇子身边送的行为十分鄙视，若是宁王府的男丁有点出息，他还能高看宁王府一眼，但偏偏宁王府从宁王到陆裕安、陆文秀那两个小子，全都是成不了大器的，现在完全是烂泥扶不上墙。】

【听说此次秋燕山围猎上，宁王府的一个庶子拔得头筹，他也不以为意，他对老夫人的手段司空见惯，以为不过又是老夫人从中作梗，想办法让自己的孙子出这一场彩。因此，连带着他对主人公的印象也不怎么好。席间，主人公给他敬酒，他屡次置之不理，给人难堪。】

宿溪看得捏住了笔，这镇远将军怎么这样？崽崽好歹也是他的远房亲戚，怎么还用有色眼镜看人?!

【不过令人意外的是，席间五皇子主动提出，二皇子一直以来没有伴读，他主动将自己的伴读送给了二皇子。接着，又趁着皇上赏赐主人公金银珠宝的时候，向皇上提出，想要让主人公成为他的伴读。】

【二皇子与他争了一番，但此时皇帝心里猜疑二皇子在秋燕山上被刺杀乃

是自导自演，对二皇子心生不悦，于是偏袒了五皇子，竟然答应了他这无理请求。】

【主人公本次夜宴获得两箱金银赏赐，即日起成为五皇子的伴读，进入太学院学习。】

系统道：【恭喜，完成主线任务三（初级）（1/2）。秋燕山结交二皇子失败，获得金币奖励 +0，点数奖励 +0，但进入太学院成功，获得金币奖励 +100，点数奖励 +6！】

宿溪："？？？"

宿溪被这场夜宴上不动声色的争锋给看得愣了愣。

五皇子对崽崽生出几分看重，这一点她是知道的，他的心思在秋燕山上就表现出来了。

这个五皇子一向锋芒毕露，不怕得罪人，无论什么人才都想要争夺到手上。上回听说户部尚书约见那位神医，就赶紧也去相见。

他这样行事，也是正常的。

但这位二皇子，怎么好像因为自己做了那个支线任务，导致他的形势变惨了？

如果自己不救下他，他至少三个月都会躺在床上，伤势这么惨，皇帝就不会轻易怀疑他，但是他突然受伤，又突然被治好，短短十来天就恢复了，还称病不上朝、不去北境，这就让皇帝心生不悦了。

宿溪道："……二皇子对不起。"

不过不管怎么说，这样一来，还是顺利完成了"进入太学院"的任务。

只是，因为完成支线任务时，没能阻止二皇子刺向他自己的那一箭，变成了等他自刺了之后救下他，导致主线稍微有点偏，崽崽成为的不是二皇子的伴读，而是五皇子的。

宿溪不知道主线偏向这里，会有什么后果，但无论发生什么，她都会好好护着崽崽的。

想到这里，宿溪神色稍微凝重了些。她拽了片梨花花瓣去和崽崽打招呼。

她先将视角切换到轿内，简笔画的视角下，崽崽短腿不着地，一只短手揉着眉心，包子脸皱着，月光从偶尔被风拂起的帘洞洒进来，在他脸上扫过。

宿溪看不出来他怎么了，是在席间饮酒了？

宿溪第一回见崽崽喝酒，有点好奇他喝完是怎样的，忍不住氪金一分钟。

屏幕切换成原画。

少年靠着轿子一角斜坐，微垂着眸，眸子冷清。月光在他脸上明明灭灭，他抬手按了按眉心，眉梢拧着，白皙玉面上有一层绯色，这绯色也显得很冷淡。

他饮酒之后比平时更加安静，神色无波，不知道在想什么。

宿溪心想："看来崽崽酒量不错，这种宫廷夜宴应该会喝很多，但是他看起来没醉。"

正这么想着，屏幕上一团雾气"啪"地一闪，雾气散开，崽崽又变成了短手短脚面无表情的小团子。

宿溪强颜欢笑，习惯就好。

她拂起一道风。

屏幕内的陆唤今日已经被无数的风掠过了，每一道风吹拂过他身上时，他心中都稍稍一跳，下意识去想是否是她来了，但每一道都不是。

直到此时，洁白如玉的梨花拂过他眉心，从他鼻梁滑下，落至他掌心。

他眉宇一瞬间从冷淡到温和，眼睫毛欣喜地抬起，放下懒散支着的手腕，正襟危坐起来。"一日一夜未见了。"

屏幕外的宿溪笑了笑，崽崽的时间未免也掐得太精细了。

"你今日去做了什么？"陆唤忍不住低声问。

昨夜在街市灯火会上分别，今日入了夜才相见，已经过去整整十二个时辰了，她是有什么事情吗？见了什么人？这些他完全没办法知道。

宿溪心想："这我哪里能回答？"

似乎也意识到自己的问题对方无法回答，陆唤莞尔，道："依然是以'是否'提问，你来回答我好不好？"

宿溪发现崽崽以前从不笑的，自从发现可以接触到自己之后，他的笑容好像变多了一些，虽然，仍不算多。

陆唤低声问："你今日，是去玩了吗？开心吗？"

宿溪钩了钩他小小的左手。

他便又问："可是见了什么人？"

当然见了，不见人出什么门？不见人头都不用洗。宿溪笑着在屏幕上继续钩了钩他的左手。

只见屏幕上的崽崽看了眼自己的左手，似乎也被她欢快的动作感染了，眸中笑意深了些，但他竭力装作若无其事，只是随口一问的样子，轻声问："所见之人是男是女？"

宿溪钩了下他的左手，但还没等他有所反应，又钩了下他右手。

今天见了顾沁和霍泾川，可不就是有男有女吗？

屏幕上的崽崽顿了下，又问："是你的朋友……你很喜欢他们？"

他的左手被钩了钩。

这样一问一答，宿溪觉得还挺好玩，还等着崽崽继续问，可屏幕上的崽崽不知道在想什么，虽然竭力绷住神情，但包子脸还是皱了起来。

头顶也冒出一片焉了吧唧的叶子来，叶子上还下着雨。

宿溪："？？？"

宿溪刚要继续和崽崽交流，就见屏幕上忽然弹出来一些剧情对话。

原来轿子正路过镇远将军的将军府，便自然而然地出现了接下来和镇远将军有关的剧情提示。

镇远将军正在将军府中的书房与兵部尚书低声谈话。

兵部尚书压低声音道："今日夜宴上暗潮涌动，皇上似乎对二皇子有些不满。"

镇远将军拧着眉头，沉声道："本将军之所以支持二皇子，无非是因为他懂得在其他几位殿下争抢之时暂避锋芒，是低调能忍、能成大事之辈！但此次北境暴乱，该他出头的时候，他却仍然低调不争，甚至称病躲避！若他心中有百姓，就知道此时北境百姓正在受苦，便不该如此！他这样还不如冒进争功的五殿下呢！"

兵部尚书又道："皇上还未言明到底由谁去北境镇乱，一旦定夺，兵权必定要交与那人。"

镇远将军叹息道："若我还年轻，此次必定亲自带军前去，可惜，皇上已经嫌弃我老了。"

兵部尚书低声劝道："大将军，难道你还不明白吗？这次皇上之所以不肯让你带兵前去，并非觉得你老了，派不上用场了，而是想借此机会收回多年以来掌控在你手中的兵权啊！"

镇远将军眉头轻轻一跳。

兵部尚书知道镇远将军忠心耿耿，但也不得不提醒道："功高震主，木秀于林，风必摧之。若是你将兵权交出来，将军府恐怕真的大势旁落，任由宰割了，但若是兵权还在你手上，将军府上下三代，皇上还是动弹不得。因而，你必须早日寻到可替你去北境镇乱之人！"

镇远将军道："这又谈何容易？我多年征战，膝下无子，唯一的女儿也病死了，如今孑然一身，信任的人都不多，又上哪里去找到接我衣钵之人？"

谈话间，镇远将军白发苍苍的形象正在叹气。

而就在这时，系统弹出了消息：【请接收主线任务八（中级）：在完成主线任务七后，成为镇远将军的继承人，并前往北境镇乱，立下军功。任务难度十五颗星，金币奖励+2000，点数奖励+12。】

宿溪看这个任务看得眼皮子一跳，前七个任务都是初级，到了这个任务，已经变成中级了吗？

怪不得上个任务是改变镇远将军对崽崽的看法，得到镇远将军的支持，原来是要为接镇远将军衣钵做准备。

如果想在朝廷中立足，立下赫赫战功的确是最快的办法，但是……

宿溪看了眼屏幕上粉雕玉琢的小团子，真的没办法想象他去带兵打仗的样子，不仅想象不出来，而且还心疼无比。

上战场肯定会受伤的吧？不过有自己在，应该还好，而且这个任务虽然这时候弹出来，但是距离完成它，还有很长的一段时间。

想到这里，宿溪稍稍安下了心。

轿子缓缓进了宁王府。

陆唤垂着眸子，没有再问问题。

他虽然知道，她可能要去见别的鬼神，她的世界里还有许多别的事情，不是只有他，这再正常不过，可他心中仍是细细密密地产生了一些焦灼与占有欲。

她身边的那些鬼神是否都能看到她呢？自己不是她的同类，所以才看不见摸不着……真是嫉妒她身边的那些人……

若是能看见她就好了。

若是能触碰到她就好了。

若是……

更多的陆唤不敢去想，怕冒出的想法太过贪婪。

虽然知道她陪在自己身边，已经是自己此生所拥有的最幸运的一桩事情了，可大概人心总是贪婪的，从她身上得到了那些温暖和善意之后，竟然又想要知道她的相貌，想时时刻刻将她放在眼睛里。

那样的话，她便不会轻易跑掉，不会有一日突然消失不见了吧。

看，就像现在，分明知道她在自己身边，却不知道她脸上的神情，也不知道她站在自己哪一边，更不知道她没有钩住自己手指的时候是否还在。

他宛如一个盲人一般，所看见的世界里没有她。

陆唤这样想着，面上却半点不显。

他明白自己过强的占有欲与不安实在不对，若是显露出来，恐怕会吓到她，因此竭力按捺，不让那些阴郁的情绪表露分毫。

宿溪关掉任务页面之后，就看到屏幕上崽崽的头顶还挂着那一片凄凉的叶子。

他的包子脸皱着，眼睫毛也垂着，一副"小白菜地里黄"的模样。宿溪顿时被逗乐，揉了揉他的头，又捏了下他的脸。

她希望他能明白，她喜欢她的朋友，但也很喜欢他，否则就不会每天都上线打游戏，把时间分给他了。但是这些话的意思太长、太复杂，无法表达。

屏幕上的崽崽被她揉乱了头发，又捏红了脸之后，耳郭染上一层薄红，头顶上那片凄凉的叶子终于消失了。

回到院子之后，崽崽急匆匆地将身上的大氅脱了，又急匆匆地穿着衣袍出来，伸出手，掌心立刻被轻轻捏了捏，他这才确定她还没走，安下心来，眸子亮晶晶地对空中轻声道："今夜按照昨日之约，擀面？"

宿溪握了握他的右手，表示：不。

今晚还有别的重要的事情要做。

她打开商城，发现之前一片灰色的技能栏已经被解锁了一些了，也是，现在点数已经 38 了，这些技能也是时候解开了。

任务七是掌握更好的武艺、兵法、体力，获得镇远将军的赏识和支持。

崽崽的武艺是偷学的，虽然因为自身天赋已经在京城少年里算出类拔萃，但完全还可以再进一步。

　　除此之外，点数里除了任务、人际关系、外在环境之外，还包括技能、身体素质这两个大类。

　　培养技能，达到一定精通程度；增强体力，少年身形茁壮成长，也能获取点数。

　　昨晚玩耍了，今晚还是得学习会儿，老母亲把崽崽安排得明明白白。

　　宿溪打开商城一秒之后，陆唤发现自己面前凭空悬浮了几本书：《孙子兵法》《六韬》《三略》《百战奇法》。

　　见崽崽脸上空白了一秒，宿溪以为他不想搞学习，鼓励性地揉了揉他的脑袋，并从商城兑换出一个糖人，在空中晃了晃，暗示崽崽，乖乖学完就可以吃糖人。

　　陆唤："……"

　　他面色有些古怪，先前永安庙一事，她想办法替他赢取京中名声，他便猜测她是有意让他卷入京城纷争。而现在，她将这些给他，是督促他学习上进吗？这倒也罢了……还拿小糖人诱惑。

　　陆唤有些哭笑不得。

　　他身形颀长，手臂修长有力，已然是个半大不小的少年郎了，在她眼中，却怎么……像是把他当成孩童一般？可先前一问一答，她分明又只有十八九岁。

　　陆唤并未多想，莞尔一笑，摊开手，那几本书便噼里啪啦地往他怀里砸，他抱着那一摞书卷，无奈地看向面前的空气，打算进屋挑灯夜读。

　　可在他要坐到桌案前时，宿溪又拦住了他。

　　按照主线任务，崽崽迟早是要带兵打仗的，老母亲担心得很，提升计划刻不容缓。

　　不如一边做俯卧撑一边读书？

　　于是陆唤茫然地任凭身边的轻风将书卷都抱走，搁在桌案上，接着，那风将他打横抱了起来。

　　陆唤一惊。

　　屏幕上，崽崽头顶白色气泡里冒出个感叹号，宿溪在屏幕外忍不住哈哈大笑，然后将崽崽轻轻放在屋内的床上，而这时，崽崽不知道在想什么，脸已经红成了天边的云霞，他连呼吸都屏住了，但宿溪要做的，只是像翻汤圆一样，将床上的奶团子翻了个面儿。

让他背朝上，趴在床上。

崽崽头顶冒出了一串省略号："……"

宿溪又轻轻将崽崽的身体抬起来，将他手臂微微压下去，然后一根手指头按在他背上，让他慢慢往下，这样一来，一个俯卧撑做完了。

被她折腾一番的陆唤也明白了，她是想让自己做这个动作，来锻炼身体？

但是压在自己背上的重量……莫非她坐在了自己背上？

屏幕外的宿溪并不知道崽崽想到了什么，只知道他一张包子脸莫名变红，绯红渐渐染到了脖子根，然后，他像是为了证明什么似的，跟学校里的臭屁男孩一样，突然一上一下飞快地做起了俯卧撑！

一瞬间做完了几十个！

速度之快、力气之大、动作之轻松，令宿溪咋舌！

崽崽做俯卧撑的时候，宿溪将一本《百战奇法》移到他面前，从第一页开始翻，让他一边做俯卧撑一边看书。

从商城中兑换出来的很多书，显然是古代有，但游戏里的燕国没有的，崽崽之前从未见过，这些书册对他而言十分新奇。

他很是认真好学，不一会儿就沉浸在那些兵法详解里了。他看得很快，记忆力也超强，做几个俯卧撑就往后翻一页。

而与此同时，屏幕外的宿溪给手机充着电，搁在桌上，也摊开试卷，沙沙沙地写起作业来。

宿溪的房间十分安静，除了中途宿妈妈进来送了杯牛奶，宿溪手忙脚乱地用试卷将手机盖住之外，再没有别人来打扰。

陆唤的柴院也非常安静，只有外面寒风刮过发出的细微声音。

二人隔着屏幕，做着相同的事情，互相陪伴着彼此。

宿溪喝了口牛奶，下意识抬头看一眼屏幕里的崽崽，忽然就忍不住会心一笑。她定力不强，要是她一个人写卷子的话，可能会因为觉得很无聊，时不时刷刷微博什么的。但是崽崽志向远大、动心忍性，做起事情来聚精会神、全神贯注，无形中给了宿溪激励，而且有人陪着自己写作业，也不会觉得太孤单。

屏幕里的崽崽也时不时抬起头，朝着虚无的空中张望一下，像是想要确定她是否还在。

有几次宿溪发现他的动作，没等崽崽问出口，便揉了揉他的简笔画小脑袋，表示自己还在陪着他，如此一来，他脸上的神情才浮现出几分安宁，勾了勾唇角，低下头去继续看书。

陆唤的指尖落在书页上，翻过一页，心思却不由自主地落在了身侧的鬼神上，他抬起眸子，看了眼檐下在风中摇曳的昏黄的灯笼，那灯笼落下的光犹如温暖的长河，不仅落在书页上，也落在了他的身上。

万籁俱寂。

他眸中有了安宁的笑意。

她还在。

这好像是头一回，寒风柴屋，他挑灯夜读的时候，有人陪伴在他身侧。

虽然不知道她此时在屋子里做什么，或许是斜靠在床上打瞌睡，又或者是在发呆，也有可能是也摊开了一本书，看着鬼神世界的书，但她的存在本身，对他而言就已经是足够的慰藉了。

他从未想过有朝一日身边会有一个人，令他心中某个空荡荡的地方不再贫瘠阴冷，不再凄风苦雨，而是被安宁和温暖填满。

这一刻空气黏稠而暖和，让人心中生出眷恋之感，想要让时光就此停下来。

接下来每隔一日的夜里，两人都会以这种互相陪伴的方式，开始各自的学习。

宿溪刷卷子，而屏幕里的崽崽似乎是明白了鬼神想让他干什么，开始做俯卧撑、举水桶、对准靶心拉弓射箭、练剑，同时一本一本地看鬼神给他的那些书。

他过目不忘，一目十行，书看得非常快，宿溪不得不一股脑儿地又从商城里兑换了一大堆书给他。

那些比较重要的书涉及各种工程营造、屯田水利、官吏任免考核、科举司法等，属于兵部、吏部的职能范畴，陆唤便大致涉猎，有所了解即可。

除此之外，商城里还有很多杂书，是燕国根本不会有的书册，涉及一些游记、别的朝代的风土人情等。宿溪见崽崽实在看得太快，便不得不将这些也氪金买来给他，而这些书他也看得津津有味，甚至还开始看起了一些画本。

似乎是有些好奇来自地府的画本是怎样的，想要了解宿溪所生活的世界。

宿溪："……"

　　崽崽除了偶尔穿着斗篷去农庄探视温室大棚和农作物的情况之外，这几日便闭门读书，废寝忘食，或是练剑打木桩。

　　起早贪黑的。

　　如此一来，简直进步神速。

　　宿溪一颗老母亲的心得到了莫大的慰藉，还有什么能比亲眼看着自家的崽孜孜不倦地读书、进步，更加满足呢?

　　只不过，崽崽这么努力了，系统那里的技能和体力点数却还没增长。

　　系统道：【俯卧撑、举铁、练剑、打桩，每样都必须做一万次，才算一个点数。】

　　宿溪："???"

　　打桩一万次都要变成打桩机了，我看你就是在刁难我的崽。

　　不过，既然这方面点数这么难长，宿溪倒也不心急，反正本来就不是为了点数才让崽崽做这些的，而是为了让他在之后征战北境的任务里能够不受伤。

　　崽崽看起来似乎也有自己的打算，他虽不知道宿溪这边的任务，但他是最懂得苦心志劳筋骨方能成大事的人。

　　就这样游戏里过了十天。

任务四

日后，无论我去哪里……你都会在我身边吗？

接受　　　　不接受也得接受

第十六章

一起搞事业

十日后，太学院春学开始。

太学院一共七位学士，除了太傅之外，另外六位学士分别传授礼、乐、射、御、书、数。

太学院算是整个燕国学识最高的地方了，但无论这些太傅、学士多么见多识广，所见所闻也不过来自燕国历代历史，以及他国游历见闻。而宿溪从商城里兑换出来的许多古书，却是这些学士前所未见的。

十岁出头时陆唤最想要踏入之地便是太学院，但是对博览群书之后的陆唤而言，太学院所传授的这些东西，便都乏善可陈了。

崽崽入学第一天，老夫人派人送来了许多东西，而宿溪则从商城里兑换了一个结实的布袋子做书包。

老母亲看着崽崽第一天上学，比崽崽本人还要兴奋，当天特意早早冲回家，专心致志送崽上学。还给他大小狼毫笔、宣纸、砚台等各来了一份，非常大方地摆在崽崽的桌案上。

这日清晨，朝阳初露，陆唤看见桌案上的这些东西，眉梢仿佛也落了一道暖阳。

虽然极有可能用不到，但他还是将这些东西一样一样地装入自己的布袋子，半点也不嫌重，毕竟那是她的一番心意。

他还是宁王府中终日被迫干重活儿，一不小心便要挨打、被栽赃的庶子的时候，也想过有朝一日要凭借自己的力量踏出这片泥沼，踏进太学院的大门。但他当时心中满是阴郁恨意，以为自己即便踏出了宁王府的这道大门，心中也不会有什么快乐，仍然是孑然一人，孤寂无依罢了。

无人为他温酒，无人为他高兴。

他那时没想过有一天，自己身边会有一个人，陪他每夜读书写字，听雨声沙沙；陪他从宁王府一脚踏入皇宫，面对接下来的旋涡与暗潮；陪他实现小时候进入太学院的夙愿，并为他感到激动和高兴，提前为他准备好笔墨纸砚与装书的布袋子。她盼着他好，甚至比他自己还要开心兴奋一些。

陆唤心里仿佛有了归处。

他望向屋内的虚空之处，眉目润泽，低声道："谢谢你为我做的这些。"

屏幕外的宿溪刚吃完晚饭，正等崽崽清晨起来去上学呢。

见崽崽背着布袋子，穿上伴读从九品的飞凤殿红锦衣，大包子脸上乌黑的眼珠十分可爱。还不去上学，在这里瞎念叨什么。

便伸手推了推他，示意：快上学，等下要迟到了。

陆唤倒是被她的突然出现给弄得吃了一惊，因为她最近一向都是夜里才来。而今日陡然在清晨出现，不禁让他喜出望外。

"你今日是得了空吗？"屏幕上的崽崽头顶弹出对话框。

宿溪拉了拉他右手。

陆唤便立刻了然，她今日清晨是没空的，但大约是不想错过自己第一次入学，所以特地赶来陪着自己。

陆唤动容，看向虚空的眼珠漆黑透亮。

入学后，前两日因为天气晴朗，授的是射箭，在太学院砚水湖旁，皇子、世子们站成一排，被骑射少师要求射中池塘里胡乱游窜的鱼儿和天上的飞鸟。

陆唤先前在秋燕山上出了一次风头，进了太学院之后，作为五皇子的伴读，便收敛锋芒，竭力保持射中次数少于各位皇子。

但是，虽然少于各位皇子，却比那些世子要厉害得多。

五皇子争功冒进，对他十分满意，越发觉得他比自己先前那个手无缚鸡之力整天之乎者也的伴读要强得多，于是又随手赏了陆唤一些东西。

陆唤漫不经心地收下赏赐。

待皇子、世子们簇拥着下学后，他将地上散落的箭支捡起来，随意往前走了两步，信手一丢，精准无误地将箭丢入了砚水湖中碑亭的箭篓里。

太子已经过了上太学院的年纪，且有专门的太傅教导他，因此这太学院便只有其他几位皇子，以及一些王府、侯府的嫡世子。

世子和伴读纷纷巴结皇子，互相之间则暗流涌动。

京城势力划分较为复杂，这些读书的虽然还都只是少年，但也已经有了些心眼儿。

先前宁王府的陆裕安和陆文秀两兄弟虽然也有进太学院学习的资格，但是兄弟俩一直都只能在学堂后边旁听，当不上伴读，又争不过其他世子，便根本没有和几个皇子结交的机会。

现在二人一个腿瘸了，一个风寒休养，都没办法来上学，正躺在宁王府中对陆唤恨得牙痒痒。

本来陆文秀是最不喜欢上太学院的，能告病多久便告病多久，但现在见陆唤能进太学院了，他反而又气得捶起床来。

当然，现在这兄弟二人已经不是陆唤需要在意的了。

他收拾好布袋子，朝着太学院大门走去的时候，忽然听到角落的钟楼里有几声惨叫。

他警觉地看过去。

宿溪正开着手机屏幕在桌前写作业，听见这动静，也抬起头看了眼。

只见是几个世子领头，带着几个侍卫，正在揍一个约莫十五岁的少年。

那少年在屏幕上显得白白胖胖的，肉快要把衣服撑破了，样子看起来非常窝囊，头发凌乱，鼻青脸肿，哭着求饶，被几个比他瘦多了的小人围在一处用拳头打，用脚踩。

咋回事？太学院霸凌？

宿溪的界面上很快弹出人物介绍，原来这个正在挨揍的人是太尉的小儿子，名为云修庞。

【云修庞：太尉幼子。作用：暂无。智谋：暂无。武力：暂无。背景权利：暂无。】

【在燕国，太尉是掌管枢密院的文职，为一品大员。三个月前，云太尉渎职，犯了大过错，被皇帝发落到柳州当刺史，此职暂时空缺。而云太尉的家人仍然留在京中，他的两个儿子便成了落水狗，被人欺负。】

【云修庞可以发展成主人公的朋友，如果上前救援，会开启支线任务，请问是否要接下这个可选择的支线任务？】

这个小胖子什么都没有，武力和智谋全都为零，救了他除了惹上那群世子，能有什么好处啊?! 自找麻烦吗?!

但是这小胖子有名字，而不是朋友甲，令宿溪觉得他会是个关键人物。

要不还是悄悄地救一下？

想到这里，她推了推崽崽的手。

陆唤知道鬼神在自己身边，应该也看到了这一幕，便压低了声音问："你希望我救他？"

宿溪碰了碰他左手。

陆唤倒是没拒绝，他快步走到太学院门口，随手捡起地上的几块石子，然后反手一抛。

只听见钟楼里两个世子侍卫哇哇大叫，疼得骂娘，片刻后捂着脑袋冲了出来。但是陆唤已然消失了。

待那小子获救，陆唤已经走到了街上。

他固然也觉得那小子可怜，在鬼神没开口之前就动了帮他一把的心思。但是他身边的鬼神先开了口，却让他心头有点说不出的闷闷的感觉，他意识到自己极为自私——她帮助了他，便也可以帮助任何人，她这样好，做这些都是应当的。

可他心中滋生出的那些占有欲却让他像是无理取闹一样，不愿她看向别人，不愿她将任何视线和情绪给别人，哪怕是同情。

陆唤也觉得这些心思丑陋，他怕她因此憎恶，不敢流露分毫。

不过她同自己一道出来了，还缠绕在自己身边，这让他心中的那些郁愤得到了一丝疏解。

他继续往宁王府走。

今日陆唤回得晚，此时天已经黑了，街市上的酒楼陆续开张。

两个从太学院回来的世子正勾肩搭背地朝着青楼走去，认出了他，顿时笑嘻嘻地打招呼："陆唤，这不是五皇子的伴读吗，来同我们一道？"

陆唤在太学院也认识了些人，虽然称不上朋友，但与京城中各位世子、达官显贵之后全都混了个脸熟。

他刚要拒绝，却只觉身边的鬼神兴奋地抓住了他的袖子！

陆唤："……"

屏幕外的宿溪已经放下了笔，眼睛亮得不行，紧紧盯着青楼上"烟花三月"的招牌。隔着屏幕都能想象得到里面有多少美人，如果能进去的话，待会儿氪金几分钟，看看原画，简直是视觉盛宴！

但是，崽崽怎么死死定在原地，不进去？

她拽了拽崽崽的袖子，拽得快脱线了，崽崽还是动也不动。

陆唤这个年纪，在古代应当可以进青楼了吧，就算不做什么，去长长见识不行吗？

宿溪忍不住继续拽他。

崽崽微微垂下头，注视着他的袖子，脸上表情很平静，低声问："你是想进去瞧瞧？"

宿溪疯狂拉他左边小手：快，带我进去长长见识！

崽崽却微笑着，十分体贴、十分温柔地低声道："我不便进去，你若想去，便飘进去，我在外面等你，一炷香时间出来便好。"

这对话框弹出来，宿溪就打算松开他的袖子，自己把画面切进去看看里头的美女了。但是就见此时，屏幕上跟刷屏般飞快弹出大片的白色泡泡，直接把屏幕淹没了。

"你敢。"

"你敢。"

"你敢！"

宿溪："……"

满屏偌大的"你敢"两字，宿溪手一抖，她想进青楼的心顿时被吓蔫了。

老夫人先前对陆唤从不过问，但自从陆唤进了太学院，成了五皇子的伴读，得了从九品的官职之后，老夫人每日傍晚都急切地让陆唤过去请安。

问的自然全都是陆唤与各位皇子的结交情况。

宁王府没落已久，近些年在朝中无人，早就成了京城中各位官员根本不想与之来往的府邸，多年以来门可罗雀，无人问津。

这对曾经出身辉煌家族的老夫人而言，自然是根本无法忍受的一件事情！

现在她好不容易从陆唤身上看到了些希望，便开始变作关心庶孙学业的好长辈了，甚至特地在宁王府中开辟出一处园子，名为静园，赏赐给陆唤作为他的书房。

老夫人的心思，宁王妃和陆裕安两兄弟全都看在眼里，暗自气急败坏，妒火攻心，但拿陆唤无可奈何。

不过，在宁王府中有老夫人的看重，在宁王府外可没有。

这日，宁王妃见外面开始下雨，正是初春雨水连绵的季节，便问身边的嬷嬷甲："父亲前段日子奉命去云州监督行宫，这几日可回来了？"

"回夫人，上官学士昨日刚回，因回来得晚，便没有派人通知您，今日一大早去宫里面圣了，想来现在应该已经去太学院上课了。"

宁王妃不知想到了什么，脸上流露出几分得意之色，指甲掐进掌心里，冷冷道："马车给我备好，今晚我要回父亲那里一趟。"

宿溪陪着崽崽在太学院读书上课。除了给五皇子研墨、竖箭靶之外，崽崽这从九品伴读当得还算轻松。

就这样过了十几日的太平日子。

崽崽异常勤勉，除了每天晚上练功读书到深夜之外，还抓紧其他时间学习。五更，天还没亮时他便起来了，继续看昨夜未看完的书。

直到朝阳初升才匆匆梳洗，从院外下人手中拿几个馒头，边走边吃，飞奔到太学院继续上学。

之前的十来天，宿溪不知道他每天鸡还没叫的时候就起了，只是每次上线都看见他的书卷又被翻烂了一些，又多出来许多密密麻麻的批注，觉得很奇怪，明明前一天晚上崽崽还只看到这书的三分之一处，怎么今晚突然就看完了？！

梦游的时候看完的吗？！

而崽崽像是怕她担心，也一直没告诉她。直到宿溪这边到了周末，在游戏里的清晨时间搞了个突然袭击，才知道崽崽竟然勤勉到这个地步！

简直让老母亲自愧不如！

宿溪不知道崽崽为什么这么努力，但她感觉得到，这十几天以来，崽崽的奶团子简笔画形象明显清瘦很多，已经变成"瘦奶团子"了。

这天晚上，她忍不住就让崽崽停下来放松一下，先别学习了。

陆唤感觉那缕风停留在自己眉宇之间，她仿佛是想给自己按按睛明穴似的，便不由自主地放下书卷，红了耳根。

此前陆唤一心想学习更多学识，无非是想早日摆脱自己在宁王府的困境。但现在他废寝忘食，更多的是为了变得更强。有能力且有办法为她找到合适的身体，让她有朝一日不必这样飘来飘去。

除此之外，京城水深，四处明枪暗箭，他只有有足够的自保能力，日后才能护得了她。

他清晨起来看的那些书之所以瞒着她，是因为他看的全是一些讲述鬼神寄身之法的书。陆唤想先不告诉她，等找到了办法，再给她一个惊喜。

宿溪当然不知道游戏里的小人已经想得那么长远了，她写作业的间隙，还在思考怎么去完成那个获得镇远将军的赏识和支持的任务七。

她趁着崽崽练功的工夫，去皇宫外的街市上转了一圈，看看能不能找到什么突破口。

就在这时，突然看见长街上的通告栏附近围着一群卡通小人，正在对通告栏上张贴的告示议论纷纷。

宿溪借着玩游戏的优势，直接将通告栏放大，一下子就看清楚了张贴的是什么。

原来是最近北境因为霜冻灾害和旱灾而生出暴乱，邻国又虎视眈眈，燕国兵力不够，镇远将军府正奉命招兵。招兵既是给邻国一个警告，也确实是为了前去镇压而做的准备。

这招的兵进了军队，显然只能做小兵小卒，压根儿接触不到镇远将军。

崽崽已经不是昔日的宁王府庶子了，现在好歹也是个从九品的五皇子伴读，肯定没必要通过这个渠道进入军营。但宿溪还是趁着那些围在那边的小卡通人不注意，撕了一张通告，将画面切换到崽崽屋内，急匆匆地将通告"啪"地拍在他桌上给他看。

崽崽停下正在写批注的毛笔，扫了一眼，道："我昨日下学时，也听闻镇远将军招兵的消息了。近日北境祸事频发，我如果想建功立业，的确应该前去，这是最快的在朝廷中立足的办法。只是，通过招兵进入兵营的办法不大可取，过于绕远路了。"

宿溪和他想的是一样的。

宿溪正有点头疼，这任务七根本无从下手嘛，就听崽崽又道："不过，前几日我听说兵部员外郎之职有个空缺，此职位从五品，倒是十分适合。但镇远将军与兵部尚书对宁王府的印象都不大好，若是无人举荐，要想进入兵部很困难。"

宿溪没想到崽崽进入太学院的这十来天根本没闲着，已经通过太学院内的世子把朝廷官员之间的关系都大致摸清楚了。

她不由得很佩服，太省心了，这还要自己辅助什么？

"你不必担心，我已有了办法。"陆唤望着虚无的空中，眸中有着浅浅的笑意，"你只需陪……"

似乎是意识到"陪"之一字太过温情缱绻，少年耳郭突然微红，声音也戛然而止。

他换了个字眼，道："跟在我身边便好。"

宿溪虽然还不知道他有什么办法，但是永安庙那件事，自己也只是从旁协助，主要的事都是崽崽自己完成的，所以宿溪对崽崽非常信赖。

她见到崽崽这般胸有成竹，老母亲的骄傲之心顿时油然而生，心里也陡然燃起了斗志。

崽，快点搞事业！

京城连日大雨，农庄的温室大棚起了作用，所种下的农作物开始迅速发芽。

而宿溪时不时将页面切换过去，随手帮着翻翻土，从商城中兑换一些效果百分百的肥料等物丢进去。

师傅丁每天都在惊愕为什么大棚里的农作物比其他农庄的长势更加惊人，于是不得不又找陆唤讨要了一些银两，将雇佣的十三个工人增加成了二十六个。

农庄这边运作良好，而陆唤这边，因为下大雨，无法出去骑射，太学院所讲授的科目也有了调整，这日所授的是宫廷礼仪。

这门课十分无聊，除了低调且循规蹈矩的二皇子，和不得不来上课的世子们之外，贪玩好动的三皇子和自视甚高的五皇子一向都会翘掉这门课。

五皇子虽然没来，但作为五皇子伴读的陆唤却必须来，将功课记录在书卷上，到时候给五皇子。

来上课的世子们和达官显贵之子也都在睡大觉，反正宁王府的陆唤那里有笔记。

这段日子以来，太学院的几位学士都非常喜欢五皇子的这位伴读，因其勤勉聪慧，无论提什么问题都能对答如流。但今日情况却似乎略有不同。

几个正在睡大觉的世子忽然听到讲台猛地拍了一下，传授礼仪的上官学士脸色铁青，道："陆唤，你给我站出去！"

正在写作业的宿溪也被吓了一跳。发生什么事了？

她拽了拽崽崽的袖子。

陆唤垂眸，朝自己左袖处看了一眼，示意无碍。

他抬起头来，望向讲台上的那位上官学士，漆黑眸子里有几分冷意，脸上没有任何表情，倒也没反驳，径直走出广业堂。

外面可还在下着大雨啊！

几个世子不知这是怎么了，有一个没睡着的对身侧的人交头接耳道："上官学士方才说陆唤交上去的是白卷，所以勃然大怒，罚他出去淋雨。"

"这怎么可能，你我都交白卷，陆唤也不可能交白卷。若他作答，试卷必定是完美无缺。"

另一人古怪地嘀咕道："我听说，先前来太学院和我们一道听学的那两位宁王府世子一个平庸一个愚蠢，他们的三弟虽是庶子，却聪慧过人，宁王府的智商大概全都生在这个庶子身上了。"

有一个琢磨出了一点门道，脑子转得比较快的，抻长了脖子对前面两人低声道："你们有所不知，上官学士是宁王妃的父亲……"

"哦。"前面两人这才反应过来。

原来这竟是家事。

怪不得今日上官学士进来时就一直盯着坐在后头的陆唤，眼神像是恨不得将他剐了一样。

世子们虽然最近抄陆唤的作业抄得十分欢快，但是对上这种事，也不好说什么。谁让陆唤自个儿没投好胎，投成了个庶子呢？

唉。

众人再朝外看去，见陆唤一人孤零零地被赶了出去，上回喊他去青楼的那两人都有些心生不忍。

广业堂外屋檐极其狭窄，怎么站都会被淋湿一半身子，但是此时却没有一滴雨落到陆唤身上。

他抬头看了眼，就见头顶莫名其妙多出来一片巨大的叶子，像是一把伞一样，挂在屋檐上，刚好将他头顶的雨全都挡住，雨滴顺着巨大叶子淌下去，连成了珠线。

陆唤心中生出一股踏实的暖意。

他接过了巨叶，压低了声音对虚空解释道："前两日宁王妃回了一趟娘家，而这位上官学士正是她的父亲。你不要举叶，手酸，也不要淋雨，进来一道。"

宁王妃对陆唤得到老夫人重视一事，一直耿耿于怀，想找机会报复他，她一时半会儿找不出法子针对陆唤，便让她的父亲来。

宿溪牵了牵崽崽的左手，示意：哦，知道了，自己也在叶子下蹲着了。

但她心里有点郁闷，崽崽那么乖，怎么总有人要欺负他。今天要不是自己刚好一边写作业一边上线看着他，崽崽肯定又要淋雨了。

她有点心疼，但屋檐下的崽崽头微微仰着，望向瓢泼大雨，一张包子脸上却好像并没有什么郁色，而是悠然和安宁。

陆唤此前淋过无数的雨，但说出来有些荒谬和可笑，今日淋的这场雨，却让他感到快乐。

他感到鬼神还在他身侧，但是似乎因为他被欺负了而感到郁愤，都没拉他的手了。他便低声道："你放心，我自有办法，回去与你说。"

有什么办法，屏幕外的宿溪将页面切换到广业堂内，见到上官学士那个老头子还在讲台上一本正经地讲什么礼仪之道，就觉得一肚子的火没处发，不管崽崽有什么办法，她要先教训这个老头子一顿。

上官学士正要传授下一部分内容，忽然眉梢动了动，感觉头顶有什么东西发出了"嘎吱"一声。

他下意识抬起头，顿时瞳孔猛缩，只见头顶的瓦片不知道是被连日的大雨给压得摇摇欲坠还是怎样，总之好巧不巧，他头顶的横梁突然承受不住瓦片的重量，"砰"的一下，屋顶碎了，琉璃瓦片噼里啪啦地落下。他快吓死了，大叫一声往旁边躲开，但是被绊了一跤，避之不及，砸了个满头包。

瓦片掉下来之后，外头的大雨顿时铺天盖地砸下来，一瞬间将他身上的瓦片灰尘冲刷掉，又将他淋成了个落汤鸡。

他差点被砸晕过去。

这下，广业堂内昏昏欲睡的世子们再也睡不着了，都目瞪口呆地看着眼前的这一幕。

有人匆忙叫道："快传太医！上官学士晕过去了！"

广业堂内乱成一锅粥，外头的陆唤仍立在那里，即便不进去，也知道发生了什么事。他竭力绷住自己想笑的神情，眼角眉梢都是亮意。

他早已习惯了这些刁难，也并未觉得屈辱，而是已经想好了别的法子除去后患。但她似乎每回都格外心疼他，格外替他感到愤怒，回回都是立刻替他报复回去。

现在想来，此前宁王府中两个下人称厨房闹鬼一事，陆文秀莫名其妙推老夫人掉入溪中一事，恐怕也都是她在替他教训那些人。

陆唤心中滋生出一些暖意，不禁低声问："你在我的左边，还是右边？"

宿溪处理完那欺负崽崽的老头子，才把屏幕切换到广业堂外，见崽崽这么问自己，她就随便扯了下崽崽的左手。

然后就见崽崽将那片巨大的叶子从右手换到了左手，并且往左边送了送，像是二人真的在伞下站立一般。

她："……"

可怜的崽，老母亲并不在伞下啊。

崽崽朝左侧看来，仿佛凝望着虚空中并不存在的人。

似乎是觉得靠得太近，他耳郭渐渐染上几分红色，于是他缓了缓神色，小脚悄悄挪动，往右站了一点。然后昂首挺胸，竭力让自己侧边更英俊一点。

宿溪："……"

这样一来，崽崽就有半边袖子淋在雨中，但他并不在意。

宿溪心里有些犯愁，之前一问一答的时候，她不小心误导了崽崽，让他以为自己是陪在他身边的鬼。原先宿溪觉得没什么，反正自己也的确一直都在他身边陪着他，屏幕内外，和鬼神也没什么区别。但是直到最近，宿溪发现，崽崽开始悄悄翻阅卜卦问灵一类的书籍了，似乎是想找到替她寄身的办法……

宿溪刚看到的时候，就吓了一跳。

他现在开心，是因为心里还有寄托，以为兴许能够让她出现在他面前，可有朝一日他发现这根本不可能，他的渴望会不会全都碎裂？

宿溪有些不安，但只能先不去想这件事，目前还有更要紧的事情要做。

这上官学士和宁王妃串通一气，只怕不会就此罢休，而获得镇远将军赏识的任务七也暂时还没有着落，还有一大堆事情亟待解决。

她等崽崽放学，撑着油纸伞回到院内，就赶紧将桌案上的笔墨纸砚摊开，然后拽了拽崽崽的袖子，意思是问他在太学院说他有办法，是什么办法，赶紧说给她听。

陆唤在纸张上写下"上官""柳州""云州"几个字，对身侧道："你可知上官学士前段日子并未来太学院任职，是去做什么了？"

宿溪不知道，她刚打算打开系统查一下，就见崽崽继续道："他本是工部主事出身，三个月前，皇上想看云州的雪，命他去云州监督行宫建造去了。云州本就是常年积雪之地，要想建造行宫，用不了三个月。而他回京之时，命人送了一些云州特产来宁王府，给宁王妃。"

宿溪满头雾水，不知道这其中有什么关系，但是仍继续听着崽崽的分析。

崽崽的对话框继续跳出来，他道："他去建造行宫，本身就是大事一桩，在朝廷有赏，过阵子可能还要加官晋爵，他回来时若是招摇一些，送来一些贵重的首饰珠宝，反而还符合宁王妃娘家的作风。但他只是送来了一箱云州菌菇特产。"

宿溪明白了，事出反常必有妖。

崽崽下了定论，道："只有一个原因，他在云州行宫工程中必定有所贪污，敛获钱财，这才不想招摇行事。虽然不知他具体贪污了多少，不知数目大小，但上官方绝对不干净。"

可是，宿溪想，即便有这个猜测，又怎么借着这件事，给上官方一个教训呢？

仿佛猜出了她心中的疑惑，崽崽又道："此事自然不能借我的手，我若是去告知五皇子，以五皇子好大喜功的秉性，必定会立刻告知皇上。我若是告知二皇子，以二皇子弯弯绕绕的性格，此事必定会拖上数月。然而，不论用哪个方法，都迟早会让人知道是我最先猜疑上官方的。我们必须借一个急需立下大功翻身的人之手，快、狠、准地拉他下水。"

宿溪心想："崽崽和几个皇子相处不过数日，倒是将各位皇子的脾性摸得清清楚楚。"

他说的没错，这件事的确不能和崽崽牵扯上半点关系，必须要有一个人发现这件事。

崽崽又指了指纸张上的"柳州"二字，对身侧微微一笑。

他道："柳州与云州离得很近，前段日子被贬的太尉正在柳州当刺史。他若是开始猜疑此事，必定会去查。柳州去往云州，来回不过两日，三日之内，此事便能有结果。

"但云太尉绝对不会无故去往云州，且贸然书信告知，以他猜疑的性格也不会轻信。还需要一个办法将他引到云州去。

"比起他来，他的小儿子云修庞倒是没什么头脑，若是书信一封，先诱云修庞去往云州，再让云太尉知道自己儿子抵达了云州，他必定会前去接人。

"届时，只需要让行宫稍稍坍塌一些，便能让他自行发现此事。一旦他发现此事，为了这份功劳，为了官复原职，必定会快马加鞭回京禀告。若无遗漏，届时云太尉将官复原职，上官学士会被贬。

"待到云太尉官复原职，他回想起此事，或许才会疑虑为何云修庞会被一封假冒他之手的书信叫到云州去。但那时他已得了我的好处，即便知道了是我所为，也不会如何。"

宿溪听得眼睛冒光，但她知道，崽崽选择云太尉，绝对不会只是一箭双雕，肯定还有别的原因！

果不其然，又听崽崽道："除此之外，云太尉是枢密院的一品官员，掌管兵部任职一事，他能找出一百种由头，将我安插进兵部员外郎这一空缺职位当中。届时他官复原职，我亦得到我想要的，岂不两全其美？"

这样一来，宿溪所纠结的任务七，也有了初步的解决办法！

她在屏幕外简直想给崽崽鼓掌！崽崽的筹谋布局比她想象的还要完美。

宿溪这会儿有点搞大事、搞阳谋的激动感了。

先前收获农庄和宅院，她还只是有了种仓鼠囤物般的满足感，现在则有了玩游戏的刺激感。一旦成功，崽崽的结交英雄那一栏搞不好就有云太尉。日后崽崽恢复皇子身份，不出意外，云太尉应该会站在崽崽身后。

她心如擂鼓，和崀崀商量好对策后——当然，几乎全都是崀崀分析，她听着，并时不时做做笔记——她就和崀崀分头行动了。

她已经解锁了皇宫地图，弄来了云太尉之前上书时留下的奏折字迹。崀崀模仿云太尉的字迹，写了一封云太尉想念儿子，让他尽快前往云州的书信，然后在云修庞上太学院时，由宿溪将信放入了云修庞的书袋之中。

现在宿溪明白为何前些天会有那条救下云修庞的支线任务了。

虽然崀崀没露面，就没办法直接得到云修庞的一些关于云太尉的情报，但换来的可能就是崀崀被那两个世子记恨上。

可崀崀很聪明，即便没有从云修庞那里得到什么信息，他也能想出其他办法来处理问题。

这段时间以来，崀崀连夜挑灯夜读和练功，体力方面已经累积了一个点数，武艺、兵法方面也已经累积了一个点数，这两个点数让宿溪的累积点数达到了40，刚好够让她将云州解锁。

虽然崀崀已经让长工戊私底下买通人，让人在两日后云太尉抵达云州时，想办法在建造完成的行宫中弄出一点岔子来，但宿溪依然不放心，她特地将画面切换到云州，帮了一把。

而接下来……

宿溪兴奋地搓了搓手，就等着事情出结果了。

五日后，宿溪刚下课，而陆唤正在太学院作答考卷时，朝廷中传来了一件大事。

说是云太尉从柳州快马加鞭回来，与皇上密谈一番之后，举报云州督工上官学士贪赃枉法、中饱私囊，皇上彻查之后发现确有此事。

天子震怒。

一夕之间，云太尉立下大功，官复原职，而上官学士下狱，其两个儿子受到连累，被贬往边远州郡。

而其女宁王妃因已经出嫁多年，受到皇上宽恕，暂未受到惩罚。

消息传来，太学院还在考试的学子大惊失色，议论纷纷。

窗外大雨瓢泼，陆唤面不改色，继续作答。但是刚放学的宿溪在公交车上却高兴得差点跳起来，大事搞成功了！她参与感极其强烈！激动地拽了拽崽崽的后领子。

陆唤还在答考卷，突然感到领子被拽了一下，他嘴角露出无奈笑意。

他停笔，漆黑的眼珠透亮，抬起头，望向虚空，仿佛望向身侧之人。

虽然一切都按照计划顺利进行，令他欢喜，但更令他欢喜的是，他身侧之人的高兴。

长路漫漫，孤寂且看不到尽头，陆唤从来没有想过会有一盏明灯作陪。

而今……他有了。

第十七章

陆唤从军记

宿妈妈最近对宿溪感到非常欣慰。

她家宿溪先前成绩虽然好，但并不属于非常用功的类型，没课的时候还会看电视剧看到很晚。但是最近宿溪不知道是怎么了，每天放学后不出去逛街了，也不赖在沙发上看电视，而是一回来就拎着书包冲进房间刷题。

头几天宿妈妈还担心宿溪是关起房门打游戏，数次借着送牛奶，中途推门进去查看。但每次推门进去，都发现宿溪还真的是在认真写卷子！

她疑惑之余，心头不由得感到十分宽慰。

除此之外，宿溪虽然先前因为骨折落下了一段时间的功课，但是上次考试仍保持住了班级前三的排名，宿妈妈拿到成绩单后喜笑颜开，又多给了宿溪一点零花钱。

而宿溪在宿妈妈关上门之后，则悄悄松了口气，将盖在手机上的试卷拿开。

手机屏幕正开着，停留在游戏界面上。

屋内的崽崽正站起身来，将快要燃尽的烛火重新拨亮，丝毫不知道屏幕外发生了什么。

不得不说，宿溪觉得玩这款游戏，崽崽给了自己莫大的激励。

他的勤勉程度让宿溪望尘莫及，宿溪也就不好意思每天只是完成作业，便又买了一些资料书。

　　和崽崽隔着一块屏幕，一个在春雨绵绵的环境中，一个在窗明几净的房间里，一块儿用功，也是一件让宿溪感到身心愉悦的事情。

　　云太尉官复原职没几天，就通过云修庞邀请了陆唤前去太尉府，说他与云修庞同窗，希望他能为云修庞庆生。

　　陆唤在那封给云修庞的书信中留下了一些线索。

　　云修庞是个单纯的少年，没什么脑子，但云太尉能爬到一品官员的位子，可不是什么心思简单的人，必定能联想到什么。

　　于是这日，太学院下学后，陆唤收拾好书册，便同云修庞一道前去了。

　　这些都在他和宿溪的预料当中。

　　只是，宿溪悲催地发现点数不够用了，云太尉的太尉府也没办法解锁，她就只能目送崽崽一个人去赴宴。

　　宿溪倒是很想跟去看看太尉府长什么样。

　　这个游戏和真实世界没什么两样，燕国江山风景如画，她前几天将页面切换到云州的时候，就被云州那高耸入云、宛如仙境的崇山峻岭，以及建造好的行宫的飞阁流丹、画栋飞甍给惊艳了一下，她干完正事，四处转悠，把每个角落都逛完了才回来。

　　要是之后崽崽恢复了皇子身份，有了闲暇，她倒是很想带崽崽一块儿去游历一番。

　　不过，她虽然不能去太尉府，但是系统很快弹出了府中大致发生的情形。

　　【云太尉认为主人公年纪轻轻，不可能谋划了这一切，甚至将他这个为官数十载的太尉算计了进去。他疑心主人公背后有人，于是对主人公进行了为难和考验。但主人公全都对答如流，很快便令云太尉刮目相看，心中对这少年生出了一些细微的提拔想法。】

　　宿溪在屏幕外感到非常骄傲，太学院这一群学生应该是京城世家子弟中最聪颖的一批少年了，但是在她看来，全都不如崽崽。

　　何况，崽崽年纪还比他们小。

　　【云太尉和丞相之间一向不合，是矛盾重重的政敌。他上次渎职被贬一事，丞相脱不了干系。但丞相是当今圣上的舅舅，一人之下，万人之上，绝非轻易就能被扳倒的纸老虎。云太尉此次虽然官复原职，但是仍然和丞相府之间有着恩怨，即便暂时保持着表面的和平，太尉府与丞相府之间的矛盾也迟早会加剧。】

【他将此情况化作一个委婉的故事讲述，把他和丞相改为偏远郡县中两个争功夺权的下属，想听听主人公有什么解决之道。】

宿溪心想："能给出这考验，说明云太尉已经对崽崽有几分重视了。"

【主人公的回答是，下属甲此时虽然暂时处于下风，但这也能成为他的优势。下属乙现在处于风光之中，但这也刚好是他的劣势。毕竟下属乙功高震主，而没有一个郡县县令不怕自己位置被夺走的。下属甲不妨借此对郡县县令暗示，"坊间都传言下属乙立下了许多功劳，郡县庙小，下属乙难免自视甚高，起了反心，不如想什么办法对其进行牵制，除了郡县夫人之外，再娶进来一位专宠的妾室，对下属乙'老丈人'的身份进行削弱"。如此一来，下属甲和下属乙之间的博弈，便变成了三人博弈，分散掉下属乙的精力。待到扶持第三人上位，令下属乙与郡县县令之间有了嫌隙后，下属甲再休养生息，以逸待劳。】

屏幕外的宿溪："！！！"

她宛如在看权谋小说，但她仔细读了一番这行文字后，就明白了崽崽的算计。

无非搅乱这潭水，然后浑水摸鱼！

正所谓"欲实东先击西"嘛。皇帝整天想着怎么驭臣，肯定也害怕国舅功高震主，往宫中送去美人，看起来是在分散皇后在后宫的宠爱，实际上却是在培养另一个国舅，分散丞相国舅的势力。

等局面一团乱，三足鼎立，便有了机会，总好过云太尉现在单方面挨打。

【云太尉对主人公的回答感到眼前一亮，惊叹主人公年纪轻轻，却能有如此心智。于是当夜叫来自己的小儿子云修庞，既然他与主人公是同窗，便希望他今后能和主人公多走动。】

宿溪心想："果然，就算之前那个支线任务没有完成，云修庞也是要成为崽崽的朋友的。"

不过，崽崽如果真的能结交到第一个朋友，倒也是好事。

这段剧情过后，翌日，宁王府中竟然来了一道圣旨！

不知道云太尉进宫和皇上说了什么，也可能只是随口一提，毕竟现在云太尉刚立下大功，皇上采纳他的一点建议也不是什么大事。

况且兵部员外郎这个职位是从五品，算不上什么大官，更算不上什么肥差，本来也是由一些世子当职的。再加上皇上对上次秋燕山围猎第一的陆唤也有点印象，便随手下了一道圣旨。

但是，这对没落已久的宁王府而言，可是一件天大的事情！

要知道宁王府中已经许久没有接过圣旨了！

自从宁王被派去边远地区之后，宁王府便只剩下妇孺老弱，在京中是一天不如一天。

老夫人这些年来急着将孙子们往朝廷里送，也是因为这个原因，生怕自己还没死，宁王府就彻底凋零了。

但万万没想到，这才刚进入太学院没多久，她这个庶孙便得到了举荐，一下子从从九品伴读之职升迁为从五品的兵部员外郎！

虽然是从五品，连上朝都不必，暂时还只是个小官，可是此举却让老夫人看到了希望。

老夫人的激动之情自然表露无遗，但这几天，宁王妃和陆裕安、陆文秀两兄弟却是宛如蔫了的茄子一般，丧得抬不起头来。

毕竟，宁王妃的娘家上官府直接倒台，这意味着宁王妃再无仰仗了。

她原本在老夫人面前就要低人一头，现在更是不敢见到老夫人，夹起尾巴做人。

宁王府一件悲事，一件喜事，宁王府上上下下也议论纷纷。

宿溪因为心情激动，特地等着圣旨来的这一刻。她现在的心情就像是亲眼看见崽崽在她的辅导之下，从幼儿园小班末尾的差生，一跃变成小组长了。

以后就可以开始收作业了！阿妈能不高兴吗?！

同圣旨来的还有赏赐给崽崽的一些东西，老夫人让嬷嬷也送了许多。

这些赏赐之物摆了半间屋子，算进他的家财的话，已经远远胜过那两个嫡子了。

陆唤不以为意，但是他转过身，听见身后箱子里珍珠项链之类的珠宝发出被拨动的细微响声，眉梢便忍不住流露出些许笑意。

她一向对这些亮晶晶的东西很感兴趣。

燕国人朝为官普遍都是二十来岁，最早的也不过十七岁的世家公子。

年纪轻轻就入朝为官，且升任从五品，已经是较为罕见的事了。

不过，因为从五品只是个小官，倒是也没在京城中引起太多瞩目。只是宁王府中众人心情复杂了一番，太学院的学子们悄悄议论了一番罢了。

等到圣旨下完，陪老夫人吃过晚宴，陆唤回到院子里，就开始收拾起行李来。

官从五品，是要搬去兵部住的。

陆唤从幼年起便时常想象，有朝一日自己得以离开宁王府，究竟会以何种方式。

现在，他终于要离开这个地方了。

他立在屋檐下，宛如摆脱了困缚自己多年的泥沼一般，深深地舒了口气。他抬头看向更加广阔的天空，夜里月朗星稀，天高地阔。

虽然离开宁王府是他长久以来的夙愿，可他十分舍不得这处柴院。

柴院处处都是她留下的痕迹，东倒西歪被她扶正的竹林，被收拾整齐的厨房，檐下这一盏明亮的兔子灯，还有修补过的屋门和屋顶……这些全都是陆唤先前不愿搬去老夫人赐给他的静园的原因。

他没有什么行李，所要带走的全都是和她有关的，炭盆、灯笼、衣服、长靴，那些来往过的被他悉心收藏的字条。

他将灯笼取下，将这些好好地收进箱子里，打算带着去兵部任职。

宿溪去吃了个晚饭的工夫，游戏里就天黑了。

她再次上线，只见崽崽又坐在屋门前的门槛处，望着虚空的地方，耐心地等她来。

她先进屋子瞅了眼，发现崽崽都已经把东西收拾好了，不由得心里也生出了一点怅然，虽然宁王府很让人讨厌，但是这柴院她和崽崽住过很久。当然，是崽崽一个人住，她时不时上线看看。

现在终于要离开了。

雏鹰要离开起始点，变为雄鹰，振翅高飞，飞向更加广阔的天地。

她固然为崽崽感到高兴和喜悦，但心头的确有一点复杂的情绪。

她将页面切换到屋门处，在崽崽脑袋上点了一下。

崽崽方才还安安静静的神情，立刻因为她的到来而变得欣喜。

每次她上线的时候，崽崽都这样，虽然竭力控制住喜悦，但眸子里刹那亮起的光，却是骗不了人的。

这让宿溪心头不由得有点愧疚。

可是……崽，我这不是你接圣旨的时候才上线过吗？到现在也不过游戏里的半天时间！怎么整得跟一秒不见如隔三秋一样？！

崽崽乖乖坐在门槛上，双手放在膝盖上，仰着头对她道："我明日出发去兵部，会在那里住宿，你仍会跟着我吗？"

废话。

宿溪戳了戳他的左手。

他垂下头去看自己的左手，微微抿了下唇。

他知道她会跟着他去往兵部，兵部和宁王府都在京城，只不过隔着几条街的距离而已。

只是，大约是因为太过在乎，所以害怕出现什么变动，所以仍然不确定，想要问出口，想要得到确切的回答，如此，心中才能踏实下来。

过了会儿，崽崽像是极力鼓起勇气一般，垂着头，又问："日后，无论我去哪里……你都会在我身边吗？"

宿溪被崽崽那副小媳妇样给逗乐了，心想："这可未必，崽崽你去茅房，阿妈就不方便一块儿了。"

陆唤没得到她的回答，立刻绷紧了身子，茫然地看向空中。

是没办法做出承诺吗？

他的心直直下沉，张了张嘴巴，正要开口说些什么，左手又被拍了一下。

陆唤："……"

他的一颗心脏这才停止坠落，平安无事地回至胸膛。

所以，若是她始终跟着他，天大地大，在哪里并没有什么区别。在这里不过待了三月之久，在别的地方说不定会待更久，而有朝一日，他们会寻到一处住处，安下家来。家里面摆满她所喜欢的珠宝和胭脂。

屏幕外的宿溪不知道崽崽在想什么，只见他的双眸莫名其妙生出一丝明亮的向往，卡通包子脸也微微发红。

宿溪："……"

孩子傻了，兵部不是苦差吗？有那么令人向往吗?!

宿溪没有忘记竹林里还埋着自己先前藏起来的木箱子，木箱子里全都是崽崽送给自己的宝贝。既然要搬家了，那这些也要搬走。于是她拽了拽崽崽的袖子。

陆唤不解地看向自己的袖子，见自己袖子被朝着竹林方向拽去，想着竹林里应该是有什么，便跟着她一道过去。

宿溪从厨房抓起一把铁锹，塞进崽崽手里。

之前埋东西的时候她是从商城兑换挖坑的操作实现的，但现在既然崽崽在这里，这点苦力活儿就让他做好了。

陆唤立刻领会，莫非她有什么东西埋在这里？他立刻挽起袖子，修长手臂露了出来，拿起铁锹开挖。

很快，宿溪埋在这里的箱子便被挖了出来。

陆唤打开，见到里面所装之物后，顿时愣了一愣。里面整整齐齐收藏的，全是他那段日子送给她的小木雕之类的小玩意儿，后来他为她买的胭脂盒，他一直不知道她放哪儿了，原来也埋在了这里。

里面还有一些被叠好的小字条。

月光铺洒下来，这些木雕栩栩如生。

陆唤抬头朝虚空中看了一眼，仿佛在眼中描摹她的身形，心头微微动容。

他一直以为，她的出现与存在，对他而言，是茫茫灰雾中唯一的一束亮光，也是他所得到的最大的幸运与馈赠。但自己对她而言，可能只是一时兴起所救赎的一个人而已。

自己无时无刻不在等待她来，但她却是兴之所至，随时来，也随时可以离开。

陆唤一直知道这一点，但从不敢表露半点苛求，因为怕有一日，她与自己打招呼离开后便再也不来了。

可现在看到这些东西，被她仔仔细细地收藏起来，陆唤心中忽然生出几分涩意……他没有想过，他也被她珍之重之，他也被她在乎着，惦记着。

即便这些分量可能只是她的世界的十分之一，但对陆唤来讲，便已经是他拼命祈求都想要的东西了。

他有了真真切切被在意着的感觉，心头好似被什么一点点填满。他望向空中，不确定她在哪个方向，便抬起手。

宿溪见崽崽沉思了好半晌之后，眸似带水地抬起头。虽然不知道他想干什么，但他这包子脸上亮晶晶的眼神就像是"好开心要抱抱"一样。确实，好不容易晋升幼儿园小组长了，又半夜吭哧吭哧挖箱子，是该鼓励一下。于是宿溪牵了牵他的左袖，然后犹豫了一下，用另一根手指往他怀里蹭了下，最后安抚性地拍了拍他后脖颈。

一个非常草率简陋的来自老母亲敷衍的拥抱就完成了。

屏幕上的崽崽头顶冒出个气泡："？"

陆唤不可思议地睁大眼睛，他方才怎么感觉那道风钻进了自己怀里？

是他的错觉吗？他方才，是不是被抱住了？

可是因为她只是一道看不见的风，他也并不确定自己是胡思乱想，还是确有此事，他竭力装作若无其事，俯下身去搬箱子，可耳郭仍是难以控制地红了起来。

待将箱子放在一边时，他仍然忍不住在想此事。于是头顶的问号变成了两个："？？"

宿溪拽着他的袖子往回走，见他脚步飘忽，耳根微红，不知道在想什么，头顶的问号不知何时变成了三个："？？？"

而等他走到屋前，进了屋子后，头顶的问号已经变成了一大堆，占据了整个屏幕……

宿溪："……"

你怎么还在想？

这一夜，宿溪陪着崽崽收拾好东西，便一如既往地勤奋学习，等到夜深了，崽崽睡下了，她才扔了片梨花给崽崽，告诉崽崽自己走了。

但实际上，她还没走，她这边才晚上七点多，她一边写作业，一边继续开着屏幕看崽崽睡觉。

翌日，太学院中许多人也听说了此事。

但是这些人道听途说，并不知道其中的根本缘由，便以为是宁王府的庶子巴结了云太尉的小儿子，这才令云太尉进宫替他讨了个官职。

从五品员外郎虽然不算什么大官，但是陆唤一无背景，二又是个庶子，直接从从九品跳到从五品，还是很让这些学子眼热的。

虽然明知道肯定会出现这些言论，但是见到太学院那些聚在一起交头接耳的卡通小人，宿溪就有点生气。好好的时间不做正事，天天讨论她的崽干啥呢？

陆唤倒是习以为常，低声对她说："让他们说，这种流言于我反而有利。"

毕竟，他如今确实没什么靠山背景，如果过于崭露头角，反而树大招风。在众人心中成为靠着朋友走后门的无用之人，对他更加有利。待到他真的立下实功，有了立足的根本，这些流言便可不攻自破了。

宿溪见崽崽弹出这么一段话，心头怒火稍稍平息了。

自从云太尉让云修庞和崽崽结交之后，这云修庞倒是十分听他爹的话，一下课或是一放学就黏着崽崽。

这天放学后也是，云修庞一直跟着崽崽，从广业堂走到太学院门口。

崽崽像是有些不耐烦，十分冷淡，但这小胖子却巴巴地一直跟着。

宿溪能明白云修庞为什么这么喜欢跟着崽崽，因为云修庞在太学院一直受欺负和霸凌，即便现在云太尉官复原职，那些人有所收敛，但也没有停止对他的嘲笑。而崽崽虽然年纪比他小，可是气场却慑人得多，他本能地想跟着崽崽，以为能受到保护。

宿溪想着完成上次没完成的支线任务，让云修庞成为崽崽的朋友。

除此以外，她看着屏幕上一前一后两个小包子。前面一个面容漠然，气场冷冽，后面一个宛如肉球，跌跌撞撞，就像看见了幼儿园的两个小朋友，其中一个想和另一个做好朋友一样，心中难免生出了几分慈爱之心。

崽崽也应该交一个朋友了，这样的话，自己偶尔不在，崽崽也不至于太孤单。

长工戊二十多岁，年纪和崽崽相仿，虽然很残忍，但就是门不当户不对，和崽崽肯定是谈不到一起的。而这个云修庞虽然愚笨了点，却是个老实巴交的小胖子，再加上又是太尉之子，长大以后绝对是京城的官员，他适合和崽崽做朋友。

宿溪这么安排着，于是在崽崽走到街市上时，推了推他的手，向旁边的糖葫芦示意。

陆唤以为身侧之人想吃糖葫芦，眼角眉梢融化了一些，从怀中掏出几个铜板，递给卖糖葫芦的小摊贩，道："两串。"

买完之后，他打算拿回去，虽然她不能吃，但既然她喜欢，摆着看看也是好的。但宿溪隔着屏幕突然抓住了他的一只胳膊。

崽崽:"?"

接着,宿溪抬起崽崽的胳膊,朝着跟过来的云修庞举了起来。

屏幕上的小胖子顿时喜出望外,抹了把眼睛,感动得快哭了。"唤弟,不,陆唤,这是给我的吗?"

崽崽头顶冒出个气泡:"……"

陆唤眼睁睁看着云修庞把自己买给宿溪的糖葫芦一把拿走,当场啃了起来,心中不大愉快,盯了他一眼,拿着剩下一串扭头就走。

云修庞不知所措,赶紧跟了上来,他一边小跑,一边吃糖葫芦,那糖葫芦的糖皮看起来十分香甜,他吃得满嘴都是。

见陆唤回头望过来,他似乎是很想结交这个朋友,于是挠了挠脑袋,努力逗这个朋友笑,便一口气将糖葫芦全都咬进了嘴里,腮颊登时撑起来好几个包,鼓鼓囊囊的,看起来十分好笑。

这小胖子其实挺有意思的,屏幕外的宿溪被他可爱到了,下意识拽了拽崽崽的袖子,让他多看几眼,别老嫌弃人家。

可崽崽望向身侧,心情好像越来越糟糕。

他阴晴不定地看着云修庞,转身继续往前走,手上拿着那一串糖葫芦,情绪沉沉的,不知道在想什么。

忽然,他冷着脸咬下一个糖葫芦来,鼓到脸颊边,然后侧过头,没什么表情地朝着宿溪的方向看了眼。

宿溪:"?"

宿溪没摸清楚崽崽这是在干什么,忽然就见屏幕上他头顶跳出个气泡,那气泡有点急,趴在他头顶。

"我也可以。"

宿溪:"……"

屏幕外的宿溪简直快要笑死了,但是崽崽显然不知道他的心理活动都变成气泡一条接一条地蹦了出来,宿溪也就装作不知道孩子争风吃醋的小心思了。

崽崽貌似对云修庞还是很排斥,宿溪是个支持交友自由的老母亲,就没有强行逼着两人做朋友。但是根据系统的判定,方才自己抓起崽崽的手送给云修庞一串糖葫芦,已经被判定为主人公在主动示好了,于是屏幕上很快弹出来消

息：【恭喜，完成支线任务五：结交到第一个朋友。获得金币奖励 +200，点数奖励 +2 ！】

　　这样一来，宿溪这边顺利地有了 42 个点数！她的目标是尽快积攒到 100 个点数，到时候和崽崽沟通就不必通过拉袖子来进行了。而且根据系统的提示，到时候商城还会解锁什么大礼包！现在已经走了将近一半的路了，想想还有点小激动！

　　宁王府中的下人替陆唤将行李搬到兵部的官舍之后，陆唤正式去兵部上任。

　　从五品兵部员外郎的服饰是深青色长袍，上面绘着茱萸纹绣并深褐色猛虎。

　　宿溪看见崽崽将殷红色的从九品伴读服换下来，穿上这一身，很是有点可惜，毕竟伴读服的颜色实在是很好看。

　　不过，等崽崽穿上新的官服之后，宿溪又立刻真香[1]了。

　　人靠衣装都是假的，崽崽穿什么都很好看，穿什么都有着不同的风采。

　　穿上从九品伴读服像是粉雕玉琢的小公子，穿上从五品的武官服则更添几分银枪雪剑的清隽。

　　陆唤去官衙的第一天，他那边是辰时，宿溪这边已经到晚上了，本来到了快睡觉的时间，但宿溪靠在枕头上，决定再玩会儿游戏，送崽崽第一天报到。

　　于是她用支线任务换来的两个点数解锁了兵部的地图。

　　兵部老大是兵部尚书，二把手是兵部侍郎，这两位统管兵部下设的四个部门。一部主管武官承袭、兵吏选拔；二部主管战备物品采购与收管，如马匹、武器等；三部涉及军功赏罚；四部则涉及兵书、军报传达。

　　每个部门又有正职，为正五品的兵部郎中，副职就是从五品的兵部员外郎，底下从属的有十来个主事，每个主事手底下又有一些办事的官吏。

　　陆唤所要任职的是兵部二部。

　　他现在这个职位，就相当于兵部二部的二把手了。

　　宿溪花了点时间将系统介绍的官员背景捋清楚之后，就期待着崽崽第一次当官的画面了。

　　这从五品的兵部员外郎虽然只是个连朝都不用上的小官，但是手底下好歹

---

[1] 真香：网络用语，指一个人原本下定决心不做某事，最后却主动做出相反行为的情况。

也掌管着二部的十来个主事，应当挺有官威的吧。但万万没想到，崽崽第一天当官，便被兵部二部的主事们给了个下马威。

崽崽出现在官衙大门前的时候，这些主事还聚集在一块儿交头接耳，声音也很大，完全不顾及当事人已经来了，仿佛就是说给陆唤听的。

屏幕上弹出大段大段不屑的文字。

"真不知道那小子怎么就得了云太尉的赏识，竟将他安排进这里！这种走后门的方式，真叫人不齿！"

"对，区区一个宁王府的庶子，此前没有任何功劳，也就同那些世子哥儿在秋燕山围猎了一次，凭什么压我们一头？"

"我们这些主事，虽说并非都是高官之后，但好歹也是正儿八经一步步升迁上来的。主事甲是戎洲郡守之子，主事乙还是三年前的探花郎呢！我本以为员外郎的职位空缺，会是你二人中的一个升至那位置，可谁料竟然来了个毛都没长齐的小子！"

一堆人中间，头顶上有"主事甲"和"主事乙"名称的两个人，表情尤其古怪。一个面露愤懑，握紧了拳头，一个倒是将情绪隐藏得很好，连忙摆手道："不不不，主事丙兄，我考取探花郎那是多少年前的事情了，现在自然长江后浪推前浪，不如京城中年轻的世子们了。"

宿溪顿时就觉得这个探花郎主事乙心眼儿挺多的，果然，他这么自谦一句之后，主事们立刻觉得更加不公平了。

主事们纷纷道："我们最看不起那些子承父荫的人了，世子又如何？京城中谁人不知宁王府已经没落了，何况新任员外郎还只是个下贱的庶子！能成什么大事，恐怕只是个中看不中用的废物！"

十几个人，你一句我一句，口口声声说着宁王府低贱庶子之类的话，将崽崽贬得一文不值。

宿溪没想到会是这样的情况，心里十分不好受。但这种情况，倒也正常，毕竟这些主事还以为新任员外郎会从他们中间挑选，可谁知突然来了个天降，他们不阴阳怪气的才不对。

只是接下来，崽崽的处境恐怕不会太好过，还不知道这些人要怎么刁难崽崽。

陆唤身后跟着两个宁王府的侍卫，替他拎着包袱，他将这些人的讽刺一字一句听在耳朵里，神色却并无波动。

他脚步在官衙门口稍微顿了顿，让两个侍卫先进去替他收拾桌案，才低声对身侧道："你还没走吗？"

宿溪刚才跟崽崽打过招呼，说她快要走了，只是洗漱完后想看他第一天上任，才又忍不住在床上打开了游戏。

宿溪闷闷地扯了下崽崽的右手，心里一阵苦涩。

虽然这段时间以来，崽崽已经很努力了，从永安庙到秋燕山，再到云州行宫一事，终于摆脱了宁王府中的困境。

但是似乎还不够，在这些人眼里，他还只是个可以任意欺负的没落异姓王府的庶子。

在太学院里也是，那些学子虽然表面上与崽崽交好，抄他作业，但背地里还是觉得他只是个宁王府的庶子，而这些成年官员欺负起一个少年来，就更加不遮不掩了。

她现在都不指望游戏中尽快出现有关崽崽身世的剧情了，只希望崽崽能早日出人头地，不再被这些人小瞧。

陆唤虽然看不见身侧之人的表情，亦看不见她的表情，但只是她拉他手的这一个动作，他就能分辨出，她情绪似乎不太高昂。

陆唤想了想，猜出了原因，便对她道："你去休息，先睡上一觉，待你再来，我答应你，再听不到这些人说这样的话。"

这时，宿溪的屏幕上突然弹出了第六条支线任务：【请接收支线任务六：将兵部二部收拾服帖，解决二部历年来头疼之事，初步引起镇远将军与兵部尚书的注意。点数奖励 +2。】

即便这不是新的支线任务，也必须要帮崽崽收拾这帮兔崽子一顿！

宿溪钩了钩崽崽的左手，示意他自己这就离开。但是她看着屏幕上崽崽朝官衙里头走去，而那群主事跟没看见似的，自顾自地走开，心头还是燃起一团火。

她一时半会儿想不到该怎么收拾这些人，便打开商城翻了翻，搜索兵部关键词，找来找去，只找到一本往年的战备物品精简账本。

这精简账本是二部的东西，应该会有用。于是她扯着崽崽走到官衙后边，将账本交给崽崽，自己先下线了。

宿溪也实在困得不行了，心里还琢磨着这个支线任务恐怕不是一时半会儿能完成的，眼皮子就开始耷拉，沉沉困意袭来，一会儿就睡着了。

　　陆唤见他的侍卫给他收拾好了桌案，那群主事抬起眼皮子瞧了眼，不知是谁发出一声阴阳怪气的冷哼。

　　陆唤扫了这些人一眼，视线很快便锁定在主事甲和主事乙两人身上。

　　其他主事似乎是以这两人为中心的，这两位应该身份比较突出。但这两人之间的关系似乎又不大好，桌案分置在两边，离得远远的。

　　陆唤心下了然，不再言语，转身进了里边自己的位置。

　　见他进去了，这些主事才不再沉寂，又开始交头接耳，称这少年官威好大，不知道到底有什么真本领。

　　陆唤开始翻看二部往年的账本。

　　大约两个时辰之后，外头忽然一阵嘈杂与吵闹，似乎是有官吏来报告，说是出了事情。

　　所出的事情有两桩。一个主事负责采办马匹，暂存在兵营中，看守的官吏没看好，跑掉了几十匹！另一桩是，近些日子以来，镇远将军招兵，对武器的需求也随之增加，二部不得不增加了采买长枪银剑等武器的数量。但是问题来了，将武器从锻造处运输到武器库的途中，遭到了老百姓的抗议，称运输时板车嘈杂扰民。此外，运输时官吏办事不当，途中也丢了许多武器。燕国是禁止百姓私人采办武器的，就怕京城中有歹人将这些兵营的武器捡了去，为非作歹。

　　这两桩事情的问题不算小，外头的主事们焦头烂额，议论纷纷，吵成一团。

　　陆唤装作没听见。

　　片刻后，二部的郎中来了。

　　这郎中早就想把自己儿子安插进员外郎的副职了，但怎料还没来得及安排，云太尉就先举荐了人选。

　　他心里也十分不满，生出了些龃龉。但是他毕竟比那些主事要圆滑得多，况且他在云太尉手底下当差，怎么着也要给云太尉几分薄面，因此，是不敢当面给陆唤难看的。

　　不过，现在既然出了问题，倒不如叫新上任的这小子出来解决。到时候解决不了，可就不是他们刻意刁难这小子了。

　　他让人把陆唤叫出来，问："不知新上任的员外郎对这两桩急事有什么看法？"

陆唤抬眸，问："我若给出对策，众位便必定去执行吗？"

主事们心中轻蔑。这人分明还只是个少年，即便穿着官服，身段再好看，脸庞再俊美，也只是个初出茅庐的小子罢了。

底下的主事不知道是谁低声不屑地说了一句："不过是个走后门进来的庶子罢了，太学院都没上过几天，能有什么妙计？"

二部郎中表面功夫还是要做的，立刻呵斥道："休要胡言！"

他对陆唤温声道："请说。"

"解决这两件事，很好办。"陆唤道，"第一件，马之所以会跑，全是看守方的失职，原本只要揪看守之人的错即可。只是如今看守之人乃三部兵营的人，我们二部势弱，不便与之起冲突，所以这才成了一个头疼的问题。只需要与三部谈妥，减少看守马匹的兵吏，增加雇的马夫即可。兵吏不擅长管理马匹，还经常擅离职守。但马夫是用银两雇来的，且全是平民，不敢在兵部眼皮子底下渎职。如此可保证这种事情不再发生。"

来自戎洲的主事甲冷笑一声，驳斥道："你又怎知三部会同意我们这么做？"

陆唤神色平静，道："你恐怕没有注意此次镇远将军府招收新兵的公文，招收的兵吏中，有一些是要送到三部去的，说明此时三部明显缺人。在此事上给他们减少人手，他们又怎会不同意？何况雇佣马夫的银两从我们二部出。"

探花郎主事乙面露难色，委婉地道："但是，这些银两又是一笔支出，岂不是增加了我们二部的财政支出……"

陆唤扫了他一眼，与他算了一笔账。"雇佣一个马夫一月半两银子，五个马夫一月也才不到三两银子。我刚才翻了翻二部历年来频发的事件，发现马匹逃跑这类事件，大大小小，一月至少两次。光每回耗费兵吏去抓，且赔偿马匹毁坏的田地损失的支出，便已经有十几两银子。哪个更增加二部的财政负担，你算不清楚吗？"

探花郎主事乙顿时面色讪讪。

主事们虽然并不想承认，但不得不说，这少年的对策言之有理。

"那第二件事情呢，莫非你这天才少年也有了对策？"主事甲环视了身侧一圈，见有些主事脸上竟然流露出赞同之色，更加怒火中烧，不甘心地嘲讽道。

陆唤不理会他言语中的不逊，转身对二部郎中分析道："第二件事，扰民、丢武器，本就是运输官吏的失职。可为何会这样？运输本身并非一件难事，竟然还会弄丢如此多武器，未免令人奇怪。若深究起来，无非是运输途中大小官吏层层剥削，中饱私囊，到了底层官吏，掏不出这油水来，便拿了武器去变卖，变卖了武器，还称之为'丢了'罢了。"

探花郎主事乙为难地道："这些猫腻我们并非不知，只是二部底下官吏人数众多，且环环相扣，若是当真追究起责任来，只怕是好大一桩事情，会耗费数月去调查。如今二部尾大不掉，并没有精力去挨个惩罚这些官吏。何况若是闹大，闹到圣上面前，我们还会被追究责任。"

郎中双眉紧蹙，显然也是想到了这件事情牵扯甚广，他问陆唤："你可有什么办法？"

陆唤言简意赅道："不如让京城中的货商接手此事。一来节省二部人手，裁去部分冗杂兵吏，减少开支。二来，货商常年运输物资，比半吊子的官吏更加懂得如何安全运输，可减少路上造成的损耗，避免百姓投诉。三来，也可以减少官吏中饱私囊的环节，避免有朝一日皇上调查问责。四来，对货商们进行评估，京城货商不下数十位，让其各自拿出诚意来，挑选出最合适的货商来接手，良性竞争，也能令负责此事的货商更加严谨慎重。"

官民合作，此前在燕国并非没有，兵部二部也有权如此做，只是这办法，底下的这些主事却从没想到过！

他们先前考虑此事时，一直都在头疼如何告诫中饱私囊的那些人，可万万没想到，换一个思路想问题，视野顿时开阔了起来！

陆唤的对策一说出口，有几个主事脸上的神色立刻不一样了，其余人也大为吃惊，觉得这少年所提出的对策全都并非纸上谈兵，而是直接对症下药，解决了他们二部目前的困境。

可是，这少年仅仅十六岁，又是如何想到这些解决之道的?！

二部郎中虽然有心让自己的儿子上这个位置，但此时也不得不承认，他那儿子绝对没有眼前这少年这般能干。

若是按照他所说的去做，长久以来一直困扰二部的事情说不定真的可以迎刃而解！

二部郎中脸上顿时显出喜出望外的神情。

底下许多主事其实心中已经服了，怪不得这太学院是燕国第一学院，教导的是各位皇子，太子之师也出身太学院，教出来的学生果然不一般。

这少年虽然年纪尚轻，但并非绣花枕头，而是有真才实干的，见识谋略也令人敬佩！

但是，心中有些服气了，脸上却仍然不太能拉下面子来。

他们一个两个都是二三十岁的青年人，甚至还有四五十岁为官多年的，让他们听一个少年调遣?!

主事甲看了眼周围，见大家都不出声，一副不得不赞同的模样，有些冒火，忍不住道："你了解往年情况吗，便提出这样的建议？若是解决不了目前的困境，你当如何？"

桌案后的少年睨了他一眼，反问道："你又了解往年的情况吗？去年马匹多少？官吏多少？武器多少？"

"……"主事甲自然全都答不上来。

而陆唤却对答如流道："前年马匹三千二百，去年无战乱，马匹仅五百匹。前年二部官吏一百二十三人，去年增加许多，为一百六十三人，其中有一些大约是买了官进来的。前年武器两库房半，去年有许多生了锈，也有足足两库房。"

这些账本有十几本，且被探花主事乙记载得凌乱无比，只有探花主事乙自己能看懂，可为何他来二部不过半日，在这样短的时间内，竟然全都记下来了?!

这是何等的天才记忆?!

这一下，主事全都大惊失色，噤了声！

陆唤心想："也不知道她从哪里翻找来的，弄来的那本账本倒是刚好派上了用场。"

他方才粗略一翻，发现全是精简过的有用数字，便一目十行地扫完，全都记了下来，此时能拿来唬人，还有她的功劳。

而二部郎中盯着陆唤看了许久，神色一变再变，片刻后，他挥了挥手，对底下的主事道："便按员外郎说的办。"

"员外郎"三个字一叫出口，便是他已经认可陆唤这个从五品的员外郎了。

第十八章

去交个朋友吧

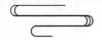

三日后，陆唤所说的两个办法果然见效！

三部本来就缺人，能精简用在二部事务上的官吏，自然是求之不得，何况三部还抱着落井下石的想法，以为二部此次将事情揽过去，必定会处理得焦头烂额，到时候更加乱成一锅粥。

但万万没想到，二部另聘了马夫来对马匹进行管理，并让人从中斡旋，暗示马夫们兵民合作，这乃是铁饭碗。

那些马夫训练有素，从二部得到的月银虽然不算多，但马夫们以为自己是在吃官饭，于是并不在意所发的俸禄少了一点，反而还十分高兴！

这样一来，二部不仅完美解决了此事，长此以往，必将减少许多财政支出。

而武器之事，很快也顺利地得到了解决。

二部的消息放出去之后，京城中许多货运的富商便蠢蠢欲动了起来。

陆唤让主事们先将合作之事炒起来，让富商们以为会是一件美差，私下暗自较量角力。待到富商们想尽办法、挤破了头想要揽这差事时，再适当压缩削减给予富商们的利润空间。

如此一来，成功解决此事之余，还大大减少了二部人力、物力、财力的消耗。

这两件事一向让兵部二部头疼不已，每年招兵，这两件事都需要好些个主事去处理。有的走访京城中百姓进行安抚，有的焦头烂额地去追踪武器去向，总之是手忙脚乱，但新的员外郎上任之后，却迅速解决了二部的两个病灶，堪称雷厉风行，卓有成效了。

　　经过此事之后，二部的主事们心底对陆唤的看法发生了一些微妙的变化。

　　原本以为这少年是凭借着云太尉和宁王府的关系才进了他们官衙的，但现在看来，这少年多谋善断，确有过人之处。即便是不和他们比较，在这京城的世家子弟中，也绝对是不可多得、出类拔萃的人才。

　　眼瞧着头疼之事就此解决，二部郎中深深舒了口气，对自己新上任的这个少年副官终于多了几分青睐。想来若是这少年一直留在自己这里做这个员外郎，还愁二部每年的绩效吗？还愁自己不能升官吗？先前自己还想着将他弄走，让自己儿子任这个职位，现在想来，这么做恐怕就因小失大了。

　　陆唤觉得二部郎中陡然变得亲切起来，还特地命几个主事给陆唤屏风后的桌案上多摆了几盆绿植，多洒水打扫。

　　主事们将郎中的态度看在眼里，自然对陆唤的态度也发生了改变……

　　等到宿溪第二天再上线的时候，游戏里只不过过了三天，可是她怎么感觉崽崽所在的兵部二部发生了天翻地覆的变化。只见崽崽坐在屏风后的桌案旁看书，时不时提起笔，蘸取墨汁批注一些什么。

　　墨汁刚好没了，崽崽正要起身去库房拿，外头却突然冲进来一个主事简笔画小人，热情地道：“员外郎，您坐着，我刚好无事，来给您研墨！”

　　说完也不顾崽崽的反应，兴冲冲地提起袖子，就赖在崽崽桌案边上不走了，殷勤地给崽崽研起墨来。

　　崽崽头顶气泡：“……”

　　宿溪：“……”

　　这是巴结态度表现得非常明显的主事丙。

　　外面淅淅沥沥地下着小雨，崽崽撑起油纸伞，打算回官舍时，有个主事小人迈着小短腿快步走过来，也在崽崽旁边把伞撑开，友好地道：“员外郎，不如我们一道回去吧。”

　　此人还在众主事议论纷纷时替崽崽说了话，维护了崽崽。

这是敬佩态度表现得非常明显的主事丁。

此次二部的麻烦事被崽崽快刀斩乱麻地解决之后，大部分主事对崽崽的态度都有所改观，但仍然有一拨人阴阳怪气地觉得崽崽不过是从太学院偷学了一些治理之法，便拿来兵部班门弄斧，并没什么厉害的，此次事件虽得以解决，但并不能说明崽崽能解决今后兵部所有的事情。

这些还不服气的人仍然以主事甲和主事乙为中心，时不时地对崽崽冷哼一声，且多次议事时故意称病不到，给崽崽找麻烦。

主事甲性格冲动，是明着给崽崽脸色看，找不痛快；而主事乙明面上对崽崽和平友好，背地里却是多次用言语挑拨，还装作置身事外的模样。

宿溪看着这两个游戏小人的嘴脸，就恨不得伸出手指，替崽崽把这两人摁进泥巴里揍一顿。

这两人带头扰乱兵部二部的这潭水，即便上回崽崽解决了难题，得到了大部分人的钦佩，但是若这两人一直搅浑水，长此以往，这兵部二部仍然会不受崽崽管辖。

崽崽让她少安毋躁，随后便做了一件事情。

他先让自己从宁王府中带来的侍卫去查清楚主事甲与主事乙每日傍晚离开官衙之后的行踪，得知主事甲常去赌场，而主事乙则流连诗友会。

接着，在主事乙从街市上路过时，他让自己的侍卫给主事甲送去一些金银珠宝，让侍卫表现出鬼鬼祟祟的样子，可刚好被主事乙瞧见。

主事乙瞧见了，脸色发生了细微的变化。

翌日，在主事甲迟到大半天来到衙门之时，让主事甲刚好撞见他在屏风后与主事乙秘密交谈，并赠送给主事乙一本诗册。

主事甲无意中撞见此事，脸色顿时一青。

这样做了之后，不出三日，竟然真的发生了一些微妙的变化！主事甲和主事乙之间的关系越发紧张起来，而对崽崽却是陡然一改往日不配合的态度，变成了竭力想要与崽崽结交的样子！

主事甲和主事乙都开始配合工作了，正所谓擒贼先擒王，其他主事哪里还能再给崽崽捣什么乱?!

宿溪有点不明白崽崽当天到底让侍卫给主事甲送了什么，又和主事乙谈论了什么，怎么这两人忽然就开始争先恐后地在崽崽面前争起宠来了?!

这日从官衙中离开的路上，崽崽对她解释道："实际上，我只是让侍卫带着金银在主事甲的府门口流连了一会儿，并没有真的将东西送到主事甲手上。而隔天我和主事乙也只不过是在随意谈论天气，并未谈论什么结盟之事。"

宿溪牵了牵他的左袖，示意自己在听。

崽崽眉眼温和地望向左侧，又道："但是，主事甲和主事乙一向针锋相对，生怕对方抢先一步。做者无心，瞧者却遐想连篇。我只需利用这二人的心理，给其中一个人好处，另一个人看着，便会急眼。

"主事乙怀疑主事甲暗地里被我收买，生怕主事甲与我站在一队，给他使绊子。而主事甲亦怕主事乙先一步与我结交，到时候与我一道将他踢出兵部二部，那他便完了。

"这二人积怨多年，长年累月的仇恨和较量可不是轻易能化解的，二人不可能联手，因此只会有一种对策，便是争先恐后地来巴结我。这样一来，我在兵部二部想要做些什么，不就顺利了吗？"

宿溪听明白了，不仅听明白了，还忍不住发出惊叹，她的崽为何这么聪明？！

她有点懂崽崽的做法了，不就是老师讲的博弈论里所提及的囚徒困境吗？

自古以来，帝王的驭臣之道，都讲究一个平衡，让臣子们内斗，而帝王则从中制衡。

崽崽现在虽然只有十六岁，但是他显然已经精通此道，虽然他自己此时可能还没有那么大的野心，但是屏幕外的宿溪见他初步显出帝王的雏形，心中还是既欣慰又感慨。

陆唤撑着油纸伞，街市上的人都以为他独自一人走在青石路上，一人打伞，却仍淋湿了半边肩膀，但只有他自己知道，她在他身边。

他有时候并不想让她看见乱成一团的兵部二部，那些前日还嘲讽轻蔑，隔天便曲意逢迎的人心，这样的人心太丑陋，若是可以，他希望不要脏了她的眼。

可两人一道走在这漫漫长路上，一道解决难题的感觉，又如此之好。好到他希望，这条路看不见尽头，永远不会走完。

这绵绵的细雨也不知道什么时候停，陆唤感受着被拽住的袖子，眼角眉梢一片柔和，心中想："希望待这雨停时，自己能找到办法，让她也能和常人一样，拥有想去哪里便去哪里的双腿，想尝什么便尝什么的嘴巴，拥有能看见这世间的眼睛。"

他必须找到办法。

兵部二部的乱子就这样告一段落，一时之间，兵部二部上上下下被崽崽收拾得服服帖帖。

宿溪这边"收服兵部二部人心"的支线任务也显示已完成，又增加了 2 个点数。

现在宿溪还没想好新的点数要解锁哪里，就打算暂时先存着。

崽崽除了要在兵部二部任职之外，还要继续去太学院上学。

上官学士已经入狱，崽崽在太学院中继续清闲地读起书来。

趁此机会，对知识非常渴望的崽崽又趁机在藏书阁找了很多书，昏天黑地地看起来。

有几次宿溪下线之前，拽着他的袖子催促他回去睡觉，他也答应，待宿溪消失之后便转身回去。结果第二天宿溪再上线的时候，发现崽崽又在藏书阁睡着了。

看着草草在地上铺了张席子和衣而卧，手中还握着书的崽崽，她简直气不打一处来。

养的孩子太爱学习了怎么办?! 包子脸都给学瘦了!

宿溪不忍心打搅崽崽，反正官衙那边崽崽都是二把手了，迟到一会儿没什么，于是她从商城里兑换了一条羊毛毯，轻手轻脚给地上的小小一团盖上。

盖上之后，宿溪又费力地从崽崽手中将那本《治国之道》拿走。

可就在这时，《治国之道》的书皮下面竟然又掉下来一本书，差点砸在地上，怕把崽崽弄醒，宿溪连忙用手接住。

她在屏幕外觉得有些好笑，崽崽也和她们以前上课时一样，在语文课、数学课上，书的封皮下面包着一本小说吗? 真是可爱。

可随即，宿溪看到那书皮下面是什么书之后，便沉默了。

那是一本快被翻烂了的《召灵回生》。

屏幕外的宿溪将手机放在桌上，揉了揉眉心，看向窗外。

窗外月亮高高挂着，高楼林立，鳞次栉比，因为还没搬到新家去，楼下隐隐约约还能听见来自三环车流的响声。回头看向房间里，空调、电热毯、电脑，因为都运行着，正发出细微的嗡嗡声。

这一切都提醒着她，即便崽崽不是个简单的游戏里的人物，她和崽崽也是两个世界的人。

既然在两个世界，又怎么可能站在一起呢？

崽崽对于能够见到她，似乎怀着魂牵梦绕的渴望，但又不想让她知道，于是一直在偷偷查阅各种办法。但这事根本不可能做到，她又不可能进到游戏里。崽崽所以为的鬼神寄身托胎，也是完全不可能实现的。

崽崽现在有多充满希冀，将来某一天发现所期待的一切都是镜花水月，就会有多失望。

宿溪打开游戏的第一天，见到那个背着柴火回到小破屋子、浑身是伤的游戏小人时，心里没有任何波动，只觉得他好笑又可怜，她那时也没想过，自己一天天陪着他，会逐渐对他生出割舍不掉的感情，到现在，光是想到之后他会很难过很难过，她心里都有些揪着。

崽崽从小到大已经够苦了，宿溪不想自己成为让他苦的事情之一。

因此在太学院里，云修庞再来找崽崽的时候，宿溪看着这个小胖子，心中就更加坚定了一定要让崽崽在那个世界拥有朋友、亲人的想法。

这样的话，有人陪着崽崽，她会放心得多。

这样的话，即便有朝一日崽崽终于发现自己是另外一个世界的人，与他隔了永不可能见面的距离，而并非什么能够接触得到的鬼神时，他应当也不会那么难受。

但是这么一想，宿溪心里反而有点酸涩起来。

如果真的有那么一天，自己亲眼看着崽崽成家立业，有了亲近的人，自己不再是他最重要的那个人。他的时间分给了别人，不再每日眼巴巴地等待自己出现，不再每次孤零零地送自己下线……自己真的会开心吗？

自己开心与否不重要，宿溪又想，崽崽在那个世界过得好就行了。

云修庞想和崽崽一块儿走，崽崽见这小子又跟上来了，简直头疼，赶紧收拾布袋，飞快地从太学院侧门溜了。

但是他已经这么溜了好几天，云修庞也没那么傻，今天居然从侧门跟上来了，跑得气喘吁吁。"陆唤，你等等我，走那么快干什么?! 我爹说了，让我多与你一道！"

陆唤头顶一串省略号："……"

陆唤正要加快脚步将他甩开，身侧的风却突然跳出来，拉了拉他的袖子，定定地拉着他，不让他走。

陆唤："……"

他脚步倒是如宿溪所愿地停下了，但脸上的神情却有点不大开心。

他冷漠地看了一眼远处的云修庞，用靴子踢着脚下的石块，闷声道："你又想和那小胖子一起玩吗？"

屏幕外的宿溪生怕他误会自己更加在意小胖子，赶紧拽了拽他右边的袖子，又在他背上推了一把，把他往小胖子那边推去，着急地表达出自己的意思。

崽崽冰雪聪明，立刻就理解了，道："你是希望我和那小胖子一起玩？"

屏幕外的宿溪简直要给崽崽竖大拇指了，崽崽你这简直就是"阿妈点读机"嘛！

可崽崽看起来仍然不是很开心，他垂着眼睫毛，半晌，闷闷地道："知道了。"

云修庞好不容易追了上来，抹着额头上的汗水，气喘吁吁道："你……你为何走……走那么快，我今日也要去官衙一趟，能与你一道吗？"

陆唤瞧了他一眼，倒是难得没有扭头就走，而是道："随你。"

云修庞立刻激动起来，和陆唤并肩走在了街市上。

他因为性格懦弱，在太学院也没什么朋友，还经常受人欺负，现在走在陆唤身边，他感觉终于和这人成了朋友，心中有了踏实兴奋的感觉，于是不断问陆唤今日学士所讲的那些问题。

陆唤一一解答了，神情中也并无不耐烦。

云修庞一面喜出望外，一面又有些感动。

而屏幕外的宿溪看着，也有了种老母亲的欣慰感。

待到把云修庞送走，崽崽回到官舍内，他坐下沏了壶茶，狂饮了两口，像是与云修庞说话太费力，口干舌燥。

宿溪顿时有点愧疚：崽，带一个学渣，难为你了。

接着，崽崽半天没说话，他沉默地坐在那里，头顶不停地冒出"……"，像是在斟酌着什么，可是却迟迟开不了口。

游戏里傍晚的光线渐渐昏暗，夕阳从薄薄的纸窗透进来，落在他眉宇之间，让他的眸子看起来有几分涩意。

宿溪拍了下他的头，示意：怎么了？

崽崽垂着他的包子脸，抿了抿唇，沉默了好半晌，才忍不住问出口。

"你……你是否觉得云修庞与我曾经的处境相同，对他起了怜悯之心，把他当成第二个我，这才让我……让我……"

话说到后面，他说不下去了，像是有些难堪，眼睫毛颤了颤，站起身来往院中走。

院中夕阳落在崽崽身上，崽崽小小一个，影子也小小一团。

宿溪呆了呆，万万没想到崽崽会这么想。

原来他以为，自己一直让他对云修庞多照顾一点，是因为把小胖子当成第二个他，同情小胖子，这误会可就大了啊！

宿溪迅速把页面切换到院中，想方设法解释，这游戏太犯规了吧，崽崽对自己说话就有对话框，自己却要到100点才能对他说话！玩完这款游戏，宿溪觉得自己都快成只会比画的哑巴了！

小团子还在院中继续悲伤，她挠了挠头，看到角落里有一堆柴火，立刻拽着崽崽走到那堆柴火面前。

崽崽头顶冒出个忧伤的问号。

宿溪从柴火中抽出一根，丢在崽崽面前，意思是：看到没有，这么多柴火，阿妈只要一根。

崽崽像是并不明白她是什么意思一样，脸上没什么表情，眉宇间仍然有几分哀伤。

宿溪急了，把刚才那根放回去，又从柴火堆中抽出两根，一根高瘦柴，一根粗胖柴，立在崽崽面前，然后，"啪"的一下把胖的那根拍飞，意思是：看到没有，阿妈不要小胖子，只要瘦包子。

崽崽嘴角飞快地上扬了一下，但下一秒，又皱着眉心，负手立在那里，包子脸上一片忧伤，说道："我不懂你是何意。"

屏幕外的宿溪快要抓狂了。"啊啊啊！"

她挠了挠头，又在崽崽左边放了一根柴，右边放了两根柴。然后，让左边的一根金鸡独立，把右边的两根柴丢出了院外。

这一回，崽崽眉梢动了动，似乎是懂了，他揣摩了片刻，才慢吞吞地问："你的意思是，我独一无二？"

宿溪疯狂拉他左手。

屏幕里的崽崽站着不动，但扬起的嘴角却怎么也平不下来，他耳郭微红，眸子比夕阳还璀璨，淡淡道："哦，是吗？"

他这么淡淡地说着，头顶却跳出一个充满快乐小心心的白色气泡："我就知道。"

宿溪："……"

崽，你是不是有点过分"戏精"了？

说开之后，崽崽显而易见地对云修庞不再抱有敌意，也不再排斥云修庞放学后一直跟着他了，两人一道走在路上，他还会好心地替云修庞讲解一下授课时学士们所讲的那些知识点。

云修庞自然是受宠若惊，卡通小胖子的脸上开心得都要出花了，两只小眼睛都眯缝在了一起。

而屏幕外的宿溪看着崽崽常年独来独往，身边总算是多出一个非常有存在感的小胖子朋友，也是非常地欣慰，早就该这样嘛！

陆唤在兵部二部上任一月有余，解决掉的陈年麻烦问题不止两桩。

兵部二部上上下下的风气很明显有所改善。

先前的兵部二部仿佛排列无序的一堆散沙，虽然主事甲、主事乙以及其他主事都各有所长，可都没有用在正地方，反而整日因为一些鸡毛蒜皮的治安问题乱成一锅粥。

而现在井然有序，各司其职，秩序和效率都高出往日不少。

二部的郎中看在眼里，便和兵部尚书说了这件事情。

二部郎中心里也有自己的考量。陆唤这少年有能力是不争的事实，二部的各位主事都看在眼里，根本没办法抹掉他的功劳。况且，二部积攒的难题这么多年都得不到改善，新任员外郎一上任便将桩桩件件清理干净，上头又不是傻子，肯定也知道是怎么回事。

与其等上头问起，不如由自己主动上报陆唤的功劳。如此一来，还能落得个"知人善用、举荐下属"的好名声。

兵部尚书统管兵部四个部门，每个部门头疼的问题都有许多，他每日一睁开眼想着这些问题，便脑袋都大了。而这些问题在皇上看来都是小事，自然不可能在上朝的时候提出来，只能勒令四个部门的郎中和员外郎去解决。

四个部门每月都会送来两次账本，哪个部门做出了绩效，一目了然。

兵部尚书自然也发现了，二部从这个新的员外郎上任以来，竟然一马当先、一骑绝尘地领先了其他三个部门。

他的眉梢不由得深深凝起。

思索片刻后，特意让人去取了这少年的资料来。

兵部尚书便是上回宿溪和陆唤从皇宫夜宴中回来，宿溪所听见的，对镇远将军提及"尽快找到继承衣钵之人"的那位官员。

这些臣子的性格各有不同，镇远将军常年征战沙场，武将一名，为人刻板顽固，一旦对谁形成了什么印象，便很难改变，而兵部尚书是军中的文职，多年前承蒙镇远将军提拔，因此一直为镇远将军出谋划策，算是镇远将军留在朝廷中的一名军师。他为人内敛，脾气较为温和，看事情也更加深谋远虑、全面到位。

他统管兵部四部多年，还从未见过有谁能在短短一月之间，既解决了兵部数件难题，又能将人心笼络在手的。

这说明，新上任的这位员外郎还当真是个很有能力的人，不只是有刻板地解决问题的能力，更具有驾驭属下的能力。

一个人若是只能做事，不能驭人，便只能成为一个兵卒。而一个人若是只能驭人算心，无法征伐，便只能成为一个说客。

唯有两者皆备，方可成为将领。

更难能可贵的是，这少年居然才十六岁，年纪轻轻便有如此谋算，日后定非池中之物。

待下属送来了兵部尚书所要的陆唤的资料之后，兵部尚书这才发现，此人竟然就是那日在夜宴上，面对镇远将军的刁难不卑不亢的那个少年。

当时那个少年获得秋燕山围猎头筹，他便觉得那个少年不俗，而今看来，更加证实了他当日的第一印象！

兵部尚书大喜，心中闪过一些念头。

只是，到底由谁来继承衣钵，还得镇远将军自己说了算。

不过，他倒是可以为这少年创造一些机会，接下来运气如何，便看这少年自己的了。若他当真得雨化龙，也就必定能凭借自己的能力，扭转镇远将军对宁王府的糟糕印象！

想到这里，兵部尚书让下人去镇远将军府送了封信，邀请镇远将军翌日前往军营视察，同时又给二部郎中送了封信，让他明日带新上任的那位员外郎陆唤一道前往军营。

犹豫了一下，兵部尚书又让自己未出阁的小女儿蒙上轻纱，也在城外守候。

他总觉得自己看人眼光不会出错，若这少年将来能一飞冲天，那么……

翌日。

宿溪上线的时候，陆唤正在官衙里。郎中让他换上骑马装束，一道前往军营视察。

郎中跟陆唤并不算亲近，先前视察，一向都是带他的儿子前去，今日突然带陆唤前去，其中必定有什么缘由。陆唤隐隐猜到了什么，但并没有表现出来，只是回了官舍换衣服。

幸好上次支线任务给的解锁机会还没用掉，刚好，这下可以给军营的地图解锁了。

宿溪想想还有点期待，毕竟不知道古代的军营到底是个什么场景，应该会有帐篷和篝火。

她和崽崽打了个招呼，崽崽早就左顾右盼想着她怎么还不来，此时脸上的表情都有了几分鲜活，他一边将腰带扣好，一边问道："你要和我一道去营地吗？"

营地应该有长得比较帅的卡通兵卒、少将军之类的，说不定可以切换到原画看看。宿溪想了想，立刻有几分期待，非常潦草地给崽崽扯了扯衣领，表达一下老母亲的关爱。

陆唤并不知道她的想法，嘴角还在上扬。

二人上了轿，和兵部二部的郎中一道抵达城外营地驻扎的地方。

马车在营地门口停下来，有两个兵卒小人前来迎接，将二部郎中迎下去之后，又来到崽崽的马车前，弯腰跪在地上，让他踩着下来。

崽崽掀起帷帘，垂眸，并未踩在他的背上，而是直接跳了下去。

少年一袭红色劲装，英姿飒爽，面容冷峻，眉眼如远山冰雪。

停在远处的一辆马车上，兵部尚书的小女儿轻轻掀开帘子，视线落到他身上，小脸登时便红了，多了几分少女心事。

那日的秋燕山围猎，她自然也去了，当日京城中的世家小姐们便忍不住朝那少年看去。只是他身份有些低微，只是个没落王府的庶子，因此才没有多少少女上前同他说话。

可昨夜不知为何，爹爹竟然对自己说此人将来或许可成大事，让自己若是有意，大可结交一番。

少女甲想到这里，面上露出几分窘迫的娇羞。

陆唤跟在郎中后头，一心一意想快点抵达兵营，专心致志地巡视两道营帐，自然没注意后头马车上还有个少女。

而屏幕外的宿溪是上帝视角，却一下子将这些全都收进眼底。

她心中一咯噔，崽崽这是……被人看上了?!

系统给宿溪解释了来龙去脉。

原来，崽崽最近在整治兵部二部的事情传到了兵部尚书耳朵里，他对崽崽刮目相看，便动了一些心思。

投资嘛。谁能比崽崽更值得投资?

算这个兵部尚书有眼光。

宿溪立刻放大屏幕，去看那兵部尚书的小女儿长得怎么样。

她切了原画一看，立刻感到十分满意，这小脸俏生生的，说是眉目如画也不为过了，年龄也和崽崽相仿。

……古代是不是十五六岁就可以谈婚论嫁了?

崽崽这个年纪，说小倒也不是很小了，可以考虑起来了。

当然，也不是现在就得结亲，但是如果能培养出感情，崽崽身边以后能有人陪伴，她也不至于太担心。

而且这样，他就不会整天惦记着自己快点出现了，也不会超过三天自己没出现，他就闷闷不乐、魂不守舍了。

这样一想，宿溪心里虽然有点孩子总有一天会长大，翅膀总有一天会硬，嫁出去的"儿子"泼出去的水的惆怅心情，但总体来说，还是很为崽崽高兴的，而且，捎带着还有一丢丢八卦激动的心情。

她见崽崽这个钢铁直男[1]还在一脸漠然地往前走，忍不住拽了拽他袖子。

陆唤以为她有什么事，眉眼温和地垂头，落后兵部尚书半步，对身侧发出一个轻轻的鼻音："嗯？"

宿溪把他的袖子往后拽，示意他转身回头看。陆唤便听话地转过了身。

他一眼就见到远处兵部尚书之女的马车，那少女还在掀起帘子朝他看，脸色羞红，见他回眸，立刻害羞地将帘子放了下来。

陆唤起先不明白身边鬼神的意思，见鬼神拽着他的手指头，激动地小幅度摆动，他感觉到那微弱而激动的风，眸中还忍不住流露出些许笑意。可当他看了眼远处那马车，再垂眸去看自己飞舞的袖子时，他刹那间明白了鬼神的意思，登时浑身僵住。

周围静悄悄的，兵卒似乎奇怪员外郎为何驻足，僵硬犹如石板。

陆唤许久没说话。他这么久以来，心头逐渐升腾起的一些细微的，被他极力按捺但强烈到可怕，甚至有些病态的情感，在这一刻，犹如山洪般冲了下来，瞬间浑身冷透。

他的心直直坠落，瞬间砸得四分五裂。

他忽然意识到一个问题，他所思所想的可能只是他一人的执念。而她对他，有爱护之心，有关怀之意，但却唯独没有……没有……

陆唤咬了咬牙，不甘心地问："你是觉得那女子不错，想让我看一眼？"

他的声音沉沉的。

左手被高兴地拉了拉。

"你莫非想给我说媒不成？"他的声音中有些几不可察的颤抖。

屏幕外的宿溪感觉崽崽像是有点不太高兴，但是这有什么好不高兴的，她让云修庞和崽崽做朋友，崽崽吃醋她能理解，毕竟云修庞是个男孩子。可是这兵部尚书的小女儿生得貌美如花，是个女孩子啊，崽崽总不能以为阿妈一个鬼这么好色，男女通吃吧？！

她倒是没有继续拉崽崽的左袖，但是屏幕上的崽崽不知道怎么了，忽然一

---

[1] 钢铁直男：表示性格直爽，不擅长变通的男生。

张脸上血色尽退，甩袖就走。

宿溪："……"

这还是宿溪第一回见他生气。

可是走了两步，他脚步又顿了顿。

少年身形立在萧瑟营地里，像是极为难过似的，只是抬起眉眼时，竭力不让这种情绪显出来。

他袖中的手指紧紧攥住，像是极力在克制什么一般，对身侧低声道："我……我没生气，你跟上来吧，不要走丢了。"

接下来这一路，两人之间的气氛有些僵硬。

当然，应该是宿溪单方面感觉僵硬，崽崽虽然说他没生气，可他一路上一声不吭，十分沉默，垂着一张包子脸不知道在想什么。

屏幕外的宿溪有些无措，觉得他还是在生气，但又怀疑是自己的错觉……毕竟崽崽的脑袋上也没冒出什么表达心情的白色气泡，而且他还时不时朝左袖看一眼，示意自己快跟上去。

见小小一团的崽崽走在营地帐篷之间，前方的路非常狭窄，他一个人的背影在其中走出了几分孤独的意味，宿溪脸上一片空白，脑袋上缓缓冒出了几个问号……

她不懂，她做了什么吗？她不过是拽着崽崽的袖子，让他看看漂亮姑娘。

退一万步讲，即便崽崽不喜欢人家姑娘，也不愿意现在就谈及婚嫁，那看一眼有什么？又不会少块肉。

少块肉的是人家姑娘好不好？

难不成是害羞？可是看起来不像啊，崽崽没有脸红。虽然小人垂着头不说话，但宿溪能分辨出他的情绪。

那难不成是觉得她多管闲事？

宿溪想起自己之前放假回家，在小区楼下，听见她妈一边跳广场舞，一边和阿姨聊天，将她和霍泾川扯在一起，说什么青梅竹马以后刚好成亲家，她心情也会很烦很糟糕，觉得她妈在扯淡，这都什么八字没一撇的事。

宿溪这样将心比心地一想，立刻也觉得自己刚才多事了，己所不欲，勿施于人，这个道理被老师教了多少年了，她还不懂吗？

她心想："还是暂时不要再提这个事了，顺其自然吧。崽崽人中之龙，将来三宫六院，还怕缺媳妇吗？"

虽然这么自我检讨了一番，但宿溪心里还是有点惆怅。

她现在有点理解，每回她妈和霍阿姨兴致勃勃地谈论她和霍泾川青梅竹马，适合凑在一起的事，她头也不回地对她妈扔下一句"别给我说媒了，没结果，你女儿一心学习，不到三十岁坚决不结婚"时，她妈的心理感受了……

就和她现在一样，有种淡淡的"孩子长大了，太有主见了怎么办"的怅惘感。

宿溪不再提这件事了，但陆唤紧紧抿着唇，脸上发白，心中仍没能缓过来。

此前，他心中虽然早已滋生出一些说不清道不明的独占欲，可他从未多想，或者说但凡冒出一点念头，便被他竭力遏制住，不敢去深思。

毕竟，她能出现在他身边，陪着他走在这条泥泞艰难的路上，对他而言已经是一种救赎了。他再有妄想，便只是她能永远不消失、永远不离开、永远待在他身边，以及有朝一日能帮她找到合适的身体寄居，这些都已经是奢望了。

可是见她如此激动地让他去看别的女子，如此兴奋地想要给他说媒，他心中仍像是卡了一根刺一般，上不去下不来。

他垂眸看着自己的长靴，心想："她这么开心地想要把自己推给别人，是因为对自己从来都只有同情和善意吗？不像自己一样恨不得将她藏起来，她对自己没有分毫的占有欲吗？"

若是有朝一日，她发现他心中这些被他小心翼翼隐藏起来的阴郁心思，会待他如何？是会离开，还是……

陆唤思及此，眼皮轻轻一跳，几乎有些无法呼吸。

他喉咙里一片涩然，垂眸去看自己被小心翼翼拽了拽的左袖，下定决心，无论如何，在没能帮她找到身体，没办法确保她永远不会消失之前，不得泄露半分心中的那些心思。

两人就这样各怀想法地到了营地。

第十九章

"后宫"消失了

京城外驻扎的营地是前段日子招收的一些散兵，正在此等待将军府和兵部安排去向。因而这些兵卒都并非训练有素的规模军，帐篷都乱成一团，外面堆着一些未燃尽的篝火。

陆唤定了定神，确保身边之人还跟着自己之后，随着二部郎中前往射箭场。

此次虽说是来巡视，但陆唤知道，恐怕并非那么简单。

兵部尚书之女出现在这里也绝非偶然，恐怕兵部尚书也来到了这个地方。那么，目的为何？

陆唤抬起乌黑的眸子，似是漫不经心地朝射箭场不远处的高台楼阁扫了一眼，那高台楼阁上分明有一扇屏风。

不知道是何人在后头。

二部郎中让他在射箭场上稍稍等候，随后被一兵吏叫走，离开片刻后再回来，身后跟着四个身着玄色深衣、貌似军中头目的大汉。

其中三个身后背着箭篓，拿着弓箭，气质寡言。陆唤此前虽然从未见过军营中人，但他一眼扫去，只见这三人的玄衣上分别纹绣着豹、熊、狼，在军中的职位应当分别是三品中领军、四品武卫军、六品护卫军。而另一人体形壮硕，也是格斗好手，应为四品中郎将。

这些人在镇远军中，已经称得上军营的核心，今日竟然全都被派了过来。

陆唤眸光闪烁，镇远将军和兵部尚书倒也太看得起自己了。

那四人死死盯着陆唤，在射箭场上一字排开，郎中笑着对陆唤道："听闻员外郎少年奇才，一个月前在秋燕山猎杀了雪狼王，得到皇上的赏赐，这四位兵大哥便想来向员外郎请教一二，不知道员外郎敢不敢与他们较量一下骑射与枪法？"

陆唤还未应答，屏幕外的宿溪已经惊呆了，这这这……这不是欺负人吗？这四个壮汉壮得都快从屏幕里挤出来了，一拳揍死一个小朋友都不成问题，虽然其中三个身高都没有崽崽高，但是论起宽度，崽崽在他们面前算是非常单薄啊！三十几岁的壮年男子要和十几岁的小朋友比骑射和枪法？要不要点脸?!

宿溪虽然知道自己在屏幕外可以帮崽崽一把，但是这个郎中还没说到底怎么比，于是她不由得有点担心，下意识钩了钩崽崽的手指头。

今天这一场兵营之行，就是考验崽崽的鸿门宴啊。

陆唤感受到她在抓自己的手，似乎在为自己紧张和担忧，方才在营地外心头的那点郁意才稍稍疏解。

他扯了扯嘴角，对那四人道："请。"

屏幕外的宿溪两腿一蹬，得了，这一场比试是躲不过了。

要与他比试骑射的那三人是自己带了兵卒的，兵卒牵来了马，且拎着上好的凤羽弓，箭头也是锐利无比。

但是陆唤此次前来，并未料到屏风后的人对他有此考量，因而只带了马匹，并未带弓箭。

郎中笑吟吟地道："无碍，我早有准备。"

说完他拍拍手，不一会儿有两个兵吏送来三支箭，一柄长剑。

宿溪和崽崽一道看向那三支箭和长剑，顿时沉默。

这一场比试，刁难的意味未免也太浓了。

若是当真想考验他的话，送来的三支箭怎么会只有一支是完好无损的利箭，另外两支，一支缺了尾部的羽毛，一支箭头极为钝重，只怕射出去不足五十米，便要因为重量而掉在地上。

而那长剑，与其说是长剑，倒不如说是一根没有卷刃的扁棍。

屏幕外的宿溪有点着急，这可怎么比得过?!

　　而那四个站在对面虎视眈眈的军中将领一直盯着崽崽，其中的四品中郎将冷嗤一声，道："京城中的世子大多细皮嫩肉，不敢与我们比试，也实属正常。不过，既然生得娇贵，便不要来军中掺和，直接去朝中当无用的文官好了！"

　　这虎背熊腰的中郎将看起来对文人十分轻蔑。

　　这箭是镇远将军那边安排的，兵部二部的郎中也没想到会刻意刁难至此。看来那些有关镇远将军对宁王府看不大顺眼的传闻并非空穴来风。

　　他见了这粗制滥造的箭的模样，有几分头疼，张了张嘴，刚打算打个圆场，怎么说陆唤也算是他的得力部下，若是今日在此颜面受损，他这脸上也挂不住。

　　但是他还未找到托词，他身侧的陆唤便已接下那三支箭和那柄长剑来。

　　陆唤锐利的目光如有实质般落在那四人身上，直截了当地问："怎么比？"

　　那四人也有些诧异这小子竟然毫不胆怯，不由得互相对视一眼。

　　其中一人道："我们三人与你比射箭，须得骑马，在移动中骑射，谁的箭更靠近靶心，便是谁赢。而这位中郎将用银枪，你用长剑，你二人比试武力。"

　　"四场比试下来，你若是能胜两场，便算你赢。"

　　说完，那位虎背熊腰的中郎将走到一边，从兵吏手中拿起重逾千钧的银枪，威风凛凛地耍了两把，看得旁边的二部郎中替陆唤捏了一把冷汗。

　　"行，就这么办吧。"陆唤点了点头，过去牵自己的马。

　　屏幕外的宿溪忧心忡忡，她想了想，先从商城兑换了一些东西，包括外伤药、飞镖、暗器，以备不时之需。

　　而此时此刻，方才出现在城外马车上的那位兵部尚书的小女儿也出现在了射箭场外，她身后有两个丫鬟替她拎着裙角，撑着油纸伞，朝着远处的高台上走去，似乎是打算观战。

　　宿溪朝兵部尚书的小女儿看了眼，见她这会儿还在咬着嘴唇，脸颊绯红，显然是打算看一出精彩的比拼了。

　　宿溪这个老母亲突然就对这个"儿媳"不满意了起来。

　　这都啥时候了也不去找兵部尚书父亲劝阻一下，崽崽一挑四容易吗？

　　她心里不太舒服，有种崽崽在这里累死累活比武，台上的人轻轻松松看戏，崽崽被当成猴看的不爽感。

　　算了，兵部尚书之女是少女甲，没有姓名，可见并不是游戏给崽崽安排的人。

以后肯定还会出现全心全意对崽崽好的人的。

这样想着，宿溪又将注意力集中到了崽崽和对面几人即将开始的比拼上。

而陆唤也注意到了朝高楼看台上走去的那位兵部尚书之女，并非他想注意，而是那少女身后跟着几个下人，走得实在太高调。

他蹙了蹙眉，感觉身侧的风这会儿没了动静，不知道她又在想什么，难不成又把注意力放到了那位兵部尚书之女身上，还在琢磨怎么做媒？

陆唤心中不痛快，漆黑的眸子里也滑过一分郁色。

他抿着唇，走到一边，从兵吏手中拿过箭篓，将那三支箭拨了拨，把箭篓放到马背的一边，然后提起长弓，一掀衣袍跃上马背。衣袖猎猎，面容沉沉。

他虽可以按捺住不对她表现出过分偏执的情感，可她若是再随意给他觅选别的女子，他怕他终有一天会忍不住。

身侧的风忽然拉了一下他的手指。

屏幕外的宿溪是想说：一切当心，万事有阿妈。

但崽崽却不知道在想什么，忽然压低声音对她沉沉道："我明白你的意思，但不要再提了，我不会成家立业，我就要孤独终老。"

屏幕外的宿溪有点蒙。"……啊？？？"

射箭场上，与崽崽比拼射箭的三位也纵身跃上马。

三匹马同时嘶鸣，急促地在场地上奔驰，马蹄发出"嗒嗒"的响声。

这马蹄声犹如擂鼓，宿溪立刻被勾去了注意力，她紧张地朝那边看去。

只见那三人中最先出列的是那位玄衣上纹绣着豹子的三品中领军，这人身形粗犷，目若悬星，不只官阶是三位弓箭手当中最高的，看起来也似乎是三位弓箭手中最厉害的。

率先派出最厉害的一个，说明这三人对崽崽还是有些忌惮的。

这人不苟言笑，朝崽崽这边扫了一眼，当即双腿一夹马腹，"喝"的一声从马背上一跃而起，随即轻松地立在了马背上，身形稳稳当当。

屏幕外的宿溪："……"

古代将领射箭招式都这么多的吗？！

只见那三品中领军的马飞奔而去，与此同时，他站在马背上，眯起一只眼睛，死死盯着百米开外的靶心，拉开了弓。

只听利箭"嗖"地在空中发出一声锐利的响声。

毫无意外，正中靶心。

射箭场外聚集起来的一些兵吏小人顿时发出狂热的欢呼。

不得不说，能在马匹快速移动且以站姿立在马背上重心不稳的情况下百步穿杨，的确有两把刷子。即便宿溪是崽崽这边的，也要承认这位中领军很有些本事。

不过，要是没本事也不可能在军中当上三品的武将了。

那中领军一箭正中靶心之后，立刻掉转马头，回过头来看向崽崽。

另外两个弓箭手也朝着崽崽看来，眸中嘲讽意味不言而喻。

这种情况下，宿溪根本没办法帮忙。

众目睽睽之下，她总不可能托着箭飞到靶上去，那样的话只怕整个军营都要见鬼了，而且还会给崽崽带来不好的后果。

她见崽崽不紧不慢地夹了夹马腹，让雪白的马缓步上前，然后拉弓。所有人都屏住呼吸注视着这一幕。宿溪也心脏狂跳，都快跳出喉咙了。她见崽崽面色镇定，漆黑双眸平静，似乎胸有成竹的样子，她才稍稍放下了心。

但下一秒，从崽崽长弓上飞出去的箭飞了还不到五十米，就在空中打着摆，"笃"的一声，头重脚轻地栽在了地上。

宿溪："???"

等等，崽崽你难道不是胸有成竹吗？

明知道箭会掉在地上，那方才还不疾不徐地拉弓射箭，冷傲孤清却又盛气凌人的样子是怎么回事?! 只是做给阿妈看的吗?!

射箭场上静了一下，然后爆发出一阵讽刺的嘲笑。

那四个将领纷纷朝崽崽瞥来，轻蔑地勾了勾唇角。而射箭场外的那些兵吏，本来是不敢嘲笑从五品的兵部员外郎的，但是这第一场比试落差未免太大了一点，他们实在忍不住，捂嘴狂笑，难不成这少年根本手无缚鸡之力，先前秋燕山围猎的头筹只是钻了空子？其实根本没有真材实料?!

宿溪脸都涨红了，但崽崽还是神色无波。

宿溪忍不住去看掉在地上的那支箭，只见刚才崽崽用掉的是那支箭头极为钝重的破箭，任凭力气再大，多么会挽弓射雕的弓箭手，用这支箭也不可能射出太远的距离。可以说是三支箭中最糟糕、最没有赢面的一支箭了。

宿溪原本以为崽崽要按照三支箭的缺损程度，用最锋利的那支和三品中领军比拼，用次等的没有羽毛尾巴的箭和那位四品武卫军比拼，用这支钝箭和那位六品护卫军比拼。但没想到崽崽却反其道而行。

宿溪立刻反应过来崽崽的用意了：这不是田忌赛马吗?!

燕国的历史上是没有这一段历史的，这些军中的武将大字都未必识得几个，肯定更加意料不到。

看来那段日子的苦读，崽崽是真的把《史记》给翻烂了，熟练掌握了很多上兵伐谋的手段。

宿溪刚才还担心得不得了，但这一下又立刻觉得她崽胜券在握。

而远处的高楼上，屏风后，镇远将军脸都青了，对一边的兵部尚书怒道："这就是你所说的认为适合的人选?! 连挽弓的力气都没有，如何带兵打仗?!"

兵部尚书被镇远将军吼得抹了把脸上的唾沫星子，无奈地坐远了一点。

他遥遥地朝着陆唤那边又看了眼，摇摇头，叹气道："大将军，若非你的部下刻意刁难，交给他的三支箭全都是一些无用的废弃之箭，恐怕他未必会输。"

镇远将军怒道："三支箭中分明有一支完好无损，他却在第一场就落败下来!"

兵部尚书虽然看不清远处射箭场上陆唤到底用了哪支箭，但是见另外几个将领正被射箭场旁边的兵吏包围着吹捧之时，那少年却仍安静地在马背上捣鼓剩下的两支箭，心中不知为何，觉得这少年今日必定不会输。

他忍不住驳斥镇远将军，道："大将军，在下今日和你打赌，若是我兵部的这位员外郎赢了，你可得采纳我的建议。"

"若是输了呢?"镇远将军冷哼一声，"我倒是也听说了这少年将你的兵部二部治理得井井有条的事情了，确实有些计谋，但是此人恐怕只适合留在朝廷，玩弄一些权谋之术。战场上刀剑不长眼，并非是宁王府那些无能之辈能去耍小手段的地方。老夫倒是不知道为何你对宁王府的这第三子如此重视，今日竟然还唤了函月前来!"

兵部尚书的小女儿函月坐在后头，略微失望地瞧着射箭场上，并没听见她爹和镇远将军的对话。

兵部尚书思索了一下，笑道："若是今日我赌输了，书房的字画任由大将军挑。可若是大将军赌输了，也须得一言九鼎。"

远处高楼屏风后的对话，射箭场上自然是听不到的，但是宿溪面前的屏幕上全都弹了出来。

她本来就很紧张，而见到这次的输赢还将决定任务七是否能完成，就更加紧张了。

就在屏幕上所有卡通兵吏等着看好戏，纷纷围着那四位将领，而崽崽骑着马，孤零零地站在一边时，第二场比试开始了。

第二场比试出列的是这三位弓箭手中的六品护卫军。

大约是因为方才那位三品中领军赢了，所以剩下几人肉眼可见地松懈了下来，直接让三人中最末等的弓箭手来秒杀崽崽。出列的这位六品护卫军也是十分地不屑，眼神轻蔑地朝崽崽看了一眼，眸中得意不言而喻。

他一鞭子甩在马屁股上，纵马而去。

与此同时，崽崽也开始动了，几乎与这人并驾齐驱。

这人不以为意，拉起长弓时还分心朝身侧的崽崽看了一眼，他的箭射出之时，屏幕内的所有卡通小人和屏幕外的宿溪一道屏住了呼吸，这支箭若是没有意外的话应当能中靶。但是朝着箭支行迹看去，应当不能完全射中靶心。

不过，此六品护卫军的实力也不容小觑了，若是在行军打仗中，也是能准确地射中敌人要害了。

可是，就在此时，场景陡然生变。

只见凌空飞来一道凌厉的箭矢，那箭缺少尾羽，也就导致射过去得又急又快。

虽然员外郎这支箭与方才第一支箭所射出时看起来全然不同，精准程度增加了数倍，但是众人仍以为这支箭也抵达不了靶心。

可谁知，这支箭在当空与方才六品护卫军的那支箭撞到了一起，接着，从那支箭尾部三分之二的位置刺穿了过去！

等两支箭分开之后，陆唤那支箭的尾上竟然多了羽尾！而那护卫军的箭却是后段连同羽尾一道被齐齐夺走。

众人神情顿时凝住，还可以这样?!

护卫军的箭失去了羽尾，又被撞偏，没射出多远便斜斜插进了地面，而另外一支箭却宛如流星，在空中划出一道漂亮的弧线，正中靶心。

第二场比试之后，全场静默。

宿溪见到崽崽将用来粘鸡舍模具的胶水扔进马背上的囊袋里，她："……"

这一场比试过后，各方神色全都发生了变化，兵吏是拿不准接下来形势走向如何，而那三位弓箭手却是神色微变，全都严阵以待起来。

方才他们光顾着轻视那小子了，却没发现，那小子竟然在三品中领军出场时，用了最糟糕、最不可能胜出的那支头重脚轻的钝箭，而在六品护卫军出场时，用的是那支没有羽毛尾巴的残箭。

也就是说，那小子现在手上剩下的箭，是那支完好无损的利箭？！

这样一来，他与四品武卫军之间，便没有箭支上的优劣，而只是拉弓射箭上的技巧胜负了。

方才那以箭穿箭的举动太过惊人，最后一个还没出场的四品武卫军心中已然有些慌乱，但是他竭力不显，仍趾高气扬地站出来，对陆唤道了句"请"。

而高楼之上，镇远将军眉梢一抽，神色也发生了一些微妙的变化。

最后一箭，四品武卫军惨败。

当没有了箭支上的故意捣鬼时，众人才真正看清了这几人与陆唤之间的悬殊。

六品护卫军自不必说，落后陆唤数百倍，早就是手下败将，而这四品武卫军，虽然亦中了靶心，但是他旁边的少年郎挽弓射箭，轻飘飘一箭，却是真正的百步穿杨，穿透靶心。

赢得毫无悬念。

此时，楼阁上的镇远将军神色一变再变，他和兵部尚书也都明白了这场比试中，射箭场上的那名少年不动声色的谋略。

以下对上，以中对下，以上对中。

第一局表现得如此草率，直接让三位将领掉以轻心，而第二局，直接强势猛攻，借助外力，夺走了敌人的箭羽，到了第三局，胜负便已成定局！

这三位将领全都是镇远将军军队里的好手，每一位拿出来都可以独当一面，却败在这少年的手下！

若是今日纯粹只比了几场箭法，那么镇远将军可能只认可这少年是个绝佳的弓箭手，可是这少年还展露了过人的谋算与才智，他心中已经对这宁王府的庶子刮目相看了，脸上却……

镇远将军的脸色有些不大好看，他道："老夫输了。"

兵部尚书虽然没和这位宁王府的世子接触过，但不知为何，从近一两个月他整治兵部的手段上看，便觉得他绝非池中之物。因而今日的结果，兵部尚书倒是没有那么意外。

他抚了抚胡子，神色有些调侃，对镇远将军道："昨晚的提议，大将军意下如何？"

镇远将军又朝着射箭场上的陆唤看去，心中喜悦，但面上仍然心不甘情不愿的，他咳了一声，十分勉强地道："罢了，就按你说的，此子可以培养一二。"

最后一箭比完，几乎不用再和剩下那人比第四场了，若是按照镇远将军最初所说，能胜过两场便算陆唤赢的话，那么今日，陆唤已经大获全胜了。

那第四人的处境现在十分尴尬。不比，很丢面子，如果比，被一个少年比了下去，那岂不是更丢面子？！

好在很快高楼上有人来请陆唤，对他道："还请宁王府家世子上座。"

陆唤垂眸看了那人一眼，这才收弓，从马背上一跃而下，乌黑长发落在背后。他将马交给随着自己前来的一个侍卫，让人好生照应，这才随那通传的人前去。

迈步之前，还不忘朝四周看了一眼，像是在示意谁跟上去一样。

待他走后，射箭场上才发出此起彼伏的抽气声。

宿溪的屏幕上不断弹出甲乙丙丁的各种对话框。

"方才第三场实在胜得太快，我都没看清，到底发生了什么？！"

"真正令人叹服的是第二场，陆公子是怎么直接将咱们护卫军的箭尾截断的？！"

"完了，护卫军他们脸都青了，今日回到营中，恐怕又是一顿操练。"

"方才谁将员外郎叫走了，兵部尚书吗？我听说兵部尚书家未出阁的小姐来了。"

…………

几个将领脸色难看，而那些兵吏七嘴八舌，对崽崽疯狂吹捧，宿溪看着这些，在屏幕前笑得脸都僵了，心中老母亲的自豪感油然而生，今天这个任务，她可是全程没有帮崽崽。

看来这一两个月崽崽没日没夜地打桩、射箭、练剑、做俯卧撑起了很大的作用，崽崽的武艺好像比秋燕山时又进步了不少。

她还打算多享受一会儿这些兵吏的惊叹，但那边已经随着侍卫走到高楼长梯上的崽崽却频频朝身侧看，漆黑眉梢拧起，似乎是在琢磨她为何还没跟上来。

宿溪只得把屏幕拉过去，拽了拽崽崽的袖子。

崽崽的眉梢这才松展开来。

她因为目睹了崽崽大获全胜的全过程，所以还处于非常兴奋激动的状态当中，拽完了崽崽的袖子，还忍不住扯了扯崽崽右手中的长弓。

她养的崽真帅！

崽崽似乎是揣测到了她为何如此激动，嘴角略微有些得意地翘起，但是在她看过去时，嘴角又飞快地若无其事地压了下来。

高楼之上的亭台楼阁不属于兵营，宿溪暂时还不能解锁，她把崽崽送进去之后，就让页面停留在长梯上等着。

从除去上官学士，到进入兵部二部整治，再到今天射箭场上的较量，她和崽崽打了这么久的怪，几乎全都是为了任务七做铺垫，现在崽崽终于得以接近镇远将军，宿溪觉得崽崽肯定会很快搞定。

果不其然，宿溪这边没过十分钟，屏幕上就飞快地弹出了信息：【恭喜，完成主线任务七：掌握更好的武艺、兵法、体力，并获得镇远将军的赏识和支持。获得金币奖励 +500，点数奖励 +10！】

这个任务完成点数一下子加了 10 ?! 屏幕外的宿溪差点没跳起来，她迅速看了一下目前的点数，已经 54 了，新得到的点数还可以解锁五个地图。

而屏幕上也再次提醒式地跳出一个当前状态的页面：

【钱财资产】：皇上赏赐与老夫人赏赐宝物若干箱，外城宅院两处，农庄五处。

【人才手下】：长工戊、侍卫丙、师傅丁、工人若干。

【结交英雄】：仲甘平（京城富商第十名）、户部尚书（灰色）、老夫人（灰色）、镇远将军、兵部尚书、五皇子（灰色）。

【结交好友】：云修庞。

【名声威望】：不透露姓名的神秘少年神医、从九品伴读、从五品员外郎。

【可扩展后宫】：兵部尚书之女函月。

宿溪激动地一行一行扫下来，结交英雄里灰色的应该就是互相利用，但不能完全站在崽崽这一边的人，而不是灰色的，应该就是彻底站在了崽崽这一边，可以当成自己人了。

除此之外，这次的状态还多了一行宿溪感兴趣的：可扩展后宫。

什么?! 屏幕外的宿溪眼睛一亮，这游戏真的可以收后宫吗?!

她陡然兴奋无比。但是想到崽崽射箭之前对她说的"要孤独终老"，她顿时蔫了，算了，这种事还是随缘吧。

游戏里太阳快要落山了，崽崽才带着两个侍卫出来。宿溪虽然没跟着他进去，但也知道里面大致发生了什么。

只是，他出来时，身后有个同样包子脸的卡通少女急着出来相送，不知道是不是在镇远将军和兵部尚书的对话中出现过，这会儿少女甲已经有了姓名，头顶的名字变成了"函月"二字。

函月拧着手绢，不敢抬头，羞涩地小声问："不知道陆公子如何回城?"

这话的言外之意就是，可否一道回去。

屏幕外的宿溪虽然方才对这个儿媳不太满意，但是此时夕阳西下，场景十分美丽，她像是看卡通偶像剧一样，还是忍不住露出了会心一笑。

她正想看看崽崽会怎么回答，会不会脸红，结果就见一身劲装的包子脸崽崽凝神，视线全放在远处被侍卫牵过来的那匹马上，等那匹马一过来，他就赶紧大步流星地下台阶，没一会儿就消失得没踪影了，而等函月再抬起头来，身边已经空荡荡的只剩冷风了。

函月风中凌乱："……"

崽崽没听到……

他是真的没听到！

他翻身上马后，着急地朝着身侧虚空之处望去，低声问宿溪："你还在吗，方才怎么没跟进来?"

宿溪恨铁不成钢，崽，你照照镜子，看看你那张包子脸上有没有写着"不解风情"四个大字?!

宿溪拉了拉崽崽的袖子，陆唤这才松了一口气。

虽然知道她想将他往尚书之女身边推，他心中也异常恼恨，但他是做不出拿无关紧要之人来气她的事情的。除她之外，他眼里容不下第二个人。更何况，她也未必会生气，不仅不会生气，可能还真心实意地为他高兴。

陆唤思及此，抿了抿唇，感觉又被兜头泼了盆冷水……

不过，今日镇远将军对他的态度大为改观，言语中似乎有意要举荐他进入军营，远赴北境，这与他和她之前的计划又近了一步，宿溪激动地在桌子前计算点数，陆唤心中也是无比开心。

二人一道回了官舍。

路上人多口杂，不方便说话，待回了官舍之后，陆唤斟了杯茶饮下解渴，才琢磨着如何开口与她说寄身之事。

她不在他身边的时候，他查阅了很多书籍，找到了一些办法，只是目前不知道是否可行，还得带她前去找那位术师……

而宿溪当然不知道崽崽这边进展这么快，竟然已经找到办法了，她还在琢磨着崽崽之前说的"孤独终老"的话，到底是叛逆期到了，还是真的打算当"寡人"，总之是个非常令人头疼的问题。

陆唤望向虚空，心中情绪翻涌。若是当真能让她出现在他面前，那么有朝一日，或许他心中那些欲念并非那么难以启齿。

他所求所想，不过是有生之年能见她一面。

他正要开口，外头忽然有人来唤，道："员外郎，有人给你送来了东西。"

陆唤思绪被打断，皱了皱眉，对身侧的鬼神道："我去拿一下，你等等我，不要走了。"

他起身出门，出门前又遥遥回望，不放心地再次叮嘱了一句："我去去便回，半炷香时间，你不要走了。"

宿溪好笑地扫了下他的袖子，示意他：快去，不走。

陆唤站在门口回望着她，眉眼中有几分无奈，停了半晌才出门。

是了，他想，他之所以如此渴望让她以实体出现在他身边，无非是他看不见她、摸不到她、碰不到她，亦不知道她何时会消失，这样的感觉像是一场患得患失的折磨，永远没有尽头……

宿溪在屋内等了一会儿，没忍住，跟着去了院外，只见崽崽面前站着两个面生的下人，手里拿着东西，说是兵部尚书家的小姐亲手缝制的香囊。

宿溪："!!!"

然而下一秒，崽崽把院门一关，像是十分不耐烦，冷着脸将这两人拒之门外。

宿溪："……"

宿溪暗自吐槽，崽崽这门一关，只怕是彻底断了他和兵部尚书之女的缘分了。

果不其然，她打开屏幕右上角的状态看了看，发现后宫那一栏，"函月"正渐渐变暗，然后消失了。

崽崽的后宫被他亲手抹杀，成了空空荡荡的空白栏目。

崽崽关了院门往回走，像是察觉到她出来了，冷漠的神情稍稍卸下，朝虚空看过来，檐下的烛火落在他眉梢上，显得安宁柔和。

宿溪看着崽崽包子脸上的神情变化，感觉崽崽似乎只在自己面前才能卸下心防，她这样想着，心里忽然就一片柔软，也懒得吐槽崽崽钢铁直男了，过去牵了牵崽崽的手。

陆唤牵着她往回走，知道她见到了方才那一幕，或许是不死心，他看向左侧微微被风吹起的袖子，犹豫了一下，仍是问出了口："你……我已经拒绝了，你还想让兵部尚书之女与我在一起吗？"

那姑娘很好，但崽崽明显不喜欢。

宿溪便拉了拉崽崽的右手，不喜欢别勉强。

崽崽心情似乎终于好了一些了，他微微勾起唇角，问："为何？为何不想了？"

他的声音里有几分期待之意，但这个问题要用一长串话来回复，宿溪怎么表达得出来？于是只能沉默。

知道她无法表达出口，陆唤又问了一个问题："若是再出现别的女子，你还是想说媒，把我往那边推吗？"

屏幕外的宿溪顿时觉得这小崽崽是不是太记仇了点，自己今天也就多管闲事了一次，难道他还要阿妈承认错误吗？

她非常嫌弃地打了一下崽崽的右手，表示：不了，再也不管你的婚姻大事了。

崽崽的手被她没轻没重的一下拍得有点红，但崽崽抬起手来注视着手背，嘴角的笑容更加抑制不住了。

他竭力忍住，但眸子里仍是漏了几分亮意。

他负着手，站在院中，飞扬着眉梢，继续问宿溪："是因为听我说了要孤独终老的话，不再强求，还是……"

崽崽像是略微有些紧张，视线移开，头垂了下去，脚尖踢了一下地上的石块，耳根微红，小声问："还是有别的原因？"

宿溪拽了拽他的左袖，表示是第一个原因。

陆唤身形僵了僵，心头升腾起的一些希冀陡然被浇灭，他难免有些失望，勉强抬了抬嘴角，望着虚空之中。他甚至都不知道该朝哪里看，他看不见她。

他哑声道："是吗？那若有朝一日，我遇到一个知书达理的好女子，我若心仪于那人，你还是希望我成家，与别的人白头偕老吗？"

宿溪当然希望这样，可是，她觉察到崽崽又有些失落的样子，不知道这个问题他到底是希望自己回答"是"还是"否"。

为什么这个崽最近老是莫名其妙地抛出一大堆致命题给自己？

她没回答，陆唤便默认了她的回答是"是"。

他扯了扯嘴角，肩膀塌下来，眼中亮意也散了，沉默地朝着屋内走去。

宿溪看着小团子失魂落魄的背影……又不高兴了？又不高兴了？！

宿溪觉得，自从军营之行回来之后，崽崽的情绪就莫名波动得让人有点摸不着头脑。

这几日她上线，崽崽还是一如既往地会眼前一亮。但是当她像个老母亲一样给崽崽披一下被子，在崽崽看书时抓起一件外袍扔在他身上示意他不要着凉，时不时从兵部的厨房偷两个鸡蛋扔在崽崽桌上让崽崽补身体时，崽崽看起来却并没有那么高兴，反而眉宇间一片复杂……

虽然仍神情柔和地望向她，对她道谢，可垂下头时嘴唇却是抿着的，像是有什么堵在心口，却晦涩难言。

宿溪见到他从镇远将军那里回来后，官服下摆好像被树枝挂了个洞，他自己没注意。要是别的衣服也就罢了，反正现在崽崽已经不是过去的崽崽了，他有钱，直接换一件就是，但这可是官服。

于是宿溪趁着夜里他睡着了的时候，从商城里兑换了缝补技能，喜滋滋地给他补上了。

第二天起来，崽崽就发现了。

宿溪上线时有些得意，等着看崽崽包子脸上流露出喜悦之色，毕竟先前她每次偷偷送温暖，崽崽脸上都像是淌过一道暖流一般，神色会变得柔和。但是这次，她却见到崽崽穿着白色中衣，手里拿着被缝补过的官服，脸上的表情十分复杂，眸色也一片晦暗。

宿溪："？"

崽崽不知道在想什么，总之看起来并不是很开心，反而还有几分失魂落魄。他用手指摸了摸官服上被缝补过的地方，自嘲一笑。

这一日早上，他沉默了很久，才穿上官服，去官衙了。

还没和他打招呼说自己已经上线，于是全程目睹了他脸上细微表情的宿溪："？？？"

宿溪不明白她的游戏小崽怎么了，要是换作之前，自己这么做他肯定会很高兴，眼睛亮晶晶地注视着自己，但现在……他这是已经厌倦了老母亲了？！

该不会在她还没玩腻这款游戏之前，她的游戏小崽就已经厌倦这样的陪伴了吧？！

宿溪宛如五雷轰顶！

她关掉屏幕之后，脑子里一片空白，反复思考自己最近做错了什么。除了多管闲事了一回，让崽崽去看那位兵部尚书之女外，也没做什么不得了的事情吧？那为什么从兵营回来之后，崽崽和她之间就总是有一种莫名的别扭感……

这几日她一如既往地殷切提醒崽崽多加衣服的时候，崽崽总是浑身一僵，她还以为只是她的错觉，但是亲眼看见崽崽收到她缝补好的衣服却并没有那么高兴的一幕之后，她终于意识到，这几天的别扭感并非她的错觉。

宿溪琢磨不出来，心情也有些低落。

她知道这可能是因为每次上线时，无论她做了什么，崽崽总是眼眸漆黑透亮地等待着她，这样一来，便让宿溪也生出了一种被需要、被在乎的感觉。但这几日崽崽一直不知道在想什么，情绪古古怪怪的，和她之间也僵硬无比。她便感觉浑身不舒服了。

　　到底为什么会这样？宿溪不明白，难道真的是到了叛逆期吗？她到了这个年纪，也是不想和她爸她妈交流的，反而更喜欢和顾沁还有霍泾川待在一块儿。所以，崽崽难不成也是这样，现在更愿意和朋友待在一块儿了吗？

　　房间外面宿妈妈在喊宿溪吃饭，宿溪下线之前，把页面切换到太学院去，就见云修庞果然跟在崽崽后头。

　　崽崽这几天对她总是一副欲言又止的样子，但对云修庞倒是十分坦然。

　　两个小团子坐在广业堂外面的台阶上说着话，云修庞头顶不断冒出对话框，崽崽拧着眉，虽然沉默寡言，但是也没有打断他，看起来两人交流十分多的样子。

　　宿溪：“……”

　　宿溪看着这一幕，心口一痛，顿时生出一种儿大不中留的沧桑感。

　　虽然她心里是希望崽崽多交一些朋友，免得她三天没出现就魂不守舍的，但是当真的感觉到了崽崽有心事不和她说，而去和别的小朋友说时，她心头还是难免一酸。

　　想到这里，宿溪顿时觉得，自己平时一放学就埋头冲进房间写作业、玩游戏，在学校就只和好朋友玩，接到她妈打来的电话没说两句就要挂掉，实在是太伤她妈妈的心了。

　　于是她关了手机，进了厨房，眼泪汪汪地对宿妈妈道：“妈，下午你别去打牌了，我陪你去逛街吧？”

　　宿妈妈一脸蒙，端着菜往饭厅走，不耐烦地挥开她。“去去去，找你朋友玩去，多大的人了还缠着我，我下午约了人打牌的。”

　　宿溪：“……”

　　宿溪游戏内外都在被嫌弃，今天刚好是周末，她索性约顾沁去图书馆自习去了。

　　而太学院这边，云修庞一直巴不得多说一点话来引起陆唤的注意，可是他身边的陆唤却一直拧着眉，眉弓下有几分郁郁寡欢之色，像是神游在外，根本没听见他说什么似的。

　　以前陆唤觉得，鬼神若是能够长久地这样陪着他，便已经很好了，她每回出现在他身边，给他送来什么，叮嘱他什么，他都很开心。

他是如此贪恋被她陪伴时的温暖，贪恋她的善意与关怀。

可是渐渐地，当陆唤察觉到自己心中涌现出不该有的占有欲、妒忌、保护欲，甚至是一些不堪的想法时，当不知何时少年人的心音已急促成一片时，她却仍是……待他如同亲人一般。

因为待他像亲人，所以会对他好，会关心他，会叮嘱他天冷加衣，会悄悄给他缝补衣裳。

但是永远不会像他这样，宛如执念般期待两人见面的那一天，更不会读懂他的患得患失，体会到他妒忌她那个世界的朋友的糟糕情绪，亦不会和他一般，一日不见如隔三秋。

她甚至衷心地希望他有朝一日能遇到别的女子，好好地成家立业。

他的世界只有她，但她的世界还有很多别的人、别的东西。

她似乎也并不希望他的世界只有她，而是希望他能将视线落到别的人身上，不要过于在意她。

喜欢一个人并非这样。

因此，她并不喜欢他，对他只有一些亲情罢了。

陆唤心头沉沉，浑身像是一直浸泡在冰凉的冷水里，不甘心，却又无可奈何。

第二十章

崽崽的执念

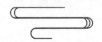

宿溪迎来了这个学期的又一场测评。

这次考试之前，为了避免出现上次的情况，她提前和崽崽打了招呼，想办法让他明白，自己这次有一件大事要去做，可能又要好几天不上线了。

崽崽虽然嘴上没说什么，叮嘱她万事小心，但神情明显暗淡了一些。

宿溪跟他说自己要走了之后，页面还没完全关掉，就看见慢慢淡去的画面当中，崽崽独自坐在官舍院子中的台阶上，一副心事重重的样子。

这副幼儿园小朋友眼巴巴地目送阿妈远去，还因为不知道阿妈身处何地不知道该往哪里看，黑漆漆的眸子一片茫然的模样，顿时让宿溪的心脏仿佛被狠狠捏了一把，她差点又控制不住跑回去捏一捏崽崽的脸了。

但是，考试嘛，才三天而已，游戏中也才八天，分别八天不是什么大问题吧？

更何况，崽崽他不是有朋友了吗？

想到云修庞，宿溪一阵唏嘘，崽崽终于交了朋友了，她应该高兴才对，可这几天见到崽崽有什么心事都不和自己说，她心里怎么这么不是滋味呢？

宿溪晃了晃脑袋，决定正事要紧，这三天，她主动把手机给了她妈，专心致志地考试。

这次考试难度比上次要大一些，宿溪心里本来应该没什么把握的，但是最近和崽崽一起用功，她刷过的题反而比先前更多了一些，这回考试的时候，居然有好几个题型都是见过的，考试的过程中，宿溪有些惊喜，赶紧刷刷刷地把题目做完了。这样一来，她觉得自己这回成绩应该也不会太差。

考完最后一科，宿溪拿着考试袋，随着人流走出考场，终于呼出一口浊气。

出考场之后，人一向是最多的时候，有些同学赶着回家，一直念叨着"借过"往前挤。

宿溪走在楼梯上，被身后推推搡搡的人群给挤了一下。她从小到大已经摔过无数次跤了，因此当熟悉的失重感涌过来时，她顿时睁大了眼睛，心里有了不祥的预感。但是这一回，她前面却刚好有个学生帮她挡了一下，宿溪脚一歪，勉强在楼梯上站稳了。

居然站稳了?! 宿溪不可思议地看了脚下一眼。

她以为，按照自己的倒霉体质，这一下不是崴脚就是滚下去。

看来自己的运气真的开始渐渐变好了，宿溪吸了口气，赶紧顺着楼道上的人群飞快地回到教室去了。

这八日，陆唤这边也是异常忙碌。自从兵营一事之后，镇远将军便有意对他进行提拔，数次派人来请他去将军府，兵部尚书也在一旁。镇远将军与兵部尚书商量本次出征北境，该如何进行准备，议事时让他旁听，并偶尔询问他有何见解。除此之外，兵部二部的事务繁多，太学院春学即将结束，也留了一系列课业。

老夫人数次派家丁来请，希望陆唤能回去一聚，陆唤心中知晓老夫人此时迟来的慈爱只是希望时刻控制自己，掌握自己在朝廷中的动向，因此他每每都找借口推托掉。

城外的农庄已经扩展到了五处，每一处农庄都雇有工人四十名，温室大棚与防寒棚十来个。师傅丁和长工戊将这些人管理得井井有条，而侍卫丙也在年后趁着宁王府辞退一些人的时候，从宁王府中彻底辞职，成了农庄的一名专属侍卫。几处农庄都在顺利经营着，随着春日即将过去，种植出来的农作物也逐渐流向市场。

先前陆唤在与鬼神沟通之中得知，鬼神帮助他扩建农庄，目的似乎是希望农庄的总产量达到一个数字。

两千公斤。

鬼神掰着他的两根手指头告诉了他这个数字。

虽然不知道鬼神为何一定要让农庄的农作物达到这个产量，但是这与陆唤的想法不谋而合，若是农庄能产出更多农作物，无论是运往北境前线，还是流向市场，都是一件可以造福百姓的有意义的事情。

因此近日以来，鬼神没出现，陆唤心中寂寥，便多去巡视了几趟农庄。

他苦苦地等到了第八日晚上，原本是打算留在官舍内，专心等她来的，但今日是浴兰节，街上灯火通明，热闹非凡，难免会有百姓打架斗殴的事情发生，官衙那边临时出了点状况，让他过去一趟。陆唤想着迅速处理完，赶紧回来，便先在官舍屋内桌案上留了一张告诉她自己去向的字条，然后随着官府衙卫出去了。

宿溪考完试，兴奋地冲回家，第一件事当然是赶紧掏出手机上线。

这一回，她一上线，还没来得及看崽崽给她留了什么字条，屏幕上就弹出了新的主线任务：【请接收主线任务九（中级）：找到长春观一名在后院中洒扫的道姑，从她口中得知主人公的身世。任务难度八颗星，金币奖励+300，点数奖励+12。】

宿溪看到屏幕上的"身世"二字，顿时一个激灵，要来了吗？终于要来了吗?！关于崽崽的身世问题终于要来了！

她点击右上角的按钮，看到系统中关于九皇子的头像和资料仍然是空白一片。因为点数到了54，已经过半，所以主线任务逐渐开始涉及崽崽的身世了，待到完成这个主线任务九，这里的资料应该就可以填补上了。

宿溪心里有点激动，她从玩这款游戏开始到现在，对崽崽是如何流落到宁王府的感到非常好奇，背后肯定有一个非常复杂的故事。

这个任务看起来也就是找人，应该没那么难。

宿溪恨不得立刻揪住崽崽，先去一趟长春观。

只是，她陡然又想到一个问题，如果崽崽的身世背后有什么丑陋的阴谋，是他根本接受不了的，那么崽崽还想知道吗？

宿溪如果只是在玩一款游戏，当然恨不得早一点知道真相，但她现在已经不是用玩游戏的心情在陪伴着崽崽了，她有些担心，知道真相后的崽崽会不快乐。

宿溪心里忽然有点不安，不过她决定暂时按捺住，先不去想。

她看过崽崽留在桌案上的字条之后，就将屏幕切换到官衙去找崽崽，但是转了一圈，只见到几个主事在大厅内议事，没见到崽崽，想着崽崽可能已经离开了官衙了，便将屏幕转到街市上去。

此时此刻，街市上十分热闹，有一些舞狮的在街市上蹿来蹿去，周围很多百姓小人围观，还有人给这些舞狮的丢铜板。

宿溪看着那些舞狮的惊险万分地踩在刀尖上，也不由自主地屏住呼吸，兴致勃勃地看了好一会儿。

过了一会儿，她见到街市另一端似乎有些拥挤，不知道发生了什么，这才想起来自己要找崽崽，于是顺着街市移动屏幕，从人山人海的小人头里挨个儿寻找她的崽。

她一眼就看到，崽崽正从那片格外拥挤的人群中穿过来，眉宇拧起，像是很着急。

而这一片人群之所以拥挤，是因为高楼上有抛绣球的。

抛绣球的应该是京城哪位富商之女，借着浴兰节街市上人多，寻找乘龙快婿。

宿溪从没见过燕国的绣球，于是先过去拽了拽崽崽的袖子，然后兴奋地将视线放在高楼上准备抛绣球的蒙纱女子身上。

整整八日，陆唤觉得如同过了八年那么久，此时，熟悉的感觉回来了，他呼吸一窒，心中爬上暖意，大石落地，正要对身侧之人说话，问她所要办的事情办完了没有，结果就感觉身侧之人的注意力似乎全都在抛绣球的女子身上，还下意识地拽着他往人群中挤。

随后不知道是哪里来的一道轻佻的风，跃跃欲试地吹起了楼上那小姐的白色面纱，底下得以窥见那女子面纱下半边容貌的一些男子眼睛一亮。而陆唤身侧的风也更加激动了，像是恨不得吹个口哨一般。

陆唤：“……”

宿溪没注意到人群中的崽崽沉着一张包子脸，郁闷得快拧出水来了。

她刚才忍不住切原画看了下那女子的容貌，只觉得这抛绣球的女子好漂亮，比先前的兵部尚书之女还要漂亮，简直可以用花容月貌来形容了！不知道接下来会便宜哪个狗男人！

而就在此时，高楼上的女子一把将绣球抛出。

底下的人，无论是少年还是成年男子都像是疯了一般，疯狂地去抢，毕竟，无论这女子容貌如何，她可都是富商万三钱的女儿啊！娶了她，那就直接成了燕国第一首富的乘龙快婿！

那绣球却宛如长眼睛了一般，朝着人群中的陆唤而来。

宿溪也吓了一跳，不知道这绣球抛得是有意还是无意，毕竟崽崽在这一群人中的确看起来最为亮眼，任凭谁站在楼上，都会下意识地想要朝着他身上抛。

难不成这里要发生支线剧情？

宿溪正这么想着，就见崽崽阴沉着脸，眼明手快地一躲，那绣球便直接从他身侧飞了过去，落在了他身后的瘸子身上。

还在看热闹的宿溪："……"

屏幕上，刚冒出了个头的支线任务"请接收支线任务七：接下绣球，借此机会认识万三钱"也卡了一下，缓缓消失，直接变成了"支线任务七失败！！！"。

宿溪："？？？"

而宿溪打开当前状态再次看了一眼，果不其然，后宫那一栏，还没来得及出现的首富之女，已经被埋葬了。

她："……"

死崽崽根本不知道他错过了什么，他还朝着拽他袖子的人的方向看了一眼，然后就冷着脸大步流星地挤出了群人。

宿溪不明白，为什么自己刚上线，什么也没做，他心情又不好了，她跟着把屏幕往崽崽那边拉。

街市两边热闹非凡，崽崽像是气恼到了，两条小短腿走得非常快。

宿溪决定不和他计较，过去拽了拽他的袖子，崽崽这才顿住脚步，胸膛剧烈起伏，定定地立在那里，脸色不大好看，忍了忍，才问她："那绣球眼见着就要落在我怀里了，你只是站在一边看热闹吗？"

宿溪心想："崽你情绪越来越变幻莫测了，你这话问得古怪……我不站在那里看热闹，还能坐在那里看热闹吗？"

"八日不见，你……"崽崽咬了咬牙，应是想问什么，但又活生生把话吞了回去，"这八日，你还好吗？"

宿溪拉了拉他左手，意思是：我还好。

她忍不住回头看了一眼刚才那掉在瘸子身上的绣球到底怎么样了，后事如何，于是又将屏幕往那边拉了一点。

不知道为什么，屏幕里的崽崽分明不知道她在屏幕外的一举一动，但就好像是能察觉到她心思还在那绣球上似的，于是脸上的郁色更加明显了几分。

宿溪看着那边，首富万三钱的几个家丁慌忙从楼上跑下来，从那瘸子手中把绣球抢走，现场一片混乱，她看戏看得想笑。

屏幕上突然弹出来崽崽硬邦邦的一句话："我无事，你去看吧，看完了回来找我。"

这话实在太耳熟，上次宿溪想进青楼，就听崽崽说过差不多的话，她顿时眼皮一跳。

而屏幕上的崽崽攥了攥拳头，见她许久没反应，忽然有些伤心又有些生气似的，直接往前走了。

宿溪笑容逐渐僵硬。

不是吧，崽崽可从来没敢这样把她一个人丢在后头，现在是翅膀硬了？! 但是，崽崽刚冷漠地走出几步，他头顶便急急地跳出一大串白色气泡。

"她不会真的走了吧？"

"她跟上来了吗？"

"我要不要回头？可回头也瞧不见她是否跟上来了。"

"整整八日未见，她竟然急着去掀别人的面纱！"

这堆气泡填满了屏幕，宿溪什么抛绣球的画面都看不到了，她看这个崽就是故意的！

崽崽心乱如麻，而这些心理活动最后变成了可怜巴巴的一句："我是不是惹人厌了？"

宿溪："……"

她心脏忽然被戳了一下。

她看着崽崽默默放慢脚步，一点点往前挪，头顶上耷拉着一片淋着雨的叶子。

她刚刚好像确实没意识到，自己一上线，第一时间就将注意力全放在了别人身上，她这边只是过去了三天，但崽崽那边却是过去了八天。崽崽好像很难过……算了，抛绣球这种事，也不是什么很要紧的事。

这堆气泡将屏幕上的画面全都盖住了，霸道自私地不让宿溪看，可却叫宿溪明白，虽然从兵营回来后崽崽古古怪怪的，但是自己在他心中应该还是第一位，没有变。

确认了这一点之后，她之前的那点小失落便陡然消失无踪了，甚至还忍不住嘴角上扬。

她过去牵了牵崽崽的手，示意：没走呢。

崽崽眼睫一抖，头顶委委屈屈的叶子变成了终于多云转晴的小太阳。

可他还要目不斜视，装作根本不在意的样子，轻轻地哼了一声："哼。"

陆唤心里也明白，这样别扭下去不是办法，自己若是一味强求，总有一天会将人推开。至少，现在人还在自己身边。

当务之急并非胡思乱想，而是找到那位据说可以通灵的世外高人。

但是凭借陆唤目前的力量，即便听说了有那么一位术师的存在，也很难在短时间内找到人。他已经无法忍耐慢慢找了，要想早点找到，就必须借助一些力量。

镇远将军的军营中走南闯北的兵吏众多，将军府上的眼线也遍布整个燕国，或许能帮到他。

思及此，这日送宿溪离开之后，他又去了一趟镇远将军府。

近日来，镇远将军有意栽培陆唤，每回与兵部尚书议事都叫上这少年一道。而最近，镇远将军有一件非常头疼的事情。

耗时两月有余的征兵已经结束，出征在即。可近年来燕国的国库空虚，人力有了，国库却承担不起大军的粮草。

镇远将军亦知道皇上的为难之处，内忧外患，若是这笔粮草必须从国库中出的话，今年难免要加重徭役赋税。

燕国的赋税本就不轻，甚至从去年寒冬起，都开始征收盐税了。若是再颁布政令继续加重赋税，只怕会加剧暴乱，民不聊生。

而这些粮草若是从那些油水丰厚的百官口袋里掏的话，又难免要动一批京城势力。

下什么决策都是牵一发而动全身，实在是左右为难。

他揉了揉眉心，对兵部尚书、陆唤以及军营中另外几个谋臣道："今日上朝时，大殿上吵成一团，丞相那群人生怕触及他们的利益，坚决不同意百官募捐，如今朝中丞相一家独大，皇上难免偏向太子那一边。老夫倒不是怕与他继续争执下去，而是怕时间拖得久了，北境便真的抵挡不住了，届时后果不堪设想！"

几个谋臣也是忧心忡忡。

陆唤思索了一下，问道："将军，目前军中粮草还够支撑多久？三个月够吗？"

北境那边正经历着一场长久战，自古以来就没有三个月结束战乱的，此次要想彻底将虎视眈眈的邻国打退，前去的大军怎么都要驻守一年半载，因此镇远将军等人才如此头疼粮草的问题。

兵部尚书答道："目前还有一些民间义士送去粮草，加上原本有的，撑上四个月没问题。"

那么也就是说，要在四个月内筹集到一批粮草。

这不是一件简单的事情。

燕国虽然有很多富商，但这些富商还与邻国来往，并不会轻易施什么善举，且很多富商发的就是战乱财，巴不得燕国战火缭乱。

陆唤心里估量了一下自己与鬼神共建的那几处农庄，如今是六月，待到今年秋季，总产量必定可以超过两千公斤，这几处农庄倒是可以在短时间内养活一方百姓，但是对战乱时期的军队粮草补给而言，还是沧海一粟。

若是想解决燕国北境军队目前的困境，就必须找到能够承担得起这些粮草的富商，与之进行以物易物的交换。

但是那些富商已然富可敌国，又有什么是他们需要的呢？

这日将军府议事结束之后，其他人转身先走，陆唤多留了片刻，他告诉镇远将军，他想试一下，看是否有法子能弄来粮草，但想与将军做个交易，劳烦将军替他去寻一个人。

镇远将军如今对这少年已经刮目相看，认为他的确足智多谋，是自己先前太有偏见了，但即便如此，他还是觉得陆唤不可能凭借一己之力办到如此天方夜谭的事情。

不过少年人嘛，有雄心壮志是好事，他心中反而更添了几分赞赏。镇远将军拍了拍陆唤的肩膀，道："你所求之事，老夫会差人去办，不过军中难题，你尽力而为即可。"

镇远将军虽然有几分武官刚愎自用的臭脾气，但为人还是一言九鼎的，答应陆唤之后，当即便派人去找陆唤所说的可以召灵回生的那位道长。

只是，能不能找到，他和陆唤心里都没什么底。

宿溪发现崽崽陡然忙碌了起来，像是藏着什么心事，急切地想要去办到一般，比先前勤勉刻苦数倍。

先前他就整天迈着小短腿往返于官衙、太学院和官舍之间，而现在更是忙得喝水吃饭的工夫都没有，宿溪上线的时候，他不是在农庄就是在官衙。

经常宿溪下线的时候他还在挑灯翻阅案卷，而宿溪上线的时候，已经是第二日了，他还没睡，床铺也没有展开过的痕迹。

宿溪不知道他的根本目的是什么，以为他是在忙筹集粮草的大事，还感叹崽崽果然是个为国为民的好孩子。

宿溪觉得他有抱负有理想是好事，也不打扰他，就是见他眼下一片青黑，眼里也有了红血丝，有些心疼。

而且有一次宿溪发现崽崽连忙两日未睡，下巴上竟然出现了一些浅浅的青楂。

宿溪："……"

宿溪受到了惊吓。

等等，不是卡通画风吗，要不要这么写实?!

不过，崽崽很快便将青楂剃去，换上官服出门，又恢复了那个软萌的包子崽，宿溪这才松了一口气。

她也是直到这个时候才发现，自己这边过了大半个学期，而游戏里已经快过了一年了。

先前在宁王府陪伴崽崽过了十六岁生日，而再过几个月，崽崽就要过十七岁生日了……不知道这第二年的生日，崽崽想要什么惊喜。

不过，令人欣慰的是，从兵营回来后的那几日，崽崽和她之间的那股别扭劲儿终于消失了。

宿溪没能想明白那几日崽崽为何情绪阴晴不定、变幻莫测，只能将其解释为每个月都会有那么几天心情不好。她是这样，崽崽也是这样，很正常嘛。

好在只是几天，崽崽就恢复了正常。

宿溪兴致勃勃地又开始给崽崽缝缝补补，给崽崽把被子从春天的薄被换到了夏天的凉席，秋天到了，又给崽崽换成了秋天用的厚一点的被子，总之，非常记挂着崽崽，不让崽崽着凉。

崽崽心底还是高兴的，他望着她，眼眸漆黑透亮，只是眸子里偶尔会有一些复杂的、渴盼更多的晦暗之意，又令宿溪有些看不懂。

宿溪这边的时间过得没有游戏里快，对她来说，只是又养了一个月的崽而已。

她每天下课后做的第一件事就是上线跟崽崽打个招呼，然后一人一崽，隔着屏幕，一个认真学习，一个勤勉忙碌。

宿溪学得累了，就拉着崽崽去街市上逛逛，崽崽虽然在官衙有一大堆事情要处理，但凡事都以她为先，但凡她想去玩，崽崽便将一切撂在身后，这样看来，崽崽倒也不算一个完全的好官。

宿溪觉得自己有了崽崽的陪伴，学习的时候也更加认真了，期末还没到，她就已经将这个学期的几科复习资料给刷完了，当翻到最后一页的时候，宿溪简直有点愕然。

唯独游戏里的主线任务让人有点摸不着头脑。

解锁崽崽身世，找到长春观道姑的任务，不知道是时机没到还是怎样，宿溪拉着崽崽去了两次长春观，将长春观里里外外每一块青石地板砖都翻遍了，也没找到可能是 NPC 的那个道姑。

系统对此的解释是：【前面还有其他主线任务没完成，要等到任务二和任务六完成之后，任务九才会有线索。】

于是宿溪只好先作罢。

而"生产两千公斤粮食"的任务二已经从去年做到了今年，算是一个长期积累的任务，急也急不来，宿溪估计崽崽不断扩大的那几个农庄在今年秋收之后，应该就可以达到这个目标。

至于结交万三钱——

她正盘算着怎么从其他渠道认识这个燕国首富。

　　原本按照游戏里规划的路线，那天在街市上抛绣球，崽崽在那个支线任务中就可以接触到万三钱了。

　　但天杀的，那个支线任务活生生被崽崽给扼杀了！

　　也就导致直到现在为止，万三钱还没出现在她和崽崽的视野当中。

　　宿溪有点凌乱，不知道为什么崽崽那么排斥接近他的后宫，他既然最后要登基为帝，拿的肯定是龙傲天[1]剧本啊，可崽崽他硬生生把龙傲天活成了静心禁欲的少年和尚。

　　这件事也急不来，于是宿溪放平心态，先陪崽崽在农庄、官衙、太学院三处连轴转。

　　这日，陆唤从官衙回来，一如既往地在檐下等了许久，等到熟悉的风缠绕住他的指尖时，他近日以来清减许多的脸上才浮现出一丝柔和之意，他对身侧之人道："我想与你商量一件事情。"

　　宿溪拽了拽他的左袖，示意他直说无妨，莫非是提前几个月就惦记着今年的生日礼物？小孩子嘛，宿溪这么想着。

　　但崽崽要说的是一件更重要的事。

　　崽崽这几个月以来，不断扩张农庄的生意。他任职兵部二部员外郎一职之后，开始有了俸禄，且先前得了皇上的赏赐，又从老夫人那里拿了许多银两，并不缺银两，就是农庄有些缺人手，因此他才连轴转成这样。

　　农庄逐渐扩至八处，除了在京城有产业外，他在宁县、丰州、山都也分别设了一处农庄。

　　宿溪随着他把那三处都解锁了，还瞧着崽崽亲自去了那三处一趟，挑选雇佣了人对那些农庄进行看管。

　　他在每一处农庄都利用温室大棚与防寒棚的便利，让工人们耕种。如今已经到了秋末，粮食产量自然早已远远超过两千公斤。而这些远超其他农庄和种植地产量的粮食，他令工人们以不露姓名的方式，施舍给燕国的穷苦百姓。

　　从去年冬天的霜冻灾害开始，燕国许多百姓流离失所，吃不上一口热饭，

---

　　[1]龙傲天：网络用语，指代一些小说、漫画或动画中刚出场就非常强，做事毫无常理、不用头脑却可以轻松干掉具有实力的敌人的人物。

饿死了很多人。

现在这些粮食虽然不足以解决太多百姓的困境，但也足以让其中一部分人挨过去。

这也算是积下的善功一件了。

且正因如此，坊间逐渐开始流传起了有个"不知名的善心富商"的传言，都对这位接济百姓却不出风头的富商感恩戴德。

这话此时尚未传到皇上的耳朵里，但是京城大部分官员却都听说了此事，这倒是和去年冬天永安庙那位救了数千百姓却不露面的神医有着相似之处，难免让人将两件事情联想到一起。

但崽崽这几个月忙碌于这些，目的肯定不止于此。

在整个燕国粮食价格高涨，所有种植农作物的农庄产量都奇差无比的情况下，他和宿溪所经营的农庄却能一如既往地产出粮食，甚至比往年亩产量最高的纪录还要高，自然会引起一些人的注意。

万三钱、仲甘平以及京城中其他一些富商都想方设法打听过，甚至还有心怀不轨之人偷偷潜入城外的农庄，试图弄清楚防寒棚与温室大棚是什么原理。

但是图纸只有宿溪和陆唤这里有，这些富商即便找到巧夺天工的木匠，也无法分辨出其中油灯、牛皮纸、木料等的控制量，做出来的仿制版也没什么用。

也就是说，防寒棚与温室大棚这两样在燕国这个朝代根本生产不出来的先进东西，给作物种植带来了巨大的便利。相当于一个专利技术，只属于宿溪和崽崽。

而若是想要扩大农庄规模，进行量产，养活更多百姓，就需要更多的外力了。

于是，崽崽打算招揽一个手下。

他一说宿溪就理解了，其实也就是想要将拥有温室大棚和防寒棚的农庄连锁化，并且找到一个不会背叛的合作之人。

崽崽考虑的人选是仲甘平。

仲甘平这人，白手起家，从之前接触来看，并非什么狡诈奸猾的人。何况，永安庙一事之后，他的小儿子为崽崽所救，崽崽对他一家还有救命之恩，他应该是万万不会以怨报德的。因此，此人还是可以信任的。

宿溪立刻拉了拉崽崽的左袖，表示自己举双手赞同。

崽崽看人的眼光非常精准，决策也从来没出过错，宿溪对他放心得很。还有一个原因，系统里伸甘平在"结交英雄"的那一栏，也是完完全全实心实意归顺于崽崽的，就更说明不会出什么问题。

其实这一年以来，崽崽飞速成长，宿溪这个养崽的，越到后面，越是帮不到崽崽什么了，所有问题崽崽都能自己搞定。

尽管如此，崽崽却每回有问题，还是要拉着她一道商量，大概是想要确认她是否一直陪在他身边。

宿溪想到这里，看着站在檐下清瘦许多的崽崽，心中淌过一道暖意，忍不住又伸手揪了一下崽崽的包子脸。

包子脸瘦了很多，都没以前 Q 弹了，宿溪心中怨念。

崽崽顿时愣了一下，等反应过来后，揉了揉脸，耳根有些红。但是片刻之后，他实在忍不住，便对着虚空，一字一顿道："我即将满十七岁，已然不是小孩子了，你……"他像是有些恼恨，又有些无奈，咬咬牙，道，"你不要把我当小孩子看待了。"

见他顶着一张包子脸说这种话，屏幕外的宿溪捧腹大笑。

屏幕内的崽崽好像察觉到她被他逗笑了似的，蹙眉望着虚空，没有说话。

他抿了抿唇，漆黑的眸子定了定，映照着檐下明明灭灭的烛火，涌起复杂晦暗、执拗难言之意。

先前崽崽在街市上躲过绣球，错过了那个支线任务，但是令宿溪惊喜不已的是，秋收后，万三钱却主动找上了门来。

万三钱和宿溪想象中不太一样，竟然是个有些瘦小的小人，但是，尽管身材瘦小，脸上的表情却一看就很精明。

他找上门来，为的自然是防寒棚与温室大棚的事情。

崽崽每回去农庄，行踪都极为隐蔽，至今京城乃至丰州三州传言四起，都知道有位救世济人的富商，却不知道那富商真实身份为何。

毕竟崽崽神龙见首不见尾，且之后数次交代师傅丁办事情，都是以传字条的方式。

但是这位万三钱既然能成为燕国首富，显然也是有两把刷子的，他虽然还没查出来崽崽的身份，却摸到了崽崽的行踪。

于是这日，崀崀在外城宅院的时候，万三钱亲自过来了。

为了表示诚意，万三钱并未带什么人，只是带了一个贴身的家丁而已。

他想要重金购买宿溪和崀崀的防寒棚以及温室大棚的图纸技术，开出的价格是几万两黄金，这价格简直让宿溪咋舌，两只眼睛里顿时只有元宝！

不愧是富可敌国的首富！

但是宿溪知道，今天这图纸技术要是给了他，他拿走之后必定会利用这技术赚更多银两，到时候，燕国甚至别的国家的百姓还是会被压榨。

这就是他和仲甘平之间的区别。战乱时期，仲甘平老老实实赚银子，然后接济百姓，而万三钱却是趁机大敛战乱横财。

倒也不能说这万三钱人品不行，只能说他精明，是十足的有野心的商人罢了。

崀崀自然不可能把图纸交给他，但是仍然打算与他合作。

以仲甘平和崀崀之力，要想改善整个燕国目前缺少粮食的困境，力量还是太薄弱，且见效太慢了，整个燕国只有万三钱有这样的财力物力，更何况，崀崀还需要支持北境战火的那批粮草。

于是崀崀和万三钱谈判一番，要求防寒棚和温室大棚由仲甘平那边来运作，而万三钱负责农庄的人工、农作物种子、鸡鸭幼崀以及其他原材料。这种模式便相当于万三钱出钱投资，待利润出来之后，按照利润点分红了。

万三钱此刻处于被动当中。

因为听说仲甘平那边有了那个运作最先进，产量远远超出其他农庄的技术之后，京城乃至整个燕国的富商都趋之若鹜，都想要投资进来，分一杯羹，万三钱若是不干，崀崀也不缺他这一票。

宿溪一边刷题，一边看着屏幕上不断弹出的崀崀与万三钱的利润谈判，忍不住会心一笑，觉得这崀即便到了现代也是个商业小能手啊，这圈钱投资的能力杠杠的。

合作很快达成，万三钱虽然没能拿到他想要的，但是他也懂得人心不足蛇吞象这个道理。

万三钱知道，此人与仲甘平的技术即将为燕国所有农庄种植带来更新换代的作用，即便此人的根本目的似乎是为了燕国子民，但是他预料得到，不久之后，此人必将成为燕国富商中的新贵。

此时此刻他参与进这资本当中，绝对是百利而无一害的。

万三钱走后，宿溪屏幕上弹出完成任务的消息。

【恭喜，完成任务二：粮食产量达到两千公斤，并结识首富万三钱。获得金币奖励 +100，点数奖励 +8！】

这个任务算是拖得最久的一个任务了，但是种植以及收成，本来就需要一年的时间，因此宿溪感觉进展得还是十分顺利的。

她看着目前已经 62 的点数，心中微微有些激动。

很快，任务六也要完成了。

任务六是"治理灾荒，养活一方百姓，名震京城，获得'不知名的神商'的称号，初步引起皇帝注意"。这个任务本身就是和任务二并行的。

这几个月以来，崽崽一直夜以继日地扩张农庄，虽然目的是筹到北境大军的粮草，但是也刚好走在主线的路上。

翌日，万三钱就按照崽崽的要求，主动雇佣镖局，将粮草押往北境前线。

让镇远将军等人心急数月，一直悬而未决的粮草，竟然就这么解决了。

翌日大殿上炸开了锅。

皇上龙颜大悦，对镇远将军道："大将军果然是国之栋梁，若不是有你，朕还不知道这一仗该如何是好！"

丞相、太子以及另外几个官员脸色都不大好，显然是没想到镇远将军居然真的解决了这件事。

镇远将军心中也震惊无比，三个月前，陆唤对他说有办法说服万三钱自动将粮草送上门来时，他还以为这少年是在夸海口，不怎么知道天高地厚！

可万万没想到，就在这三个月里，他率领其他将士，千方百计只筹到了几千斤粮草的时候，陆唤却真的说服万三钱往前线送了粮草过去，一送就是几万斤，今年一整年的粮草竟然都无后顾之忧了！

镇远将军简直欣喜若狂，心中更加肯定了当日兵部尚书的推荐。

想到这里，他打算替陆唤那孩子要一个职位。

"陛下，老臣此次能顺利解决粮草困境，还多亏帐下一人，老臣想为他谋个晋升的机会。"

若是在朝堂之上说出此事全为陆唤所为，只怕陆唤会树敌无数，倒不如暂且让他待在自己麾下，待到羽翼彻底丰满再谋其他。

皇上此时愉悦无比，听镇远将军说麾下有人有功，以为是此次游说万三钱有功，自然毫不犹豫地给了赏赐。

在听到镇远将军说是陆唤时，他还不由得笑着随口称赞了句："这少年我有些印象，先前太尉也在我面前夸赞过，年纪轻轻便能得大将军和太尉二人赏识，应当确为贤才，改日朕要见见。"

当然，虽然这么说，但皇帝此时心里哪里能记得住一个小官员的名字？

当天晚上，兵部二部的官衙内就来了圣旨，封陆唤为骑都尉偏职，掌监羽林骑，从四品。

二部的诸位主事都惊呆了，先前见他们员外郎经常往镇远将军府上跑，以为不过是替镇远将军办理一下杂事，毕竟镇远将军那人是看不上他们这些在兵部处理鸡毛蒜皮的小事的文人的。但是万万没想到，时隔数月，陆唤又一次升迁了！

年仅十六，便已官从从四品！

二部主事艳羡不已，即便是二部郎中，也有些眼红，眼瞧着这陆唤连升两级，现在官阶比他还要高了。

镇远将军府中，镇远将军难得开怀，替陆唤摆了场宴席，挨个儿对云太尉等好友敬酒，让他们照顾提携陆唤一二。

镇远将军膝下无子，对宁王府的一个庶子这样，难不成是打算过继？

宁王府的老夫人算是镇远将军的远房亲戚，若是过继，与他勉强有几分血缘关系的这少年倒的确是最佳人选，可是，往日里，镇远将军可是最瞧不上宁王府的啊！

众人眼观鼻，鼻观心，对这个一年来在京城中崭露头角的少年不由得高看一眼，日后恐怕要以镇远将军的得力部下相待了。于是，纷纷过去敬酒。

先前的主事和郎中，还得叫陆唤一声陆大人。

与此同时，宁王府中也炸开了锅。陆唤已经搬离宁王府数月有余，而短短数月间，他竟然得到了镇远将军的青睐，晋升兵部从四品？！

老夫人激动不已，本想让下人快点去请陆唤回来，但是想到此时陆唤在镇远将军府中应酬，便竭力按捺住激动。

她这时还未意识到陆唤已经决心与宁王府划清界限了，还以为是她的英明决断，送这个庶子入朝为官，才让他有了今天！

而自从娘家倒台便一蹶不振的宁王妃听说了这消息，心情自然又是痛恨无比。

此话暂且不提，圣旨一下，宿溪的屏幕上就飞快地弹出一条消息：【恭喜，完成任务六：治理灾荒，养活一方百姓，名震京城，获得"不知名的神商"称号，初步引起皇帝注意。获得金币奖励+1000，点数奖励+10！】

宿溪心中一惊，崽崽这几个月忙昏了头，瘦了这么多，这两个并行任务直接一块儿完成了，现在点数——她看了看，顿时眼睛都激动得亮了起来，点数一共有72了！

骑都尉偏职，从四品，掌监羽林骑，官服是绛色的，上面纹绣着狮子，宿溪看着也非常喜欢。至今为止，崽崽已经攒到三件官服了，她非常有成就感。

今天晚上，崽崽本来应该是在镇远将军府应酬的，但不知道为什么，中途忽然回来了一趟，身后跟着一个镇远将军府的人，像是刚跟他禀告了什么事情，让他激动不已。

他并不确定宿溪在不在，但还是立刻从将军府冲了回来。

宿溪不知道发生了什么事情让崽崽这么高兴，眼角眉梢都亮了起来，隐隐透着欣喜若狂。他这几个月以来忙得脚不沾地，清瘦了很多很多，仿佛就是为了这一刻。

是因为升官了吗？

宿溪心里有点好笑，她以为崽崽对升官发财应该都淡定了才是。

崽崽从宁王府不被重视的庶子一步一步走到今天，十分不容易，每次更好一点她都替崽崽感到开心，反而是崽崽自己，总是宠辱不惊的样子。

今天倒是反过来了，阿妈看他升官就像是看着他又考了一次好成绩，都已经习惯了，但他自己却大步流星地赶路。

宿溪见他进来就关上门，将侍卫拦在外面，就知道他应该是在找自己，于是拽了片梨花，塞在他手心里。

少年是穿过街市狂奔回来的，白皙的额头还蒙着一层薄薄的汗水。

他气喘吁吁地低头望了眼手中雪白的梨花，嘴角不自觉地带了笑意。

随即，他望着虚空，眸子里闪耀着狂喜，高兴得快疯掉了。

而在宿溪的眼中，崽崽包子脸上就是前所未有的激动，头顶也趴着好几行小太阳。

到底怎么了？

宿溪被他的激动和兴奋所感染，也忍不住眉开眼笑，拽了拽他的头发，想搞清楚到底发生了什么。

然后就听崽崽竭力按捺住欣喜若狂之情，深呼吸了一下，对她道："我找到了能帮你寄身之人！"

似乎是太过激动，他声音都有几分发抖。

他眸子里全是希冀。"我们今夜便去见那人，可好？"

宿溪："……"

她呼吸窒了一秒。

她万万没想到这几个月以来崽崽鸡鸣而起，夜以继日，甚至饭都来不及多吃几口，清瘦成这样，眼眶也熬得发红，竟然是为了这件事。

她近日见崽崽没再研究那些问灵的书籍，还以为崽崽终于放弃了，心中还松了一口气，可原来，崽崽的执念，远远要比她想象的更加深刻……

宿溪看着还不知道前面会发生什么、双眸充满渴望和希冀的崽崽，心脏一下子高高吊了起来。

什么都未发生，她却眼睛一酸，心里痛了一下。

图书在版编目（CIP）数据

唤溪 / 明桂载酒著 . -- 长沙：湖南文艺出版社，2022.3

ISBN 978-7-5726-0476-8

Ⅰ．①唤… Ⅱ．①明… Ⅲ．①长篇小说—中国—当代 Ⅳ．①I247.5

中国版本图书馆 CIP 数据核字（2021）第 237603 号

上架建议：青春文学

HUAN XI
唤溪

作　　者：明桂载酒
出 版 人：曾赛丰
责任编辑：匡杨乐
监　　制：毛闽峰
策划编辑：张园园　史振媛
特约编辑：史振媛
营销编辑：刘珣　焦亚楠
封面设计：recns
版式设计：梁秋晨
插图绘制：一盏眠　十七悠　大咩鸭
出　　版：湖南文艺出版社
　　　　　（长沙市雨花区东二环一段 508 号　邮编：410014）
网　　址：www.hnwy.net
印　　刷：三河市中晟雅豪印务有限公司
经　　销：新华书店
开　　本：640mm × 915mm　1/16
字　　数：361 千字
印　　张：21.5
版　　次：2022 年 3 月第 1 版
印　　次：2022 年 3 月第 1 次印刷
书　　号：ISBN 978-7-5726-0476-8
定　　价：49.80 元

若有质量问题，请致电质量监督电话：010-59096394
团购电话：010-59320018